Contents

登場人物紹介
カリヤ
自分の美貌や価値に無自覚なSランク生産職の転生者。王となったウォルドの婚約者になる。
ウォルド・ティシア
絶世の美貌の王。目覚ましい成長を遂げ、カリヤに求愛する。

カザリン・ティシア

王姉。カリヤが王妃になることを後押しする。

ルシアン・ティシア

王兄。カリヤが王妃になることに反対する。

ナダル・コートレイ

〝剣聖〟ナダル・コートレイの息子。当代ナダル。

フィアス

先代ナダルの部下。一見すると穏やかな青年。

ヴェンデリーン

ルカーシュの叔父。まっすぐな心根の持ち主。

アンゼリーン

ルカーシュの叔父。イイ性格をしている。

エリアーシュ

エルフの兵士長。双子と幼馴染。

イルマ

ギルド本部所属のAランク生産系プレイヤー。

アイラ

ギルド総本部長。SSSランク戦闘系プレイヤー。

ケイセン

ギルド総本部副部長。SSランク戦闘系プレイヤー。

サキタ

クラシエル所属のSSランク戦闘系プレイヤー。

イデ

クラシエル所属のSランク戦闘系プレイヤー。

ゲームの世界に転生した俺が○○になるまで　3

ナダルの息子

ティシア国南部に位置するコートレイ領は、代々の領主に『剣聖』を戴《いただ》く武の名門だ。

二年前の秋から始まった対クラシエル戦争。

そこで俺は、ＭＭＯＲＰＧ《ゴールデン・ドーン》に出てくるＮＰＣと同じ名を持つ〝剣聖〟ナダル・コートレイと出会った。

ナダルの仲介でウォルド王子——ウォルのボディガードになるが、ティシアはクロエ平原で大敗し、タキリン城砦《じょうさい》まで失うことになる。

そのタキリンへと敵軍が迫りくる最中《さなか》、戦場で行方不明となったナダルの副官に乞《こ》われ、俺は約束した。

必ず、コートレイ領に向かうと。

前世のゲーム内ではプレイヤーのランクアップクエストとして存在した、〝領主の試練〟に立ち会うと。

タキリンの転移ポータルから、ウォルと共に敵地である中央国家群北部へと飛ばされて。大樹海とゲイリアス山岳地帯を経て、一年かけて王都アルティシアに戻ってきた俺は、ようやくコートレイ領を訪れる。

ナダルの息子に会い、次代の剣聖とするために——。


城門をくぐって中へと入り、歴史を感じさせる領館の前で馬車は停《と》まる。

高い石壁に囲まれた広場には、コートレイ領にやって来た俺を見ようと大勢の人々が集まっているようだった。老若男女の交わす、抑えていても騒がしいやりとりが馬車の中まで聞こえてくる。

馬車の扉が外から開かれ、動こうとした俺をライナーとミリアムが手振りで制した。妹に頷《うなず》いたライナーが先に降り、周囲を見回す。

安全を確認したらしい護衛騎士がこちらへと手を差し出した。

——これはもしかしてエスコートというやつか？

しまった。俺、これまでライナーと一緒に行動していた時は、気にせず先に動いていたかもしれない。

その方が効率がいいからと、貴婦人——自分のことなので（笑）とつけるしかないこの響き——のエスコート云々《うんぬん》とか考えもしていなかった。

少し反省ーと、礼を言って手を貸してもらい、砂を撒《ま》いた広場へと降りる。

……なぜか、俺が馬車から出てきたと同時に、広場に集まっていた民衆が静まり返った。

ど、どうしましょう、ウォルさん。

なぜか、呆然《ぼうぜん》とした感じの視線がこちらに集中しているんですけれど……っ。

堂に入った王様業をこなしているウォルに、心の中で助けを求めてしまう。

想定外だ。

もしかして肌色か？　そんなに珍しいか？　フィアスで慣れてないのか？　コートレイ領の方々。

ガン見されているのが非常に居心地悪い。

とりあえず、笑ってごまかしておこうと周囲にささやかだが愛想を振りまいておく。

あ、反応あった。

恥ずかしそうに笑い返してくれた人、安心してくれ。俺も同じように恥ずかしいから。

「——カリヤ、妃殿下」

領館の前に固まっていた集団の中から、抜け出して前に進み出ようとする者がいた。

隣にいた黒髪の少年が歩みを止めようとするのを、首を振って否定している。

「……でも、グウィン……！」

そうだ、彼はそういう名前だった。

俺は彼を知っていた。

灰色の髪の、ナダル・コートレイの乳兄弟だった男。騎士や軍人ではなく、家令のような立場だったと記憶している。

顔の半分ほどに白い布が巻かれていたが、その端から隠しきれていない火傷《やけど》の痕《あと》が覗《のぞ》いていた。

タキリン城砦で別れた時よりかなり痩《や》せた男は、少年の制止を聞かずにしっかりとした足取りで近づいてくると、俺の前で片膝《かたひざ》をついた。

「妃殿下。この度は当家の要請に応え、戦時中の忙しい最中にもかかわらずコートレイ領に足をお運びくださり、誠にありがとうございます。そして当家の臣に過ぎない私に、ウォルド陛下より霊薬エリクサーを下賜していただいたことにも御礼申し上げます」

「エリクサー……」

はい、と顔を上げたグウィンが片方だけ残った目を細めて微笑《ほほえ》んだ。

「クロエ平原で、顔だけではなく体や臓腑《ぞうふ》の中まで焼かれてしまっておりましたので。なんとか故郷まで帰れはしましたが、やがてベッドから身を起こすことさえおぼつかなくなりました。しかし、ティシアにお戻りになられたウォルド陛下が、当家の〝次期当主の試練〟だけではなく、死を待つばかりだった私の容体にまで気を配ってくださったのです。陛下より賜《たまわ》りましたエリクサーのおかげで、このように体は元通りに癒されました。顔の傷痕だけは日が経《た》ちすぎていて戻せなかったのですが。ありがとうございます。これで以前と変わりなく、コートレイ家に忠節を尽くすことが出来るようになりました――」

俺だけではなく、広場に集まっている群衆にも聞かせるつもりだったんだろう。

とても丁寧な説明だった。

なるほど、ウォルに何本か交渉用のエリクサーを渡していたが、そのうちの一本を彼に与えたのか。

クロエ平原に戦場があった頃、〝ウォルド殿下〟は人の出入りの激しい王や王太子の天幕ではなく、縁の深いナダル・コートレイの天幕に滞在していたと聞いている。

そこでグウィンの世話にもなっていたのだろう

――。

「……エリクサーを与えたのは陛下のご意思ですが、私の作ったアイテムが役に立てたのなら、とてもうれしく思います」

「転生者であるあなたがティシアにいてくださって、本当に良かった。どうぞ坊ちゃんの〝試練〟も、よろしくお願いいたします」

「坊ちゃんじゃなくて、まだ名前が無理なら若様って呼べって言ってるのに！」

俺は叫び声のした方を向いた。

黒髪をかなり短く切っている少年が、顔を真っ赤にしてこちらを見ている。

まだ幼い顔つきだったが、その造作は簡単に〝誰か〟を思い起こさせた。

大きく見開いた、鮮やかな紫色の瞳《ひとみ》――。

「お、れはっ、恩知らずじゃないから、きちんと礼は言うぞ！　エリクサーをくれてありがとう！　おかげでグウィンの命は助かった！　感謝してる！　ちゃんと御礼《おれい》は言ったからな、グウィン！　グウィンのために言ったんだからな！」

「――ありがとうございます、坊ちゃん」

「若様って呼べー！」

絶叫した少年が、そのまま走って領館の中へと逃げていく。周囲を取り巻いていた同じ年頃の少年たちが、あわてて後に続いて去っていった。

「……」

「……申し訳ございません、まだまだ当主教育が行き届いておりませんで。コートレイ家の教育は、他家と比べると少々特殊でして。坊ちゃんの場合は対クラシエル戦争と重なってしまったものですから、まだまだこれからという状態なのです」

「ということは、やはり」

「はい、彼が次代のナダル・コートレイ。あの方の一人息子です」

やはりそうだったのか、と俺は少年の消えた扉に視線をやった。

コートレイ家の長子は必ず、〝ナダル〟の名を名乗る。

そうか、彼があの人の息子なのか――。

先に到着していた、ティシア王家のお仕着せを着た女官の皆さんが前に進み出た。

俺に対して、一斉に片足を引き胸元に手を当てた礼をする。

その後ろから年配の者たちが続いて頭を下げ、ぎこちないながらも広場に集まっていたほぼ全ての者が、俺に対して礼の姿勢を取った。

「――妃殿下。妃殿下のために離れの館を用意いたしましたので、まずはそちらにご案内いたします。ささやかながら歓待の場を設けましたので、時間までどうぞごゆっくりお休みください」

こちらへ、と先導するグウィンに続いて歩き出す。ライナーやミリアム、女官の皆さんとフィアスたちも俺の後に続いた。

広場を後にした途端、背後で急に騒ぎ出す声が聞こえてきたんだが、気にしないでおこう……。

離れていても、繋《つな》がっている

グウィンに案内されたのは、コートレイ城内の客人が滞在する一棟だった。

石造りの三階建て。本館とは回廊で繋がっているが、玄関も厩舎《きゅうしゃ》も別に用意されている。

他領からやって来た訪問客一行が滞在する館なんだろう。コートレイ領の人間なら親族の一人や二人は城下に住んでいるだろうからそこを頼ればいいし、本館には個別の客室も用意されている。

離れの館には、質の良い家具が既に配置されていたがシンプルな内装だ。

ここから国王の婚約者にふさわしい内装に変更しなくちゃいけないんですね、分かります。客人が自分で用意しなきゃいけないのは、大樹海で既に経験済みさー。

王家の威信をかけた高ランク家具小物シリーズの出番だぜ！

俺、非金属系生産職で良かったー。全部、自作で用意出来る。

アイテムボックス内から取り出して配置するだけだから、簡単に終えることが出来るだろう。

館内を一通り口頭で説明し、最後にグウィンが案内したのは二階にある通信室だった。

「こちらに置かれている水晶球は客人用です。どうぞご自由にお使いください」

おお、固定の通信施設があるのは助かるー。

携帯電話はとにかくＭＰ消費量が激しいからな。すぐに切れるから使おうとは考えていない。

もしかして、これを使えば前線のウォルとも連絡が取れるだろうか……などと説明を聞きつつ浮かれていたのだが、どうやらまるっと王様はお見通しだった。

夕食前にこの水晶球を使って連絡を取りたいとウォルが望んでいる、とグウィンが言ってきた。

どうやら到着前から話が通っていたらしい。水晶球が繋がればすぐにウォルが出てくるそうだ。

「回廊脇の部屋にフィアスが控えております。ご準備が終わられましたらお声を掛けてください。会食の場までご案内いたしますので。それまでどうぞごゆっくりお過ごしください」

「グウィン」

一礼して辞そうとした男を、俺は呼び止めた。

「その、顔を布で隠しているのは応急措置だろうか？」

「お見苦しいものを見せてしまい、申し訳ございません」

「いや、そんなことは思わない。名誉の負傷って言葉も、あの戦いを少しは知る身として使いたくはないけれど」

俺の言葉に、灰色の髪の男は小さく苦笑した。

「……もう必要とはしないだろうと、これまで作っていなかっただけでした。エリクサーのおかげで体も元に戻り、復職が叶《かな》いましたので、いずれ火傷痕を覆い隠す物でも作ろうかと考えております」

「なら俺が作ってもいいかな？　っていうか、実はもし使ってもらえたらと思って一つ用意してきたんだ。俺の作る『仮面』は装備品扱いだから、身に着ければ自動でサイズ調整がきくし」

　アイテムボックスの中から頭防具である『仮面』を取り出し、はいと差し出す。

　オペラ座のなんちゃらみたいな、顔の片面を隠すシンプルなものだ。前世のゲームイベントで仮面舞踏会があったので、その時にしっかりレシピをゲットしていた。

　特殊効果はないただのネタアイテムだが、磁器製なので軽くて割れにくい優れモノ。

　片目を大きく見開いて仮面を凝視していたグウィンは、顔を覆っていた布を外すと震える手で仮面を受け取った。

　紐《ひも》も引っ掛ける器具もないけれど、装備品の仮面は吸いつくように火傷痕の残った顔半分を覆い隠す。

　うむ、本人の意思がない限りその仮面は外れません。他人が力ずくで取ろうとしたら指が滑ります。

　あまりに強すぎる衝撃は吸収しきれなくて壊れてしまうだろうけれど、矢の一本くらいは余裕で弾《はじ》きます。

　気の利く女官さんが差し出した手鏡で確認したグウィンが、頭を深く下げた。

「……ありがとうございます、カリヤ……様」

「似合っているよ。コートレイ領に滞在中、いくつか仮面の予備を作っておこうと思っている。それに関して頼みたいことがあるんだが」

「何なりとお申し付けください」

「公開で作りたい。この領の職人を、出来るだけでいいから集めてくれるか？　作業を見学させる。それとクロエ平原で戦った兵で、義手義足が必要な者がいたら、その者たちも集めてくれ。アイテム関連なら、Ｓランクアイテムマスターである俺は協力出来る」

「……重ね重ね感謝いたします、妃殿下」

仰せのままに、と頭を下げたグウィンが通信室を出て行く。

今からウォルと話をするので女官さんたちも後に続き、室内には俺とライナー、ミリアム兄妹《きょうだい》が残された。

「――私と兄も同席するようにと、陛下に言われております」

紫の瞳を伏せる銀髪美少女と、その隣に無言で佇《たたず》む同じ色彩の青年に、そうかと頷いて俺は水晶球のスイッチを入れた。

既に交信先は設定されている。

向こうにいた交換手が出て、すぐにウォルを呼びだしてくれた。

水晶球の前に用意された椅子に座り、俺は少しだけ懐かしい声を待つ――。

『――カリヤ』

「ウォル」

響いた声は、愛《いと》おしくてたまらない彼のものだった。

『元気にしていた？　無事、コートレイ領に到着したようで良かった』

「俺は元気だよ。ウォルこそ、元気にしている？」

『あなたが用意してくれたポーションなら毎日飲んでいるから大丈夫。戦局も、今私が滞在している地は特に影響はない。安心して』

良かった、と息をつく。

多分、今日俺と連絡をつけるために、彼はちょっぴり無理をしてくれた。

水晶球はそうそう動かせるものではないから、設置している各拠点まで赴かないと交信出来ないのだ。前線を回っているはずの彼が、わざわざ通信のために拠点に寄ってくれた。

だけど、そうしてくれたおかげで声が聞けるのはうれしい。

　それから互いの現状を報告し合う。

　ウォルに同行したエルフ二人組は、なんと部下や志願兵を呼び寄せて遊撃魔法部隊を結成し、早々にクラシエル軍を襲撃し始めたらしい。

　さすがエリア。中性的な外見に似合わず、血の気の多い男。

　本当にティシアはエルフと同盟を組んだのかと、敵の動揺は激しいのだとか。

　味方の士気も高くなっている。

　エルフ部隊は陽動がメインらしいが、熱くなってやりすぎないといいんだけれど……まあ、アンゼが側《そば》にいるから大丈夫かな。

『――カリヤ。今日、連絡を取ったのは、本格的にコートレイ領で動き始める前にあなたに伝えておかないといけない事柄があるからだ』

　ライナーとミリアムについて。

　そう告げたウォルの声に、視界の隅でびくりと少女の体が震えた。

『私、ウォルド・ティシアは、ティシア王家は、彼ら兄妹に対して負い目がある』

「……陛下、それは違います」

　静かな声音でライナーが口を挟む。だがウォルはそのまま続けた。

『あなたに対してこれまで黙っていたのは、二人の境遇に対して先入観を持ってほしくなかったからだ。だがコートレイ領を訪れた今、どこからか真実を聞かないとも限らない。そこに万が一にも悪意が混ざっていたとしたら、それは私の真意ではない――』

「……伝えておきたいこととは？」

『彼ら兄妹の家は、私がティシアに不在だったがために断絶した』

　思わず俺は、通信室の壁際に並んで立つ兄妹に視線を向けた。

　妹は顔を伏せ、兄はまっすぐ静かにこちらを見ていた。

『彼らの父は、先代ナダルの弟だった。相続人のいなかった分家を継いだが、後継の長男、次男と共にクロエ平原で戦死した。三男のライナーは王子である私の〝護衛騎士〟だったから、血統を守るために子を生《な》すことが出来ない魔法処置を施されている。ミリアムは……男性王族の女の乳兄弟の場合、男性王族から次代が産まれない限り、他者との婚姻は許されないという慣例がある。女の乳兄弟は正妃に子が出来ない場合、側妃候補となる場合が多いからだ。古い風習だ。だがその風習が残っているので、彼女が婿を取ることは許されなかった。当事者の私が国にいれば、慣例を無効に出来たはずだったが——叶わず、不在の間に分家は断絶し、領地財産は本家に返上された』

「……」

「……決して、陛下のせいではございません。元々、父が継がねば終わる家系でした。ほんの少し、終わりを延ばしただけです」

ライナーの呟《つぶや》く声には、疲れと諦《あきら》めが混じっていた。

ウォルの乳兄弟に選ばれ、彼らの家は王家に忠誠を誓い、二人《ミリアムとライナー》の子供を差し出した。

そしてすべてを失った。

養子を迎えることもしなかったのか、出来なかったのか……クロエ平原の大敗によりコートレイ領は荒れたと聞く。難しかったんだろう。

『出来るならライナーを騎士に戻してやりたいが、その足ではもう王たる私の護衛に取り立てることは出来ない。だが王妃ならと、あなた付けにした。王家に対しての忠誠は保証するが、どうしても反りが合わないというなら言ってほしい。別の今後を考えよう』

バレてるー……。ライナーと仲が上手《うま》くいってないの、ウォルにバレてるー……。

だがたしかに、彼は俺に対しての内心はともかく、護衛騎士としての役割はちゃんと果たしている。

『ミリアムは』

「わ、私はこのままカリヤ様にお仕えいたします！　お仕えしたいのです！」

『――ありがとう。だが、慣例を適用しないと周知はしておこう。好いた男が出来れば教えてくれ、ミリアム。力になろう』

乳兄弟には幸せになってほしいから――。

そう水晶球越しに告げたウォルに、涙をこぼしながら彼女が頷く。

『そして、カリヤ』

ウォルの声が響く。

『あなたが私を想《おも》ってくれるのはうれしい。だが、私やティシア王家のためにと、あなたが自分の考えや生き様を歪《ゆが》めることはないから。あなたの望むままに動いてくれ。そのための協力は惜しまない。難しいと感じたなら私の名を。あなたがあなたらしく生きてくれることが、それこそが私の望みだ――』


……ふと、思い出した。

たった一年ほど前。中央国家群北部を逃げていた最中、とある国境の森の中で遭遇した出来事。

むせ返る血の匂いの中で、返り血を浴びていながら、それでも彼は俺に微笑《わら》いかけた。

――我が国の名のもとに行われる戦いのすべては、我ら王家が責任を持つ。

私のためにカリヤが戦ったのなら、その結果は私が受け止める――。

『……コートレイ領で、あなたは為《な》すべきだと思ったことを為せばいい』

私がいる、と囁《ささや》く彼の声。

遠く離れていても、いつでも心は繋がっている。

「……うん、ありがとう」

好きだよと、伝えたかった想いは届いただろうか？

大広間へ

　ウォルとの通信を終え、これから自室として使う三階の部屋へと向かい身支度を整える。

　今着ているのは訪問着だからな。会食用の夜会服に着替えなくては。

　アイテムボックスの中から取り出した服や滞在のための諸々《もろもろ》を、女官さんたちが忙しく片づけている。が、しかし動き回っている女性の数が多い。見知らぬ顔がほとんどだ。

「増えたのはコートレイ家に仕える侍女たちです。王都から帰郷した者は、今夜にもミリアムを除いて実家に戻らせていただきますので、その代わりを務める娘たちですわ。ご安心くださいませ。皆、私共の血縁です。信用出来る者ばかりを選んでおります」

　夜会服（っぽいエルフ服）に着替え、椅子に座る俺の髪を編み込みながら説明する、年配の女官さん。

　自称で〝女性〟と言ってはいるけれど、脱いだらはっきりと男の体で着替えを一から手伝ってもらうのは申し訳ない。

　なので基本着替えは自分でするが、服装の仕上げと髪を整えるのを彼女たちに任せている。あと必要な場合の化粧。

　自分の髪型はなー、本当に興味ないんだよなー。

　髪が長いのはウォルが好きだから固定として、一つにまとめるか三つ編み程度でいいかと思っているんだが、今の立場的にはそうもいかない感じで。

　なので公式の場では女官さんたちに丸投げ……じゃない、任せている。コロポックルの前衛芸術みたいに派手ではなく、堅実にまとめてもらえるのがありがたい。

「そうか、実家でのんびりと羽を伸ばしてきてください。ささやかだけれど、俺から手土産を用意させてもらいます」

「まあ、お心遣いありがとうございます。ですがのんびりとは出来ますかしら？　私共、工作員として暗躍する予定ですから」

こ、工作員？

物騒な単語にぎょっとした俺に、女官は楽し気に笑いながら髪を仕上げていく。

「コートレイ領では妃殿下の偉業があまり伝わっていないようですから。里帰りを口実に、お茶会の席などで広めてまいりますわね」

――まぎれもなく工作員だった！

まずは娘夫婦かしらーと笑っている女官のご婦人が、頼もしくて仕方ない。

金糸を混ぜた細かい三つ編みにエメラルドの小さな髪留めをいくつも飾り、複雑に結った髪が最後に円環でまとめられる。

ウォルからもらった、ティシア王家のシンボルが彫りこまれた金属環。まだ婚約者の俺に宝冠はないので、仮の王族であることを表している。

お美しいですわと、完成した髪型を褒めたたえてくれる女官さんたちに感謝を伝え、手土産の菓子折りを渡しておく。

彼女たちは荷物を整理したら日が暮れる前に実家に戻るそうだ。ライナーとミリアムは戻る家がないので、この客室棟に泊まるらしい。

……ウォルに先に話を聞いておいて良かった。知らずに帰宅を勧めていたかもしれない。

仕度を終えた俺は銀髪兄妹を連れて、グウィンに指示されていた回廊脇の部屋を覗く。

フィアスは椅子に座り、周囲に集まった彼の部下と話しながら待機していた。俺と目をあわせ、微笑みながら立ち上がる。

「お美しいですね、妃殿下！　クロエ平原で初めてお会いした時もそう思いましたが、今は洗練されてまばゆいほどです！」

「ありがとうー。さ、あまりジュニアを待たせる訳には行かないだろうから、案内を頼む」

「今も妃殿下の部下は苦労していそうですね。あ、部下ってライナー様か。ならいいや」

さらっと主筋の相手をけなしている気がする……。

部下に指示を出し、フィアスがこちらに向かってやって来た。

では案内いたします、と回廊を先導して歩き始めたが、途中で立ち止まっては建物などの用途や説明を話してくれる。城内に入ってからも続いている。

どうも俺、早く仕度を終えてしまったらしい感じ？

「……妃殿下、妃殿下。ウチの坊ちゃん、生意気で可愛《かわい》かったでしょう？」

案内の途中で、笑いながらフィアスが囁いてきた。

「ライナー様はあまりコートレイの情報をお伝えしていなかったようですが、妃殿下はいろいろと調べてこられました？」

「この春に十三歳になったのは聞いているかな」

当代ナダル君は、歳《とし》にしては背が高かった。

「そうなんですよ、まだ成人されていないんです。お母上を早くに亡くされ、ナダル様を始めとするウチの領の人間は坊ちゃんを甘やかしまくったんで、今のところあんな感じに育ってしまってますが、あまり気にしないでいただけると助かります。コートレイ領主、代々の〝ナダル・コートレイ〟の教育方針は、『幼少期は愛情をこれでもかと注ぎ、思春期の暗黒時代《やらかし》を生暖かく見守り、正気に戻ってから笑って鍛える』なものですので、あの年頃は小生意気が普通でして」

「……は？」

なんだか訳の分からないコトを聞いた気がする……？

呆然としている俺に苦笑しつつフィアスが語った〝代々のナダル・コートレイ〟の教育方針は、前世で見たゲームＷｉｋｉには載っていなかった内容だった。

コートレイ家の当主の証《あかし》である血統武器『花散里《ハナチルサト》』は、『ナダル』の名を持ち、『スレイヤー称号』を得ると継承出来る。

『スレイヤー』は、自分より二ランク格上のモンスターを討伐し、止《とど》めを刺した者が得る称号だ。ウォルも持っているが、この世界の住人にとってはかなり難しい挑戦だと思う。〝プレイヤーの助けを得てようやく手に入る〟くらいだから。

なので限界を超えるほど過酷な訓練を行わないといけない訳だが、コートレイ領では幼少より鍛えるのではなく成人してから一気に育て上げるという方針を取っているらしい。

「どれほどに厳しくつらい訓練でも、愛情が根底にあると分かっていたら耐えることが出来るだろうって方針らしいです。領民皆に愛され、〝ナダル〟は育てられます。反抗期に取った行動――まあ今の坊ちゃんの状態ですが、成人して正気に戻った頃には身悶《みもだ》えして転げまわるほど恥ずかしいそうで、過去を笑いのネタにされながら鍛えられるんだと、ナダル様が遠い目をしながら語られてましたっけ……」

――ナダルも通った道らしい。

俺の脳裏にその光景が浮かぶ。

皆に愛された少年時代を過ごせば、成人してどれほど厳しく過酷な訓練を受けてもまっすぐ前を向いていられる。

愛されていると自覚し、その思いを領民へと返せる領主へと成長する。

それはどれだけ素晴らしいことだろう。

「……ですが、今回の代替わりは違います。坊ちゃんはいまだ幼いまま、先達の助けもなく当主の試練に挑みます。妃殿下にはご迷惑をおかけすることになると思いますが、どうぞ坊ちゃんをよろしくお願いいたします」

歴代ナダルの肖像画が掛けられた廊下を歩きながら、フィアスが呟いた。

「……『花散里』を継いだら成人と見做《みな》されるので、坊ちゃんはコートレイ領軍を率いて戦場に向かうことになるんでしょうね……」

呟きは独り言だったので、返事をする必要はなかった。

俺は無言でフィアスの後に続いて歩き、ようやく会食の場である領館の大広間にたどりついた。

転職イベント開始

大広間では既に宴会が始まっていた。

賑《にぎ》やかだった場が俺の登場に静まり返るが、反応は予想通りだったので無視だ無視。背すじを伸ばして堂々と一歩を踏み出す。

広間の隅に配置されていた楽団が異変を感じ取ったのか、それまでの陽気な曲調を変化させた。なんだか雄大な感じのＢＧＭを奏でて盛り上げてくれる。さすがプロ。

集中する視線が痛いけれど、少しだけ唇の端を吊《つ》り上《あ》げたロイヤルスマイルを浮かべてスルー。表情はカザリン王姉直々に教えてもらいました。

フィアスに先導され、大広間に置かれたテーブルの間を突っ切って上座へと歩を進める。

上座にある領主一族のテーブルには、既にジュニアとその背後にグウィン、二人の老爺《ろうや》と三人の婦人が座っていたが、俺が近づくと席から立ち上がった。次々と、広間に集う人々も後に続く。

ジュニアがむすっとした顔つきで横にずれ、王族扱いの俺に自分の席を譲る。

ライナーとミリアムを背後に従え、譲られた位置についた俺に酒の入った杯が渡された。

コートレイ一族の中でかなり地位が高いらしい、同じテーブルの老婦人が代表して乾杯の音頭を取る。

「「ティシア王国万歳！　コートレイ領万歳！」」

俺が椅子に座るとＢＧＭが即座に楽し気な曲に変わり、広間の空気が気安い雰囲気に戻った。

給仕の女性が、山盛りの料理や酒瓶を各テーブルに運んでくる。

上座以外の席は特に決まっていないようだった。

何人もが杯を手に歩き回り、知り合いを見つけては適当に空いた場所に座って雑談に興じ始める。

――本来なら、自領を訪れた客人の元に順番に挨《あい》拶《さつ》に来るらしいが、誰も近寄ってこようとしない。

仲間内で騒ぎながら遠巻きに観察されているので、俺も観察し返す。

……女性の姿が多い気がした。

ドレスの襟元に黒い喪中のリボンが飾られていて、男の少なさを理解する。

「カリヤ様、戦時中にもかかわらずコートレイ領までご訪問くださり、ありがとうございます。おかげで我が孫は、領主の試練に臨むことが出来ます」

さっき乾杯の音頭を取った、ナダルの母親だという老婦人が丁寧に頭を下げてきた。

白髪をゆるい三つ編みにした小柄な婦人だが、領主一族の座るテーブル内では一番存在感がある。

「Ｂランクの転生者が、物理系戦闘職に転職するために臨むクエスト――でしたかしら。カリヤ様はＳランク生産職だとお聞きしていますが、この機会に戦闘職に転職されるのですか？」

「いいえ。生産はＳランクですが、戦闘ランクがＢなのでクエストだけは受けることが出来るのです。試練をクリアすると、今就いている職を放棄して転職するのかと再確認があります。その時に断る予定ですが、領主側の試練には関係ありませんから、彼は資格を得ることが出来るはずですよ」

そう、生産職を選んだ俺の戦闘ランクは上限のＢ。

一応今回の試練は、俺の転職クエストという感じで行われることになる。

まあ、クエストをクリアしても絶対に戦闘職に転職なんてしないけれどな。

うっかり転職してしまったら、帝都と辺境に出向いて非金属系生産職のＡランク以上のランクアップクエストを受け直さないといけない羽目になる。

……再確認あるよな？　前世のゲームと同じだと思っていいんだろうか。

実はかなり怖い。

老婦人より更に年配の老爺二人が、額を寄せ合ってぼそぼそと話し始めた。

「若様のランクは現在、C。Aランク以上のモンスターを討伐せんといかん訳だが、コートレイ近辺のAランクモンスターで手頃な相手はなんだったかの……」

「南西部の火山地帯におるラーヴァドラゴンはSランクじゃな。ラーヴァリザードはA。森には蜘蛛《くも》、鹿……エルダートレントもAじゃが、あれを討伐する訳にはいかんからな」

「ドラゴンだ！」

ジュニアが俺を睨《にら》みつけながら話に割り込んできた。

「ウォルド陛下はドラゴンスレイヤーなんだろう？　ナダル・コートレイの名前を継ぐ俺が、仕える王より劣るトカゲを倒して勇者を名乗ってはティシアの恥になる。俺はドラゴンを倒す！」

「……坊ちゃん、ラーヴァドラゴンはSランクです」

「だがグウィン！　親父《おやじ》だってドラゴンスレイヤーだった！　おばばさま、俺はドラゴンに挑戦したい！」

こめかみに細い指を押し当てた老婦人が、孫のおねだりにため息をつく。

同じテーブルについた、こちらはもう少し若いご婦人たちが、苦笑しながらもジュニアの肩を持った。

「いいではありませんか、おばばさま。いずれにしろ、当主はスレイヤーの称号を得なくてはいけないのですから。箔《はく》をつけましょう」

「幸い、対ラーヴァドラゴンはこれまでのノウハウがあります。領民も、ある程度の損害は受け入れてくれるでしょう。当代ナダルが『花散里』を振るえる資格を得ることこそが、我らの悲願です」

「数で抑え込むために、出来るだけ多くの兵を連れて行けばいい。カリヤ様もご協力いただけるのですよね？　試練には転生者がどうしても必要ですので、ついてきていただくだけで結構ですから」

「未来の王妃は、コートレイ領の領民が命に代えましてもお守りいたします。どうぞご安心ください」

――困った風に笑いかけてくるご婦人方の台詞《せりふ》から推測するに、生産職の俺は足手まといと判断されているようです。

だよなー。生産職ってそういうイメージあるよなー。

ネームドのＮＰＣ相手に勝てる自信はないが、普通のＢランク相手ならそこそこ戦えるよ？　俺。

だがコートレイ領の皆さんは、俺の戦闘能力なんて必要としていないんだろう。

クエストを始めるきっかけだけ欲しいと分かってはいるんだ、が。

「……二十五日ほど準備期間を取れるなら、死者数ゼロで試練をクリア出来ます」

戦闘職の育成方法は……と前世の攻略サイトを思い出しながら口を開いた俺に、テーブルについていた面々だけではなく、周囲で聞き耳を立てていた者たちもが黙り込んだ。

ＢＧＭも空気を読んで控え目になった。良い仕事をしている。

「火山地帯由来のモンスターでしたら、ちょうど氷属性の矢をかなりの量持っているので倒せるでしょう。Ｂランクの弓兵が二十名ほど、同じくＢランクの近接戦闘が十名ほど。参加する兵はそのくらいいれば充分です。二十五日間を準備期間に充てて、兵に属性武器を習熟させる。当代ナダルにもその間にＢランクへと上がってもらい、それから南西部の火山地帯に移動して、討伐して戻ってくるので一月と少し。当主の試練は、そのような日程で進めてもよろしいですか？」

私もあまり王都を不在にしているわけには行きませんので。

にこりと笑いながら告げると、ジュニアが顔を真っ赤にして立ち上がった。

「ふ、ふざけるな！　そんなに簡単にランクが上がるものか！」

「コツさえ押さえれば可能ですよ。失礼ながら鑑定させてもらいましたが、当代はCランクでもかなり経験を積んでいます。もう少し鍛えればランクが上がるでしょう」

　任せろ。俺はウォルをネームドにまで鍛え上げた男だ。

　新人向け基礎訓練《ブートキャンプ》って訳じゃないが、ドーピングで無理やりにでもステータスを成長させてやろう。

　周囲がざわついている。

テーブルについた面々の背後、同じように控えたグウィンと潜めた声で話し合っていたフィアスが、俺の側へと近づいてきた。

「……妃殿下。残念ですが、今のコートレイ領にランクBの弓兵は二十名もいません」

「なら、足りない人員は王都から呼び寄せます。低ランクの数を揃《そろ》えても討伐は難しいですから、少数精鋭で挑みたいので」

「コートレイに恩を売るつもりか!?」

「――そうじゃない」

　父親の面影を持つ少年の、紫の瞳を真正面から見据える。

「あなたの父親に、恩を受けたのは私の方だ。ナダル・コートレイは、一介の山の民に過ぎなかった私の後ろ盾になってくれた。恩人であり――かけがえのない友だった。私は、ナダルから受けた恩を返すためにコートレイに来た」

　唇を引き結んで立つナダルの息子に、俺は告げた。

「あなたに、コートレイ領主の証である『花散里』を手にし、〝剣聖ナダル〟を名乗らせるために」

　頭の中で謎の声が響いた。

　前世でプレイしていたMMORPG、《ゴールデン・ドーン》。

　そのシステムを思わせる声が、俺に物理系戦闘職への転職クエストを開始するかと判断を迫る。

>はい
　いいえ

強化完了！


俺が前世でプレイしていたゲーム、《ゴールデン・ドーン》の成長システムは少し特殊だった。

最初はEランクから始まって、クエストを達成したりモンスターを倒し続けていればBランクまでは自然に成長出来る。これはゲーム内のNPCも同じ。

だが、プレイヤーはNPCの限界であるBランクよりも更に成長出来た。

Aランク、そしてS、SS《ダブルエス》、SSS《トリプルエス》。

経験値を限界まで溜《た》めて、ランクアップクエストと呼ばれる昇格クエストをクリアする。その都度ラギオン帝国の帝都にある冒険者ギルド総本部に報告をすれば、自身のランクが上がっていく。

一番最初に経験することになるAランクへのランクアップクエストは、プレイヤーにとって自身の方向性を決める重要なクエストだ。

プレイヤーはこの時点で、自分がどういう方向に成長していくかを選択することになる。


物理系戦闘職になるか？――簡単に説明するなら、直接殴って戦う職業。

魔法系戦闘職になるか？――殴るのではなく魔法で戦う職業。

金属系生産職になるか？――金属系の素材でアイテムを作る職業。

非金属系生産職になるか？――金属以外の素材でアイテムを作る職業。

基本はこの四種類。

戦闘職を選べば生産職の適性がなくなるし、逆もまた然《しか》り（ただし、共通だったBランクまでの戦闘・生産スキルは使用可能）。

ちなみに俺は、非金属系生産職だ。

実家が農家だったからか、物を作ったりするのが好きだったし、本格的な戦闘にはあまり興味がなかったので。

生産職で人気なのは武器や防具が作れる金属系なんだが、穴の中でひたすら鉱石を掘ったり、部屋の中でトンカン続けるのはいやだなぁと思ったので非金属系。その中でもメインをアイテム生産にした。

自分で言うのもなんだが少し変わり者だ。前世じゃ圧倒的に武器職人、防具職人の方が多かったので（作った武器防具を戦闘職に高値で売れる）。アイテム職人は一番不人気だったりした。

何故《なぜ》なら、ほとんどのアイテムは運営が課金で販売している。わざわざプレイヤーが作製する必要がない――俺は自分が楽しめりゃいいかと気にしてなかったけれど。

だがしかし、運営の存在しないこの転生後の世界じゃおそらく、アイテム職人が大正義！　課金の存在しない世界で万能薬エリクサーを自作出来るからな！

――閑話休題。

そうじゃなくて、Aランクのランクアップクエストだ。

Sランク以上は辺境が舞台だけれど、Aランククエストは中央国家群内で受けることが出来る。

非金属系生産職は、帝都アルラギオンの技術院で。

金属系生産職は、北方山脈の地下にあるドワーフの国で。

魔法系戦闘職は、大樹海に住むエルフの里で。

そして物理系戦闘職のランクアップクエストはここ、ティシア国のコートレイ領が舞台となる。

……奇《く》しくも俺は、物理系戦闘職のランクアップクエストが存在するティシアに転生している訳だけれど、この通称『コートレイの試練』について転生後は不思議に思うことがあった。

　生産職二種類と魔法系戦闘職、この三つのクエストについてはいつでも受けられるんだよ。学校に入学したりとか、ドワーフに師事したりとか、エルフを助けたりとか（転生後の現実は、ドワーフもエルフも鎖国状態なのでクエスト開始地点に近づけもしないのだが、それはおいておく）。

　だけど物理系戦闘職。これだけは、〝ナダル・コートレイの代替わりに協力〟がクエスト内容だ。

　代替わりということは、だいたい二十年に一度くらいの頻度でしか行われないだろう。

　ゲームの中では、クエストが始まったら個別に別サーバーで対処だったからどんどん転職出来ていたけれど、今世は別サーバーなんて存在しない。

　もしかして、転生後のこの世界は物理系戦闘職に転職しづらい……？

「いえ、〝コートレイ一族のスレイヤー称号挑戦〟でも可能だそうですよ。当主のナダル様が引率する成人の儀に限りますが。これまでにも何人ものBランクの転生者が成人の儀に同行し、ランクをAに上げて物理系戦闘職になったそうです」

　疑問に答えてくれたのは、白い髪にオリーブ色の肌を持つ青年だった。

「コートレイ領の領民が怒っているのは、そのランクアップクエストの件もあるんですよ。ナダル様は〝タリスの悲劇〟後、ティシアを出て行った転生者を含めすべての転生者を一族の成人の儀に招きませんでした。だから数年ランクアップが出来ない状態だったんですね。だけどそのナダル様がクロエ平原で行方不明になり、坊ちゃんが後を継ぐために『コートレイの試練』を行わなくちゃいけなくなった。何人もの転生者がやって来ては〝協力〟を申し出たそうですよ。中には厚かましくも金品を要求する者もいたとか。――どうして坊ちゃんが当主になるのか理解していない」

　クロエ平原は転生者に焼かれたのに。

「……グウィン様がカリヤ様に立会いをお願いしたと言った言葉を信じて、僕たちは陛下と共に妃殿下のご帰還をお待ちしていました。坊ちゃんもまだ成人の十五歳になっていませんし、何年でも待つ気でした……」

馬車の向かいの席に座るフィアスが、俺と視線をあわせて微笑む。

「ありがとうございます、カリヤ様。コートレイ領まで来てくださって。それに宣言通り、たった二十五日で坊ちゃんはBランクに到達し、他の兵も充分に強化出来ました」

ああ、それね……と、俺はそっと視線を窓の外へとやった。

夏に向けていっそう鮮やかになっていく新緑が目に美しい。

森の中にあるコートレイ領を訪れて早々、強化宣言をぶちかました俺だが、勝算があったからに決まっている。

大樹海の、エルフの里でウォルが行ったアレだ。

前世のゲーム攻略サイトに基本のお約束として載っていたから、俺は各ランクアップクエストのベストクリア方法を知っている。物理系戦闘職の場合も知っている訳だ。

コートレイ領にも存在していた訓練場。

まずはそこで『基礎訓練』一択。期間は、休息日を入れずにぶっ続けで十日間。

十日後からは基礎訓練・応用訓練・瞑想《めいそう》のセットの繰り返しだ。五セットで十五日間繰り返せば、Aランクスキルを最大の威力で覚えられるようになる——と、ゲーム攻略サイト様が仰《おつしや》っていました。

そしてどうやら、このゲームによく似た世界でもそのお約束は有効だったようです。

強くなったよ、ジュニア！

初めは気乗りしない様子だったけれど、訓練場にやって来たグウィンに諭されて真面目にこなすようになった。

根はかなり真面目というか、素直なんだよな坊ちゃん。

ドーピング用のポーションも初回は顔をしかめて受け取ったのに、一口飲むと顔を輝かせて残さず飲んだ——カリヤ印のポーションは、味にもこだわっております。

日替わりで味を変えてみると、わくわくした顔つきでポーション配付を待つようになっていた。ラムネ味が気に入った模様。

そんなジュニアと一緒に、試練に同行する兵士たちも鍛え上げた。

Bランクと、Cランクのこれからランクアップしたい志願兵たち。男女比率は三対七くらいです。

女性が武器を手に取って戦うのは、このゲームに似た世界ではそれほど珍しくない。

冒険者の女性はわりと多くいたりする。専用防具として、ビキニアーマーが存在するのは伊達《だて》じゃないんだよ。ただ徴兵は男が基本だけどな。

女性が戦場に出た場合、不幸な目に遭うこともあるし、合意の上でも従軍中に妊娠したら戦力が低下するので。ならいっそと最初から徴兵は免除されている——らしい。

……ゲイリアスのカリヤさん、〝女性〟のはずなのに徴集兵として戦争に参加した過去があるんだが、どうやってごまかされてると思う？

『ティシア国の未来を憂えて、〝男装〟して戦争に参加した』ことになってるんだぜ……？

すごいわー。

歴史ってのは権力者に都合が良いように作られるのは知っていたが、目の当たりにした気がする。

俺、着々とティシア王妃への階段を上っていきつつあります。王であるウォルがカラスは白だと断言したら、実際の俺を知っていても、臣民は「そうです、どう見ても白！」と表向きは唱和するものなんです。

現王と王妃の出会いエピソードは、戦争後に大々的に広める予定だと聞いている。うん、戦争中にわざわざ広めなくてもいいよ……。

ウォルとの幸せな新婚生活のため、戦争が終われば俺も協力がんばります。

まあその前に、いかにして戦争に勝つかだけどな。だからコートレイ領に来ている訳だし。

二十五日間にわたる基礎訓練。

ジュニアもサポートする兵士たちも、予定通り強化出来た。

訓練を終え、五日間の準備期間を経てから、いよいよラーヴァドラゴンの生息する火山に向かうことになる。

その前に、俺はちょっと二泊三日で王都アルティシアに帰ってきます。

大樹海のエルフたちが、俺に会いたいと言ってきているので。エルフはまだ、俺とウォル以外を信用していないからな。

ついでに技術院と魔法院にも寄っておかないと。技術院院長としての仕事が溜まっているはず。それと、冒険者ギルドも足を運んでほしいとか。

転生者が俺一人しかいないってのは、なかなか大変。でもまぁ、やるしかないでしょ。

「……そういえばフィアス」

おそらく冒険者ギルドからの要望は、クラシエル関連だろう。

レジスタンスの一員だったエーリクのことを思い出し、俺は彼と同じ白い髪をした青年に声を掛けた。

「その君の髪色、奴隷から解放された時に白く変化したんだよな？　普通の染料では染まらないのは知っているだろうけど、俺の作った特殊な染髪料《アイテム》なら染めることが出来る。使うなら渡すけれど、いる？」

赤い目を見開いた青年は、提案を聞き終えると少しの間をおいてかすかな笑みを浮かべた。

「ありがとうございます……ですが、お気持ちだけいただいておきます。たしかに元奴隷だった証はラギオン帝国では価値があるけれど、他の場所じゃ蔑《さげす》まれる場合がありますよね。ですがコートレイにいる限りは、皆さんどういう経緯があったのか知っているので、差別されることはありませんから大丈夫です」

「そうか……」

「――それに、実はほんの少しだけ、期待していることがありまして」

　自分の髪に手をやって、フィアスが苦笑した。

「僕の瞳の色ってハム諸島では珍しいらしくて。幼かったので詳しくは覚えていないんですが、戦争のどさくさで売り飛ばされたはずなんですよね、僕。元奴隷だったと分かる髪色で人目について、もしこの瞳の色に気づいてくれたら。家族が生き残って探してくれているなら、僕に気づいてくれるかもしれません。中央国家群は広いですから本当に淡い期待なんですが……そんな訳で、髪は染めずにこのままにしておきたいのです」

　分かった、と俺は頷いた。

　中央国家群の極東に位置するハム諸島は、十八年前の戦乱の後もかなり乱れたと聞いている。いくつもの小さな国が滅びては興った。

　年齢的に、フィアスはその頃の戦乱に巻き込まれたんだろう。

「奴隷商から逃げ出したところを、ナダルと老師に保護されたんだっけ？」

「はい、逃げたはいいが外れなかった隷属の首輪を外してくださったのがナダル様です。僕がハム諸島まで出向けば家族を探せるかもしれませんけれど、生国はもう滅びているみたいですし。ナダル様への御恩を返すまではコートレイを出る気にもなれません。見つかればラッキー、って感じで考えています」

　あ、これ師匠の口癖でした、と思い出して笑っているフィアス。

　転生者であるティシアのユキナガ氏、SSランクの剣士だったそうだが、わりと軽い御仁だったんだろうか。

　そんな話をしているうちに、馬車は目的地にたどりついた。

　午後から王都アルティシアに戻る俺だが、その前に――『コートレイの試練』を始める前に、どうしても足を運びたかった場所があった。

　ジュニアたちの訓練は休みの日を入れることなくぶっ続けで行われて、合間に負傷兵の義手義足の作製をしていたから、ようやく向かう時間が取れた。

　同乗していたライナーが先に降り、周囲の安全を確かめて俺とフィアスに降りるよう目線で促す。

　うん、馬車の中、俺の隣にはライナーが座っていました。

　コートレイ領に来てから、彼は変わった気がする。俺の護衛のために決して離れることなく後をついてくるんだが、以前は気になっていた存在感が負担にならなくなった。

　必要最低限しかしゃべらないのは変わっていないけどな。

　意思疎通の仲介をしてくれるミリアムは、今回は領館に残って帰都の準備をしてくれている。

　先に降りたフィアスが差し出した手を借り、馬車を降りる。

　足元に群れて咲く白い花が、吹き抜けていった風に一斉に揺れた。

「――妃殿下。此処《ここ》が、コートレイの墓所です」

言葉にできない

　周囲を森に囲まれた小さな草原が、コートレイの領主一族と、戦いで死んだ戦士の眠る墓所だった。花芯《かしん》まで白い、マリーゴールドに似た花がそこかしこに群れて咲いている。草原に風が吹き渡ると、緑の海原に浮かぶ白い花が波に乗って揺れる。

　真新しい墓碑も朽ちかけた墓碑も、緑の波の中に埋もれる草原の中央に、古びた石造りの建物とその前に立つ剣士の石像があった。

草原の中に道は通っていなかったので、馬車と騎馬で随行した兵をその場に残し、フィアスとライナーだけを連れて草むらに足を踏み入れる。

俺の身につけた白一色の衣装の脇で、白い花が揺れる。

――本来なら、この墓所に俺はコートレイ領を訪れてすぐに立ち寄らなくてはいけなかった。

共に戦ったことのある友好国や領地に出向いた際、王族はまずその地の墓所を訪れ、英霊に献花を行う。前世でも似たような慣習があった。

だがすぐに足を運べなかった。

まだ俺はウォルの婚約者なだけであって、正式な王族じゃない。

それに到着した翌日からジュニアや兵に対しての訓練が始まった。だから立ち寄る時間が取れなかった――来られなかった理由ならいくらでも思いつく。

行かなくちゃいけないとは思っていた。でも本当は行きたくなかった。

来たくなかった。来たかった。

俺とあの人には血縁的に何の関わりもないから、だから俺は喪中を示す黒ではなく、見送るための白い服を着て進む。

そよぐ緑の草波の中、領主一族の霊廟《れいびょう》の扉は固く閉ざされていた。

霊廟の前に立つ、等身大よりわずかに大きい石像の足元に、いくつもの花が供えられている。美しくまとめられた花環《はなわ》や花束に交ざって、どこからか摘まれてきた野の花もそこにはあった。

壮年の男をかたどった石像が、まっすぐ前を見据えている。

〝彼〟が両手に捧《ささ》げ持《も》つ剣の名を俺は知っていた。

『花散里《ハナチルサト》』。

代々の領主〝ナダル・コートレイ〟が、名と共に受け継ぐ両刃の直剣――。

アイテムボックスの中から、あらかじめ用意していた一抱えほどの大きさの花環を取り出す。

何種類もの白い花で環を作り、白いリボンで飾り付けたそれを、片膝をついて石像の台座に立て掛けるように供える。

そのまま俯《うつむ》くと、顔の横にまとめていなかった髪が一房零《こぼ》れ落ちてきた。

……そういえば、ナダルにも白いリボンをもらっていた。

何故俺は、もらったリボンをアイテムボックスの中にしまっておかなかったんだろう？

身に着けていたリボンは、タキリン城砦から脱出する時になくしてしまった。

ウォルを庇《かば》って背中を斬られて、あの時に髪ごと切られたんだろう。逃げて、エリクサーの眠りから目覚めた時にはまとめていたはずの髪は解けていて、もうリボンはなかった。

何故俺はしまっておかなかったんだろう？　彼からもらったリボンだったのに――。

波に似た風の音しか聞こえなかった静かな草原に、馬のいななきが聞こえた。

道を走って来たらしい蹄《ひづめ》の音が、ゆっくりとしたテンポに変わったのが分かる。

置いてきた馬車を守っている兵士から制止の声がかからない。近づいてきたのは見知った相手なのだろう。

馬に乗ったまま、誰かがこちらに近づいてくる。

俺が伏せていた顔を上げて立ち上がったのと、人馬の影が陽《ひ》の光を遮ったのはほぼ同時だった。

「――なにをしているんだ？」

「花を、手向けています」

現れたのはジュニアだった。

きつく手綱を握る手に、何本かの黄色い野花が一緒に握られている。

逆光になってよく見えないけれど、高い位置にいる少年が、険しい表情で俺を睨みつけているのだけは分かった。

まだ少年っぽさの残る、薄い肩が震えている。

大きく喘《あえ》ぐような呼吸を繰り返し、彼は花を持っていた手を霊廟へと向けた。まっすぐに向ける指先に、取り落とした花が地面へと散らばる。

「ここにっ、親父は眠っていないぞ……っ！」

「――知っている」

弾かれたように少年が馬首を巡らせた。

馬を駆けさせて去っていく後ろ姿に、俺は鋭い声で傍らの青年に指示を送る。

「フィアス、彼を追いかけろ！」

「御身を守るのが務めです。部下に追わせます」

「そうじゃない。君じゃないと駄目だ」

領民では駄目だ。祖母や叔母といった女性親族も無理だろう。

成人はまだしていないが、彼は領主だった。庇護《ひご》すべきと考えている対象に頼ることをよしとしない。

少年が自分を出して甘えることが出来るのは、幼い頃から面倒を見てきたグウィンと、ナダルに拾われてから家族のように付き合ってきたらしいフィアスの二人だけ。

クロエ平原の戦い後、コートレイ領に戻るなり辺境に向かったと言っていたフィアスだが、それもジュニアの一種の甘えだったんだろう。

二人のやりとりを見ていれば分かる。

訓練場で俺の警護をしつつ、フィアスはまるで弟のようにジュニアを可愛がっていた。……可愛がるというか、鍛える方向に特化していたけど愛はあったと思う。

国境警備もそうだ。

クロエでの突然の敗戦に領内は乱れて、守るべき国境線も不安定で、だから少年はフィアスに鎮圧を願った。

左遷と口では言いつつも、拒否をせず受け入れたフィアス。

故郷に戻ってきたばかりだった彼が、休むこともせず兵を率いてすぐに国境に向かったのは、少年が命じることが出来るのは――甘えることが出来るのは、自分だからだと理解していたからだ。

「あの子を一人で泣かせるな」

それでも動かない青年に、俺の背後より静かな声がかかった。

「妃殿下には私がいる。すぐに若の元へ向かえ、フィアス」

「フィアス」

言葉を重ねると、フィアスが深々と頭を下げた。

弾かれるように走り出して馬車の方へと戻り、部下が譲った馬の手綱を受け取ると鞍《くら》に舞うように飛び乗る。

一気に走り出した騎馬が、すぐに森の向こうへと消えた。

ジュニアが落とした花を拾う。

どこにでも咲いている、タンポポの一種だった。

腰を落として花を石像の前に供えつつ、他の野花も少年が供えたのだろうと推測する。

墓守がまめに面倒を見ているのか、墓所の中に枯れた花はない。

訓練場のセットは午後から行っていたから、参加者は、午前中は自由に行動出来た。兵士なら通常業務をこなしていたはずだし、俺も打ち合わせや技術者への指導を行っていた。

ジュニアには領主としての教育が入っていたと聞いているが、その合間に訪れていたのだろう。

枯れる間も置かず、供え続けていた花々。

一人で館を抜け出し、彼はずっと通っていたんだろうか？

本人も言っていた、父親が眠っていない墓所に――。

「――ナダルの名は、捕虜名簿にありませんでした。遺体も見つかっていないようです。引き渡しの交渉はコートレイに来ていません」

ライナーの言葉に、そうかと頷いて立ち上がる。

「……妃殿下。質問してもよろしいでしょうか？」

――あなたにとって、ナダル・コートレイはどういう人物でしたか？――

背後から声を掛けてきたライナーに、俺は古びた石像を見上げた。

像の向こうに青い空が見える。真っ白な雲が、吹く風に流されていくのが分かる。

空の上に吹いている風が地にも吹き、白い花が咲く緑の草原に波の模様を描き出す。

ゲイリアスの山中で見上げていた空と、同じ空だ。

まだ〝転生者〟という存在が、このゲームによく似た異世界には存在すると、それだけしか知らなかった過去。

俺はよく空を見上げていた。

ライナーの質問に答えるのではなく、俺は過去の自分に向かって口を開く。

「……この、《ゴールデン・ドーン》によく似ているけれど異なる世界に〝転生〟したことを、昔の俺は受け入れることが出来なくて、自分を中途半端な存在だと考えていた。前世の記憶はあったけれど、最初は魔法やスキルが使えなかった。そのうちにここがプレイしていたゲームの世界じゃないかと気づいて、容姿はまるきり変わっていたけれどゲーム時のキャラクターと同じ能力が使えると分かって。それでも半信半疑だった。転生なんて本当に存在するんだろうか、と。前世で読んだ娯楽小説では、異世界転生はチートがお約束だったのに、なぜ現実は転生した俺に優しくないのか、と――」

人の嫌な部分をたくさん見た。

前世に嫌な部分がなかったとは言わない。だけど文明レベルが高いとは思えない中世みたいな世界では、欲望はあからさまで。

寄る辺を作ることが出来なかった俺は、いつしか空の向こうに行きたいと考えていた。

辺境に行きたい。

ゲームでは中央国家群らしいこの地を出て。

何の関わりも持たずに生きたかった。何にも期待せず、信じることもしなかった。しても意味がないと思ったから。

そんな欠けた俺でも愛してくれたこの世界の家族を看取《みと》り、すべてを捨てて出ていくつもりだった。

だが最後に、良くしてくれた友にわずかでも報いたいと、始まっていた対クラシエル戦争に参加する気になった。

都合が悪くなればすぐに逃げ出すつもりで。

「――そして、出会ったんだ。〝ナダル・コートレイ〟に。MMORPG《ゴールデン・ドーン》の主要NPCだった彼は、転生後のこの世界にも存在していて――ようやく俺は、自分がたしかにこのゲームによく似た世界《げんじつ》に存在しているのだと実感出来た」

俺はゲームの世界に転生したんだと理解出来た。

彼が教えてくれた。

転生者がどういう存在なのかを教えてくれて、今世の俺を受け入れてくれた。前世の俺を理解してくれた。

交通事故で二十九歳で死んでしまった〝俺〟が、たしかに異世界で二度目の人生を得たのだと、ゲームのNPCとは違う〝彼〟と出会いようやく納得出来た。

きっと、冒険者ギルドに子供の頃に保護されていたらこんな葛藤《かっとう》もなかったんだろう。

だけど俺はナダルと出会ってようやく、自分自身を受け入れることが出来た。

「彼が好きだった。本当に好きだった。友人だった。兄だった。父親だった。恩人だった。理解者だった。俺にとって特別で、かけがえのない相手だったんだ、ナダルは――」

風に揺れる花の色が、先ほどとは少しだけ変化した気持ちで彼からもらったリボンを思い出させる。

彼から、たくさんの〝もの〟をもらうことが出来た。

奪われることが多かった第二の生は、彼が向けてくれた信頼や好意のおかげで、それ以上に心が満たされた。
　本当に、本当に、ほんとうに――、
　緑の森を背景に、白い花が揺れている。
　吹き渡る風が波のように押し寄せて、草原の中に佇む俺の髪と白い服の裾《すそ》をなびかせ、通り過ぎていった。

天使との出会い

　王都アルティシアに、帰ってきたぞー！

　俺がコートレイ領から一時帰宅したのには、もちろん理由がある。

　諸々の案件を片づけるためだ。

　この国《ティシア》にたった一人だけの転生者。俺にしか出来ないだろう仕事が、そりゃあたくさんあるのです。

　昨日は献花の後、コートレイ領館にてパワーランチをこなしてライナーと共に転移ポータルへ。

　二泊三日の強行軍なので、ミリアムを始めとした女官はそのまま待機――とは言っても、里帰りした女官の皆さんは一度も戻ってきていないんだが。コートレイ領だけでなく、ティシア南部一帯を回ってくれているらしい。たまに手土産追加のお願いが来るので、菓子折りなど送っている。

　しかし、コートレイから転移ポータルを使ってアルティシアまで移動するのには半日かかる。ジャンプを使ったら移動時間を短縮出来るけれど、王の婚約者である俺一人だけで行動する訳には行かないので、地道に馬車移動だ。

　アルティシアに戻ったらカザリン王姉にご挨拶&一緒に夕食の後、夜中にこっそりライナーを同伴して冒険者ギルドへ。

　冒険者ギルドでは、俺不在の間にクラシエルから救出された者たちが隷属の首輪を外してもらおうと待っていた。

流れ作業で首輪を外しつつ、彼《か》の国の状況をエーリクから聞く。

なんと、クラシエル国内では現在、謎の馬泥棒が発生しているのだとか。

警戒して夜中に見張りも立てても、いつの間にか眠ってしまい、朝には馬が一頭残らず消えている。

初めは精霊馬バイヤールの仕業ではないかと疑われたが、牝馬《ひんば》だけでなく牡馬《ぼば》もいなくなっているし、壁で囲まれた街では閉じられた門の閂《かんぬき》が内側から外されている。

閂はバイヤールには外せない。

いったいどんな超常の力が働いているのか、もしかしてクラシエルは呪われているのではないかと噂《うわさ》が立ち始めているそうだ。

クラシエル国内に潜入したエーリクの仲間の馬も、朝になると消えていたことがあるのだとか。

——すまんな、お口にチャックだ。

エルフとバイヤールの協同作戦には基本ノータッチなので。

ヴェンには帰省最終日に会う予定がある。その時に進捗《しんちょく》状況は確認しておこう。

夜遅くに戻ってきたら、ウォルのいない寝室で眠って、次の日は朝から技術院で半日仕事。コートレイ領に向かう直前に、技術院院長に正式に就任したので。

転生者が各国にある院の長《おさ》に就任したら、関連する活動にボーナスがつく。

技術院の院長就任の場合は、Sランクで一割、SSランクで二割、SSSランクで三割の生産アップボーナスです。ポーション百個生産が、百十個作れるようになるのです。

地味だがすごい効果だと思う。

ただし、補佐に任せっきりの名義貸しは出来ない。

院長に就任したら、三十日に一度は院を訪れて実際に仕事をこなさないと、ボーナス効果がなくなります。マイナスになります。

　二十八日振りの登院……っ。間に合った！

　朝から書類と格闘して、院内の各部署を回って作業の確認。

　半日滞在すれば、仕事をしたという判定が下されたはず。なので半日で技術院関連を終わらせて、次は魔法院だ。

『コートレイの試練』を達成するために、魔法使いを数名借りたいので。

　魔法院院長のセフィエラ氏へアポを取り、打ち合わせは敷地内にあるバラ園でとなった。

　ティシア王宮に隣接する魔法院だが、王宮を取り囲む外壁と院の建物が繋がっている訳ではない。間には見事なバラ園が広がっている。春から秋まで、途切れることなく色とりどりのバラを咲かせるらしい。

　そこにある東屋《あずまや》で、優雅にお茶を飲みながらの会談だ――余談だが同じような造りの技術院の場合、王宮と隣接したこのスペースは薬草園になっている。

「――それでは風魔法使いを二名と水魔法使いを四名の計六名、明日の妃殿下の移動の際に同行させます」

「急に無理を言ってすみませんが、よろしくお願いします」

「いえいえ、ラーヴァドラゴンとの実戦ですか？　若手には良い経験となるでしょう。いずれ戦場に向かわせる予定ですが、その前に妃殿下の下で鍛えていただけるなら、魔法院にとってもありがたい限りです」

　おっとりと笑いながら俺に答えてくれる白髪藍《あい》瞳のおじいちゃん。

　セフィエラは一貫して俺を支持し続けてくれている。今回の急なお願いにも、あらかじめ話を通していたとはいえ快く対処してくれた。

　武で鳴らしたコートレイ領には、魔法の心得のある者がほとんどいなかった。なので王族特権みたいなのを使わせてもらって、保険を用意する。
魔法使いのアシストがあれば、ドラゴン狩りはかなり楽になるだろう。

「……じいさまー……！」

「ん？」

遠く聞こえてきた子供の声。

俺とセフィエラは、声の聞こえた魔法院の方角に顔を向けた。

見事に剪定《せんてい》されているバラの生垣から、ひょっこりと金髪の幼児が顔を出す。

「おじいさま！　ぼく、あそびにきました！　おとうさまもきてるけど、おしごとがあるので、ぼくだけさきにきました！」

「テオドア！」

祖父しか視界に入っていない幼児が、とてとてと走ってくる様子にセフィエラが立ち上がる。

東屋を出て腕を広げた祖父にうれしそうに飛び込み、抱え上げられた幼児が、座ったままの俺の姿を認めてぴたりと動きを止めた。

どうやら同席者の存在に気づいていなかったらしい。

咳払《せきばら》いをして、セフィエラ氏が孫を抱えたまま俺に向かって頭を下げた。

「申し訳ありません、妃殿下。お見苦しい所を見せてしまいました。セフィエラ領主である長男の一子、テオドアです。今年で五歳を迎えます」

「……」

カリヤさん、口を開けてガン見されています。やっぱり子供にとっては、この肌の色が珍しいのかな？

見開かれた大きな瞳は祖父と同じ深い藍色だ。髪色はどこか柔らかな印象を与えるクリームがかった金で、短く切った毛先がくるんと巻いている。

前世で見た宗教画の天使のような、ふくふくと健康そうな子供だった。

セフィエラが下にと降ろしたが、恥ずかしがって祖父の背後に隠れてしまった。

　でもやはり気になるらしく、チラチラと顔を出してはこちらを窺《うかが》っている様子が愛らしい。

「――テオドア。こちらはカリヤ妃殿下だ。きちんとご挨拶をなさい」

「……かりやひでんか、さま。ておどあ・せふぃえら、よんさいです。もうすぐ、ごさいになります」

　祖父に背中を押されて前に出てきた幼児が、顔を真っ赤にしたままぺこりと頭を下げてきた。

「カリヤです。あなたのおじいさまには、とてもお世話になっています。テオドアとも、これからぜひ仲良くしたいです」

　よろしくねと声を掛けると、天使はこくこくこくと頷いてくれました。

　一生懸命頭を振っている様子が可愛かったです。

過去の残滓《ざんし》

　祖父と孫に見送られ、魔法院のバラ園を後にする。

　東屋から離れた場所に控えていたライナーが、王宮に戻ろうと歩き出した俺の後に続いた。

　魔法院の敷地と王宮を繋ぐ、外壁に設置された門を通って王宮へと延びる回廊を進む。

　本日午後からの予定は、後宮内で生産活動をしている女官チームにポーション作製指導と、俺の個人的なアイテム作製。自分のアイテムボックスにストックしていた希少素材が少なくなったので、ティシア王宮の備蓄から等価交換してもらわないと。

　片耳にピアスのように着けているウォルとの通信アイテムをだな、改良したいのだよ。

　稼働するためのMPをアイテム内部に蓄えるのではなく、装備者のMPを直接エネルギーとして利用したらいいんじゃないかという天の声《ひらめき》が舞い降りたんだ。

これはすぐさま改造するしかあるまい。理論上、王都アルティシアの端から端までくらいの距離なら通信可能になるはず！　ただしBランクオーバーのMP保持者じゃないと使えないけどな。

ひらめいたのは、必要な触媒を精霊界とティシア王宮の宝物庫でゲット出来たから。

さすが、千年の歴史を誇る古都と精霊界！

冬の間、ホームのスクリーンに映して冒険者ギルドのバザーをチェックしていたけど、生産系のレア素材が売りに出されているのは見かけなかった。

バザーで売買していないだけなのか、入手出来ないから売っていないのか。

最近、アルティシアの冒険者ギルド支部で職員の端末からバザーをチェックさせてもらったりもするんだが、理由は後者のような気がしてならない……。

「妃殿下！」

考え事をしつつ回廊から王宮内に入ると、背後に付き従っていたライナーから警告のように小声で言葉が発せられた。

思わず足を止める。そのまま護衛騎士が前に出て、俺の姿を隠すように背中に庇った。

「——そこの者たち、何用だ？」

「これはカリヤ妃殿下！　お久しぶりでございます、ブラットル領主、ロト・ブラットルです」

王宮の廊下の向こうから姿を現したのは、俺とウォルの婚約式で顔を合わせた若きブラットル領主だった。

待ち伏せをされていたのだ、と判断する。

にこやかに笑っているロト・ブラットルの後ろで、従弟《いとこ》であるレド・ブラットルが顔色を悪くして目を伏せていた……頭の中では、彼のことをこれまで通りに様付けで呼んでしまいそう。

気をつけないと。ウォルの婚約者になったので、最初は徴集兵だった俺と上官だった彼の身分は逆転してしまったからな。

そんなことを考えている俺の元に、ロト・ブラットルが近づいてくる。

「まさか本日お会い出来るとは。ずっとご挨拶をしたく、面会の申請を出させていただいていたのですが、妃殿下が王都におられないということで通っていませんでした。お戻りになっていられたのですね」

普通は、身分の低い者から高い者に話しかけることはないはずだが。

俺は口を開かず、代わりにライナーが答える。

「……妃殿下はご予定が詰まっている。言葉を交わしたいのであれば、改めて再度申請を出すがいい」

「領主である私も暇ではないのです。何度も王都とブラットル領の往復をするのは難しいのですよ。妃殿下！　あなたが我が領にいらしていた頃、指揮を任されていた小隊を覚えていらっしゃいますか？　ゲイリアス部隊と通称で呼ばれていた遊撃部隊です。――たしか、妃殿下のお生まれになった村の者も所属していましたよね？」

すっと、血の気が引いたのが自分でも分かった。

（――こいつ、俺を脅迫するのか――）

ゲイリアス部隊にはアロワがいた。

俺の幼馴染《おさななじみ》。生まれ育ったあの村で、ずっと良くしてくれていた彼と、彼の家族。

「……ライナー。少しなら時間が取れます。どこか、彼らと話せる部屋を用意してもらえますか？」

「ありがとうございます！　お優しい妃殿下でしたら、きっと私のお願いを聞いていただけると思っていました」

明るく笑う男に、俺も決して笑っていない瞳を細める。

形良い眉《まゆ》をひそめた護衛騎士は、それでも俺の意を汲《く》んで、近くにいた侍従に応接室を使用する旨を伝えて準備を指示してくれた。

侍従に先導され、王宮内の小さな応接室に案内される。

すでに待機していた女官が香り良い紅茶を用意し、茶菓子と共にテーブルにセットする。手を振りつつ人払いの意思を示すと一礼して、女官と案内してきた侍従が退室していった。

　これまで俺が使ったことのない部屋の中に、俺とロト・ブラットル、レド・ブラットル、そしてライナーの四人が残される。

　俺の正面にロトが座る。ロトの座る長椅子に、距離を取ってレドが腰を下ろした。

　いつもなら壁際に控えるライナーは、珍しく俺の斜め後ろの位置に立ったまま動かなかった。

「――妃殿下、そちらの男は」

「私の護衛騎士です。側を離れてもらう訳にはいきません」

「〝お気に入り〟ですか。ええ、かまいませんよ。あなたの〝命令〟はよく聞くのでしょうからね！」

　ロトが、被《かぶ》っていた善人の仮面を剝《は》がした。

「妃殿下ぁ、ご出世おめでとうございます。ゲイリアスを降りた途端にレドを誑《たぶら》かして、次はナダル・コートレイ、そして陛下ですか。あなたのご手腕には感服いたしますよ。山の民ふぜいが、一国の王妃の座に上り詰めようとしているのですからね。男でも穴さえあれば使うことが出来るとはいえ……ああ失礼、〝女〟でしたね、表向きは」

「……とりあえず、おまえの要求を言ってみたらどうだ？」

「俺の養女になっていただきたい」

　晴れやかに男が嗤《わら》う。

「次期王妃の後ろ盾ともなれば、我がブラットル領の格が上がる。いずれティシア随一の繁栄を誇るように援助を頼みますよ！　それからレドをティシア国軍の将軍にでもしていただきましょうか。レドの下にゲイリアス部隊は所属させましょう」

　七連弓でしたっけ？　あれを装備させて従弟に軍功をどんどん立てさせてやってください。

「妃殿下も、以前自分を可愛がってくれた上司《おとこ》が出世をしたらうれしいでしょう？　俺は穴が二つある方が好みなのでどれだけ美しくても遠慮いたしますが、レドはお好きにお使いください。命じれば尻《しり》の穴でも舐《な》めますよ、こいつは！」

「……」

顔を蒼白《そうはく》にして俯いている青年に、従兄《いとこ》である男が嗤いながらうそぶく。

「なぁ、レド。おまえの失態のせいで親父は失脚した。俺の妻であるおまえの姉は、『申し訳ございません』と毎日謝罪しながら泣いているぞ。もし弟が不始末を重ねれば、〝死ぬ〟ほど泣くかもしれないなぁ――」

「妃殿下」

俺の耳元へと腰を屈《かが》めたライナーが、はっきりとした声でロトの言葉を遮った。

「手配した騎士は、既に持ち場に到着しております。――排除してよろしいですか？」

「ああ」

すっと身を起こしたライナーが片手を上げる。

応接間の壁に飾られたタペストリーの裏から、武装した複数の騎士が一斉に現れる。

驚きの表情を浮かべて長椅子から立ち上がったロトに、抜身の剣先が突きつけられ、男の体がすぐさま拘束されて床の上に転がった。

「なっ、なにぅっ!?」

騎士が履く鉄製のブーツの、補強されたつま先で腹を蹴《け》られたロトが悶絶《もんぜつ》する。

レドもその場で膝《ひざ》をついて拘束された。

制圧を果たした騎士が並んで隊列を整えると、タペストリーの裏の隠し部屋から出てきたのは王兄であるルシアンだった。

「カリヤ、怪我《けが》はないか？」

「はい。義兄上《あにうえ》自ら駆けつけてくださってありがとうございます」

「ブラットル領が、先王の裁定を不服に思っているという噂は以前からあった。転生者《カリヤ》の恩情で減刑されたというのに、不満を抱いていると内輪からの密告もあったしな……ロト・ブラットルをまずは牢《ろう》へと連れて行け！」

うめく男の腕を両脇から抱え、引きずりながら騎士が部屋を出ていく。

――俺は、この部屋から女官たちを退室させる際、教えられた手振りで増援を頼んでいた。

転生者とはいえ元の身分が低い俺の存在を、軽んじる輩《やから》は自分たちの都合が良いように利用しようと企《たくら》むだろう。そう読んでいたウォルたち王家側が、準備していた罠《わな》の一つ。

放流していた餌《オレ》の存在に、見事に引っかかってくれた訳だ。

しかし、騎士が駆けつけるのは知っていたが、まさか王宮警備の責任者である王兄まで来てくれるとは。

ルシアンが膝をついたままのレドの元まで歩み寄る。

「……従兄である領主を告発したのはこいつだ。先代領主が行った、転生者であるカリヤに対する暴挙の経緯も自供している。二年前に使おうとした隷属の首輪は、それまで取引のなかった商人が持ち込んだ物だが、後の調査でクラシエルと裏で繋がっていたことが発覚した」

俺はクロエ平原で従軍していた頃を思い返した。

そういえば、転生者と判明した俺の元を訪れた冒険者ギルド職員もクラシエルの人間だった。彼の国は搦《から》め手《て》も使ってティシアの国力を削《そ》ごうとしていたのか。

「カリヤはもはや一介の転生者ではない。ティシアの王国碑に名を連ねた準王族だ。よって先ほどの暴言、過去の罪状も鑑み、現領主とその直系一族は死罪。ただし、王家に協力したレド・ブラットルの嘆願により領主の妻のみは助ける。ブラットル領は、クラシエルとの戦争終結後に新たな領主を選定するが、それまでの間、レド・ブラットルに管理を任せるものとする。いいな？」

「――王家の慈悲に感謝いたします」

「連れて行け」

立ち上がった青年は、すぐには部屋を出ていこうとしなかった。

どこか懐かしい碧眼《へきがん》が俺を見つめる。

「……ゲイリアスの民が、隊長であった妃殿下を慕い、義勇兵として集まっているのは事実です。どうぞ彼らにご高配賜りますよう、ひらにお願いいたします……」

――元々は優しい人だったという記憶がある。

優しくて、だからか権力《ちから》に逆らえないという印象があった。

一年半という流れた歳月は、彼を変えたのだろうか――？

深々と一礼し、騎士に囲まれた青年が部屋を去っていく。

上官だった男の背を、俺は言葉を掛けることもなく見送った。

義兄の申し出

次々と騎士が扉から出ていき、小さな応接室には俺と王兄、ライナーと数名の騎士が残る。

「――先ほどのレド・ブラットルの言葉ですが」

口を開いたのはライナーだった。

「妃殿下を慕って集ったという義勇兵の存在がたしかなら、このままブラットル領に残しておかない方がよろしいかと。彼の部隊はクロエ平原にて、コートレイ領軍隊長フィアスの預かりでした。コートレイ領主の継承の儀が終わり、領軍が戦場に出ることになれば、以前と同じく彼の配下に組み込むことも可能かと思われますが、いかがでしょう」

ライナーの提案に、俺は内心驚く。

しゃべる量が増えたんじゃないかと、これまでの塩対応を振り返って思うのだが、そうではなく。

ちょっと彼から歩み寄りの気配を感じるような……？

コートレイ領に赴いてから、第三者的だった彼の態度が変化してきたようなそうでもないような。

交代要員もなくほぼペアで行動しているのもあるかもしれないが、まさかゲイリアス部隊について気にかけてもらえるとは思ってもいなかった。それもかなり前向きに。

思わずまじまじと護衛騎士を見つめる。

銀髪の美丈夫は、俺の注目に気づいて眉間《みけん》のしわを深くした。

あ、何故かこれまでと同じ塩対応に安心する。

「そうだな。生産職であるカリヤが、前線に立つことはもうないだろう。義勇兵は王都に呼び寄せ、その後コートレイ軍に託す。その扱いでいいか、カリヤ？」

「あっ、はい。そうしていただけると私も安心出来ます」

よろしくお願いします、と頭を下げるとルシアン王兄が鷹揚《おうよう》に頷いた。

「しかし、〝あれ〟がカリヤを最初に見いだした男か……」

王兄！　ウチの護衛騎士が誤解しそうな台詞を口に出すのは止《や》めていただきたい。

俺に向ける彼の視線が、また胡散臭《うさんくさ》いモノを観察する感じになったぞ。

内心の抗議が届いたのかどうかは分からないが、王兄がまじまじと俺を見つめ、それから護衛騎士に視線をやった。

「……そういえば、ライナー・コートレイはあの場にいなかったな」

「――あの場、とは？」

「ウォルドがアルティシアに帰還して、カリヤを配偶者に望んだ経緯を説明した場だ。真偽を明らかにする水晶球を使いつつ、タキリン城砦から脱出後のあらましを語らせた」

ぎゃーっと、心の中で俺は叫んだ。

叫ばずにはいられるか!?　今からこの小舅《こじゅうと》、あの羞恥《しゅうち》責めに遭った俺の黒歴史を、第三者に披露しそうなんですけど!?

「その時の検証で、カリヤの男性経験についてはウォルドがただ一人の相手だと証明されている。巷《ちまた》では下世話な噂も流れているらしいが、この美貌《びぼう》と肉体を使って成り上がったという事実は一切ない。カリヤに触れたことがあるのはウォルドだけだ」

「――」

どう返事していいか分からないよな!? ライナー! 無言で頭だけ下げてみせたその反応がありがたいよ俺は!

……ウォルと二人して王都アルティシアに戻って。

俺は身の潔白を明らかにするために、『水晶球』という名のウソ発見器を使った公開質問に挑んだ。いやだってウォルは十七歳で、俺は彼より十歳も年上だから。いたいけな少年を色仕掛けで落として、丸め込むくらいのことはするだろ悪人なら。

そこでもう、詳細に説明させられました。主に肉体関係について。

どこの馬の骨とも分からない〝男〟の名を王国碑に刻むことになるんだから、王家側も必死だ。どうやら最初に逆レイプさせて、血統を奪ってから少年を調教洗脳したんじゃないかとか、ゲイリアスのホームにてやりとりしていた携帯電話の通話から、臣下の皆さんはかなり心配されていたらしい。

戦争前のウォルド王子は一見、絶世の美少女だったから、心配は分からないでもない。

実際は帰国後の凛々《りり》しく聡明《そうめい》な王子の実物を目の当たりにして、騙《だま》されている訳ではないらしいと分かってくれたようだが。でも念のために公開質問という名の尋問。

そこで……最初の告白とか……両想いになった時とか……初体験とかまるっと見事に白状させられた……。

なんだかダメージが入ったのは俺ばかりで、王族なら公開するのが普通っぽくて平然としていたウォルの様子にカルチャーショックを受けたっけ。

いや、王族どころか貴族でもない俺なら質問にダメージを受けるだろうと彼は理解していて、尋問中はずっと寄り添って支えてくれたし、恥ずかしさも軽減しようとしてくれたけど。立ち入りすぎて答えにくい質問には、俺の代わりに対応してくれたのには惚《ほ》れ直しましたとも。

ちなみにウォルは宝冠の力で鑑定全般が効かないので、彼の言葉に『はい、陛下の仰る通りです』と俺が同意する形になった。

……そういえば、これを聞かれたらどうしようナンバーワンだった『前世は本当に女だったの？』という質問だが、水晶球では転生者の前世に関する真偽は判定出来ないらしい。世界が違うからか？

本当に自己申告でオッケーだったとは。良かった。

あの時のことを思い出してしまい、心の中で身悶えていた俺の様子は王兄にお見通しだったらしく、労《いた》わるような眼差《まなざ》しと苦笑をいただいてしまう。


その時だった。

ルシアン王兄の眼差しの質が変化した。

ウォルにあまり似てはいないが、やはり同じように目を引く美しい異母兄。弟とは違う漆黒の髪を持つ青年が、俺をじっと見つめる——いや、その髪と同色の瞳は俺ではなく、俺の向こうにある〝何か〟を見つめようとしているのだろうか？

向けられる視線の意味が読み取れなくて、口を開いて尋ねようとしたが、先に言葉を発したのは王兄の方だった。

「……カリヤ。実は、君と個人的な話がしたい。今夜、時間を空けてもらえるか？」

「ルシアン殿下？」

ライナーがいぶかしげな視線を王兄に向ける。

護衛騎士を無視し、王兄は俺にかすかに笑いかけた。

「ウォルドのことについてだ。今は後宮ではなく、あれの寝室を使っているのだったな。では、夕食の後にウォルドのサロンへ向かおう」

「王家に関する事柄でしたら、カザリン殿下の部屋の方がよろしいのでは？」

「カザリンは今夜、王宮を不在にしている。二人きりという訳にはいかないだろうから、そこのライナー・コートレイと、君付き筆頭女官のクレアを同席させるといい」

「……王兄殿下！　ルシアン様はこちらに？」

廊下の向こうで、王兄を呼ぶ声が聞こえた。

「――すぐに向かう！　ではカリヤ、また夜に」

ブーツのかかとを鳴らし、王兄が応接室を出ていく。彼の配下の騎士も後に続いた。

俺の返事は聞かれなかったが、これはどうしても今夜時間を取れということなんだろうな……。

ライナーに視線を向けると、俺のスケジュール管理をする秘書も兼ね始めた男が、「筆頭女官に連絡を取っておきます」と応じる。

しかし、義兄が改まって何を話そうというのだろうか？

ウォルについての俺との個人的な話？

……この時深く考えておけば、婚姻反対派である彼の立場から、王の婚約者となった俺に言うべき事柄なんて一つしかないと気づいたはずだった。

だが、言われるのならもっとはっきりと、「弟と別れろ」と命じられるのだと思っていた。


王宮の豪奢《ごうしゃ》な部屋にも負けない存在感を放つ美青年が、椅子から立ち上がって出迎えようとしていた俺の前で、絨毯《じゅうたん》の上に片膝をつく。

軍服の胸元を飾る大量の徽章《きしょう》が、サロンに吊《つ》るされたシャンデリアの光を弾いてきらめく。身に着けたマントの裾にまで一分の隙もなく、漆黒の髪の男はその高い身分にもかかわらず深く頭を下げる。

「ゲイリアスのカリヤ。――私、ルシアン・ティシアの妃《きさき》になっていただけないだろうか？」

「は？」

突然切り出された言葉に、自分の目が丸くなったのが分かる。

恭しく頭を下げた男は、跪《ひざまず》いたまま俺を仰ぎ見た。

「ウォルド陛下との婚約を解消し、この、ルシアン・ティシアの正妃になっていただきたい」

部屋の隅に控えていた、ライナーとクレアが大きく息をのんだ。

俺は跪く男を見下ろす。

……彼が、俺に対して恋愛感情を持っているとは思えなかった。

嫌われてる訳でもないと思う。王兄からは、見下されたことも蔑まれたこともなかった。

タキリン城砦で顔を合わせた時にはどことなく親し気に、アルティシアで再会してからは距離を置いて淡々と。〝家族〟とは見做してもらえなかったが、だからといって憎まれることもなく、不当に扱われたこともない。

ルシアン王兄は美しい、それでいてどこか泣きそうな笑みを端整な顔に浮かべる。

「君が私を望んでくれるなら、今置いている愛人はすべて去らせる。転生者にとって自分以外の伴侶《はんりょ》は受け入れられないのだろう？　君だけを愛する。私のすべては、君のものだ」

だから、

「――ウォルドを諦めてくれないか。君が王妃となれば、ジーン王朝が終わる。父が、弟が、必死に続けようとしていた王家がウォルドの代で途絶えてしまう。どうしても私を愛するのが無理なら、ウォルドと今まで通りの関係を続けてくれていい。夫となっても私がカリヤを抱くつもりはない。今まで通りにウォルドの側に寄り添い、体を繋げてくれてかまわない」

だが、頼むからウォルドに子を授かれる女を、正妃として娶《めと》らせてほしい。

正妃だけでなく、国王として複数の愛妾《あいしょう》を持つことに目をつむってほしい。後継さえ増えれば、ティシア王家は復活する——。

義兄の言葉に、蒼白になった筆頭女官が首を振っている姿が視界の隅に映る。

控えてなくてはいけないはずの護衛騎士が、一歩を踏み出した。

「カリヤ、どうか——」

「ルシアン殿下、それは！」

「……兄上。私の婚約者を口説くのは止めていただきたいのだが」

「へ、陛下！」

「ウォル？」

部屋の中にいた人物すべてが、声のした方を向いた。

ルシアンの要望で人払いをしていたサロンの、開くはずのない扉が開く。

外出用のマントに手をやりながら現れたのは、王都アルティシアにいないはずの若き国王の姿だった。

いったいいつ、ウォルはアルティシアに戻ってきたんだろうか。

国王である彼の立場なら、王城に戻ってくるという先触れが必ずあるはずだ。このサロンも室内は防音が利いていて中の音を漏らさないが、外の廊下が騒がしければ聞き取れるようになっていたはず。つまり、いないはずのウォルが近づいてきたら分かったはずなんだが。

サロンの中へと入って来た彼は、外したマントを自分を追ってきた小姓に手渡す。

「今から王宮の正門へと向かい、その場にいる私の護衛と近衛《このえ》にマントを示しながらこう告げるように。私は既に自室に戻った。話があるなら明日聞く、と」

ウォルの身に着けていたマントは、光の加減で王家の紋章が浮き出る特殊な織りだ。彼だけが身に着けることを許され、国王本人だという証になる。

震える手でマントを受け取った小姓は、俺がこれまで顔を見たことのない可愛らしい少年だった。

やはり見たことのない制服と、一瞬王兄の方を向いた視線に、少年が国王付きではなく王兄付きだったのかと気づく。

小姓が頭を下げ、サロンを出ていく。ウォルはそのまま俺の元まで歩み寄った。

「ただいま、カリヤ」

「……おかえり」

頬にキスをされ、同じ仕草で応える。欧米式挨拶にも躊躇《ちゆうちょ》がなくなってきたな、俺。

そのままウォルは、自分の異母兄を見下ろした。

ルシアン王兄は、いつの間にか跪くのを止めていた。

体の力を抜き、絨毯の上に座り込んだ美青年が、のろのろと俯いていた顔を上げる。

異母弟に向かい、顔立ちの似ていない兄は力ない笑みを浮かべてみせた。

「……近衛ということは、アレが帰城の邪魔をしたのか？」

「——兄上が命じたわけではなかったのですね。相変わらず、恋人たちから慕われていらっしゃる。私を足止めしようと、王に対する態度ではありませんでしたよ、あれは。おかげで切り札を切らざるを得なかった」

まあ〝ジャンプ〟はいずれどこかで披露していたでしょうが。

そう肩を竦《すく》めるウォルの言葉に、俺は彼が王宮正門からこの部屋の前までジャンプで転移したのだと理解した。

ランクAスキルのジャンプは転生者の専売特許というわけではない。鍛えた住人でもランク限界を突破するアイテムを身に着ければ使える。

正門からサロン前まで。

俺が使うためにサロンの前には『ジャンプ出現地点・立ち入り禁止』のエリアを作っていた。ウォルなら一度で転移出来る距離だ。

　突然消えた王の姿に、きっと現場は混乱しているだろう。だから小姓に自身のマントを持たせて、収拾に向かわせたのか。

　兄上、と改まった口調でウォルが王兄に呼びかけた。

「カリヤへの申し出は、すべて聞かせていただきました。王城内くらいの距離でしたら、この身に着けている彼の作ったピアスで会話が拾えるので」

――え、聞かれてた？　王兄との会話が？

　気づかなかったー！

　いや、通信アイテムであるピアスだが、コートレイ領では意味がないので着けてなかったけれど、アルティシアに戻ってからはなんとなーく装着していたよ？

　相手先がいないから無駄になるだろうなと思いつつ（使い捨てアイテムなので）、ウォルとお揃《そろ》いかもとか考えると楽しかったから。

　まさかウォルも着けていたとは思わなかった。ついでに先ほどのやりとりが筒抜けだとも思っていなかった。

　あー、うん、改造の時にスパイみたいだと自分的に盛り上がって、いろいろと機能は盛っていたっけ。中には一方通行の送受信機能もあったー……。

　思わず自分の耳元を触って、ピアスの存在を再確認してしまう。

　仕草に気づいたウォルさんが、俺に視線を流しつつ、それはもう色っぽく微笑みかけてくるのにときめいた。今、一応修羅場中だけど……っ。

　真面目な顔に戻り、ウォルが異母兄の前に片膝をつく。

「――ルシアン兄上。聡明なあなただ。誰にも邪魔されず事を起こせるこの時間が、仕組まれたものだと理解していらっしゃいますよね？」

「もちろんだとも。おまえがおらず、カザリンもいない。理想的なタイミングだった。せっかくの用意された舞台だ。私に乗らないという選択肢はない……どうしても、面と向かって確認せずにはいられなかった」

　カリヤ、と王兄はどこか儚《はかな》く微笑みながら俺に問いかけた。

「改めて尋ねるが、身を引いてくれる気はないか？」

「申し訳ありません。彼が俺を愛してくれているように、俺も彼を愛しています。ずっと彼の側にいさせてください」

「——王族ではなく、ただのウォルドの兄としてはうれしい返答だ」

　ありがとう、と囁くように呟いた王兄の黒い瞳から、涙が一すじ音もなく伝い落ちた。

「陛下。妃殿下に対する臣の行動は、陛下への明らかな反逆です。御沙汰《さた》はいかようにも」

「……兄上」

　床に座り込み、静かに涙をこぼした異母兄の前で、同じようにウォルも腰を下ろした。

　投げ出されていた手に、自らの手を重ねてそっと握りしめる。

「ありがとう、と私からも。ピアスから聞こえてきた会話では、あなたはカリヤに身分や立場を利用して、理不尽に命じようとはしていなかった。ご自分が見せられる限りの誠意も示してくださった」

　ウォルに俺も座ってほしいと誘われたので、二人と同じように座り込む。

　サロンの床は掃除がきっちり行き届いているし、元が日本人なので別に抵抗感はない。

「——タキリン城砦から脱出し、王都に戻ってからこちら。前線を慰問されに向かった兄上とはすれ違い、思えばきちんと時間を取って話し合えていませんでした。せっかくなので今、よろしいでしょうか？」

　エメラルドの瞳が俺にも向けられる。

「カリヤも聞いてほしい。まず、あなたの知らないだろうティシア王家の話をしようか——」

ウォルが始めたのは、彼の亡き父にあたる先王の話だった。

先王は二度、王妃を迎えていた。

最初の王妃とは政略的な結婚で、体が弱いために世継ぎを望むことは難しいのが最初から明らかだったという。なので王は、側妃も同時に迎えた。

血統を守るために用意された、男性王族の女の乳兄弟。それがルシアン王兄の母親だった。

――以前、俺はルシアン王兄の母親の身分が低いと聞いたことがあったが、たしかに王族の乳兄弟は貴族でも傍系から選ばれる。低いと言えば低い。

最初の王妃は、やはり婚姻後ほどなくして亡くなった。

やがて側妃が身ごもったが、産まれた第一王子には魔力があまりにも少なかった。将来増えることもないだろうと、名を白く刻んだ王国碑が示していた。

国宝『白の天蓋《てんがい》』を稼働するために魔力が必要なはずのティシア王家で、魔力のない第一王子を産んだ側妃は妃の地位を返上し、息子を残して王城を去った。

王は新たな正妃を国外から迎え、二人目の正妃との間に三男一女を得た――。

「……ルシアン兄上の母君についても、カリヤは真実を知っていた方がいいだろう。公には伏せられていることだが、かの方が王城を去られたというのは比喩《ひゆ》表現だ。実際は」

「自害した。王国碑に名を金色で刻める王子を産めなかったことを気に病んで。将来、王家の子供を産むために用意されていたはずの女の乳兄弟だったのに。残されていた書き置きも、謝罪の言葉ばかりが綴《つづ》られていたと聞いている」

ウォルの言葉に被せるように、ルシアン王兄が乾いた声で告げる。

「私は、魔力を持って生まれなかった王子として、せめて現王家が続くように力を尽くさなければ。母が誤り果たせなかった、王家に対する献身を――いや、違う。このままジーン王朝が終われば、母はただの無駄死にになってしまう。出来損ないの息子を産んでしまったために己を追い詰めて。だから私は、現王家の役に立たないと。ジーン王朝の血統を守らないと――」

「……ルシアン兄上。亡き父王も、王太子たる次兄も。タリスの悲劇の結果、既に我が王家の終焉《しゅうえん》を受け入れていました」

「――え？」

呆然と振り仰いだ異母兄の手を握りしめ、ウォルが瞳を伏せる。

「王位継承者が片手の数にも足りなくなったのです。続けられるはずがない。なので父王の次、次兄の御代になった時に、禅譲派であった王弟の私の強硬な進言に押し切られ、この王家は終わらせることにしていました。ですが！　父上は、兄上も、決して口にはされなかった」

あなたを愛されていたからです、ルシアン兄上。

「お二人ともあなたを心から愛していたから、あなたの想いを否定出来なかった。魔力がないからとあなたの存在を、否定など出来るはずもなかった。愛していたから、あなた方母子の想いを汲み取り、現王家の存続を夢見ることを選ばれた――」

ルシアン王兄の頭が下がっていく。

異母弟に手を取られたまま、彼は黒髪が床につくほどに体を丸めた。マントに覆われた広い背が、小さく震えている。

「……私も、あなたを愛しています、兄上。私はカリヤと結ばれ、ジーン王朝を終わらせる。転生者のカリヤを愛しているから、子供は望めないので他家にティシア王位を継がせる。転生者のカリヤを愛しているから、乳兄弟の女を側妃に迎える因習を私の代で廃します。王となった私個人の決断です。ジーン王朝を終わらせるのは私の意思で、けっして兄上の〝せい〟ではない。母君の分もと、ご無理をされる必要はないのです」

ふと、以前ウォルが教えてくれたことを思い出した。

ルシアン王兄の愛人は、皆優秀らしいこと。王兄が愛人を通じて構築している裏の人脈と情報網は、現王家になくてはならないものだと、その美貌にどこか愁いを帯びさせて語っているのを不思議に感じた。

……繋げるつもりはないけれど、もしかして。

そして、とウォルは告げる。

「後を継ぐ王家にも、側妃の因習の廃止は従わせましょう。このティシアでは二度と、己の使命を王の子を産む道具と捉《とら》え、またその価値観を周囲に押しつけられる女性は作らせません」

王兄は無言だった。ただ丸めた背中が震えていた。

だから俺は彼の側に近寄る。

両手を伸ばし、彼を包み込む。震える彼に、体温を分け与えるかのように身を寄せる。

俺の好きな人のお兄さん。俺の新しく得た家族。

ウォルがすべてを庇護しようというのなら、俺も彼に寄り添い守る一助になろう。

男の顔を隠すように回した腕の、服の袖《そで》は濡《ぬ》れてしまったけれど、気づかないふりをして俺は義理の兄を抱きしめ続けた。

……本当はこのポジションって、実弟のウォルさんの役割だと思うんだが！

彼は手を握りしめる担当になってしまったから、これが適材適所なのです。

おれのすきなひと

やがて落ち着いたルシアン王兄は、ウォルとたわいもない過去の思い出を穏やかな表情で語り合っていた。

ロイヤルな方々が床に座り込んだままで、だけどな。

王兄は俺から離れて上体を起こしたけれど、立ち上がろうとしないし、ウォルも異母兄に付き合っている。もしかして、昔からこの兄弟は椅子に座らなくても良い付き合いをしていたのかもしれない。

ならば弟嫁（嫁とか自分で言っちゃった……）は、場の雰囲気を壊さないような歓待の姿勢を見せるぞ。

テーブルに移動するために立ち上がれなんて野暮は言わない。この場で中身の入ったティーセットとお茶請けをアイテムボックスから取り出す。

ささ、小舅殿。あなたの弟さん自作のマカロンです。

たった一冬で何故かパティシエ顔負けの技術を身につけてしまった、国王陛下の自信作を召し上がれ。

「……ウォルドは多芸なんだな」

「いえいえ。カリヤのホーム内だから作れた菓子ですよ。転生者の固有能力の恩恵を、少しばかり受けただけです」

彼のホームは他の転生者と比べても規格外なようですから。

そう説明するウォルの言葉に、らしいねーと他人《ひと》事《ごと》のように同意する。

前世の課金設備やらをそのまま引き継げているからな、転生後のこの世界。

社会人だった俺は『課金はお小遣いの範囲内』を守っていたけれど、月々の額はわりと使っていた。

娯楽の少ない田舎に住んでいたから、趣味のネトゲに遠慮なく使っていたとも！　職業柄、給料もそれなりにもらっていたし。

でもボーナスは課金していない。

というか、ほぼ全額定期預金に回るので出来なかった。金融系勤務だったもので。

「カリヤはこのティシア王宮内に、自分のホームを移転してもいいと言ってくれています。ですが後宮内が落ち着かないものですから、まだ実際には踏み切れなくて。何か良い案はありませんか、兄上」

「たしか〝転生者のホームは任意の場所に設置出来る〟……だったか」

ふむ、と王兄が頷いている。

歴史的に深い交流が続いていたので、ティシア国の王家の皆さんは転生者に関して詳しい。

転生者である俺より詳しい（いや、いまだ冒険者ギルドに加入してない俺が無知なだけ……）。

「セキュリティの関係から、大抵は自身の所属する冒険者ギルド内に設定しているのだったか。——今の後宮には荷が重いかもな。警備については、カザリンに協力して調整しよう」

「ありがとうございます」

頭を下げるウォルに王兄は照れたように微笑い、長い指先でつまんだマカロンを口に放り込んだ。

「……おまえがまた手製の菓子を作ってくれるというなら、それくらいはお安い御用だ」

穏やかに談笑しながらお茶を飲んで、お菓子を食べて。

家族団らんのひとときを終え、ルシアン王兄はサロンを去っていった。

先ほどの可愛い小姓と、きつい目つきの中年男が廊下で王兄の出てくるのを待っていた。男はローブ姿だったから、おそらく魔法使いなんだろう。

両脇に並ぶように付き添い、王兄の様子を気遣っている後ろ姿を、ウォルと並んで見送りながら眺める。

部下は王兄を親身に心配してくれているみたいだ。良かった。

サロンから寝室へと向かい、長距離を移動してアルティシアに帰ってきたウォルに、隣接した風呂《ふろ》へ入ってもらう。

その間に寝室で、二人で寝る準備だ。

俺しか使わないつもりだったから、朝の洗面道具の支度とか、枕の数も一人仕様。ベッドサイドに置いた水差しの中身の量とかも変更しないとー。

俺はルシアン王兄に会う前に、先に風呂に入っていたからな。後はパジャマに着替えればいい。

サロンから寝室まで付き添ってきたクレアにも手伝ってもらって、王様用の追加分を用意する。

そういえば、何故前線にいるウォルがピンポイントで帰ってきたのか?

王兄が夕食後、俺と対談するために訪れるのでサロンを準備するようにライナーから聞いたクレアが、即座にウォルに水晶球で連絡したそうです。

元々、俺の筆頭女官である彼女は、王兄から接触があればすぐに連絡するように命じられていたのだとか。

報告を聞いたウォルが、滞在地の転移ポータルに移動。アルティシア・ステーションから騎馬でティシア王宮まで戻ってきたという流れです。

だから彼は明日にも抜けてきた前線に戻らなくちゃいけない。

俺も明日はアルティシア・ステーションでエルフたちと会って、そのままコートレイ領に戻る予定。

ジュニアの試練は明々後日《しあさって》からが本番だ!

しかし会えると思っていなかったウォルと、半日は一緒に過ごせそうだぞ。

久しぶり。一月ほど振りの逢瀬《おうせ》だ。

寝室でベッドに腰かけてそわそわしていたら、楽し気に笑いながら一礼し、クレアが退出していった。

ほどなくしてウォルもガウン姿で浴室から出てきたので、おいでおいでと手招きする。

ささ、ベッドの上にお座りください。人間ドライヤーの出番です。

また少し長くなった黄金の髪は、湿っているからか寝室内の燭《しょく》の灯を受けてまばゆくきらめいていた。

温かな風をまとわせた手櫛《てぐし》で、湿った髪を梳《す》いて丁寧に乾かしていく。ある程度乾いたらブラシで仕上げだ。

「今日は来てくれてありがとう、ウォル」

「……こちらこそ。カリヤをきっかけにした形になったが、ルシアン兄上ときちんと話が出来て良かった。ようやく兄上も、ご自身に折り合いをつけられたのではないかと思う……」

「……うん……」

髪を乾かすために背を向けているウォルの体に、背後からゆっくりと抱きつく。

本当に良かった。

もうこの世界に、彼の血を分けた一族は四人だけしか残っていない。

俺は今世では天涯孤独になってしまったけれど、ウォルには自分の家族を大事にして、大事にされてほしいと思う。

好きな人には、少しでも多く幸せになってもらいたいからな。

もちろん、俺も全力で彼が幸せになるようにがんばるともー。

「――遠くから帰ってきたから疲れただろう？　髪も乾かしたし、そろそろ寝ようか」

そろそろパジャマに着替えようかと、身を離した体が反転してぽすっとベッドの上に転がった。

横たわる俺の体の両脇に腕をつき、跨《また》ぐように上へと移動したウォルさんが、綺麗《きれい》な笑みを浮かべながらこちらを見下ろしている。

「疲れてはいない。久しぶりのあなたを前にして、むしろ元気なくらいだ」

そ、それは下半身的にというか、それしかないな！

極上のエメラルドの瞳が爛々《らんらん》と光を放っているというか、本気の笑顔が美しすぎて怖い……っ。

「あの、本当に大丈夫？　そりゃあ俺も、その、うれしいけれど、ウォルが疲れているなら我慢は出来る」

「つれないことを言わないで、カリヤ。あなたには私をいつでも求めてほしいのに。私がひとときでも、あなたを忘れることがないように」

何度も触れるだけの接触を繰り返していた唇が、

深く重なる。舌が絡み取られ、口内を蹂躙《じゅうりん》するように愛撫《あいぶ》された。

「……ぅん……、ふぅ……んっ」

吸われる唇に、呼吸の仕方を忘れてしまっていて鼻を鳴らす。

唇がようやく離れ、荒くなった息を整えていると、服を脱がしていた手が顔にかかった髪を梳いてくれた。

「――カリヤ。離れている間、私を思い出してくれた？」

「……いつ、でも、考えていたけれど……？」

「私を思い出して、自分を慰めたりはしていた？」

熱を帯び始めた自身に触れられ、かっと顔が熱くなる。

「ししし、してない。無理無理無理。だって知らないお宅なのに。そんな場所で一人で!?」

そりゃあ結界を張ったら、中の物音なんて聞かれないけれど！

隣室にはライナーやミリアムといった他人が詰めているのに。背徳感が半端ないっていうか、それなりに毎日疲れて、いつもベッドに入るなり眠っているんだが!?

混乱する気持ちとは裏腹に、ウォルの指に翻弄《ほんろう》されるペニスは見事に反応して固くなっていく。上下にしごかれ、こぼれ始めた蜜《みつ》を指の腹で塗り込めるように先端を刺激される。

「そういう選択肢はなかった！　だって自分から触れたりはしないからっ。必要ないだろう？　気持ち良くなるならウォルが与えてくれる方がいい。ウォルがいないなら、やりません」

「なら、久しぶり、なのか」

「んあっ！　そうっ、久しぶりっ。一月振りっ。だからなんだかドキドキしているというか、気持ちと体がついていかないというかぁ……っ」

全裸に剥《む》かれ、大きく開いた足の間に彼を迎え入れた姿勢で、その背に腕を回して懇願する。

「だから、優しく愛して、ウォル。ゆっくりと、久しぶりのあなたを思い出せるように、愛してほしい……」

「――もちろん。あなたがそう望んでくれるなら、カリヤ」

私の愛は、すべてあなた一人のものだ――。

絶妙に追い上げていく指の動きに、俺は甘く鳴きながら今夜最初の精を放った。

じっくりと慣らされた後孔は、ウォルの先端を飲みこんでいた。

熱くて固くて大きなモノの、形に慣れながら奥へと咥《くわ》えこんでいく。

少し進むとカリの部分を残してゆっくりと引き抜かれ、ペニスの幹に潤滑剤が足される。てらてらと灯りを反射して濡れた光を放つペニスが、またゆっくりと奥へと押し込まれていく。

「大丈夫？　カリヤ。つらくはない？」

つらくはないです！　まったく大丈夫です！

というか既に焦《じ》らしプレイの域で、俺のアナルが出し入れされる度に、中でビクビク締め上げている気がしてなりません……っ！

「ふぁっ、……あァ……ッ」

「乳首も私を思い出してくれたようだね。淫《みだ》らに立ち上がって、触れると繋がっているかのように受け入れた場所が私を締めつけてくる」

「あァん……っく、やぁ……ッ」

「ただ触るより、舐めたり、甘噛《あまが》みをする方があなたは好きだった」

「っっっ、ンン―――！」

いや、ウォルさんあなた、こんなに声を出す方でしたっけ!?

覚えてない。実況中継というか、ゲイリアスでの愛欲の日々に立ち返ったナニかを感じる！

アルティシアに戻ってからの寝室って、もっと静かに行われていたというか、そういえば乱入者が邪魔でわりとすぐに終わらせていた気も!?　ゲイリアスと比べてだが！

最奥まで到達した彼の存在に、大きく息をつく。と思ったら、唇が重なった。腰は大きさを慣らせるためかゆっくりとしか動かず、代わりにキスをしたまま俺のペニスをしごかれる。

喘ぎがウォルの口の中に吸い込まれ、びくびくと反応する後孔がナカの彼を締め上げ続ける。

イッた瞬間、ナカはきつく彼を締め上げて、思わずといった様子でこぼれた彼の吐息の色っぽさに気が遠くなりそうになる。

「……そろそろ大丈夫かな」

大丈夫！　激しく動いてくださいお願いします！

もう動いてほしくてたまらない。奥まで一息で突いて、先端ギリギリまで引き抜いてそのまま勢いよく奥まで穿《うが》ってほしい。何度も、何度も、ぐちゅぐちゅと潤滑剤を泡立たせながら腰を振ってほしい。大きく広げた足を抱え上げて、尻が浮くような体勢で抱いてほしい。

何度も、何度も、最後の一滴までナカにあなたを注ぎ込んでほしい——。

「……来て、ウォル……ッ」

腕を上げて彼の背に回し、引き寄せて耳元で伝える。

「すき」

一瞬の間をおいて、ウォルの動きが変化した。

激しい腰の動きに、叩《たた》きつけられるように与えられる快感に何度も嬌声《きょうせい》を上げてしまう。

振られる頭の、汗を含んで濡れたように光る金色の髪が何故か美味《おい》しそうに感じて、舐めようと伸ばした舌はウォルの舌に絡めとられた。

腰の動きが止まり、舌を吸われながらナカに広がる熱さを感じ取る。

ビクビクと震えている楔《くさび》が力を失う気配はない。

唇が解放され、荒く息をつく口元の近くで彼が囁いた。

「――私も」

視線をあわせて額を寄せて、互いに小さく笑う。

ウォルはまた動き始めて、俺は彼の与える快楽に翻弄され続けた。

出立

久しぶりにウォルに会えたのがうれしくて、ついうっかり朝も〝仲良く〟してしまった。

隣に恋人の温かい体があれば、くっついてしまうのは仕方ないと思う。

いつもは事後にパジャマを着てから寝るようにしているけれど、盛り上がってしまったせいでそのまま寝落ちしていたし。たいてい落ちる時は俺が先で、ウォルは俺の体や周辺を綺麗にしてくれてから眠りについている。

なので快適だ。手を伸ばせばさらさらの肌を持つウォルさんが、安らかな寝息を立てている訳だ。

抱きついたら抱きつき返してくれて、そのまま、さわさわと触りあいっこをしていて、気づくと後ろから抱きしめられて挿入されていたのは俺もまだ寝ぼけていたからだと思いたい。

優しく揺すりながら抜き差しされて、背後から包むように回された腕で胸元を存分に愛撫されて。

ベッドから垂れ下がった薄絹越しの朝の光の中、二人で達してしまった。

――もう起きたかと思って、寝室の窓のカーテンを開け放った女官さん。ちょっと早かった。

いちゃいちゃを始めたらすっといなくなって、終わった後に二人で風呂に向かっているうちに乱れたベッドを整え終えるそのプロフェッショナルさが、ありがたいけれど非常に恥ずかしい。

ほ、放置してくれててもいいんだが……国王陛下に仕えているのなら、そういう訳にもいかないか。

お勤め、ありがとうございます。

しかし、イチャイチャは用法・用量を守って適切に。

朝から盛るんじゃなかった！　こう、可愛がられた乳首に服がこすれて痛いというかヤバい！

かっちりとしたエルフ服の上着を着ているから、万が一にも形が浮き上がるとかはないはずだけれど、意識をしてしまうのがなんとも。

平常心、平常心と心の中で唱えながら、ティシア王宮の城門前広場でただいま待機中。

王都アルティシアへと戻ってきたのは俺と護衛騎士ライナーの二人だけだけど、再びコートレイ領に向かうのは大所帯になる。

『コートレイの試練』のための、ドラゴン討伐に加わる魔法使いが増えるので。

当初は足りないはずだった弓使いも連れて行く予定だったが、ブートキャンプでコートレイ領の兵を成長させることが出来た。

なので魔法院に所属する魔法使いだけ出張参加してもらう。

魔法院院長であるセフィエラ氏に頼んでいた魔法使いが、広場で既に待機していた。

なんと、タキリン城砦で交流のあったボンドン少年も、風魔法使いとして加わっていた。俺の要請に、すすんで立候補してくれたらしい。

「僕が魔法属性を変えて更に成長出来たのは、カリヤさん……じゃない、妃殿下に指摘と指導をしていただいたおかげです。今回のドラゴン狩り、お役に立てるようにがんばります！」

挨拶をするとそう答えてくれた眼鏡《めがね》の少年は、一年振りに会ったからか背が伸びて頼もしく成長していた。

魔法院でも頭角を現し始めていると、見送りに来ていたセフィエラ氏が教えてくれた。

そのセフィエラ氏の足元には、ローブの上から金髪巻き毛の幼児がしがみついている。

周囲に人が大勢いるからか、緊張に頬を赤く上気させ、こぼれんばかりに大きく藍色の瞳を見開いて俺を見上げている天使。

　祖父に促され、ローブの裾を小さな手でもみもみしながら一生懸命伝えてくる。

「……あのね、かりやひでんかさま。おきをつけて、いってきてね。おしごと、がんばってください」

　無事に言い終えた幼児に、ありがとうとしゃがんで頭を撫《な》でる。

　視線をまっすぐにあわせると、幼児が恥ずかしそうにローブの裾を体に巻きつけるようにして隠れてしまった。だけどやはり気になるのか、そっと顔だけ出してこちらを窺っている。

　……俺は別に、特に子供好きという訳ではないが、可愛い生き物は嫌いじゃない。

　アイテムボックスの中から戯れに作っていた棒つきキャンデーを取り出して、幼児に渡してやる。

　天使は真っ赤な顔のまま、律儀に「ありがとうごじゃいます」と少々噛《か》みながらも頭を下げてきた。

　賢い子だなー。

　魔法使いたちに後続の馬車に乗るよう指示し、セフィエラ氏や見送りの女官たちと別れてウォルの元に向かう。

　離れた場所で控えていたライナーが、無言で俺に付き従った。

　……そういえば昨夜、サロンで王兄の退室を見送ってから、彼は何か言いたそうにしていた気がする。俺を見て、ウォルに視線を移して。唇が何度か小さく開いたが、それでも結局彼は何も言わなかった。

　一晩明けたら、ライナーから揺れる気配を感じなくなっていた。

　護衛騎士の伏せた瞳は、深く思索するかのように紫の濃さを増している。……彼ら兄妹の置かれていた境遇を思うと、いろいろ考えることがあったのかもしれない。

「陛下、こちらの準備は終わりました」

騎士に囲まれていた旅装束姿のウォルが、接近する俺に気づいて顔を上げた。

一緒にいたこちらは平服のルシアン王兄が、俺に対してかすかに笑いかけてくる。

実はカザリン王姉は、しばらく王城に戻ってこないそうです。

城を出たついでに、最近会う機会のなかった女友達たちを訪問するのだとか。——高度に政治的な根回し云々と仰ってたそうですが、ぶっちゃけ女子会ですね分かります。

アルティシアに王族が一人もいない状態は避ける必要があるので、王兄がウォルをステーションまで見送ることは出来ない。

この広場でお別れだ。

「——ああ、ちょうど良かった。カリヤ、おまえに紹介したい者たちがいる」

そう言った王兄の後ろから、近衛の鎧《よろい》に身を包んだ男とローブ姿の男が前に進み出る。

「こちらはロウワード。ティシア王家専属の水魔法使いだ。『コートレイの試練』に水魔法使いが必要だそうだな。若手に経験を積ませるつもりだとは聞いたが、実力者もいた方が安心出来る。連れて行くといい」

「はじめまして、妃殿下。ルシアン王兄殿下の命により、『試練』に同行させていただきます」

そう言って頭を下げたのは、昨夜王兄を迎えに来ていたきつい目つきの中年男だった。

王家専属ということは、おそらくティシア国内では一二を争う実力の持ち主だ。王城を魔法的に守る任を負っているため、従軍も免除されている。

若い魔法使いをコートレイに連れて行くのは、もちろん経験を積ませるためもあるけれど、ベテランは戦場に派遣されて不在だからだ。

相手はランクSのドラゴン。実力者はもちろん欲しい。

ありがとうございますと礼を言うと、王兄は鷹揚に頷き、次に近衛騎士を紹介した。

「こちらはベイル。昨夜、ウォルドに対して仕出かしたアホだ。すぐには必要ないだろうが、汚れ仕事でもなんでも、いる時は好きに使ってくれていいぞ。近衛騎士団の副団長で、腕っぷしだけは強いはずだ」

「――すいませんっした！」

　こちらの年齢は三十代くらい。

　ニヒルな笑みがこれ以上なく良く似合う美形の、綺麗な筋肉を身にまとった大柄の戦士だった。形式ばったものではない実戦で作られた体つきだ。

「近衛に引き抜く前は、それなりに名の知れた冒険者だったらしい。自称だがな。そちら関係でも使えると思う。役に立てばいいのだが」

「あーはい、こき使ってください。期間を指定せずで俸給返上の身の上です。妃殿下のお役に立てば立つだけ、期間が短縮されると思いますので」

　まあ俸給返上の期間は、王兄殿下に養ってもらうだけですがね。

　笑いながら顔を上げた小麦色の髪の男が、俺と視線をあわせて奇妙な感じに黙り込んだ。

　無防備になった男を鑑定させてもらう。

　うん、こっちも物理戦闘の実力者だ。ランクBオーバー。戦闘したら絶対に俺じゃ勝てない。

　おそらくというか、この気安い感じからして、彼も王兄の恋人の一人なんだろうなぁ……すいません、下世話な疑問だが王族って男同士でも可愛がる立場じゃなかったっけ？

　いや、一度ヤッたら次からはどちらでもいいってウォルさん言ってたから、俺の義兄は両刀ってやつなんでしょうか？　この目の前の男が可愛がられている様が想像出来ない……いやいや、しなくてもいい。よそ様の枕事情に踏み込んじゃいけません。

「……あー、これはヤバい。初めて間近から妃殿下を拝見しましたが、底が知れない中身もヤバいけど、佇んでいるだけで自覚なしに国を傾けるヤツだ。これがティシア王妃……ルシアン様、やっぱり今からでも俺たち側で引き受けた方が――いやっ、失言でした申し訳ございませんっ！　昨夜の一件で首を刎《は》ねなかった陛下のご温情は重々承知し感謝しておりますっ！」

「――我が国の人材不足に感謝するべきだな、ベイル。兄上が悲しむ言動は慎むように」

いつの間にか俺を庇うように前に立っていたウォルが、静かな口調で近衛副団長を諭している。

しかし、俺のことをヤバいと言ってくれたか。

かなりな腕を持つ相手に認められたら、ちょっとうれしいな。生産職だが、物理戦闘も魔法もランクB限界まで鍛えているのさー。転生者だからオーバーはしないけれどね。

NPCはどうしても物理か魔法の一方だけで、両方同時にオーバーって怪物はそうそういないから……すいません、いました。

ウォルド陛下、物理と魔法のどちらもランクBオーバーさせた、ネームドの化け物です。

ティシアの今後

異母兄と話し終わった後、ウォルは控えていた魔法院院長のセフィエラ氏と挨拶を交わし、祖父と並んで立つ幼い孫を紹介されていた。

さっきまで真っ赤だったテオドア君は、気分を落ち着かせたのか元の淡いピンクの頬に戻っている。

うむ、やはり見た目天使だな、彼は。

あれ？　だけど……。

何か引っかかった気がした。

が、考える前にウォルが戻ってくる。広場に集まった人々が頭を下げる中、ウォルにエスコートされて王家の紋章の描かれた馬車に乗り込む。

今回は二人きりだ。

後ろにコートレイ領に赴く魔法使いを乗せた馬車を連ね、護衛の騎士に囲まれた国王一行は王城を出た。

先触れとして走らせていた騎士の口上で知ったの

だろう。

城門から王都の外壁門へと続く広い大通りには、多くの国民が集まっていた。

金糸で装飾が施された白い国王旗を掲げた一行に、大勢の民から歓呼の声が沸き起こる。

緩やかな速度で走る四頭立ての馬車の窓から顔を覗かせ、俺もウォルと一緒に笑みを浮かべながら群衆に手を振った。

輝く金髪に王冠を被った美麗な青年王のことは知っていても、隣にいる俺のことを知る民はまだあまりいない。

ウォル側の窓から見える民は熱狂しているようだが、俺側はなんだかびっくりされている気がするぞ……見た目蛮族じゃなくなったが、この辺じゃ滅多に見ない肌色は不審者には変わりがない、のか？

えーと、先日婚約発表した相手です。

結婚したら国王旗と共に王妃旗も掲げることになるらしいが、婚約者の現在、まだその旗は使えないので。

金の王様と比べ、髪の毛とか見た目黒っぽいのがそのうち王妃になるよーと、その程度に覚えておいてくれるとうれしいです、国民の皆さん。

王都アルティシアの南側外壁門をくぐれば、あとはアルティシア・ステーションまでは一本道だ。

白亜の都の周囲には人家が存在しない。だだっ広い草原の各所に農地が広がり、都を中心として放射線状に街道が延びている。

つまり誰からも馬車の中を覗かれることがなくなったので（護衛で並走する騎士除く）、仕事のし放題。

ウォルが鞄《かばん》から取り出した書類を広げ、二人で額をつき合わせて、アルティシア・ステーションで分配する物資の仕分けを始める。

いやー、せっかくアイテムボックス持ちが移動するんだから、王都から各地に運ぶ物資もついでに持っていこうかなぁと。

他国では、所属している転生者が自分のアイテムボックスを使って荷物の配送をしているらしい。なので俺もお手伝い。城の倉庫を一つ空にするくらい詰め込んできたぜ！

転移ステーションに到着したら、コートレイ領に向かう前に、各領地と繋がった転移ポータルの上に書類通りの物資を配置していくだけの簡単なお仕事です。

「……そういえば、カリヤに聞きたいのだけれど」

赤鉛筆を手にした王様が、エメラルドの瞳を書類に向けたまま形良い唇を開く。

「私が先ほどマティウス・セフィエラから紹介された彼の孫だが、あなたは昨日既に顔合わせを済ませていると聞いた。第一印象はどう感じた？」

突然の台詞に、俺はぱちりと大きく瞬《まばた》きした。

えーと、天使の？　今、彼の印象を聞きたいと？

その瞬間、馬車に乗る前に引っかかったことを思い出した。

本来なら成人前、幼児のテオドア君がウォル――国王陛下に非公式とはいえあの場で紹介されることはありえないのでは？

セフィエラ氏が孫可愛さに縁を繋ぎたいと、国王のいる場に連れてきたということもないはず。氏はティシア王家にはっきりと忠誠を誓っている貴族の一人であり、常識や分別も備えている。

つまり、ウォル自身が内々に求めたから、あの場に孫と保護者の祖父が控えていたのでは？

「……幼いながらに躾《しつけ》の行き届いた、賢い子だと思ったけれど。もしかして、あの子はゲームの元プレイヤー――俺と同じ転生者だったりするとか？」

「いいや」

俺の隣に座る王様が、エメラルドの瞳をこちらに向けてとても美しく微笑んだ。

「あの子供を、あなたと私の養子に迎えようかと考えている」

「――は?」

なんと言いました? ウォルさん。

養子?

え、俺とウォルの? 今は婚約中だから、結婚して夫婦になったら息子になると!?

「……それって……」

「私の代をもってジーン王朝は終わりを告げる。次のティシア王家は、セフィエラの一族に託そうと考えている。あそこは魔法の才に長《た》け、一族の数も多いから。幼い直系男子を私の後継に据え、成人後に王位を円満に譲った後は、祖父のマティウスや父親の現セフィエラ領主が後見となり支えればいい」

ルシアン兄上は王位の禅譲に納得してくださった。

クラシエルとの戦争が終わるまでは、無闇に宮廷を混乱させないように現状を維持されるそうだが、その後は協力してくださる。

「もちろん、養子の話を表に出すのも戦争が終わってからだ。負けるつもりはないが、万が一王家が滅んでも、幼い子に殉じさせるつもりはない。征服者に膝をつくなり、他国に亡命するなり、セフィエラ一族は好きな道を選べばいい。ただその前に、あなたと子供の相性はどうなのかと思って。あなたはきっと血の繋がらない子供でも、自分の家族として愛情を注ぐだろうから」

俺とウォルの間には子供が出来ない。――当たり前だ、男同士なんだから。

だから養子を迎える。現王の義理の息子が、次のティシア王になる。

見事な王朝交代だと思う。王姉に政略だか恋愛だかで婿をもらって、出来た子に――より絶対にいい。

現魔法院院長を務めているセフィエラの一族なら、国宝『白の天蓋』を継承する際の魔力的にも問題はないはず。

「セフィエラ領主一族の姓はオルグという。テオドア・オルグ・ティシアが次代のティシア王となり、オルグ王朝が始まる――」

そう口にしたウォルの眼差しは、凛《りん》と強く、そして美しかった。

俺は手を伸ばし、彼の金の髪に触れた。

「――そうか。テオドアはいい子だと思うよ。親御さん方も納得しているなら、俺としてはかまわない。ただ、あの子はまだまだ幼かったから、ある程度大きくなるまではご両親の下で育ててあげたいとは思うかな」

「分かった、考慮しよう。……カリヤが受け入れてくれて良かった」

ありがとう、と囁いたウォルに、髪に絡ませた指を引き寄せて、こつんと額同士を合わせる。

「どういたしまして。……テオドアが息子になるのか……なんだか前世でいた甥《おい》っ子《こ》を思い出すな。甥にしていたような付き合い方で大丈夫かな？」

「大丈夫。あなたは愛情深いから。私は既に、義理の息子とあなたの寵愛《ちょうあい》を争うことを覚悟している。負けるつもりはないが」

「なにを言っているんだか」

くすくすと、俺とウォルは馬車の中で身を寄せ合って笑いあった。

――その後に聞いたところによると、内々に養子の話を切り出して好感触を得たのはセフィエラ一族だけだったらしい。

条件的に悪くはない子は他にもいたが、現在ティシアは他国と戦争中という不安定な情勢なので、最中に匂わされてもと敬遠する雰囲気があったとか。

親御さんとしては、崖《がけ》っぷち王家と心中したくはない気持ちは理解出来る。

王様が祖国に戻ってきて、良くなってきてるんだけどな、戦局。

勝敗の行方がまだ分からない中、セフィエラ一族が賭《か》けに出たということか。

この世界、魔力の大小は遺伝的に受け継がれる場合が多い。

セフィエラ氏は優れた魔法使いだから、その孫の天使も鍛えれば立派な魔法使いになるだろう。

　おまけに可愛い。俺としては新しい家族は歓迎しますよ。

名づけ仔《ご》との再会

アルティシア・ステーションに到着すると、既にエルフご一行が待っていた。

　現在、クラシエル国内に潜入して馬略奪――じゃない、工作活動を行っている部隊代表でヴェンデリーン以下数名。

　作戦の責任者であるヴェンは、やはり連夜の活動が負担になっていたのだろうか。

　到着した馬車を出迎えようと近づいてきたはいいが、ふらついたのかその場に膝から崩れ落ちていた。

　周囲の仲間が取り囲んで、大丈夫か、気持ちは分からないでもないが、強く生きろと口々に心配していたが、わりとすぐ立ち上がったので大丈夫なんだろう。

　一応、近寄って体調を確認しようとしたけれど、エルフたちに止められた。大丈夫です、生暖かく見守ってあげてください、近寄らないのが優しさです、などと口々に言われながら。

　連日の夜間行動って、俺も大樹海にたどりつくまで経験があるけれど、地味に疲れるのは身をもって知っている。

　スタミナポーションでも後で差し入れしておこう。夜はがんばりすぎてもだめだぞ、ほどほどになと経験者からのアドバイスも添えて。

「――カリヤ、まずはこれを」

　立ち直ったヴェンが渡してきたのは、黒水晶で出来た笛だった。

　馬の首の形をしている。馬頭琴ならぬ馬頭笛？

　手のひらに収まるくらいの小ささだ。

　えーと、今回の会合はクラシエルの潜入作戦についてだったよな。

笛はバイヤールに関するアイテムか。

「今、吹いてほしい。バイヤールがやって来る」

「え？　真っ昼間だけど」

「そう指定された。いいからまずは吹いてみてくれないか？　ちなみにその笛は、持ち主であるカリヤ以外は音が出ないそうだ」

エルフに促され、ウォルと視線をあわすと頷かれ。

俺は渡された笛に視線を落としながら、座っていた椅子から立ち上がった。

あ、ちなみに今、アルティシア・ステーション横に広がる草原の中にいます。

転移ステーション内の一室で話し合いをするものだと思っていたんだが、開けた場所でというのがエルフからの指定だったもので。

だだっ広い草原に突如出現したテーブルと椅子。

俺がウォルと共に中央国家群北部を逃亡していた頃を思い出させるシチュエーションだ。

もちろん俺のアイテムボックス内から取り出して並べた。俺とウォル、エルフたちは椅子に着席して、護衛はその背後に起立したまま待機。連れてきた魔法使いたちには、先にコートレイ領に向かってもらっている。

息を吸い込み、笛に口をつけて吹き鳴らす。草笛の音にも似た高く澄んだ響きが草原に響く。

変化は目に見えて現れた。

草原の少し離れた場所で、風が渦を巻き始める。

渦の中からミルクのように濃い霧が現れた。最初は球のように凝固していた塊は、膨れ上がって風に溶け、巨大な形を作り始める。

出現したのは巨大な門扉だった。

二階建ての建物ほどの高さで屋根のある、両開きの扉を閉じたままの門が、輪郭を霧でにじませながら昼の草原にそびえ立つ。

一瞬、硬い建築物が出現したのかと思ったが、霧が集まって形作られただけのようだ。吹く風に、扉の表面が小さく波打っている。

　ついでに扉は開くのかと思ったが、開かなかった。

　霧で出来た白い扉を突き破るようにして、漆黒の毛並みを持つ馬が飛び出してくる。

『母さまの主《あるじ》ー！』

　馬のいななきと共にシンパシーで周囲に響いた若々しい声は、うれしそうに弾んでいた。

　額に白い星を浮き上がらせた黒馬が、弾む足取りでテーブルに向かって駆け寄ってくる。ウォルやエルフたちも立ち上がり、近づいてくる黒馬を全員であ然と見つめる。

『喚《よ》んでくれるのを待ってたよ、ユキ母さまの主！　我、大きくなったでしょ？　母さまの主のお役に立てるように、がんばって大きくなったんだ！』

「――イサク？」

『そう！　母さまの主が名付けてくれた我の名前！　我、この名前が大好きなの。母さまの主に呼んでもらえるとうれしいから、いつでも呼んでね！』

　俺の目の前にやって来たのは、どこからどう見ても見事な若駒だった。

　ばん馬並みの巨体を持つバイヤールの成体ではない。だが普通の馬並みの体格はある。

「仔馬じゃない！」

『がんばって大きくなったの。母さまの主を乗せたかったから！　強い願いは力を持つから、早く大きくなぁれって、母さまも一緒に願ってくれたんだよ』

　一年ほど前に産まれたばかりの仔馬（？）は、俺の指摘にあっさりと答える。

　俺は目を見開いたまま、すり寄ってくる黒馬の首すじを反射的に撫でていた。

　そうだ、バイヤールの住む精霊界では、〝強い願いは力を持つ〟。縁あって飼い主となった白馬ユキの、仔馬が産み月に満たずに早く産まれたのも、それが故だった。

『母さまの主は我の恩人だから、お手伝いがしたいと思って！　でも仔馬のままじゃ背に乗せられないでしょ？　だから急いで大きくなったんだよ。あ、夜じゃなくてお昼にも出てこれるのはね、我が次代の王で特別だから！　すごいでしょ！』

えっへん、と誇らしげに胸を張ったイサクが、黒くてつぶらな瞳を俺の隣に立つウォルに向けた。

『久しぶり！　母さまの主の番《つが》い。父さまに聞いたよ、おめでとう！　番いにもお世話になったね。特別に、母さまの主と共に我の背に乗る栄誉を与えてあげる――じゃなかった。あのね、今日は母さまの主に会いたいのもあったけれど、そっちがもちろんメインで重要なんだけど、今、精霊界で預かっている牡馬《オス》！　そろそろ引き渡そうかと思って、〝門〟を開いたの！』

呼んでいい？　と黒馬は首を傾《かし》げる。

馬は欲しい。

長く戦火が続き、軍馬も輸送馬も数が足りなくなっている。王の婚約者である俺が荷物を運ぶよと名乗り出るくらい、ティシアの輸送環境は厳しかった。

クラシエル本国からエルフとバイヤールが協力して馬をさらい、精霊界に連れ去っている作戦。

エルフは仇《かたき》であるクラシエルに打撃を与え、バイヤールは妻を手に入れ、ティシアはいらない牡馬をもらうという素晴らしい内容だ。その、牡馬がいよいよティシアに引き渡される。

ウォルが頷くと、黒馬が俺から少し離れ、霧の門に向かって前脚を上げながらいなないた。

『我、次代の王たるイサクの名において、精霊界と門よ繋がれー！』

白い霧の門が揺らめいた。

閉じたままの扉から、次々に馬が出現する。

十頭、二十頭、五十頭、百頭……。立て続けに現れる馬に、何故ヴェンが開けた場所でと指定したのか意味が分かった。

霧の門から草原へと現れた馬が散っていくが、まだ終わらない。

『千頭以上いるはずだよ！　さすがに他の精霊仲間

から溜めすぎって怒られた。これからはマメに引き渡すから、母さまの主はその笛を吹いて我を喚んでね！　夜に父さまが連れてきてもいいんだけれど、やっぱり笛の呼びかけが必要だからね！』

「……えーと、ウォル」

「私が前線へと戻る前に処理しておこう。すまない、ヴェンデリーン。アルティシア・ステーションの兵士に散った馬を集めるように手配してくるので、少し席を外す」

　ウォルが自分の護衛を連れ、ステーションへと向かった。

　まだまだ門から出てくる牡馬に、俺の元へと戻ってきたイサクが楽しそうに告げる。

『牡馬はバイヤールが精霊界で預かって、人間の牝《メス》はエルフが大樹海で預かっているよ！　母さまの主の民なんでしょ。がんばって探して集めてるの！　エルフから後で引き取ってね！』

「――カリヤ、その件についてだが」

　俺の側にやって来たヴェンが、男らしく整った顔をしかめながら口を開いた。

「最近、クラシエルでの襲撃は、あちらが対策を始めたので霧で眠らせるのが難しくなっているんだ。もう眠らせることはせず、我らは弓や魔法で牽制《けんせい》しつつ襲撃している」

　いずれクラシエルに眠りの霧を対策されるのは予見していたことだった。

　第二段階に移行したのか、と俺は頷く。

「すると、シンパシー能力を持つバイヤールが、襲撃先にティシアの民がいることに気づいたんだ。故郷に帰りたいという心の叫びを黒馬が感知し、俺たちは奴隷として使役されていたティシアの子女を見つけた」

「――」

　熱の塊が、俺の喉《のど》を焼いた。

　戦争の最中、連れ去られたティシアの民。

　男はクロエ平原で苦役に従事し、女はクラシエル本国で売られているのだと聞いた。その、彼女たちが。

人族にはない青ざめた肌に先のとがった長い耳を持つ男は、低い声で続ける。

「彼女たちはエルフと同じだ。クラシエルによって故郷より連れ去られ、隷属の首輪を嵌《は》められ自由を失い、尊厳を奪われて奴隷に落とされた。だから俺たちは、襲撃先で見つけ出したティシアの子女を奪い返し、保護している」

大樹海は本来、人族の立ち入りを許していない。だが彼女たちはエルフの敵に、エルフと同じ目に遭わされた被害者だ。今回は特例として大樹海内での一時的な滞在が許された。

コロポックルを通して確認した世界樹の意思も、カリヤの民だからと子女の滞在を許した――。

「心身ともに負った傷が癒えたら、順にティシアに返す。それまでは我らが責任をもって預かろう」

「――ありがとう、ヴェンデリーン。すべてのエルフに感謝を」

「いや、零れ落ちたエルフの子の命を最初に救い、大樹海まで無事に送り届けてくれたのはティシア王と王妃だった。当然の配慮だ」

――俺は前世の、日本のことわざを思い出していた。

〝情けは人の為《ため》ならず〟。

ウォルと共にエルフの子にかけた情けが、産まれたばかりの精霊馬にかけた情けが、巡り巡ってティシアの民を助けてくれている――。

うるわしの白亜の都を背景に、馬の大群が緑の草原を駆ける。

この日を境にティシアの馬不足は解消していった。

幕間

夜が更けているにもかかわらず、冒険者ギルド・

アルティシア支部は人の熱気であふれていた。

　両脇に外灯の設置された扉が開かれ、煌々《こうこう》と内部を照らす光が大通りの先まで漏れている。

　ギルドから出てきた冒険者が、夜も賑やかな王都に消える。向かう先は酒場や娼館《しょうかん》ではなく、夜も営業している店舗やその頂点に立つ商業ギルドだ。

　または冒険者ギルドに併設された馬小屋から引き出された馬に乗り、誰かがどこかへと去っていったかと思えば、別の者が戻ってきて係に手綱を預け、ギルドへと入っていく。

　ギルドの中は昼のように光が満ち、多くの冒険者がいた。

　壁に貼られたクエストを確認する者はいない。既に割り振られる仕事は決まっているからだ。

　王都でモンスターの討伐依頼はほとんどない。

　アルティシア支部での現在のクエストはほぼ、対クラシエル国との戦争に関するものだった。

「夜遅くまでおつかれさん、エーリク」

　窓口に現れた冒険者の男は、クラシエル出身の同胞だった。こけた頬ながら、逞《たくま》しい筋肉を持つ大柄な戦士。

　笑いながら片手を上げた白髪の男は、カウンターに肘《ひじ》をついて、窓口に座るギルド職員に顔を近づけてくる。

「……聞いたぜ？　クラシエルで起こっている馬消失事件。実はエルフの仕業だったんだって？　ということは、裏で手を回しているのはやっぱり妃」

「あの方の敬称ではなく、〝黒真珠〟とあだ名で呼ぶようにするんじゃなかったのか？」

　そうだった、と男は肩を竦めた。

「〝うるわしの白亜の都の黒真珠〟。あの瞳は間近で見たら忘れられないからな。極上のピーコックグリーン。深い緑ににじむ七色の虹彩《こうさい》。はるか東の、果てへと至る海でしか採れない美しい宝玉――」

　歌うように呟きながら、男が自分の太い首を撫でる。

まだ白く跡が残るその首に、隷属の首輪が嵌められていたのをエーリクは覚えていた。

祖国の冒険者ギルドに嵌められて奴隷に堕《お》とされ、逃れてきた敵だったはずの隣国《ティシア》で、彼は首輪を外すことが出来た。

並ぶ脱国者たちの隷属の首輪を、真剣な表情で一つ一つ外していたオリーブ色の肌の美しい青年。

大きく目を見開いて、彼はティシアの次期王妃の瞳を至近距離から覗き込んでいた――。

「――自由を取り戻してくれた〝黒真珠〟への感謝を、俺は絶対に忘れない。あの方の役に立ち、その上でクラシエルの冒険者ギルドへの復讐《ふくしゅう》も果たせるんだ。俺に出来ることならなんだってしてみせる――ってことで、寄越《よこ》せよ、次の仕事」

「馬の護送がある。エルフがクラシエルから分捕った馬が、ティシアに送られてきた。その一部を近隣の領地に割り振るので、その護衛任務だな。明日の正午、アルティシア・ステーションに集合だ」

「早速か！　なかなかやるじゃねぇか、エルフも」

ざまぁみやがれ、と笑いながら男が依頼票を受け取る。

もし流血沙汰の中で馬の略奪が行われていたのなら、憎んではいても祖国だ。エルフに対して複雑な気持ちを抱いていただろう。

だが森の民は誰も傷つけていない。それはまるで、彼らが得意だという魔法のような鮮やかな手口だった。

「そういやエーリク。クラシエルに所属している冒険者の中にも、俺たちの活動に賛同する有志が出てきているのを聞いたか？」

「ああ。協力体制を取ろうという話になってるらしいな。あちらのリーダーは見事な赤毛だと聞いている」

「目立つ髪色の染め粉をあの方は用意していないはずだから、自毛か」

「クラシエル人ではないが、強制徴集に巻き込まれて関わったらしい。――他国人も介入を決意する惨状なんだろう、きっと」

「……だろうな」

歪んだ笑みを浮かべた男が立ち去り、次の仕事を求める冒険者がやって来る。

そのほとんどは奴隷から解放された白い髪だ。

最初は身をひそめて行っていたレジスタンスの活動は、今はティシア王家の後ろ盾も得て堂々と行われるようになっていた。

並ぶ冒険者の列が途切れ、エーリクはギルドの中に視線を回す。

実は、窓口にいるギルド職員はそれほど多くはない。職員のほとんどは、カウンターのこちら側で机に設置された端末を前に作業を行っていた。

冒険者ギルド職員だけが使える、内部に存在する精霊が知りたい情報を映し出すというパネル。

今、アルティシア支部にいる職員の三分の一が窓口業務にあたっている。

別の三分の一は、冒険者ギルド全体で共有しているクエストの、内容をチェックをしている。

特にクラシエル支部が発行したクエストは、内容をすべて分析し、対処が可能なら妨害をする。

軍の護衛依頼なら、その規模と行先から兵の流れが読み取れた。そうして得た情報は、ティシア軍に随時伝えている。

クラシエルが他国から購入した物資の移送依頼は、仕事を受けながら土壇場でキャンセルする。

仕事を受けた冒険者の、登録ナンバーは偽造ではない。端末から〝奴隷に堕とした冒険者〟の情報を消去しなかったクラシエル支部の怠慢だ。

今さらクエスト不履行によって評価がどれだけ落ちても構わないと、レジスタンスの誰もが思っているし、落ちた評価はティシア支部の端末から〝修正〟出来た。

そして夜遅くにもかかわらず熱気が冷めない一角は、残りの三分の一の職員が管轄している――。

「エーリク！　そろそろエリクサーのオークションが終了するぞ！」

声を掛けられ、利用者のいなくなった窓口を閉じて立ち上がったエーリクは、皆が集まっている一角へと足を運んだ。

バザーで行われているオークションを映し出した端末の前に、髪と肌の色を染めたエルフの青年が真剣な表情で座っている。

エリクサーは代理として青年の冒険者ナンバーで出品されているが、本当の作製者が誰なのかは皆が知っている。パネルの向こうのオークション参加者も多分分かっているだろう。

「……また辺境が落札するのか」

「クラシエルには売るなって言われているから入札妨害の準備はしているけれど、いつ見ても圧倒的な資金力だよな」

高額アイテムの落札は、支払いを保証するためにギルド支部間の取引となる。

落札者の名前の後ろに記載されている所属支部名に、集まった職員がざわめく。

「いるんだな、辺境にも人が」

「高ランク転生者が活動しているんだろう？　ＳＳとか、ＳＳＳとか。モンスターもランクも高いから、ドロップアイテムで儲《もう》けてるんだろうよ」

職員が見守る中、日付が変わりオークションが終了した。

「五百六十万ゴルド！　これまでの最高額！」

「すげぇな、黒真珠の君！」

エルフの青年が自分に向けてきた視線に、エーリクは無言で頷いてみせた。

落札後の手続きを促す画面に従って商品を送り、相手の入金を確認した表示が現れ、取引が成立する。

「しっかし、冒険者ギルドの転移システムは、他国からティシアへ送るのは止められているけれど、ティシアから他国へ送る機能はそのままで良かったぜ」

「代金に関しては銀行機能と転移システムは関係な

いから、しっかり受け取れるし」

「どうしても必要ならバカ高い手数料を払って、商業ギルドの転移システムを使うしかないからなぁ……」

取引が終わり、解散して自分の持ち場に戻る職員たち。

エーリクはパネル操作を終えて息をつくエルフの青年の元に近寄った。

「おつかれさま、タデア」

「……やはり高額だと、間違えないかと緊張する……」

「アイテムがアイテムだからね。出品者の情報は洩《も》れるものだけれど、エルフの君ならエリクサーを出してもおかしくない。あの方の隠《かく》れ蓑《みの》になる」

黒い髪と白い肌に染めたエルフの青年は、ぎこちなく頷いた。

「……あの方のお役に立てて良かった……」

「そうか」

「……はい。カ……黒真珠の君は、命の恩人です……。故郷を追放された自分に……居場所を与えてくれました」

「――恨んでない？」

ぶんぶんと、黒い髪を振ってエルフの青年が否定の意思を示す。

「それだけのことを……してしまいましたから」

青年の黒髪を指でくしゃりとかき回し、エーリクは頷いた。

「君が真摯《しんし》に反省しているのなら、あの方はきっと許してくださるよ。っと、タデア。別の落札通知が来ている。エリクシールの詰め合わせ……こっちを落としたか、クラシエル」

「ど、どうしましょう？」

「うーん、ここはあの方に指示されている通り、劣化の度合いがひどいのを選んで送ればいいかな。ちゃんと出品時に注意書きを加えているしね。『劣化エリクサーなので、効果は保証しません』って」

分かりました、と気合を込めて答えたエルフの青年が、落札品の発送手続きを始める。

その様子を、微笑みながらエーリクは見守る。

――自分たちの行いは、本来のギルド職員には決して許されないものだと彼は理解をしていた。

正規のギルド職員が行わなくてはいけない誓約を、今のティシア国所属の職員は誰も行っていない。

王家によって選ばれた現ギルド支部長の、独断による非正規職員の雇用。クラシエルとの戦争が終わり、冒険者ギルド総本部が本格的にティシアへ接触してきたら、全員なにがしかの罰を与えられることになるだろう。

その前にレジスタンスのメンバーは姿を消すつもりだが。

先にギルドの制度を悪用したのはクラシエル側だ。

記した覚えのないサイン。法外な違約金。関係のない家族までを巻き込んで奴隷に堕とす非道。

だから復讐をする。

術《すべ》はあの方が与えてくれた。半年ほどにもわたるオークションのデータ、クエストの分析基準。罠を仕掛けるための餌。活動資金。

クラシエルが行った非道に報いを与え、戦争が終われば姿を消そう。

あの方へ迷惑をかけないためにも。

「……だけど、もし君が一緒に行きたいと言うのなら、連れて行ってもいいかな……」

「え？」

「――いや。ただの独り言」

コートレイの試練、開始

コートレイ領都を取り囲む外壁と深い森との間には、幅三十メートルほどの緩衝地帯が存在する。

木も草も取り除いた空間

だ。森から現れたモンスターが領都を襲ってきた場合に、高い外壁の上から迎撃するための空き地。

　他に、閉門時間までに領都に入れなかった隊商が野宿をしたりする場合もある。タキリン城砦の周囲にも存在していて、中に収容しきれない兵士がテントを張っていたっけ。

　今日、その空き地には多くの兵士と、それ以上の数の領民の姿があった。

　コートレイ領主の証である血統武器『花散里《ハナチルサト》』の正式な主になるために、ジュニアが試練の旅に出る。その旅に同行する者と、彼らを見送ろうと集まった人々だ。

「……うむ、華やか」

　集まった人々を見回して、俺は一人呟いた。

　ジュニアの旅に同行する兵士は、なんと七割が妙齢のお嬢さんやご婦人だ。

　別に少年がハーレム志望という訳じゃない。

　コートレイ領の働き盛りの男は、クロエ平原の戦いでほとんどが戦死している。だから従軍していなかった腕に覚えのある未亡人や娘さんが、武器を手に取るしかなくなっている現状なのだ。

　元々武で名の知れたコートレイ領。

　戦える女性は大勢いる。その筆頭が今、ジュニアを見送りに来たおばばさまの両脇に立つ、革鎧姿のご婦人お二人かもしれない――。

　初めてコートレイ領を訪れたとき、会食の場で当主の試練を遂行するにあたっての〝損害〟を語っていたご婦人。

　領民は損害を受け入れてくれる――それは試練での犠牲を前提にした台詞だった。

　正直、貴族の考え方は怖いと思った。下々の命なんて何とも思っていないのだろうかと。

　それが普通の支配階級かと、同意はしないが理解したつもりだったんだ、が。

　次の日、試練の同行者の選抜場所に現れた鎧姿のご婦人方は、俺に向かって言った。

『結婚を機に一線は退いていましたが、まだランクBの力は有しています。まずは私《わたくし》が。次に義妹《いもうと》がドラゴンのヘイトを集める役割を担いましょう。夫と息子はクロエで立派に責を果たしました。次は私の番です』

『私どもを囮《おとり》に使いなさいませ。家は残された孫が継ぐので後顧の憂いはありません。孫も領民も、当主の試練ならばと納得してくれるでしょう』

　ご婦人方――――!!

　女傑たちの覚悟に、その場にいたジュニアもだが俺も泣きそうになった。

　大丈夫！　ラーヴァドラゴン相手なら勝算はあるんだ！

　誰も犠牲にすることなく、今回の試練は達成出来る。

　ジュニアと一緒になって必死にご婦人お二人の意思を変えようとしたが、彼女たちも一歩も引かず。

　とりあえず試練の旅には同行してもらうことになった。ベテラン戦士は多ければ多いほど助かるし。

　おばばさまと別れの挨拶を交わしているジュニアの横には、オリーブ色の肌に白髪のフィアスと仮面をつけたグウィンがいる。

　フィアスは選抜した部下と共に試練に同行して、グウィンは留守番だ。

　穏やかな表情でグウィンと話していたジュニアが、俺の注目に気づいたのか顔を上げた。視線があわさり、ふいっと顔を背けられる。

　反応を見ていたフィアスが、苦笑を浮かべてこちらにウインクしてきた。気にするな、という意味合いだろう。

　コートレイ一族の墓地から逃げ出したジュニアに、彼は無事追いついたらしいです。

　どんなやりとりがあったのかは知らないが、俺が王都から戻ってきた時には少年の状態は落ち着いていた。

　これまでは視線をあわせるなり睨まれていたから

なー。

いったいどういう説得をしたのやら。

キャンキャンしなくなったジュニアは、ちらちらもの言いたげに俺に視線を向けてきたりしている。

ラーヴァドラゴンの棲息《せいそく》する火山に到着する前に、彼とじっくり話し合える時間が取れればいいんだが。

出発する時間になった。

見送りの人々が離れ、試練に赴く兵士が列を作って並ぶ。

コートレイ領からは試練の主役であるジュニア、ご婦人二人、貴人である彼女たちの侍女二人（連れて行くものらしいです）、フィアス、フィアスの部下とその他弓兵・近接戦闘の皆さん。

王都アルティシアからの助《すけ》っ人《と》は俺、護衛のライナー、俺付き女官のミリアム（連れて行かないといけないそうです）、王家専属魔法使いのロウワード、ボンドン少年、他魔法兵たち。

ある程度、試練の場までの移動に時間を取られると覚悟していたが、足のアテが出来たので急きょ変更だ。

荷馬車は一切使わず、全員騎馬で移動する。

だって遅くなるから。徒歩で随行する人員を入れると時間がかかりすぎる。

ラッキーなことに、魔法使いたちも全員馬に乗れるメンバーだった。慣れてはいないそうだが、ならポーションで随時回復しつつがんばってもらおう。

待機する人々の前で、俺はアイテムボックスから取り出した黒水晶の笛を吹く。

なにもない場所に生まれた白い霧が集まり、精霊界と繋がる巨大な門を作り出した。

『母さまの主――――！』

額に白い星を戴いた黒い精霊馬《バイヤール》が、霧で出来た門扉を突き破って飛び出してくる。

『うふふー、喚ばれて我、参上！』

……イサクは父馬に似ているらしい。

高笑いこそなかったが、上機嫌な精霊馬に続いて、何十頭もの馬が次々と飛び出してくる。

さまざまな毛色の馬たちは、夜にしか現れることの出来ない精霊馬ではなく、こちらの世界の普通の馬だ。クラシエルから精霊界へと移動し、ティシアに来ることなく精霊界に留《とど》まることを選んだ牝馬たち。

何故かというと、

『母さまの主、紹介するね。我の番いになりたいって、精霊界に残ったお姉さんたちです。この度、我が母さまの主に協力するから力を貸してって頼んだら、喜んでって言ってくれたの！』

――牝馬たちの目はハート形だった。

次から次へと出てくる彼女たちは、少しでもイサクに良いところを見せようとしているのか行儀よく並んでみせる。

「……バイヤールって、番いは一頭だけじゃなかったっけ？」

『王は違うの！　すぐれたけっとーを残すために、たくさん番いを持ってもいいんだって』

「じゃあ、この彼女たちは、全員イサクの嫁……？」

『んー、我、体は大きくてもまだ子供だからよくわかんない！　お姉さんたちは、我がオトナになるまで待ってるって。オトナになったら考えるー』

うんうん、と同意しつつ微笑ましく見守っている牝馬のシンパシーが伝わってくる……。

ほ、本人じゃなくて本馬たちが納得してるならいいか。

あらかじめ準備しておいた鞍や手綱を、現れた馬に着けていく。

これから毎日、笛でイサクたちを喚びだしては移動し、日暮れの前に精霊界に戻ってもらう予定だ。

なんと、そうすることで馬の世話をする人員はいらないし、飼い葉等を運ぶ必要もない。

他に必要な荷物もまるっと一式、俺のアイテムボックスに放り込んだ。なので荷馬車も不要。

さて、おそらくアクシデントでもない限り、ラーヴァドラゴンの棲《す》む火山地帯までは三泊四日の旅になる。

一行の先頭を行くのは俺だ。

本日の俺は毛皮マシマシの蛮族仕様ではありません。スタイリッシュを目指して、黒一色の戦闘服姿です。

防刃加工を施した高襟の軍服。胸当てや手甲、ブーツも艶《つや》を消した黒に染めている。マントも黒で、全体的な差し色は銀。王家の金属環で髪をまとめているので、それに合わせて。

ノー化粧なので集まっている領民たちには男にしか見えないだろうが、まあ気にするな。

そんな俺の両脇は、ライナーとフィアスが固める。何故なら俺を乗せるイサクが群れの先頭に立たないと、牝馬たちが動こうとしないので。

ジュニアも先頭に並びたそうにしていたが、ご婦人方を守ってほしいと一行の中央付近に配置。不服そうだが、偉い人は守られなきゃいけないんだよ少年。一つ一つ覚えていこうな。

『じゃあ、出発ー！』

イサクのシンパシーが響き、用意されていたティシア国旗とコートレイ領旗が旗手によって高々と掲げられた。

翻る両旗に、見送りに集まった人々が歓声を上げる。

「「ティシア王国万歳！　コートレイ領万歳！」」

――こうして、『コートレイの試練』は始まった。

コートレイの試練、前夜

『それじゃあ母さまの主、また明日ね！』

用意した馬用のおやつを食べ終え、お姉様方と共にイサクが精霊界へと帰っていった。

試練の旅、道中三日目。

早くも明日はラーヴァドラゴンの棲む火山地帯へ到着する。

いやー、やっぱり全員騎馬は機動力が違う。徒歩での移動と比べると、五倍以上の速さだ。

元々軍隊の移動は、とてつもなく時間がかかる。

朝、起床してから食事の用意。食事をして設営していたキャンプ地の撤収、荷物を馬車に積み込んだり背負ったりして、行軍開始。

その場に座り込んでの休憩はあるけれど、基本は昼も食べずに進軍。トイレは隊列を外れて遠くに行ってしゃがみ込み（隠れる茂みがあるといいね）、ダッシュで持ち場に戻る。水は腰に下げた水筒にあるっきりだから、大事に飲もうな。

んで、時間にして三時にもなったら行軍終わり。まだ日は高いけれど、準備に時間がかかるので。

本日のキャンプ地に偉い人のためのテントを張って、夕食作りはかまどの作製から始まって。そうしているうちに日が暮れるので、配られた食事を食べ終えると支給された毛布にくるまって地面にごろ寝。何日かに一度は見張りの夜番がくる。

こういった一連のルーチンが、軍隊の移動というものらしい。徴兵されてクロエ平原へ向かった時はそうだった。

だがしかし今回。

現実《リアル》だろうが俺の中ではゲームとほとんど変わらない世界《ファンタジー》。

『コートレイの試練』という名のゲームイベントをクリアすべく、万全の準備で臨ませてもらっているぜ！

まず、移動するのに歩きなんてかったるい。

バイヤール関係に協力を仰ぎました。馬で向かった方が格段の速さ！　イサクありがとう！

注目すべきポイントは、朝に精霊界から喚びだして夕方前には帰ってもらうので、こちらで準備するのが乗るための馬具とお礼のおやつだけだということです。

あ、馬に飲んでもらう水は、水魔法で出してます。入れる木桶《きおけ》は、イサクの母君も使っていた由緒あるブツ（アイテムボックスに入れっぱなし）です。

その日に野営するキャンプ予定地に到着したら、テントの設営をしなくちゃいけないのだが、ゲームに準じればなんと五分もかかりません。

あらかじめ作っておいた大型テント宿舎を、アイテムボックスの中から取り出しては設置していく。以上。

野郎は毛布でも引っかぶってそこらの地面に転がっておけと思うが、女性にそんな扱いは出来ない。なので宿舎を用意した。男女別に、男一棟、女二棟。

中にはシングルベッドが通路の両脇に並び、ベッドの間には机がついている棚と椅子も設置されている標準仕様。ただちょっとエアコンが効いていて、灯りも室内を隅々まで照らす蛍光灯っぽい明るさで、外敵からの攻撃に耐性ある感じ。

それからお風呂テント！　トイレテント！　男女別！

お湯を張るのも水洗トイレも謎仕様という、安定のファンタジーです。必要なＭＰは使用する全員で注いで使おうな！

ウォルと逃亡中の旅の中では、レシピは覚えていたけれど材料がなかったので作れなかった代物です。特に水洗トイレ！　ルカの悲劇も起こった水洗トイレ！

しかしその後、冒険者ギルド・アルティシア支部の窓口で材料が購入出来ました。

やっぱプレイヤー向けの素材は充実してるんだね、冒険者ギルドって。これでもかと種類も量も買ってしまったので今後はなんでも作り放題～……っと、それは余談だった。

そして偉い人向けに個人宿舎。一般兵と雑魚寝はダメなんだってー。

お付きも一緒に過ごせる三室仕様です。寝室、お付きの控え室、応接室。風呂とトイレも中に設置で、ちょっと内装も凝っている。

　この個人宿舎はジュニアとご婦人方、王家専属魔法使いのロウワード氏に使ってもらいます。

　あ、俺も使います。雑魚寝却下されました。

　俺の宿舎は四室仕様になっている。

　ライナーとミリアムの部屋が必要なので。兄妹でも異性なら同室はダメ。

　他、全員が一度に食事を取れる食堂テントも作った。長テーブルに椅子、調理室。

　こちらも謎電力で照明がついたり料理を作ったり換気をしたりだが、さすがに宿舎も入れてすべてを賄うＭＰ量を考えると足りなくなってくる。

　その足りない分に関しては、王都の女官さんたちに頼んでＭＰを光玉に備蓄した物を用意済み。

　タキリン城砦でずっと続けていた光玉作業。

　アルティシアに戻ってからも、いつか使うだろうと女官さんたちに協力してもらって光玉備蓄を続けている。

　いずれは王都の兵士連中にも協力してもらいたい。

　ＭＰ備蓄は、数々のアイテムの動力になるので、あればあるだけ安心です。

　アイテムボックスは万能に見えるが、もちろん制約はある。

　入れることが出来るブツは、俺個人の持ち物か、契約して預かっているアイテムに限る。人様のアイテムを盗んでこっそり隠すことは出来ません。それは犯罪です。……それと、生きていても死んでいても、人間を入れることは出来ない。

　まぁそんなわけでキャンプ設営の時間が必要ないので、その分の時間は兵を半分に分けて訓練に使っている。

　半分は、キャンプ地の周囲に散ってモンスター狩り。元々コートレイの試練の道中は、モンスターの間引きも重要な任務らしい。

　狩った獲物はアイテムボックス内に預かるので、

解体は領都に戻ってからな。

残り半分はキャンプ内で対ドラゴンの戦闘訓練。いくつものフォーメーションを、号令で瞬時に再現出来るように鍛える。

……俺も戦闘訓練に参加しているうちに気づいたんだが、共に参加している護衛のライナーは強い。ウォルが推薦しただけある。

戦闘スキルを使いこなす様は、ランクBオーバーも納得の実力だった。

ただ、彼は機敏には動けない。

腰か足の付け根辺りに古傷があるのだろう。体は反応しているのに、自分から踏み出さないといけない場合には一瞬遅れ、長時間動き続けているとだんだん動きが鈍くなっていく。

攻撃された場合、盾になる護衛は出来る。けれどそこから先は――。

あまりに古い傷になってしまえば、その状態が普段通りなのだと体が認識してしまうので、回復アイテムの類で治癒させることは難しくなる。

コートレイでいえばエリクサーを使ったはずのグウィンの、顔の火傷痕がそのまま残ったように。

いちかばちかでエリクサーを使ってみてもいいんだけど、治らない可能性が高い。

それにあまり簡単に下賜しないでほしいと、ティシアのいわゆる重鎮から言われてしまっている。戦争のせいか大暴騰しているらしいです、エリクサー。

ウォルは俺の好きなように与えればいいと言ってくれているけれど、ライナーに尋ねたら代金を支払えないので結構ですって断られた。

そうして訓練が終わり、狩りの連中が戻ってきたら夕食だ。

作る必要はない。何故なら事前にコートレイ領の女性たちに出来合いを発注しているので。

朝昼晩の三食。昼は簡単に食べられるサンドイッチと果物を包んだ弁当。朝と夜は焼きたてパンと、大鍋《おおなべ》に入ったままのスープやおかずをそのままアイテムボックスへストックした。

配膳《はいぜん》の係だけ必要です。

使った食器は各自で洗って木箱に入れたら、俺が最後に回収するよ。

順番に風呂を使い、残っているＭＰを設備に注いで使い切ったら就寝時間だ。

宿舎で楽しく女子トークをしてもいいけれど、消灯時間には就寝だぞー。

キャンプの周囲には結界を張っているのでモンスターの襲撃は怖くないが、経験を積むために夜も交代で見張りを立てる。

そして朝。

起きたら全員でラ○オ体操。前世は日本人ですから。

アイテムボックスから取り出したホカホカ作り立ての朝ごはんを食べて、施設を回収し、イサクを喚んで出発。

これが試練の旅の一日の流れになっている。


俺が言うのもなんだけど、転生者って本当に便利だ。いればいるだけ助かる。

敵国クラシエルには、その転生者が戦闘職だけで三十人以上いると聞いている。対するティシアは俺たった一人か……が、がんばるぞー。

祖国《ティシア》のためにというか、祖国を愛している王様《ウォル》のために！

さて、本日の夜なべは、寝室で光玉に魔法を込める作業です。

光玉は〝何か〟を入れる器だ。ＭＰを込めて電池のように使うのがメインだが、魔法を込めることも出来る。

攻撃魔法を込めたら、投擲《とうてき》して使用も可能。フロストドラゴン討伐時にもお世話になりました。

今回は投擲だけではなく、罠として設置もするつもりだ。旅の休憩中などにせっせと魔法使い組に作ってもらっているんだが、ランクＢまでの魔法を使える俺も参加。

　パシュッと音を立てながら、発動した氷の攻撃魔法が光玉の中に吸い込まれる。

　一瞬漏れる、氷魔法特有の水色のエフェクトが綺麗だ。

　アイテムボックスから取り出した空の光玉を、手のひらの中に握り込んで魔法発動、そのままアイテムボックスの注入済みの枠の中にしまって、再び空の光玉を取り出すエンドレス。

　もったいないから、本日分の残ったＭＰは使い切るぜ！

　ベッドの上であぐらをかいて、黙々と作業をしていたら、呼び出しのベルが鳴るのが聞こえた。

　もう遅い時間だけど来客らしい。

　すでに風呂に入り、パジャマに着替えていたが、そういうことならと室内着に着替え直す。王様の婚約者は、上にガウンを羽織っていたとしても夜着姿で客に会っちゃいけないのでー。

　たしかに、女性だと考えると夜着姿は恋人や旦那《だんな》以外には見せちゃダメだろうなと思う。スケスケヒラヒラのネグリジェとかね！

　まあ、俺はネグリジェは着ないけれど。

　前世は女性だったとしても今は男の体だから……なんて嘘っぱちな理由ではなく、パジャマ派ですから。

　ミリアムが来客を告げてきたので、寝室を出て玄関へと向かう。

「――夜分に突然申し訳ございません、妃殿下。ですが明日から挑む試練の前に、お話が出来たらと思いまして」

　開け放された玄関の前、コートレイ領軍隊長のフィアスが宿舎の中には入らずに頭を下げる。

　来客の応対をしたらしいライナーが、扉の前に立ってこちらを見ていた。そしてもう一人。

　フィアスの背に隠れるようにして立つジュニアが、紫色の瞳を伏せて思いつめた表情を浮かべていた。

コートレイの試練、和解

夜中にジュニアがやって来た。

一時はキャンキャン突っかかってきていたジュニアだが、コートレイの墓所で別れ、再会してからはどこか大人しかった。

迎えに行ったフィアスと、どんな話をしたのか。

時々こちらに向けてくるもの言いたげな眼差しから、俺と話し合いたいのだなと受け取って切り出してくるのを待っていたのだが、ようやく決心がついたらしい。

フィアスが、主筋の少年の背に手を添えて促す。

前へと踏み出し、宿舎の中へと入ってきた少年に、彼は明るい声で告げた。

「さ、坊ちゃん。ちゃあんと話し合いをするんですよ。妃殿下は優しい方です。これまで坊ちゃんが取ってきた無礼な態度の数々も、快く許してくださいますとも。ではっ、僕は申し訳ありませんが部下と打ち合わせがありますのでこれで失礼します！」

「えっ!?」

嘘《うそ》だろっ、と振り返るジュニア。

にこにこと笑みを浮かべたまま、オリーブ色の肌の青年は断言する。

「ええ、僕は同席しませんよ。先行部隊が報告してくれた情報を元に、明日の件でまだ話し合わなきゃいけないことが残っていますので」

終わったら、坊ちゃんは一人で宿舎に戻ってくださいねー。

「たった二軒隣ですし、キャンプ地の周囲には結界が張られているから危険なんてありませんよ。それでは妃殿下、坊ちゃんをよろしくお願いします」

白髪の頭を下げ、有無を言わさぬ調子で青年が退場する。

呆然と彼を見送ってしまったジュニアが、ギギギと音が鳴りそうなほどぎこちない動きでこちらを見た。

「……あ、あの、あのっ」

「若様。せっかく妃殿下の宿舎にいらしたのですもの。冷たい炭酸水でも飲まれませんか？　こちらにいらしたお客様には、皆さん楽しんでいただいてますの」

「ミリアム姉……」

「さ、座って」

　そういえば、ミリアムとライナー兄妹の父親はナダルの弟で、ジュニアにとっては従姉《いとこ》だった。

　少年を優しく促した彼女が視線をあわせてきたので、小さく笑いながら頷いて俺もソファーに座る。

　扉を閉めたライナーは壁際に退き、ぎくしゃくとした動きでジュニアが俺の前に座った。

　控えの部屋に下がったミリアムが、ガラスのコップに注《つ》いだサイダーを持って再び現れる。

「美味しい」

　一口飲んで、ぱあっとジュニアが顔を輝かせた。

　そのまま勢いよく飲み干してしまい、あ、と顔を赤くする。

「俺の手作りなんだよ。生産職だからね、気軽に何でも作ってしまう。君の口に合って良かった」

「お代わりを持ってきますね」

　俺の言葉の後に続いて、ミリアムが空のコップを持って去る。

　身じろぎして姿勢を正し、深々とジュニアが頭を下げた。

「お、王妃殿下におかれましてはこの度、お……私の当主就任の試練にご協力くださいまして、誠にありがとうございます」

「——普段通りの口調で話してくれてもいいよ。君の従兄姉《いとこ》たちと俺しかここにはいないからね。俺もいつものように話すから」

「……いいのか？」

　少年に向かって、にっと笑って頷いてみせる。

　視界の隅、ライナーは一瞬眉をひそめたが止めようとはしなかった。

「……あの、今回の試練の旅は、妃殿下がものすごくたくさんの物資を用意してくれたり、王都から人員を招いてくれているので助かっていると皆が言ってる。転生者は『コートレイの試練』が上手《うま》くいくように協力してくれるものだそうだけど、妃殿下のサポートはすごいって」

「前にも言ったけれどね、俺は君のお父上にとても世話になった。だから俺の出来る限りの手伝いをしているだけだよ」

「……親父、の……」

俺を見つめていた少年の瞳が揺らいだ。

(――しまった)

スイッチを押してしまった。

唐突にそんな言葉が頭の中に浮かんだ。

自分の膝の上に置いていた手をきつく握りしめ、少年が震える唇を開く。

「……なあ、あんたはすごい転生者なんだろう?」

あの人と同じ色の瞳からぽろぽろとこぼれ落ちる涙。

それは多分、少年がずっと尋ねたかっただろう問いだった。

「なのに、なんで親父を助けてくれなかったの? 転生者は強いんだろう? それにエリクサーを作れるのなら、なんで親父に渡さなかったの? なんで親父は帰ってこないの? なんで助けられなかったの? なんで、なんで……っ」

「――」

目の前に、夜空を真っ赤に染める地平線がよみがえった。

「……がうのっ、若様! 妃殿下は、カリヤ様はね、いつも出来る限りのことをしてくださっていたわ」

一瞬、過去に戻った意識を引き戻す。

気づくと床に膝をついた少女が、ジュニアの握ったこぶしの上から自分の手を重ねて訴えていた。

「カリヤ様は王……女殿下を守るためにタキリン城砦にいたの。ナダル伯父様は遠く前線のクロエ平原にいらっしゃった。移動するのには数日かかる、そんな遠い距離。あの頃、ティシア軍は深刻な物資不足で、生産系の転生者であるカリヤ様は必死にポーションやアイテムを作って前線に送られていた。戦場で戦った兵士なら誰もが知っているわ。カリヤ様がタキリンで指揮を執って生産し続けた補給がなければ、冬を越す前に負けていたって」

「ミ、ミリアム姉」

「クロエ平原で負けてしまったのは、敵国がティシア以上に強かったから。ずっとぎりぎりの戦いだったの。結局我が軍は踏み留まれなかった……」

タキリン城砦で過ごしたことのある少女は、少年と同じ血族であることを示す紫の瞳に涙を浮かべて続ける。

「……女官の私も、タキリンでは後方支援として前線の兵士と同じように働いた。カリヤ様も、自分が出来ることをせいいっぱい行ってくれていた。戦場で活躍出来る戦闘職ではなくて、カリヤ様は生産職だったけれど、そのおかげでティシア軍は物資を得て戦い続けることが出来た。そして今もがんばってくれているのよ。あなたのために。コートレイとティシアのために。だってカリヤ様は後を託されたから。伯父様に、後のことは頼むと――」

彼女は、カザリン王女から聞いたのだろうか？

託された『花散里』を抱きしめる王女に、教えてもらった〝彼〟の言葉。

そしてもう一つの言葉も思い出す。

『――今度はカリヤが後続の手を引いてやってくれ。導いてやってくれ。そうやって、世界は回っている――』

夢の中の言葉だった。

だけど、彼が告げた言葉だった。

俺は、世界を回すためにジュニアの元に来た。

「……君の、お父さんに頼まれた」

ソファーから立ち上がり、ジュニアの元に近づく。

父親と同じ紫の瞳を大きく見開いて、少年が俺を見上げた。その短く切られた柔らかな黒髪を、手を伸ばしてそっと撫でる。

「息子のために、『コートレイの試練』を手伝ってほしいと。俺は生産職だから、戦闘全般は戦闘職に比べると劣る。それでも力になれるなら、と約束を果たしに来た」

　ごめんな、お父さんを助けられなくて。

「俺も助けたかった。君のお父さんを助けたかった。だけどそれは果たせなかったから。だからせめて君のお父さんが望んだように、試練に挑む君を助け、力になりたい」

　手のひらの下で、くしゃりとジュニアの顔がゆがんだ。

　少年も理解しているだろう。

　魔法の炎に燃やされたクロエ平原には何も残らなかった。当主の証である名剣だけは、今はまだ鞘《さや》から抜けはしないが彼の腰にある。

「……あんたも、親父を助けたかった？」

「ああ、もちろん」

「エリクサーは渡さなかったの？」

「備蓄があると思っていたんだ。ティシアに他の転生者がいるのなら、用意しているだろうと」

「転生者なんていない」

「知らなかった。知っていれば対処してた」

「遠く離れた場所にいたのは本当？　遠いから助けに行けなかった？」

「行けるものなら行っていた」

「親父のことは好きだった？」

「君と同じように。心から」

「――……っ」

　顔を押しつけるように足にしがみつき、声を殺して泣きだした少年の黒髪を、俺はいつまでも撫で続けた。

コートレイの試練、完璧《かんぺき》なハメ殺しを見せてやろう

『コートレイの試練』。

ＭＭＯＲＰＧ《ゴールデン・ドーン》における、物理系戦闘職のＡランク昇格クエストだ。転職イベントともいう（クエストとイベントって同じような意味合いで使うけれど、厳密に言うならクエストは〝受諾して始まるイベント〟を指します。マメ知識）。

物理系戦闘職を目指す場合は必ず行うクエストで、それ故に攻略法は確立されている。

非金属系生産職の俺でも、クエストの流れと効率の良いクリア方法を知っていた。ゲームＷｉｋｉ様にはそりゃあもうお世話になっていたので。

前世のゲーム内では次期領主の継承クエスト、今世ではどうやら領主一族の成人の儀らしい『コートレイの試練』。そのクリア条件は〝スレイヤー称号を得ること〟だ。

スレイヤー称号は、自分よりランクが二つ以上高いモンスターを討伐すると得ることが出来る。だが対象となるモンスターは、ランクＡ以上。

ランクＢ以下のモンスター相手では、周囲の手助けがあれば苦労することなく討伐出来るからだと思う。

コートレイの試練は、討伐対象モンスターをランクＡ以上から選べる。

イベントを受けるプレイヤーのランクがＢなので、ランクＡモンスター相手ならそこまで苦労せず、ランクＳモンスター相手なら手ごたえのあるクエストとなる。

今回、ジュニアの希望により、『試練』の討伐対象モンスターはＳランクのラーヴァドラゴン。

――コートレイ領の南西に広がる火山地帯の、ちょうど入り口。

深い森を隔てるように存在する黒色の崖の中央には割れ目が走り、切り立った谷間に通る細い道となっている。

谷の入り口に設置されている魔物寄せの鐘を鳴らせば、その音を聞きつけたドラゴンがおびき出されてやって来る。こちらは入り口付近で待ち構えて、討伐すればいい。

　と、いう訳で、
　さあっ、楽しい楽しいハメ殺しの時間がやって来たぞ！

　昨日、決戦の地に到着して、それから仕込みを行った。

　ラーヴァドラゴンの吐く炎や溶岩によって谷の入り口一帯は荒れ果てていたが、戦いやすいように平らにした。身を隠すための陣地や塹壕《ざんごう》も魔法で作った。大型武器や罠、アイテムも各所に設置した。

　現地で最後の予行演習を行い、明日の本番に備えるために夜は早めに寝た。朝ごはんもしっかりとった。トイレも済ませた。

　今、俺の隣にはジュニアが、前にはコートレイ領軍兵士が整列して並んでいる。

　……一昨日《おととい》の夜。

　腹を割って話し合った少年は、俺に対してのわだかまりが溶けたようだった。

　心の中をぶちまけたのですっきりしたんだろう。

　次の日の朝は恥ずかしそうにしていたけれど、頬を上気させながら人懐こくなんでも話してくれるようになった。

　そんな少年の様子を、楽しそうな表情を浮かべたフィアスが見守っていた。視線があうと赤い目を片方閉じてウインクが……うん、一昨日ジュニアを見捨てて去ったのはわざとだったんだろうな。気づいていたけど。

　ご婦人方もジュニアの変化を喜んでいた。

　コートレイ領兵の皆も、元気な少年の様子に士気をいっそう高めている。

「――それでは、今から当主の試練を開始する」

　ジュニアの隣に並んでいたご婦人が進み出て、領兵に凛と告げた。

試練にあたっての伝統らしい、ありがたい訓示が始まる。

「……あのさ、カリヤ様」

隣に立つ少年が、兵士たちを見つめたまま俺に小声で話かけてきた。

どうもジュニアは俺に対して〝妃殿下〟呼びは抵抗があるというか、口にしづらいようだ。まあ、見た目は男だしな。

歳は離れているが、友人として呼び捨てでもいいのにーとは思うが、お互いの立場的に難しいのは理解している。

「……俺は、親父の後を継ぐためにドラゴンスレイヤーになりたい。だから、今日はよろしくお願いします」

「――任せとけ」

……きっちりした口調で話してくれているのに、こちらは素を出してすまん、ジュニア。

戦闘時は何故か鬼軍曹モードになってしまうんだよ、俺。前世で見ていたハリウッド映画の影響力すげぇ。

「でもさ、カリヤ様ってすごいな。これまでの当主の試練は、複数の転生者が参加して互角って感じだった。今回は転生者の参加はたった一人なのに、負ける気がしないって皆言ってる。兵士の全員に、氷属性の武器を持たせるんだもんな。ラーヴァドラゴンは属性武器を揃えたら勝てるって言われているけど、実際入手するのは難しいのに。えっと、財布大丈夫？」

「全部自作だ。材料も自分で狩ったから、大丈夫」

すげーと、キラキラした瞳がこちらを向いた。

うむ、兵士の装備している武器は、全部フロストドラゴン素材で自作しました。防具も、ウォルにあげた鱗鎧《スケイルメイル》みたいなクオリティは無理だが、革と骨を要所で使って防御力を高めたぞ。

アクセサリーとポーションによるステータスと耐

性上げもほぼ完璧だ。

こそこそ話しているうちに、ジュニアが呼ばれた。

皆の前に立ち、少年ががんばって決意表明を始める。

いやー、前世で甥っ子を見守っていた気分になるな。ご婦人方と同じほっこりした表情で見ていたら、終わった少年にむっとへそを曲げられた。可愛い。

さて、最後は俺の言葉だ。

対ラーヴァドラゴン戦は、転生者である俺の指揮で行うことになる。

ＢランクのＮＰＣとＳランクのドラゴン。そのまま無策で突撃して勝てるものじゃない。前世のゲームＷｉｋｉや攻略サイト様の手順通りに攻略しないと。臨機応変にフォローもするぜ！

「——さて、諸君。勇猛なるコートレイ領軍の精鋭諸君。王都より招聘《しょうへい》された、我が国最高峰の魔法使いたち」

軍服姿で前に踏み出す俺に、並ぶ兵たちが背すじを伸ばす。

「今さら多くは語らない。厳しい訓練に耐え抜き、見事成長した諸君なら、必ずやドラゴンを討伐出来るだろう——」

戦い前のこういうスピーチって大事。

集団に一体感をもたらす。

「さあっ、準備はいいか、野郎共！　——と淑女諸君！　持ち場につけ！　ハンティングの時間だ！」

鐘を鳴らせ！

命令に、ドラゴン寄せの鐘の元に控えていた兵士が勢いよく縄紐を引く。

リンゴンと、谷の奥まで響き渡っていく鐘の音。

やがて黒い崖の向こう、高い警告音を発しながら一すじの白い煙が空を射抜いた。

「白！」

「一頭釣れた！」

鐘を鳴らせばドラゴンがやって来るが、たまに複数釣れる場合がある。

谷の途中に見張りを置き、単体なら白、複数なら赤の煙を出すように細工した鏑矢《かぶらや》を放つよう命じていた。

ちなみに赤なら、皆で一目散に逃げて仕切り直し予定でした。さすがに複数相手は無理ー。

さて、合図が白だったということは、

「ロウワード」

「承知しました」

俺の背後に控えていた王家専属魔法使いが、長い杖《つえ》を掲げて詠唱を始める。

低い声が唱える長い呪文を、掻《か》き消《け》すかのように谷の向こうから地響きが近づいてくる。

小さく振動する地面。太い後ろ足のかぎ爪で地をえぐりながら、濃い血色の鱗《うろこ》を持つドラゴンが道の向こうから駆けてくる。

細い谷間の道から飛び出してきた巨体が、森との境にある拓《ひら》けた平地の中央で勢いをつけて立ち止まる。

体長は長い尾の先端まで入れれば電車一両分、約二十メートル。

まだ若い個体のようだ。角が短く、体に傷痕もない。

大きく広げられる血色の翼。薄い皮膜は陽光を透かして深紅に輝く。

前世、西洋の伝承で語り継がれてきた〝竜〟と同じ怪物は、長い首を回して周囲を確認した。

ギラギラと輝く金の瞳の、縦に裂けた瞳孔《どうこう》が獲物を認めて細く絞られる。

蹂躙を告げる咆哮《ほうこう》の前に、ロウワード氏の魔法が完成した。

「――〝氷の檻《アイスケイジ》〟!!」

杖の先から生まれた白と青の光が、渦を巻きつつラーヴァドラゴンに叩きつけられる。

鈍い白色の氷塊が硬質な音を立てながらドラゴンの下半身を凍らせて身動きを封じ、
次の仕掛けが発動した。

あらかじめ地面に穴を掘り、埋め込んでいた大量の光玉。

魔法使い&俺がせっせと夜なべしつつ込めていた氷魔法が、攻撃魔法の衝撃に一斉に誘爆を起こす。

ラーヴァドラゴンは翼を広げたまま、巨大な氷塊の中に閉じ込められた。

コートレイの試練、〝ナダル・コートレイ〟誕生

巨大な氷塊の中に閉じ込められた暗紅色のドラゴン。

だが、これで終わる訳がない。

相手はSランクのモンスターだ。Bランクの人間が放つ魔法程度、地力ではねのける高ステータスを有している。

氷塊にピシリと亀裂が走る。次第に大きな破砕音に変化しつつ、亀裂が縦横無尽に広がっていく。


「バリスタ隊、発射準備！」

ドラゴンの背後、高い崖《がけ》の上に視線を向け、俺は大声で指示した。

等間隔に並ぶ、三メートルの長さの槍《やり》を装填《そうてん》した大型弩《ど》。攻城武器として使われるバリスタは、既に崖下の広場に照準を定め終えている。

内部から爆発するかのように、ラーヴァドラゴンを捕らえていた氷の檻《おり》がはじけ飛んだ。

「射《う》てぇーっ！」

ドラゴンが吠《ほ》える。

鋼鉄の槍にも氷属性を帯びさせている。六本発射した長槍《ちょうそう》は、二本が鱗の厚い背に弾かれ、一本がかすりもせず地面に突き刺さった。

だが後の三本は、広げていた翼の皮膜を貫通し、地面へと縫い留める。

「――弓隊A、構え！」

広場から充分な距離を取って配置された弓兵部隊。

フロストドラゴンの鱗で作った矢じりの属性矢を

引く弓はAランク。大樹海の素材をミスリルで補強した、女性でも扱える軽さだ。

ごめん、試練で使い終わった武器防具は譲るつもりだけれど(中古品になるのでメンテの手間を考えたらいらないかなと)、この弓だけは後で回収する。ミスリルは超貴重。

「ひたすら射ち続けろ！　魔法使いはサポート！」

大きく弧を描いて、氷の矢が撃ち出され始める。

命中率は気にしない。サポートにつけた魔法使いが、風を操ってドラゴンの元へと誘導するからだ。

ボンドン少年もたしかメインを土に、サブを風に変更したはずだが、危なげなく風魔法を操っている。

同じドラゴンの素材を使った武器は、直接攻撃の威力は小さくても確実に属性ダメージを与えていく。小さな矢が命中するたびに、ラーヴァドラゴンの表皮が矢じりを中心に円形に凍りつく。

ウォルと一緒にフロストドラゴンを狩っていて良かった。

今の俺は、氷素材だけは中央国家群で入手出来る最高レベルを潤沢に持っている。

それは炎属性のランクSモンスターを、圧倒的な属性の暴力で叩きのめせる量だった。

こちらを睨みつけるドラゴンの喉が震えた。

モーションの小ささに、炎攻撃ではなく威圧と判断する。

「抵抗準備《レジスト》！」

弓兵につけていた近接戦闘職が動いた。弓兵部隊の前に立ち、符を貼った盾を構えて防御スキルを発動する。

盾が輝き、光を放つ半円が出現した。

ラーヴァドラゴンが吠えた。

強い魔力を浴びて生まれた黒い礫《つぶて》が、マシンガンのように全方位に撃ち出される。

兵を守る半円は衝撃に震え、だがすべての礫を弾き返して耐えきった。

同時に、威圧に込められていた精神攻撃防御も成功した。腰にぶら下げていた身代わり人形がボロボロになって崩れていく。

恐慌状態になった者はいなかった。あらかじめポーションを複数飲んで効果を重ね掛けして、これでもかと抵抗力も上げているしな！

「交代《スイッチ》！　弓隊Ａ下がれ。弓隊Ｂ前へ、射て！」

攻撃は途切れさせない。

補助魔法の効果が切れた部隊が後方に下がり、新しい部隊が進み出て戦闘を継続する。

下がった部隊は背負った矢筒に矢を追加し、弓と防具に符を貼り直す。水代わりにポーションを飲んで、体力回復のために塹壕内で待機だ。

ちなみにジュニアは、ポーション瓶を入れた箱を持って塹壕内を走り回っている。

ラーヴァドラゴンをある程度弱らせないと、直接攻撃は通らない。ドラゴンスレイヤー（称号ではなく武器名ね。竜特攻）があればいいんだが、俺、非金属系なもので金属武器は作れないんだ。

バリスタの長槍だって、ウォルにいいよと許可をもらった王城の備品を持ってきた。硬化と氷属性付与を対象に与える布で、柄をぐるぐる巻きにして補強している。

氷属性攻撃を与え続けてラーヴァドラゴンの体内温度を下げ、動きを鈍らせてから直接攻撃の出番だ。

しばし待て、ジュニア。

崖の上に白い旗が翻る。

長槍をバリスタにセットし、次の射撃準備が終わった合図だ。

「ロウワード！」

頷いた水魔法使いが呪文の詠唱を始める。

バリスタの攻撃は、対象を凍らせていないと通じない。ドラゴンの表皮に触れただけで巻きつけた布が燃え、効果をなくす。

「〝氷の檻《アイスケイジ》〟！」

「射てぇっ！」

杖の先から生まれる白と青の光。

渦巻きながら向かった魔法はラーヴァドラゴンを凍りつかせ、一斉に射出された長槍がその巨体を貫いた。

火山地帯の入り口にあたる広場は、そのほとんどが氷に覆われていた。

鎌首を持ち上げる力も尽きたドラゴンが、氷漬けになって横たわっている。むき出しになった鋭い牙《きば》の向こう、赤く燃えたぎる溶岩の存在を示していた喉の奥は、今は暗く光を失《な》くしていた。

短く息を続けながら、金色の瞳孔が近づいていくジュニアの姿を映す。

――ラーヴァドラゴンを地に伏せさせるまで、激しい戦いが続いた。

バリスタは途中で失っていた。怒り狂ったドラゴンが、溶岩混じりの炎を吐いて崖を溶かし崩したからだ。

木製の大型弩は瞬時に燃え上がった。担当兵はあわてて逃げたので無事だった。

絶え間ない氷属性の遠距離攻撃でドラゴンの動きを封じ、こちらに向けて吐き出そうとする炎は、俺が喉の奥に七連弓の氷属性矢を叩きこんでキャンセルする。崖上に対しての妨害は間に合わなかったが、正面からの攻撃は対応出来るぞ。

ある程度弱らせてから近接戦闘担当が飛び出していったんだが、彼らの活躍がすごかった。

戦闘スキルを駆使して跳び、的確な一撃を与えていく。

ご婦人方の振るう剣が暗紅色の鱗を切り裂き、浅いながらも連続してダメージを叩きこむ。

俺は後方で援護と部隊指揮に専念したので、護衛騎士であるライナーも戦闘に参加したんだが、彼もすごかった。

振り回されるドラゴンの尾の攻撃を、パリィ（受け流し）で弾く。あれはよほどの戦闘センスがないと、ＢランクＮＰＣじゃ使いこなせない動きだ。

もし誰かがピンチになったらジャンプで救出しようと思っていたんだが、さすが武で名が知られたコートレイ一族。誰も助けを必要としない。

中でも戦闘を通してのジュニアの成長は著しいものがあった。

少年が駆ける。少年が跳ぶ。

若き〝ナダル・コートレイ〟が、Sランクのラーヴァドラゴンを追い詰めていく。

動かなくなったドラゴンの逆鱗《げきりん》を、振り下ろした剣先が真っ二つに斬り、金の瞳孔から光が失われた。

ジュニアが――ナダルが手に握る剣を地へと落とした。

ずっと抜かずに腰に下げたままだった、もう一振りの剣の柄《つか》に手をかける。〝資格〟を得た少年の求めに応じて、使うことが出来なかった剣が鞘から抜けた。

切っ先を天に向けた、その剣の名は『花散里《ハナチルサト》』。

〝剣聖ナダル〟の名を持つ者にしか扱えない血統武器――。

イベントクリア、と俺の脳内にしか聞こえないゲームシステムの声が響いた。

男とも女とも分からない声は続ける。

「――え？」

あなたの職業は現在、非金属系生産職SSランク(注・ギルド総本部に未報告)です。物理系戦闘職Aランクに転職しますか？

＞はい

　いいえ

幕間

婚約者に、何を贈ればいいのか分からなかった。

最初に贈ったのは花だ。

だが彼女は、喜びながらも別の物が良かったと言った。

花はいずれ枯れてしまう。私を愛してくれているのなら、ずっと身に着けておける物がうれしい。

そうすればあなたをいつでも身近に感じられるから、と。

それからは装飾品を贈った。

ミスリルの台座に宝石の花を咲かせた髪飾りは、彼女が一番気に入ってくれたプレゼントだ。

他に贈った品は、万が一にも失くしたくないとすぐに仕舞い込んでいたようだが、それだけはいつも身に着けていた。

つややかな黒髪を側頭でまとめ、彼女が笑う。

――タリス城の瓦礫《がれき》の下をどれだけ探しても、形見になるはずの髪飾りは見つからなかった。

「……陛下の親征？」

ラギオン帝国の冒険者ギルド総本部を訪ね、クラシエルに所属する転生者《プレイヤー》の代表として雑事をこなし。

ようやく王都アルクラシエルに戻ってきたサキタは、自分が留守にしていた間の報告を聞いて眉をひそめた。

「この前王妃から聞いた話では、陛下はもう戦場には向かわないということだったが」

「クロエ平原の戦い以降、我が国は順調にティシアを追い込んでいましたが、最近はどうも押し返されています。自ら出陣して勢いを取り戻されたいのでしょう」

通い慣れた王宮の一室。

国と冒険者ギルドの連絡係をしている文官は、サキタが署名し終えた書類の束を整えながらため息をつく。

「国内もどうやら大変な状況に追い込まれつつあるんですけれどね。各地を襲っていた所属不明の武装集団が実はエルフだったとは。春先に受けていた宣戦布告の意味がようやく分かりました」

夜ごとの見境のない襲撃は、最初は精霊界と繋がる道が狂ったのだと考えられていた。

だからバイヤールがやって来て、牝馬をさらっていく。

そうではなかったのだと文官は言う。

どういう手段を講じたのか、エルフはバイヤールを使役していた。

夜闇の中、眠りをもたらす白い霧にまぎれて現れ、クラシエルの地に存在するすべての馬を奪う。最近は馬以外にも被害が報告されていると文官は語る。

――ティシアから連れてきた〝労働力〟が、エルフに奪い去られているらしい。

「だが、一番の被害は他国との交易です。エルフは隊商の馬も奪っていく。割に合わないと、クラシエルを訪れる商人がほとんどいなくなりました。馬を奪われているので、国内の流通も影響が出始めています」

サキタ様、と文官は深刻な表情で転生者トップの男の名を呼んだ。

「まだ国内なら、転移ポータルを使って物資を動かせます。ですが敵国《ティシア》にいる軍への補給が難しくなっていて――タキリン城砦の破壊された転移ポータルを修理出来る、高ランクの生産職転生者はスカウト出来ましたか？」

いや、とサキタは首を振った。

「冒険者ギルド総本部は中立のままだ。斡旋《あっせん》は受けられなかった。元々、生産職は戦争に関わることを嫌がる。伝手《つて》を辿《たど》ってはみたが、かなりの報酬を約束しても応じるプレイヤーはいなかった」

「どうして我が国にはSランク以上の生産職がいないのか！　ティシアはたった一人手に入れただけで、戦況をひっくり返しつつあるのに！」

悔しがる文官に、サキタは冒険者ギルド総本部に所属するプレイヤーの反応を思い返した。

婚約者の少女の命が失われたタリスの悲劇。

サキタに同情するプレイヤーは多かったが、クラシエルへの協力を呼び掛けても言葉を濁された。

中央国家群に二人いるSSS。

その一人である〝神槍《しんそう》〟の妹が、ティシアに肩入れしているらしい。彼の国に現れたプレイヤーだけでなく、王姉とも親しい仲だという。

クラシエルに協力はしたいが、仲間である彼女が悲しむのでどちらにも肩入れはしないと、すまなそうに詫《わ》びていたラギオン帝国のプレイヤーたち。

……〝神槍〟が前世からの妹を溺愛《できあい》しているのは、プレイヤーなら誰もが知る事実だ。

クラシエルの味方をすると、〝神槍〟の不興を買うかもしれない。

だから中立と称し、彼らはどちらからも距離を取るのだろう――。

「――冒険者ギルドに関する書類はこれで終わりか？」

「すぐにも承認が必要だった分は終わりました。サキタ様はギルドにお戻りに？」

「いや、陛下と王妃殿下に帰国の挨拶に伺う」

かしこまりました、と頭を下げる文官を部屋に残し、サキタは王城の廊下を歩き始めた。

クラシエル王は自らのサロンで酒を飲んでいた。

周囲に若いプレイヤーたちが集まって騒いでいる。

過激派と呼ばれる、イデの取り巻きたちだ。

ティシア国内で活動していたはずの彼らだが、前線へ向かう王に同行しようと一時帰国したらしい。

イデの姿はない。

帰国した時に、帝都アルラギオンの冒険者ギルドと繋がる転移ポータルですれ違ったので、彼の不在は知っていた。野暮用だと言っていたが、コソコソ暗躍めいて動いているのだろう。

楽しそうに笑っているクラシエル王の前には、一抱えほどの大きさの真円の鏡が置かれていた。

『白の天蓋』。

ティシアの国宝である、鉄壁の範囲防御アイテム。

千年の間破られたことがないという、うるわしの白亜の都を取り囲む高い外壁。

『白の天蓋』の本体は、玉座の後ろにある王国碑に嵌められている。その一部分であり取り外し可能な鏡は国宝の象徴であり、操作をするためのコントロールキーだった。

規模は小さくなるが、鏡だけでも任意の場所に結界を張ることが出来る。

おそらくティシア王の手で外され戦場へと運び込まれた国宝の一部は、だがその真価を発揮することはなかった。

焼けたクロエ平原で見つかったティシアの国宝。

真円の鏡はクラシエル王の元へと運ばれ――それから王は欲望を隠さなくなった、とサキタは思う。

「国宝を持つ者が、その国の王だ。ならば『白の天蓋』を持つ余が、ティシアの国王だ。違うか!?」

「その通りですよ、陛下！」

「今の血統を全部消して、新たに陛下の、クラシエルの血統をティシアの王国碑に刻みましょう！」


――クラシエルに国宝はない。

千年前、王国碑は国宝を生み出すのを止めたという。

前世のゲーム、ＭＭＯＲＰＧ《ゴールデン・ドーン》に存在していた初期国家だけが、ゲーム通りに国宝を有している。新たに興った国々――ゲームに存在しなかった国には、建国宣言と同時に王国碑が出現するが、国宝は生まれなかった。

ユリアナ帝国滅亡と共に生まれた小国群の一つであるクラシエルにも、国宝はない。

新興国は、歴史ある既存の国に対して対抗心を抱いていた。

クラシエルも代々、国宝『白の天蓋』と転移ステーションを二か所も有する隣国ティシアを羨《うらや》んでいた。

だからこそ、プレイヤー殺しであるティシアを憎むサキタたちと利害が一致した。

クロエ平原を焼き、タキリン・ステーションを奪った。『白の天蓋』を手にし、残るは王都アルティシアを――。

「王姉は殺すなよ」

既に勝利したかのように上機嫌でしゃべる王に、サロンに足を踏み入れたサキタの動きが止まった。

「ラギオンにいる王弟を始末するのは面倒だ。帝国の面子《メンツ》を潰《つぶ》すわけにはいかないからな。王姉に弟の名前を削らせる。その後、ティシア最後の女王として祭り上げて、余の子を産ませる」

もちろん婚姻などはしない。

余の妃は、転生者の王妃ただ一人だからな。

「未婚で余の子を産んだ後は、それが次のティシア王だ。血統を塗り替えて、我が血を継ぐ王を立て、ティシアは名実ともにクラシエルのものとなる！」


「――おかえりなさい、サキタ」

自室の窓辺に置いた椅子に座り、城下を眺めていた貴婦人は、女官の案内で入室したサキタに振り返って微笑みかけた。

古い友人であるクラシエル王妃。

化粧で誤魔化してはいたが、その目元は見事な赤毛と同じ色に染まっている。

「……妃殿下、陛下は……」

「耳にしたのね。そう、行ってしまわれるのよ。側にいてくれると、約束してくださったはずなのに」

ねえ、と王妃は膝に置いた扇を握る手に力を込めた。

「聞いた？　陛下の仰っていることを。あなたがティシア王族を憎んでいるのは知っているけれど、それは女性の尊厳を貶《おとし》めてまで行うものなのかしら？」

その場に立ちすくんだサキタに構わず、赤毛の女は続ける。

「……覚えているわ、カザリン王女。最後にお会いしたときはまだ小さかった。九歳だったかしら。双子の弟君とそっくりで、とても可愛らしくて……あの小さかった少女を犯すの？」

「――」

「家族を殺した男に純潔を散らされて、孕《はら》むまで犯される。憎い男の子を産んだ後は、おそらく用なしとなって殺されるでしょう。〝あの子〟はまだ正妻として迎えようとされていたけれど、王女には建前という救済さえ与えられない」

ねえ、サキタ。

「あの子の仇を討つという大義名分を掲げているくせに、あなたは同じことをしようとしているのね」

同盟国訪問

「つまりだな、俺は前世のゲーム内で、非金属系生産職のSSランク昇格クエストをクリアしていたんだよ」

アルティシア・ステーションに向かう馬車の中。

俺はウォルに対して、コートレイ領で聞いた謎の声について説明をしていた。

『コートレイの試練』を終えてからおよそ一月。季節は夏へと突入している。

ドラゴンを倒した火山地帯からコートレイ領都へと戻り、新領主の誕生を祝う式典には王家代理で参加してきました。

まあ、隣国《クラシエル》と戦争の真っ最中だから、残念ながら恒例らしい派手なお祭り騒ぎは出来なかったようだけど。

ジュニア自身も、当主襲名が終わればすぐにも領軍を率いて戦争に参加する。俺が連れてきた女官さんたちの働きかけにより、ずっと様子見をしていた周辺諸侯の軍も一緒に出兵するらしいです。

軍の移動は徒歩だ。急げば、夏の終わりには王都付近までたどりつけるだろう。

俺自身はというと、式典後に王都組を引き連れて転移ポータルでさくっと帰りました。

前線に再び向かっていたウォルが戻ってくるのを

待ちつつ、アイテム生産やラギオン帝国に向かう準備をしないといけなかったので。

　ラギオン帝国訪問は、新王即位の挨拶にかこつけての牽制《けんせい》だ。

　俺を「お姉さま」と慕ってくれている帝国の少女イルマちゃんの情報によると、クロエ平原の扱いではクラシエルと内約を結んでいたって話だからな。これ以上敵に肩入れするなよと、帝国と冒険者ギルド総本部双方に釘《くぎ》を刺しておかないと。

「――カリヤは、本来ならＳＳランクだったのか」

　絶世の美人な王様が、エメラルドに輝く瞳をどこか眩《まぶ》しそうに俺に向ける。

　え？　馬車の窓からの逆光が気になる？

　そこまできつくはない気がするんだが。俺にとっては彼の美貌の方がきらめいている。

「実は前世のゲーム内で、ランクアップクエスト自体は終わらせていたんだよ。だけど冒険者ギルド総本部に報告に行く前に、トラッ……不慮の事故で死んでいたんだ。転生後に自分の能力を確認した時には、Ｓランクは使えてもＳＳランクのスキルは使えなかった。だからずっと、自分はＳランクだと信じていた。ＳＳランク昇格クエストは失敗したんだろうと」

　だけどそうじゃなかった。

　ＭＭＯＲＰＧ《ゴールデン・ドーン》内の、非金属系生産職のＳＳランクアップクエスト『女王の嫁入り』。

　とある神に望まれ半神となり、神界へと嫁ぐ辺境の女王のために嫁入り道具を用意するクエストだ。辺境奥地にある女王の国で、クエストは無事クリアした。

　そのまますぐにも冒険者ギルド総本部に戻れば良かったのに、せっかく来たのだからと前世の俺は女王国周辺の素材を採取してました！

　だって、クエストの舞台は別サーバーに隔離されていて、クリアしたら二度と入ることが出来ない場所だったんだよ。

　アイテムボックスの中を特殊素材で一杯にするまで帰らぬ、と留まっていたせいでクエストクリア出来なかったのかと、転生後の俺は自分の物欲に涙した。

　本当ならＳＳランクだったのに！　何故さっさとクリアしなかった！

　――まあ、ＳＳランク以上は辺境産の素材を主に使うから、一介の山の民には入手する手段もないし、中央国家群内の素材でアイテムが作れるＳランクで充分かなーとじきに開き直ったが。

「……どうやら女王に礼を言われた時点で、クエスト自体はクリア扱いになっていたっぽい。Ｓランク・ＳＳランク・ＳＳＳランクの昇格クエストは、冒険者ギルド総本部まで報告に出向いて、ようやく適用されるんだ。だから転生後でもギルド総本部の祭壇に祈りを捧げれば、ＳＳランクの力が使えるようになる――はず」

　コートレイの試練をクリア後に、響いた謎の声を信じるなら。

　せっかく帝国に行くのだから、ＳＳランクに昇格しておきたいぞ。

　ゲイリアスの蛮族には手に入らなかった高ランク素材も、ティシア王の婚約者なら国の備蓄が手に入る。大樹海にも精霊界にも今ならツテがあるぜ！　エリクサーを売って荒稼ぎしているオークションを使って、辺境の素材も入手出来そうだ。

　なら冒険者ギルド総本部で、これまでステータスバレ防止のためにタイミングを計っていた俺自身の冒険者登録をして、それから祭壇で祈りを捧げてランクアップしたい。

　明日の夕方に行われるラギオン皇帝の謁見前に済ませたいよな。

　次期王妃がゲーム内で三流と呼ばれていたＳランクではなく、それより上のＳＳランクだというなら、ティシアの――ウォルの武器になる。

「という訳で、俺は明日の午後から冒険者ギルドに行ってくる。イルマちゃんが案内してくれるそうだから、ライナーだけ連れて行くよ」

気をつけて、と自身もラギオンに住んでいるティシア国民と会合があるウォルが微笑む。

王都アルティシアから、郊外にある転移ステーションへと向かう道中も続く打ち合わせ。

二人きりの馬車の中で、防音の結界を張ったからいくらでも腹を割って話が出来る。俺のＳＳランクの一件も、ギリギリまで周囲には伏せておきたいし。

――何故こんな、今からラギオンに向かおうって当日に話をしているのか。

ウォルのスケジュールが押していたんだよ。

思わぬアクシデントがあったらしく、彼が王都に戻ってこれたのは、なんとラギオン訪問前日の昨日でした。通話アイテムの水晶球からの指示や王姉王兄の協力があったとはいえ、準備をがんばって終えた俺、えらい。

話し合う機会は他にもあっただろうって？

いつも眠りにつく前に、天蓋の布を降ろしたベッドの中で行っているピロートークなら、昨夜はなかった。……久しぶりに再会した恋人同士の場合、ベッドの中で行うのは会話ではないのです。

うむ、だが馬車の中の打ち合わせで、昨夜の暴走は不問に出来たぞ！

俺のランクアップ以外にも、事前に話し合っておかないといけなかった案件は片づけた。

馬車の窓に身を寄せ、俺は外を見る。

どこまでも続く緑の草原の向こう、馬車の進行方向に建つ巨大な神殿風の転移施設、アルティシア・ステーション。

その敷地の隣に、建設途中の建物が見える。

「……エルフの拠点、夏の間に完成しそうだな」

「ああ、毎日大樹海からエルフの職人がやって来て、建築に参加していると聞いた」

「職人が？　へぇ、俺も手伝いたいかも。でも今は時間が取れないからなー、残念」

　わきわきと意味なく両手の指を動かしつつ、順調に工事が進んでいるっぽい建物に熱い視線を向ける。

　エルフ建築って、独特の優美さを持っているよな。でも前世でエルフレシピは売られてなかった。手に入るのは現物の課金アイテムでした。うーん、今ならがんばれば自力で作れるか……？

「カリヤは建物も作るのか？」

「非金属系生産職、アイテムマスターだからね。家も作れるともー。あ、ウォル。お城欲しい？　必要な資材が膨大すぎて自分で作ろうって気になれないが、欲しいっていうなら小規模な城なら作れるよ？　資材は準備してほしいけど」

「あなたと二人で住むのなら、旅の途中で作ってくれたあのテントで充分だけれど……」

　くすりと笑った王様は、慈愛深い眼差しを俺に向けた。

「……そういえば、少しばかり意味は違うけれど、カリヤは学校や病院を作りたかったりする？」

「へ？」

「権力者の元に嫁した転生者は、自国の医療や教育の充実をはかる者が多いんだよ。すべての子供に読み書きが出来る環境を与えたいと望む」

「あー……」

　なるほど、と俺は頷く。

　異世界転生あるあるだ。村ごとに学校を作って子供を通わせたりするのは。

　将来を担う子供たちに義務教育を与えたい、文字を覚えさせたいってラノベの展開にはそんなパターンが多い気がする。

　このゲームによく似た異世界に転生者が生まれるようになって、たしか九百年。

　ウォルが口にするくらいだから、何人もの転生者が学校を作ってきたのだろう。

　だが、

「いや、でも根付いてなくない？」

中央国家群の僻地《へきち》、ゲイリアス山岳地帯出身の俺は、幼少時そんな恵まれた環境に育っていない。

足を運んだことのある周辺地域も同じ水準だった。教育とは無縁で、ほとんどの農民が自分の名前さえ書けない世界。俺も文盲を覚悟していた。

前世のゲームに似ていると気づいて確認したら、文字は日本語。学ばずして読み書き出来たけどな！

「提唱した王妃の次代……いや、三代後には廃れてたりするんだろう？　義務教育。理想には金がいるからな。嫁さんがいなくなって予算が下りなくなったらおしまいだ」

「――そういうカリヤの現実的な部分を評価している」

「あ、やっぱり途中で立ちいかなくなるか」

中世をベースにした世界じゃ、教育を受けることが出来るのは支配階級の特権だ。

そう簡単に、無償で与えることはないだろう。よほど施政者側に情熱かメリットがない限りは。

あ、それとおそらく民の方も、無償だからと甘えて負のスパイラルが成立しているんだろうなー。

飢えれば教科書を売って麦を買い、冬の暖を取るためにせっかく建てた校舎を解体していると推測する。

何故そう考えるかって？

酒を買うために自分の子に売春させる阿呆《あほう》がいる世界だぞ、中世のモラル。

教育を受けていればそんな短絡的な思考を持たないはずだが、受けてないから教育をないがしろにする。

「ウォルはさ、俺が『学校作ってー』っておねだりしたら叶えてくれるの？」

「愛する王妃が望むなら。ただ、現状では次の代は保証出来ないかな。あなたと共に過ごすため、早めに譲位をして国政から引退する予定だからね」

「ふふ。――そうだなぁ、学校云々は戦争が終わってから考えるよ。たとえば国がすべての面倒を見るんじゃなくて、通う子供たちが自力で学費を稼げるシステムを導入すれば定着するかな……」

　そんな感じで雑談を交わしていたら、馬車がアルティシア・ステーションに到着した。

　外遊に赴く国王陛下を出迎えるため、転移ステーションに駐留している兵士たちが建物の前に並んで待っている。

　並ぶ兵の中にエルフたちがいた。

　毎日大樹海から出向いているらしい職人たちと、エルフの正装を着こなしたエリアーシュとアンゼリーンの二人。

　そう、二人は今回のラギオン訪問のエルフ代表同行者だ。

　エリアは帝国に行くというのでわくわくした顔つきで立っている。華奢《きゃしゃ》な正統派エルフ美人だから、小花が散っているような印象を受けるな――背負った両手《りょうて》斧《おの》が非常に違和感あるけれど。

　アンゼはそんな幼馴染の横に保護者のように立ち、いつもの胡散臭さが見え隠れする笑みを浮かべている。

　……外見からしてエリアは絡まれる未来しか見えないが、隣のアンゼの存在がすべてのちょっかいを粉砕するだろうという謎の安心感を与えているぞ。

「久しぶり。変わらず美しいな、カリヤ！」

「エリアもアンゼも、ウォルと一緒に昨夜到着したんだよな？　厳しい日程ですまない」

「気にしなくていい。昨夜は部下と共に里に帰ってゆっくりしてきた。俺たちがティシアに戻ってくるまで、部隊には休暇を与えている。クラシエルの豚野郎どもの首を刎ねるのはしばらくお預けだな！」

　エルフ美人が豪快に笑った。

　口調や行動は歴戦の勇士と呼ぶにふさわしい戦士なんだよな、エリアは。外見はひたすら裏切ってくるけれど。

「さて、転移ポータルに向かうか！」

「あなたが仕切ってはダメですよ、エリア。昨夜以来です、陛下。妃殿下とお二人で過ごされる時間が、少しでも取れたようで何よりです。妃殿下も変わらずお美しい。愚弟には目に毒な美貌に、ここにいるのが私で良かったと思っていますよ」

「ほんっとうーに変わりがないようで何よりだ、アンゼ」

　ホメ殺しに対する俺の含んだ台詞に、楽しそうにエルフの美丈夫が微笑んでいる。

　しかし、何故ここでヴェンデリーンの名が？

　彼はクラシエル本国で活動しているから呼べなかったんだが、仲間外れっぽい扱いに対しての嫌み？

　にこやかに再会の挨拶を交わしつつ、俺たちはラギオン帝国と繋がる転移ポータルの部屋へと向かった。

イルマちゃんとの再会

　総勢三十名ほどで転移ポータルの上に乗り、アルラギオン・ステーションへと転移する。

　移動した先は、白い壁に白い天井の、窓もない地下の広い部屋だった。

　ティシアの転移ステーションと同じ造りだ。白い床の中心に、円形の大きな転移ポータル。

　国内間で繋がる転移ポータルの部屋なら何も装飾はない。だが他国と繋がる転移ポータルがある部屋には、一目で分かるよう両国の国旗が壁に飾られている。

　旗の一つはティシア王国旗だ。白地に、銀で剣と星の天蓋。

　並んで飾られた旗はラギオン帝国旗。どこか褪《あ》せた色合いの黄色地に、緑の三日月と、三日月を弓に見立ててつがえられた一本の矢。

　黄は砂漠が広がる大地の色。三日月は国宝『緑雨の大弓』を表している。

ラギオン帝国の国宝『緑雨の大弓』は、不毛の砂漠地帯に恵みの水をもたらす気象コントロール装置だ。

前世のゲームの中でも、今世の転生した異世界でも、国宝の力によりラギオン帝国は繁栄していた。

ゲーム内では対となっていたユリアナ帝国は、この世界では既に滅びてしまっている。ラギオン帝国は中央国家群唯一の帝国であり、随一の国家と称されていた。

無事にラギオン帝国の都、アルラギオンに到着したティシア国訪問団ご一行だが、誘導に従ってすぐさまポータルから出ました。

まだまだ転移は続くからな。持参の荷物がたくさんあるので、場所を空けないと（ティシアの国力をアピールするのが目的だから、俺のアイテムボックス内には入れていない）。

帝都の郊外にあるアルラギオン・ステーションから、帝城内の宿泊施設まで、移動に半日はかかると踏んでいる。

転移してきた全員がステーションの前に整列し、パレードのように国旗を立てて行進する。他国を正式に訪問する際の作法だそうです。

うーむ、ポータルをフル回転で稼働させても、全員揃って出発するまで後二時間は余裕でかかりそう。

ウォルや俺は転移ステーション内の貴賓室で準備が終わるのを待っていればいいらしいが、勤勉な国王陛下は帝国側と打ち合わせがあるとかで、エルフ二人を連れてどこかに行ってしまった。

なので俺だけお茶を飲みながらゆったり過ごす——なーんてことはせず、ちょっとばかり手伝いをすることにした。

転移ポータルのMP注入作業に参加するぞー。

アルティシアの王立技術院で業務の引継ぎをしてきたが、本日の俺はほとんどMPを使っていないからな。

もったいないので転移ポータルの操作盤横に待機し、エネルギーが足りなくなったら注入だ！

担当のラギオンの魔法使いたちが恐縮しているが、気にしないでほしい。

だって君たち、転移ポータルを動かすたびに、横のテーブルに並べているMPポーションで回復する予定だったんだろう？

その用意している量を全部飲んだら多分、ポーションに酔いを起こすぞ。

他国のMPが多い偉い人（って自分で言うのも何だかだけど）の気まぐれだ。手伝わせておくれー。

……実は、偉い人は貴賓室で大人しく待つのが正しいと分かっているんだが、行きたくないんだよ。

ラギオンに到着後すぐ、今回の旅に同行している俺付き筆頭女官クレアが、どんな部屋かと先にチェックしてきてくれたのです。

するとなんと、部屋の周辺を複数のラギオン貴族女性がうろついていたらしい。ただの挨拶ってことはないだろう、というのがクレアの見立てだ。

狙いはうちの国王陛下か。

すでに俺と婚約はしているが、言い換えればまだ独身。婚約者の俺を追い落とすもよし、側妃の座を狙うもよし、現地妻に納まるもよし、だものな。

そんなハンターな貴族女性たちだけでなく、ハンターな貴族男性たちもうろついていたそうだ。

こちらも狙いはうちの国王陛下だろう。ウォルさんってばモテモテー。

とばっちりで絡まれたくないから、貴賓室のある階上には移動しないでおこう。地下でお手伝いをしつつ待機だ。

転移ステーションは、ポータルのある地下へは利用資格を持つ者しか降りることが出来ないはず。それにティシア国と繋っているこの部屋内は、利用資格だけでなくティシア国側から訪問を許された者しか入ることが出来ない。

「カリヤお姉さま！」

――と考えていたら、ティシアから転移ポータルを使っての訪問を許可されている少女の声が響いた。扉から息を弾ませて入って来た、ツインテールの赤毛の少女。

　前世のＪＫ制服風ブレザーとチェックのスカートを着こなすボディは、彼女と会わなかった一年半という期間も成長していたらしい。更にグレードアップしたボン、キュッ、ボンだ。

　豊かな胸元を押し潰しながら両手を組み合わせ、感極まったかのように赤い瞳から涙がこぼれ落ちる。

「カリヤ、カリヤお姉さま……ずっと心配してたの。ティシアに戻ってらしたって聞いていたけど、会えてなかったから。良かった、本当に良かったよぉ……っ」

「――ただいま、イルマちゃん」

「おかえりなさい、お姉さまぁっ！」

　俺は、胸に飛び込んできた少女の体を、両手を広げて抱きしめた。

　……けしからんダイナマイトボディが密着している訳だが、劣情がまったく湧かない。俺が同性を恋愛の対象とするようになったからというより、完全に彼女を妹みたいな存在だと認識しているのだと思う。

　よーしよしと頭をなでつつ、操作盤の脇では迷惑なので部屋の隅へと移動する。

　邪魔をしたな、ラギオンの魔法使いたち。頭を下げて見送ってくれているけど、こちらこそありがとう。

　壁際に控えていた女官のミリアムがすぐに動き、椅子を二つ用意してくれた。

　妹の隣に立つライナーは、静かな眼差しでイルマちゃんに抱きつかれた俺を見守っている。

　制止がなかったから、彼女が敵でないと判断しているんだろう。俺の護衛騎士、きっちり働いている。

　しかし最近、ライナーの性格が丸くなったと感じる今日この頃。

これまでなら俺が同性異性にかかわらず距離を詰めると、すごい目で睨まれていたんだが（相手だけでなく俺まで）、そういう攻撃的な部分がなくなった。

少し……彼に信頼され始めているのかな。

しばらく泣き続け、やがて落ち着いたイルマちゃんは恥ずかしそうに身を離した。

あらためて俺は、赤毛の少女の容姿を確かめる。

「……大きくなったね、イルマちゃん。もう立派なレディだ」

タキリン城砦で見送った少女はまだ十六歳だった。イルマちゃん、多分そろそろ十八歳。幼く見えていた顔が、少し大人びた美人に変化している。背も伸びたようだ。

「カリヤお姉さまも、以前も綺麗だなって思っていたけれど、今はもっと……ううん。ものすごく綺麗……。あ、ウォルド陛下とのご婚約おめでとうございます」

はにかみながら褒めてくれる彼女に、「ありがとう」と笑いながら答える。

「ティシアへと帰国する旅の途中で、互いに愛を育まれたんですよね？　カザリンさまからお聞きしました。エルフの里でのプロポーズなんてステキ……」

王姉殿下ー！

イルマちゃんと仲が良いのは知っていましたが、いったいどういう乙女の会話を交わしているんでしょうか⁉

いつの間にかお茶の用意されたテーブルが出現し、ひっきりなしに転移してくる訪問団員からの視線をさえぎるための衝立《ついたて》まで置かれていた。

そのまま、タキリン城砦で過ごした日々と同じように、少女と俺のティータイムが始まる。

「お姉さま、今着けていらっしゃるその片耳ピアス、もしかしてウォルド陛下とお揃いですか？」

同じ生産職だから分かったんだろう。

目ざとく気づき、わくわくと尋ねてきた生産職の少女に、ピアスに指先を当てながら微笑んで頷く。

「色で分かった？」

「はいっ。とっても綺麗なエメラルド……じゃなくて、その色ってウォルド陛下の瞳の色ですよね？　ということは、相手の色彩をそのまま映す、精霊界の夜幻蝶《やげんちょう》の鱗粉《りんぷん》ですよねっ」

「正解ー。本当のピアスの色は赤なんだけどね。鱗粉が手に入ったからカラーチェンジしたんだ。俺のピアスの色には陛下の瞳の色を映し込んで、陛下のピアスは俺の瞳の色を映している」

ふっふっふ、改造したのだよ、ピアス型通信アイテムを。

コートレイ領から帰り、ウォルが前線から戻ってくるのを待っている間。いろいろと手持ちアイテムを魔改造していたんだが、特にコレはがんばった！

通信が繋がる距離も伸びたが、何よりも色。この発色！

前世のゲーム《ゴールデン・ドーン》内で、一時ブームを起こした生産アイテム『夜幻蝶の鱗粉』。

板状に加工した鱗粉を、映したい色の前でかざすとその色を覚える。後は砕いて精霊界の泉の水に溶かし、染色対象のアイテムに塗ればまったく同じ色が現れる。

気恥ずかしいけれどやっちゃったよ。流行《はや》りだった、お互いの色を交換するペアアイテム！

前世のゲーム内じゃ、互いの色を身に着けた恋人を見かけると『リア充爆発しろ』なんてこっそり呪っていたけれど、今なら分かる。

――生産職なら作るでしょ！　作っちゃうでしょやっぱり！

恥ずかしいけれど、相手が自分の色を身に着けるんだとか、相手の色を身に着けた姿に喜んでくれるとか、なんて罪深い生産者冥利《みょうり》とラブラブのハイブリッドー！

……いやー、まさか十八歳レディと、ガールズトークで盛り上がるとは思わなかったぞ、二十七歳成人男子……。

あ、先日誕生日を迎えました。これでまたウォルと十歳差。

帝都到着

最初はガールズトークから始まったイルマちゃんとの会話は、精霊界産の素材アイテムをテーブルの上に並べるとガチな職人トークへと変化した。

金属系・非金属系と分野は違うけれど同じ生産職だからな。珍しい素材を前にすれば、二人とも作り手としての会話が弾む弾む。

転生後のこの世界では、精霊界が偶然繋がらない限り、アイテムを入手する手段がほぼないらしい。

イルマちゃんはＳＳＳランクであるお兄さん（〝神槍〟と二つ名で呼ばれている例の方）の顔の広さで、まだ入手出来る機会が多いらしいが、それでも滅多にないという。

なのでちょっとばかりお裾分《すそわ》け。

感激されて、最近修業してきたという北方山脈産の素材を山ほどいただきました。

非金属系である俺は、モロ金属製ってアイテムは作れないけれど、強化や媒体に必要なのでどんな鉱石でも美味しくいただきます。ごちそうさまです。

そうやって話していると、あっという間に時間は過ぎていった。

パレードの準備がそろそろ整うと連絡があり、イルマちゃんと一緒に転移ポータルの部屋を出る。建物の地下から地上へと向かいながら、俺は赤毛の少女に尋ねた。

「イルマちゃんは、これから予定はあるのかな？」

「いいえ。カリヤお姉さまに少しでも早くお会いして、話がしたいなって思ってアルラギオン・ステーションに来ただけだから。お姉さまをお見送りして、それから帝城に帰るつもりです。あ、私、お兄ちゃんと一緒に住んでいるんです。お兄ちゃんはラギオン皇帝の娘婿だから、帝城の敷地の中にお屋敷があるの。そこへ〝リターンホーム〟の登録をしているから、一瞬で帰れるんですよ」

　にこにこと笑いながら答えてくれる少女に、なら、と俺は提案する。

「良かったら、俺と陛下の馬車に一緒に乗らない？　ティシア国一行が滞在する館は違う場所にあるだろうから、帝城の城門まで送るよ。――陛下もね、タキリンにいた頃と同じようにイルマちゃんと話がしたいんじゃないかなと思って。どうだろう？」

「……タキリン……」

　懐かしそうに呟いた少女が、遠慮がちに頷く。

「わ、私もちょっとお話ししたいかも。あんまりあの頃のカザリン王女さま……じゃなくて、今の王さまとはタキリンではお話ししなかったけれど。でもあの後、遊びに行ったアルティシアで、ずっと一緒にカザリンさまと二人を心配してたから」

「じゃあ三人で、馬車の中でいろんな話でもしようか」

　はいっ、と少女がうれしそうに頷いた。

　――隣を並んで歩くイルマちゃんに微笑みかけながら、俺は周囲に視線を巡らせる。

　アルラギオン・ステーション地上階。

　ギリシャ神殿風に並ぶ太い柱の陰から、こちらを窺っているいくつもの人影。〝彼ら〟はラギオン貴族なのだろうと、その髪の色を一目見れば分かった。

　こちらに近づきたい様子だったが、俺の側にいるイルマちゃんの存在に気づくとぎくりと足を止めている。中には背を向けて去っていく者もいた。

　……どうやら赤毛のボンキュッボンな美少女の存在は、帝都界隈《かいわい》では有名っぽい。

　お兄ちゃんがよっぽど過保護なんだろう。イルマちゃんにいらないちょっかいを掛けた貴族、一族男皆殺しを複数回……って聞いているものなぁ。

　転移ステーションを出ると、建物の正面にティシア国訪問団が隊列を揃えて待機していた。

階段を降り、傍らの騎士に指示を出しているウォルに声を掛ける。

「陛下、お待たせして申し訳ありません」

「イルマ嬢が来られているのは聞いていた。――久しぶりです、イルマ嬢。姉といつも仲良くしてくださっていると聞いています。ありがとう」

キラキラ度倍増しのロイヤルスマイルを浮かべ、ウォルがイルマちゃんに声を掛ける。

やはり彼の中でもタキリン城砦時と変わらず、イルマちゃんの重要度は高いらしい。丁寧な口調でしゃべっているウォルに、俺は反対に口調を緩めて提案する。

「それで、実はまだ彼女と話し足りなくて。イルマちゃんは帝城に住んでいるそうだから、俺たちの馬車に一緒に乗って、話の続きをしてもいいかな？」

「もちろん。歓迎します、イルマ嬢」

頷き、ウォル自ら彼女を馬車に案内する。

王様の乗る馬車は、なんと白馬の六頭立てだ。馬車の車体にはティシアの紋章が描かれているんだが、この馬車ってレンタルなんだろうか、自前で用意したんだろうか？

先に馬車に乗っていてくれと言われたので、イルマちゃんと一緒に乗り込む。

向かいの席に座った少女は、頬を上気させて小声で俺に訴えてきた。

「お姉さま！　ウォルド陛下が大人になってる！　とってもハンサムだけど、そう表現するより、なんというか綺麗！　ものすごくお綺麗！　タキリンではカザリンさまそっくりの美少女だったのに、双子だなって思ってたのに！　今は……今は、どうしよう、褒め言葉も見つからないほど圧倒的美人！」

だろう、だろう？

成長期って恐ろしいよな。たった二年にも満たない歳月で、絶世の美少女がビフォーアフターで絶世の美青年に進化する。

「あ、カリヤお姉さまも更に磨きがかかってお綺麗になっているから心配しないで！　お二人が並ばれたら美男同士――じゃなかった、美男美女カップルでお似合いですから！」

　キャーッと、自分のことのように恥ずかしがって身悶えているイルマちゃんが、マジＪＫっぽいです。


　そうこうしているうちにウォルが馬車に乗り込んできて、ティシア国訪問団の列が動き始めた。

　にこやかな笑みを浮かべ、俺の隣に座るウォルがイルマちゃんと言葉を交わしている。

　タキリン城砦の執務室では二人の間にほとんど会話はなかったけれど、今は共通の知り合いであるカザリン王姉のことが話せる。

　俺とイルマちゃんはすでにかなり話し込んでいたので、会話は二人に任せて、俺は馬車の窓から帝都の光景を眺めた。

　ラギオン帝国の首都、帝都アルラギオン。

　前世のゲーム《ゴールデン・ドーン》内、砂漠に忽然《こつぜん》と現れる巨大な城砦都市は中近東の建築をモチーフにしていた。

　密集する日干しレンガや石造りの建物。せまい路地の頭上にかかる、鮮やかな色に染めた日よけの布。広い通りをラクダを連れた隊商が行き交い、物売りの声や投げ銭を期待する楽師の奏でる音楽が響く。

　ティシア国の王都アルティシアと同じように、このアルラギオンもゲームの設定より更に巨大な都市になっているようだ。

　いつかどこかで見た街並みを眺めながら、俺はさっき会ったラギオン貴族たちを思い返していた。

　色が完全に抜けた白い髪。

　ラギオン貴族は、すすんで隷属の首輪を嵌め、奴隷として皇帝に忠誠を誓う。

　皇帝の許しを得て奴隷から解放された後は、許されたことを示す自らの白髪を尊ぶ。だからラギオン貴族はほぼ全員が白髪だ。

中央国家群内では現在、ラギオン帝国以外では奴隷制度は認められていない。

しかし、唯一の例外であるこの帝国の風習の影響で、奴隷商人は公然と存在した。どれだけ取り締まろうとしても、『〝荷〟をラギオンで売る』と言われれば手出しが出来なくなるからだ。

だがラギオンでは尊ばれる白髪も、それ以外の国では意味が変化する。

奴隷は、人が持つはずの尊厳を失った存在。人ではない存在。

解放されて奴隷でなくなってもその認識は続く。『奴隷であった頃に、なにをして生きながらえていたのか』と差別される。大抵の奴隷は、誰もやりたがらない汚れ仕事に従事することが多いので。

――奴隷から解放された過去を持つルカやフィアスは、周囲に恵まれている方だろう。

ラギオン帝国以外では、〝他人とは違う白髪〟はいわれなき迫害の対象だ。


大通りを進んでいたティシア国訪問団一行は、空が茜色《あかねいろ》に変化しだす頃、ようやくアルラギオンの帝城城門に到着した。

いったん歩みを止めた隊列に、門に詰める兵士やちょうど通っていた貴族たちが視線を向ける。

「それじゃあ、馬車に乗せてくださってありがとうございました！　カリヤお姉さま、ウォルド陛下とたくさんお話が出来てうれしかったです」

ぴょんと馬車から降りたイルマちゃんに続いて降りて、別れのハグを交わす。

「こちらこそ、楽しかった。明日はよろしくね、イルマちゃん」

「はいっ、アルラギオンの冒険者ギルド総本部への付き添いですね。私、いつも行ってるから案内は任せてください！　えっと、お昼過ぎに待ち合わせをして、夕方皇帝陛下にお会いする前に帰ってこないといけないんですよね？」

明日の午後、俺はイルマちゃんに付き添われて冒険者ギルド総本部に登録に行く予定。

――あ、午前中も予定は入っていて、ウォルと一緒にラギオン留学中の弟さんの元を訪れ、婚約の報告をします。弟さんは一度もティシアに帰国してないので、八年振りに再会するらしい。

「私はギルドへは一緒に行けませんが、我が妃をよろしく頼みます、イルマ嬢」

「はうぅ……我が妃って言ってるぅ……。お姉さまは私に任せてくださいっ、ウォルド陛下！」

それじゃあおやすみなさい、と頭を下げた赤毛の少女は、次の瞬間には転移していなくなっていた。

ウォルと二人並んで見送った俺は、ごめんねと心の中で彼女に謝る。

ラギオンでは有名な彼女の存在に、こっそりと甘えさせてもらった。

今こちらを眺めている輩を含め、貴族たちはティシアの現王は妹を通して〝神槍〟と繋がりがある、と判断するだろう。

八年前に転生者を害してスキャンダルにまみれたティシア王家だけれど、同じく転生者の少女が友好的に付き合っている。

そう受け取られるメリットは計り知れない。話が広まれば、表だってティシアを貶める存在は減るだろう。

ラギオン貴族は、誰も皇帝の一族である神槍を敵に回したくないはずだ。

後は……妹を利用したと気づいた神槍がどう受け取るかだよなぁ。

イルマちゃんの存在を、結果的には利用した形になっている。だけど彼女も自分の価値を知っていて協力してくれた感じもあった。

お土産として渡した世界樹の葉十枚で、納得してもらえるだろうか？

遠慮しながらも目を輝かせていたからな、イルマちゃん。

どうぞどうぞと渡したブツは、決してワイロじゃありません。

世の中には公開しなきゃならないエロもある

貴賓棟最上階にある寝室の、バルコニーからはアルラギオンの夜景が一望出来た。

夜空の星を水面《みなも》に映すかのように。眼下にはオレンジの光が無数にきらめいている。

この地では人寄せで一階部分に色ガラスのランタンを連ねているけれど、住人の住む二階以上は何の覆いもかけない素の灯りだ。少し高い位置にある帝城から眺めると、密集した建物のせいで色ガラスの灯りはほとんど見えない。

だから帝都の夜はオレンジの光の海になる。

綺麗だなーと、バルコニーの手すりに身を寄せて、俺は夜景を眺める。

この灯り一つ一つの下で、人が生きて暮らしているわけだ。

帝都アルラギオンがおそらく中央国家群最大の都市だろう。灯りから窺える人の数も、生活するエネルギーも半端じゃない。そんな広がる光の海の中、帝城の高さに負けないくらい天に延びた、輝く塔を見つける。

——多分、あそこが冒険者ギルド総本部。

前世、イスラム教のモスクにはミナレットと呼ばれる尖塔《せんとう》があった。そこから祈りの時間になるとアザーンを流していたそうです。

中東っぽい設定のラギオン帝国だが、そういった宗教の影響は受けていない。この転生後の世界、神はいるけれど一神教を奉じているのはカルトで名高い『神国』くらいだしな。あとはゆるーい多神教スタンス。というより、祖霊信仰の方が強いかもしれない。なんてったって〝神殺し〟が出来る世界観だからなー。

という訳で、あの塔は宗教関係ではなくただの鐘楼。帝都のあちこちに設置されているものと同じく、定時になると鐘の音で時間を教えてくれる。

　ついでに非常事態が起こった時（モンスターの帝都襲撃イベントとか？）も鐘の音が響き、プレイヤーがSランク以上にランクアップして祈りを捧げた時も、祝福して鳴らされたりしていたっけ。

　……あれ？

　もしかして、俺が明日冒険者ギルドの祭壇で昇格クエストの結果を報告した時、あの鐘って鳴らされるのか？

「――カリヤ」

　バルコニーに出てきたウォルが、手すりに身を寄せる俺を背中から優しく抱きしめた。

　風呂に入った後、乾かした髪はまとめずに背に流したままだった。髪と身に着けた薄い夜着の布越しに、寄り添う彼の温《ぬく》もりを感じ取る。

「帝都の夜景は、あなたにとっては前世で見慣れた光景？」

「たしかに、非金属系生産職のジョブクエストで、アルラギオンの技術院にはお世話になったなー。ゲームの中で帝城に泊まったことはないけれどね。……今、ゲームとはやっぱり違うなと思いながら眺めていた。アルティシアもアルラギオンも、こう全体的に都のスケールが巨大になっててさ、いざ街中を歩こうと思ったら迷いそう」

　スケールが大きくなっているのは、都の外――フィールド部分もだけどね。ゲームの中とは違って地域ごとに区切られたりしてなくて、本当に果てがない。

「私にとっては初めての帝都訪問だ。やはりラギオン帝国は大きい。中央国家群西方のほとんどが勢力圏内だ。我が国と国境を接してはいるが、そこは本国ではなく従属地域にあたる」

　うん、古代ローマの版図で例えると、ティシアはガリア地方（今のフランス）に接しているみたいなものだね。

ラギオンはイタリア半島にあったローマ。めちゃくちゃ遠い。

「――異国の夜景は心惹《こころひ》かれるが、そろそろ寝室に戻ろう。明日には皇帝との謁見だ」

謁見、か。

彼が口にした言葉に、少し胸が痛んだ。

それは目上の相手に会う場合の言葉だ。王が使う言葉じゃない。

ティシア王のウォルとラギオン皇帝なら、国の規模やウォル自身の若さから、対等と言いたくてもどうしてもラギオン側を立てることになる。同盟を結んでいるのもティシア国単体ではなく、ティシアが所属している南部諸国連合だしな。

床に膝はつかないが、頭は下げなくちゃいけない。

クラシエルと戦争中というクソ忙しい最中に、即位の挨拶にかこつけてわざわざラギオン帝国まで来たのは、どうしても通しておきたい筋があったからだ。

クラシエルと裏で組んでいる冒険者ギルドへの牽制を、帝国を通して行い念を押す。

だけどその過程で、ティシアが侮られるようなことがあってはいけない。皇帝が年長者だからという理由をつければ頭を下げてもいいけれど、それ以上はダメだ。ティシアはラギオンの属国じゃない。

バランスを取るのって難しい。

外の景色ではなく俺を見つめるウォルに頷く。

エメラルドの瞳を細めて笑みを浮かべ、近づいてきた綺麗な顔に背後からのキスを受け入れた。

「んっ、……っふぁ……ん……っ」

最初は背後からだったはずなのに、何度も繰り返されたキスに気づいたら正面から向き合っていて。

抱きしめる腕に体を預け、バルコニーに立ったまま貪《むさぼ》るようにキスを交わす。

呼吸をするのが追いつかなくなって、顔を背けて荒くなった息を整えていたら、ウォルに耳元で囁かれた。

「――寝室に向かおう」

甘い誘いに、俺はこくりと頷いた。

――さぁて、ここからがゲイリアスのカリヤ氏、一世一代の大舞台ですよっ！

ウォルと二人、突然バルコニーで盛り始めたのは、仕込みだよ仕込み！

今から寝室の灯りも消さず、スパイにどこからか覗かれているのを覚悟しながらラブラブセックスをしなくちゃいけないいんだよ！

……いやー、〝前世は女だと自称する転生者（男）〟の場合、落とし穴はラギオン帝国にありました。

これまでにも、そう〝前世〟を自称して権力者の妃に収まった転生者（男）はそれなりにいたらしい。

婚姻して王国碑に名前を刻めば、ＭＰの多い転生者が血統アイテムの『国宝』を扱えるようになる。だから一回だけ体を繋げ、偽装結婚をする。すると国宝の使い手が増えて国力が上がる。

〝妃〟として王国碑に名前を刻まれたら『女だから』と謎の強制力が働き、女性を妊娠させることや血統の委譲が出来なくなるらしいけれど、元からタネなしの転生者にとって前者は関係ないしね！

余談だが、愛人や認知されていない婚外子は王国碑に名前を刻まれないので、血統を有していても国宝は使えません。

そんな国宝絡みの偽装結婚。

前世に関する事柄は鑑定球では調べられないから言ったもの勝ちな感じで収まるんだけれど、ラギオン帝国は冒険者ギルド総本部を有しているだけあって、国を挙げて〝転生者の保護〟に協力している。

つまり偽装結婚を行った場合、ラギオンはこう主張する。

『〝転生者の女性〟が愛のない結婚を強要された！　セックスが一度きりなんて愛のない結婚の証！　ラギオンで保護する！』

で、実際に〝保護〟しようとする。

どんな小国であろうと、国力を増強するのは気にくわないというのが大国ラギオンの姿勢だそうです。

国土は大きいのにちっちぇえな！

しかしラブラブカップルなら、この言い分は通じないので別れさせるのは諦めるそうです……。

まあそういう事情があるそうでして。

下手にラギオンに絡まれたくないので、俺とウォルはラブラブを見せつけることにした。

……ティシアの人間なら、既に寝室に乱入してラブラブを確認済みだけど、ラギオンはまだ知らないからね……。

世界一を豪語するだけあって、客用寝室のベッドも極上の寝具を使っている。

部屋の灯りはわざと消さない。いつもと違って明るい室内で、向かい合わせに座った姿勢でウォルが俺の夜着をゆっくりと脱がせていく。

うう……ストリップショーだ……脱がせながら、露《あら》わになった肌にキスを落としていくウォルがエロい。明るくてしっかりと見えてしまうから、キスを交わしている訳でもないのに俺の息が上がっていく。

「んっ」

乳首の先端を舐められて、体がびくりと揺れた。

片方を舌で。もう片方は指先で、乳首をこねくり回すように愛撫される。とがった先を吸われると変な声を上げてしまいそうになるので、手で自分の口元を覆う。

「……ぁ、ん……んんッ！」

「声を聴かせて、カリヤ。あなたの快感に震える甘い声を」

い、嫌ですぅ……っ！

恥ずかしいの！　ものすごく甘ったるい声でアンアン喘ぐのって！

こっそり見られるのは仕方ないと、がんばって割り切っているが、恥ずかしい台詞もいつもに比べて出そうとがんばろうとは思うが、セックスが始まった初《しょ》っ端《ぱな》から乱れるなんて……っ！

「んあっ！」

カリ、と固くなった突起に歯を立てられて背中がのけぞる。

ジンジンと快楽を伝えてくる乳首をひたすら嬲《なぶ》られ、腰が誘うように揺らめいてしまう。

「あ……ウォル……」

胸元に寄せられた黄金の髪に自分の指を絡め、俺は彼の耳元で囁いた。

「じらさ、ずに、……もっと下も……触って」

「――私が欲しい？」

「欲しい」

ウォルが欲しい。

あなただから欲しい。自分のすべてをさらけ出して、与えられる快楽に身も心も溶かされたい――。

突起を嬲っていた唇がふっと笑みの形を作り、吐き出された息が唾液《だえき》に濡れた胸元をくすぐる。

胸からへそへ、更にその下へと降りていく唇での愛撫。

「……あぁ……っ」

「膝を立てて、足を大きく開いて、カリヤ」

夜着のボタンはすべて外され、肩からすべり落とされて腰回りでわだかまっている。で、脱いでしまえば全裸。ズボンも下着もつけてなかったので。……髪がかなり伸びたので、くくっていないと背中を隠しているのが救いか？

指示に従い、俺は大きく足を広げた。

足の間ですでに勃《た》ち上がり始めていたペニスに、彼がためらいなく顔を近づけた。

オリーブ色の肌を持つ俺の色の濃い性器に、白皙《はくせき》の肌の美青年がピンク色の舌を這《は》わせる。

けがれない白が黒いペニスに頬ずりし、伸ばされた舌が形を確かめるように舐め上げる。

下から上へ。根元の玉を唇で食《は》み、転がされたと思えば、ペニスの先端まで辿られ。先走りをこぼす鈴口に、水音を響かせながらピンクの舌が絡む。

「ウォル、もう、もう……っ！」

「出てしまう？　甘い声で鳴きながら解放するといい。一滴もこぼさず飲みこむから」

「――ッッ!!」

喉の奥まで咥えこまれ、放出を促される。

金の髪に指を絡めたまま、背を丸めて彼の口の中に精を放った。

荒い息をつく俺の下、ちゅぽんと軽い音を立てて達したペニスを解放したウォルだったが、まだ名残惜しそうに力を失ったソレに指を絡めている。

「――昨夜絞り切ったから、あまり濃くはないな。飲みやすかった。あなたの精液なら、濃くても薄くてもいくらでも口に出来るけれど」

ちょっと待ってウォルさん！

たしかに事前に、ラギオン側に察してもらうため実況中継をしようと話はしましたが、そのあけすけな感想はないんじゃないでしょうか!?

ふらりと体が揺らいで、ベッドに倒れ込む。

寝具がものすごく柔らかいです。このまま埋もれて眠りたい――が、そういう訳にはいかない。

内心は羞恥にまみれながら、俺も積極的な彼に倣って行動を起こす。

膝《ひざ》を立てて足を大きく開く。自分の手を股《また》の間に伸ばして、あらわに見せた後ろの穴を更に指で広げて誘う。

「……俺は、ここでウォルの精液が飲みたい……から、奥の一番深い所までペニスを突き刺して、熱いのをいっぱい注いで……？」

ウォルさん、実況中継はこんなものでよろしいでしょうか!?

涙を浮かべながらの演技に、彼はすぐさま乗ってくれた。

両膝を抱えるように持ち上げられ、臨戦態勢に入った彼に一気に貫かれる。

大丈夫、ちゃんと事前準備として風呂後に固形タイプ潤滑剤〝チョーク〟をナカに仕込んでいる。いきなりの挿入も痛みなんてなく、……全部快感に置き換えられてます！

　始まった激しく腰を打ちつけての抜き差しに、あられもない嬌声を上げてしまう。

「カリヤッ、ここが、一番あなたはっ、感じるんだよねっ」

「そう、そこっ！　感じてる、ウォルのペニスで奥をグリグリされるのが、一番気持ちいい……ッ！　ジュボジュボされるのもいいけどっ、硬くて大きいので奥を突いて、いっぱいナカに出して……ッ！」

「ああ、私が抱くのはあなただけだ、王妃！　愛している、カリヤッ！　すべてあなたのナカに出す！」

「アン、アンッ！　俺も、愛してる、ウォル！　出てるぅ！　いま、ウォルが挿入しているペニスから、いっぱい熱い精液が俺のナカに出されてるぅーッ！」

………。

　実況中継って、こんな感じでいいの？

　フィニッシュを迎えた事後。

　二人して荒い息をつきながら、崩れ落ちるようにしてベッドに横たわっていたが、息が整ってきたら少し笑えてきた。

　上体を起こしたウォルが、乱れた自分の金髪を掻き上げている様が色っぽいです。

　ベッドサイドに置かれていた水差しから水を飲み、どうする？　と視線で問われたので頷く。

　彼が水を口に含み、そのまま口移しで飲ませてもらう。

　エメラルドの瞳が楽し気に、愛おしそうに俺に向けられるのがうれしくて、両手を誘うように伸ばした。

　今度は水のやりとりのないキス。笑っている彼の様子が愛しくて、俺も笑い返して彼を抱きしめる。

　寝室の灯りを消して、俺と彼はもう一度、今度はいつものセックスを始めた。

王弟エリナー

ラギオン帝国に〝留学〟した同盟国の子女は、帝城に隣接する『緑弓学園』へと通うことになる。

前世の教育制度とほぼ同じ、初等科から中等科、高等科まで一貫教育を行う、全寮制の教育機関だ。

——そういえば、俺が前世プレイしていたＭＭＯＲＰＧ《ゴールデン・ドーン》内にもありました、その学園。

《ゴールデン・ドーン》は自由度の高いゲームだった。

戦闘職として魔物と戦いながら世界を駆けまわってもいいし、生産職としてアイテムを作り、店を持って商売をしてもいい。

『共通する悪を倒す』なんてメインストーリーは存在しない。

バーチャル旅行感覚で、レベルも上げずに風光明《ふうこうめい》媚《び》な各地を観光するだけでもいいし、学園に通って乙女ゲームな青春を楽しんでもいい。

……そう、何故か存在したんだよ、乙女ゲームコンテンツ。

プレイヤーは二つの帝国（ラギオンとユリアナ）に存在する学園に入学して、学生生活を体験出来た。優秀な平民や貴族、外国から留学してきた王侯貴族の子女と一緒に勉学に励み、冒険し、疑似恋愛まで楽しめる——。

卒業と同時に自然解消する設定だが、重課金すれば恋人関係は継続可能。とはいえ全年齢向けゲームだったので、十八禁展開はなかったけれどな。

このゲームによく似た異世界でも、学園設定は存在していたらしい。

ユリアナ帝国は既に滅亡しているので、この世界に存在する学園はただ一つ。それが帝立緑弓学園だ。

ウォルの弟のエリナーは、ラギオンにある緑弓学園初等科へ六歳の時に留学した。

前世にプレイしていた頃は深く設定を掘り下げて

いなかったが、今考えれば同盟国からの留学生は人質の意味合いがあったのかもしれない。

　ゲーム内の学園設定は攻略サイトに書かれた内容しか知らないけれど(俺は乙女ゲームはやらなかったので……)、長期休暇の時にラギオン貴族は領地に帰省するのに、外国の留学生は皆、寮に残ったままだったのを不思議に感じたことはあった。

　遠方だから面倒で帰らないのかと思っていたが、おそらく帰りたくても帰れなかったのだ。

　だからウォルが三歳年下の弟と再会するのは、八年振りになる。

「――ウォルド兄上、ご無沙汰《ぶさた》しております。いえ、陛下とお呼びしなきゃいけないんですよね。ご即位されたと聞きました。おめでとうございます」

　寮の来客用サロンで待っていると、現れた金髪の少年がウォルに対してうやうやしく頭を下げた。

　椅子から立ち上がったウォルに、俺も続いて立ち上がる。

　互いに近づき、軽く抱きあう兄弟。

　初めて見たウォルの弟は、線の細い美少年だった。兄よりも柔らかくうねる髪質の淡い金髪を腰まで伸ばし、俺と同じティシア王家の紋が刻まれた円環で一つにまとめている。瞳の色は少しだけ緑を帯びたブルー。

　体をあまり鍛えていないのだろう。筋肉のついていないほっそりとした体は、タキリン城砦で出会った頃のウォルを思い出させる。

　あの当時のウォルは、違和感のない女装をしていたけれど、凛と背すじを伸ばした姿勢から王族としての矜持《きょうじ》や気迫が感じられた。

　だけどエリナー君は大人しい性格のようです。迫力のようなものはまったく感じ取れない。

「……兄と呼べばいい。兄弟なのだから。元気に過ごしていたか、エリナー」

「はい。帝国の皆様にはとても良くしていただいてます。そちらがウォルド兄上の婚約者ですか？　美しいとはお聞きしていましたが、本当に綺麗な方だ」

「紹介しよう。Sランク転生者のカリヤだ」

紹介に、俺は膝を折って少年に頭を下げる。

「――はじめまして、〝義姉上《あねうえ》〟」

にっこりと笑い、少年は俺を兄の〝正妃〟として認める発言をした。

王弟はこの結婚に賛成していると知り、少しほっとする。

やっぱり彼の肉親には反対されたくないからな。

壁際に控えていた俺付き女官のミリアムも、安堵《あんど》したのか肩を落として息をついているのが見えた。

……彼女はまだ若いなぁと思う。同じように控えていたクレアやライナーは、内心はどうあれ反応を見せていない。

後でクレアから女官としての心構えを指導されるんだろうなー、などと考えていたら、部屋にいた皆が驚愕《きょうがく》する爆弾を王弟がぶち込んできた。

「兄上が妃を紹介してくれたのですから、僕も妃たちを紹介しますね。帝国が、僕の身の回りの〝世話〟をするようにと寄越してくれたのですよ。まだ成人していないので二人だけなのですけれど、成人したら何人でも増やしていいって」

「「はじめまして、兄上様、義姉上様」」

振り返った王弟に呼ばれ、サロンに現れたのはラギオン風のドレスを着た美しい娘たちだった。

貴族女性だと一目で分かる白い髪。年齢は胸の大きい方が二十代、可愛らしい方が少年と同じくらいの歳だろうか？

一礼し、そのままエリナー王弟に近づくと親し気に両脇からしがみつく。

「エリナー様からは昨年の春から、深くご寵愛をいただいております」

「学生ですからまだ御子は出来ないように注意していますけどぉ、卒業すればすぐにでも孕んでみせますわぁ。なので義姉上様に御子が産めなくてもぉ、ティシア王家の未来は安泰ですぅ」

「ティシアの王国碑に妃として名前を刻む順番は、御子を授かった順番でと話をしていますの」

「エリナー様ぁ。私が最初に御子を授かったら、エリナー様の正妃として名前を刻んでくださいませねぇ？　兄上様に御子が出来ないのですからぁ、王弟のエリナー様はティシア国の王太子になられる御方。ならばその正妃は次のティシア王妃。私、ティシア王妃になりたいですぅ」

「えー、僕、成人しても戦争中の国に帰るつもりはないよ。だって危ないし、怖いもの。ずっとこの国にいたいくらい、ラギオンが好きだな。なんてったって世界の中心だからね」

　きゃっきゃとじゃれあっている娘二人と美少年。

　ウォルは何も言わず、静かに弟を見つめていた。

　笑っていた美少年は視線に気づき、居心地悪そうに彼女たちから身を離す。

「……今から兄上と積もる話があるからね、おまえたちは戻っていて。あ、マリウスにじいを連れてくるように言ってくれる？　ちょうどいいから兄上に託すよ」

「マリウスですね。承知しました」

「はぁい。寝室で待ってるからぁー」

　賑やかに去っていった娘たちを見送り、王弟は固まっているティシア一行に肩を竦める。

「イイ子たちでしょ？　帝国は留学した子弟に、ああいう側仕えを見繕ってくれるんだ。兄上も滞在中、必要なら用意してもらえると思うんだけど……転生者の妃が同行してるんなら、遊んじゃいけないか。残念だね」

「――」

　軽い口調でしゃべるエリナーが、先ほどまで俺たちがついていたテーブルの椅子に腰を下ろす。

　ウォルも自分の席に戻り、目線で促され俺も彼の隣に座った。

　クレアが、サロンに用意されていた茶器を使って紅茶を淹《い》れ、こちらへと運んできた。茶葉は持参したティシアのもので、混ぜている花の香に気づいた王弟が目を細める。

「……ああ、その匂いは知っている。マリウスが取り寄せているお茶だ」

「お待たせいたしました、エリナー殿下」

白い布で包んだ箱を持ってきた中年男が、サロンに足を踏み入れて一礼した。

中東っぽいラギオン風の衣装ではなく、ヨーロッパ風のティシアの服を身に着けている。口元に整えたヒゲを持つダンディな紳士は、ベストの裏ポケットからペンに似たアイテムを取り出し、カチリとスイッチを入れるとテーブルの上に置いた。

「防音結界です。テーブル周りなら音は漏れません。口元も読めなくなるアイテムですのでご安心を」

「――久しぶりだな、マリウス」

「ウォルド陛下、お久しぶりでございます。この度は、ティシアへの無事のご帰還、ならびにご即位とご婚約おめでとうございます」

マリウスという人物は、ウォルも知っている相手らしかった。

目を細めて頭を下げた男は、抱えるように持っていた箱をテーブルの上、王弟の側に置く。

美少年は青い瞳を陰らせ、白い布を撫でた。

「……じいです。僕に――私に、最期まで親身に仕えてくれた。三年前に亡くなったから、ティシアが戦争を始めたのを彼は知らずに逝きました。父上と兄上が戦死したのを知ればひどく悲しんだでしょうから、良かったのかもしれません。故郷であるティシアの地で眠らせてやってください。私の前では何も言わなかったけれど、きっと帰りたかったでしょうから」

「分かった。一族の元に連れ帰ろう」

「お願いします。……良かったな、じい……」

頭を下げるエリナー王弟は、先ほどまでと印象をがらりと変えていた。

「エリナー。八年前にティシアから同行した側仕えがマリウスしか残っていないと聞いたので、新たに連れてきた」

「ええ、女官はこちらで良縁に恵まれ、辞めていきましたからね。……本当は外交官だったマリウスも、留学の手続きが終わればティシアに戻るはずでしたが、タリスの一件が起こって、混乱したこちらにずっと残らざるを得なくなりました。兄上、申し訳ございません。今の私にとって彼の存在はこちらで過ごす支えです。彼の家族には申し訳ないと思うが、交代させることなく残してもらえませんか？」

「それは心配ない。家族の方からラギオンに向かうと言ってくれた」

「……あなた……」

「——クレア！」

ハッと気づくと、俺付き筆頭女官のクレアと、ヒゲダンディのマリウス氏が抱き合っていた。

びっくりしていた俺にウォルが説明してくれたのだが、この二人、ご夫婦なのだそうです。

八年前にエリナー君のラギオン留学の手続きのために同行したマリウス氏だが、そのままタリスの悲劇勃発《ぼっぱつ》。ラギオン帝国内で事態に対処するために帰国出来なくなったのだとか。

そして徐々に緊張していく隣国クラシエルとの関係。開戦。

エリナー君の後見であった〝じい〟も亡くなり、彼はティシアに戻ることなく幼い王子の側にい続けた。

クレアはというと。

子供たちが成人したので、ラギオンにいる夫の元に向かえないかとウォルに願い出ていたのだそうです。

二人の長年の王家に対する献身に応え、ウォルは彼女のラギオン駐在を許可した——戦争中なので、他国への移動は制限されているそうなんだよ。特に貴族は。亡命と受け取られる場合もあるので。

事前に教えてもらっていない話だったが、俺以外も知らなかったらしい。壁際のミリアムがひどく驚いている。

下手に広めると妨害される可能性があったから黙っていたと、ウォルが俺に対して謝ってくれた。

いやいや、びっくりしたけど怒ってはいない。

クレアには、アルティシアに来てから俺付き筆頭女官としてずっとお世話になっていたからなー。愛する夫と共にいたいのなら、喜んで受け入れる。幸せになってほしい。

積もる話もあるだろうと、マリウス夫妻を別室に下がらせる。

安堵した表情を浮かべたエリナーが、傍らの布に包まれた箱を指先で撫でる。

「……良かった。彼が家族の元へ帰りたがっていたのは気づいていました。だがじいを喪《うしな》った私には、どうしても手放せなかった」

「……エリナー……」

「分かっています。じいにも、マリウスにも言われました。私は帰れない。兄上の御代が落ち着かれるまで、あと十年は決してティシアに近づきません。たとえあの者たちに子が出来たとしても、王国碑に私自ら赴いて名を刻まなければ血統は認められない」

ティシア王族の血統は、ラギオンには奪わせない――。

ウォルに似た面差しの少年は、強くきらめかせた青い瞳を遠くに向け、囁くように呟いた。

「……それに、もう私はティシアでの日々をあまり覚えていません。父上の顔も母上の顔も、おぼろげに浮かぶくらいです。覚えていない国だから、帰れなくてもいい。ああ、だけど、白い都は覚えている。今は亡き兄上と手を繋いで、アルティシア・ステーションから最後に振り返って見たあの光景だけは」

どこまでも広がる緑の草原に、高くそびえたつ白い外壁。

都の中央に位置する王宮を取り囲む高い尖塔が、

いくつも天へ向かって伸びている。

きらきらと陽光を弾く白い屋根瓦《やねがわら》。一目見た誰もが、その都の美しさを称《たた》える。

それは中央国家群、南方に輝く宝石。うるわしの白亜の都――。

「――あの光景だけは、忘れることはないでしょう」

冒険者ギルド総本部（エルフいわく悪の巣窟《そうくつ》）

エリナー君と家族水入らずの昼食を食べて、午後からの俺はウォルとは別行動だ。

ウォルはエリナー君の元に残り、彼の今後の側仕えの采配《さいはい》などをする。

帝国への〝留学〟に関しては、五人まで祖国の人間を同行出来たそうなのだが、今の弟君にはマリウス氏しかいない状態だ（じいと護衛騎士は死去、女官たちはハニトラで結婚退職していったそうです……）。

それに俺付きから抜けたクレアが加わり、もう一人年配でハニトラの危険がない女官さんも選抜。騎士枠として近衛から二人出向するそうです。あ、多分近衛騎士にハニトラはない。同性婚の夫婦で出向なので。

これまでも人員追加の要望を出していたらしいが、書類の不備という名目でラギオン側から拒否されていた。

今回は大丈夫。不備が見つかってもすぐに訂正してティシア王が署名する。ごねるなら王の前で面と向かって言ってみろ！（普通言えません）

そして俺は別行動。

イルマちゃんと一緒に、冒険者ギルド総本部に向かうぜー。

帝城の正門で、待っていてくれていたイルマちゃんを拾って馬車を進ませる。

夕方からラギオン皇帝との謁見があるのだが、会う前にランクアップを済ませておかないとな。

あとで『実はSランクではなくSSランクでしたー』などと分かったら、格下時に会っていたのかと、皇帝の顔に泥を塗ったとも受け取られかねない。

本当はどの国にも教えずこっそりランクアップが理想だった。

SSランクよりSランクの方が、クラシエルは油断してくれるだろうから。だけどラギオンは敵に回せない。開き直って大々的に『ティシア王の婚約者はSSランク』と公開しちゃおう。

俺に同行するのは、護衛騎士のライナーと、今後筆頭女官に昇格するミリアムのコートレイ兄妹。

ミリアムはクレアの異動を知ってから青い顔をしている。

まさか十代にして責任ある役職が回ってくるとは……と思っているらしいが、彼女の乳兄弟、同い年であるウォルが責任者の頂点である王様家業をこなしているんだ。出来る出来る。

ラギオン滞在中、空き時間はクレアが最後のしごきを行うそうだから、がんばれー。

そしてエルフ二人も同行してくれる。

儚げな外見詐欺のエリアーシュが言うには、エルフ——大樹海はティシアと同盟は結んだが、それは同胞であるエルフの子を助けたからであって、その際主君といえど同行者に過ぎなかったウォルよりも、直接救命してみせた俺の方に感謝しているのだそうです。

だから行動を共にするなら、ティシア王ではなく俺の方。

俺がウォルと別れれば同盟は破棄するし、俺の寿命が尽きれば、同盟を継続するかどうか再考するつもりなのだとか。

国に恩義を感じているのではなく、俺個人に恩義を感じているらしい。

俺、エルフに愛されてるな！

いや、多分愛してくれているのはコロポックル

（まいほーむ&花の蜜提供者として）。

コロポックル、ひいては世界樹の不興を買いたくない大樹海《エルフ》の総意として、俺への協力は全力案件なのかもしれない。


近衛騎士に周囲を守られた馬車が、帝都の大通りをゆっくりと進み、冒険者ギルド総本部・アルラギオン支部の前で停まる。冒険者ギルド総本部は、アルラギオン支部の中にあるのです。

騎馬で並走していた俺の護衛騎士が馬車の扉を開けたので、差し出された手を借りて降りた。

……ものすごくどこかで見た建物だ。

前世のゲーム内では非金属系生産職の転職クエストの間中、アルラギオンに滞在していたからなー。

アルラギオンってば物価が高くて、生活費稼ぎのデイリークエスト受注のために、ギルドには日参する勢いで通っていたっけ。

警備状況からしてＶＩＰな俺の登場に、周辺にいた冒険者や一般市民がざわめく。

やって来た外国の王家の紋章を扉に刻んだ馬車に、フル装備の騎士が持つたなびく王国旗。そりゃあ注目せずにはいられないだろう。

続いて降りたイルマちゃんの、赤毛赤目の特徴的な容姿は有名だったらしく、彼女の登場にもざわめきが大きくなる。

だが一番の衝撃は、馬車から最後に降りたエルフ二人組がかっさらった。

空気を震わせるほどのどよめき。

月の光を映す青白い肌に、緑や青系統の髪色。先のとがった長い耳。優美な容姿。

鎖国以来、中央国家群内に姿を見せることはなくなったが、その特徴的な外見だけは言い伝えられ誰もが知っている。

そのエルフが、帝都アルラギオンのただ中に現れた。

近衛騎士たちが、誰も近寄らせないようにと周囲に展開して警戒している。彼らに守られながら、俺とエルフ二人組はイルマちゃんに先導されて冒険者ギルドへと向かう。

　血の気の多いエリアが、うっきうきで楽しそうにしています。

　エルフにとって冒険者は悪そのもので、冒険者ギルドは悪の巣窟らしい。ケンカ上等、売られたならどんなに高かろうが買うと高らかに宣言していたエルフ美人だが、傍らの美丈夫が頼もしい笑みを浮かべながら見守っていたのできっと止めてくれるだろう。

　……止めるよな？　やりたいようにさせるなんてサポートはしないよね？

　気になったので前もって釘は刺しておいた。

　ケンカを買うのはいいが、売るのもいいが相手には高値かつ〝現物〞で支払ってもらうように、と。

　信用しているからな、アンゼリーン。血は流さず、十倍返しで分捕ってくれ！


「いらっしゃーい、イルマちゃん。と、ティシアからいらっしゃったプレイヤーさんとご一行様。待ってたわ」

　冒険者ギルドの建物に入った途端、野太い声がかけられたのでそちらを向く。

　話かけてきたのは、カウンターの前に立つ四十代くらいの男――いや、〝女性〞だった。

　俺よりも頭一つ高い身長、日に焼けた筋肉質のたくましい肉体、割れたアゴ。

　だが、いかつい顔には綺麗な化粧が施され、アシンメトリーにカットされた髪は綺麗なピンクに染められている。

　――真っ赤なドレスを着た姿は、どこからどう見ても〝オネエ〞様です。

「はじめまして。私はエリカ。ＳＳランクの非金属系生産職で、冒険者ギルド・アルラギオン支部の支部長をしているわ。――こっちの親にもらった名前はハッサムだけどね、可愛くないからエリカって呼んでちょうだい。今世の体の性別は男だけれど、前世は女だったの。ＭＭＯＲＰＧをプレイする時にはよくあることだけれど、バカなことをしたってものすごく後悔したわ。お願いだから、私のことは女として扱ってね」

あなたと一緒ね、とエリカさんが俺を見てウインクする。

あ、なんだかイルマちゃんが何故俺を〝女性〟認定したのか分かった気がした。

身近に彼女というトランスジェンダーな知り合いがいたからなのか。

「はじめまして、ゲイリアスのカリヤです。私も非金属系生産職、現在はＳランクです。すでにイルマ嬢から聞いていると思いますが、本日は冒険者ギルド総本部へ冒険者登録をしに伺いました」

「まあ、ご同業。カリヤさんは武器《ウエポン》マスター？　それとも防具《アーマー》マスター？」

「秘密です」

あら残念、と彼女が広い肩を竦める。

知りたかったのか？　知りたかったんだろうなぁ。

だってさっきから、俺に向ける周囲の『鑑定』もすごいことになっている。

アイテムを使っている者までいる気配が。全部レジストしているけれど。

今さらながらこの転生後の世界って、鑑定に関するタブーは存在しないんだろうな。

後ろにいるエルフ二人組に、事前に鑑定を弾くアイテムを渡しておいて良かった。おそらく彼らも鑑定されているだろうが、アイテムの効果で無効になっているはずだ。

「――だけどギルドで登録すると、個人情報はギルドのデータベースで管理されることになるわ。必要と判断した場合、あなたの同意を得ずにギルドは登録情報を確認出来ます。規約だから納得してちょうだい」

「ゲームの《ゴールデン・ドーン》にもそういう規約がありましたね」

「ええ。でも総本部で登録してロックを掛けたら、支部で内容の確認は出来なくなるわ――そのために、カリヤさんは他国まで登録しに来られたのよね？」

　そうです、と頷く。

　準備に時間がかかるので、別室で待っていてほしいと貴賓室に案内されることになった。

　近衛の皆さんはギルドホールで待機。コートレイ兄妹とエルフ二人組を連れて、奥へと向かう。用意されたお茶を飲みながら会談だ。

　……事前に連絡をしているから、登録準備なんて既に出来ているはずなんだが、俺やティシアの情報が欲しいんだろう。

　まあ、多少は付き合ってもいいか。こちらも冒険者ギルドやラギオンの情報は欲しいし。

「――まずは、中立国の冒険者ギルドの人間として、ティシア王族やナダル・コートレイの死にお悔やみ申し上げます。私、ナダルには八年前にお会いしたことがあるの。良い男だったわ……」

「エリカさんは彼に一目ぼれしたって聞いてます。本当ですか？」

「振られちゃったけどね。私のこの外見が理由じゃなくて、亡くなった奥様を今も好きだからと言われたので諦めもついたわ」

　無邪気に尋ねたイルマちゃんに、オネエが懐かしそうに首を振る。

「トランスジェンダーってこの世界じゃ生きにくいのよねぇ。でも私、ようやく念願の恋人が出来たのよ！　だから過去の恋は振り返らないわ、今がとっても幸せだから！　カリヤさんも、正式に婚約されたティシア王ってステキな方らしいわね。私の彼氏も年下なのよ。こんな私でも身も心も愛してくれてて、本当にラブラブで幸せ。イルマちゃんもステキな恋人が早く出来るといいわね」

「うーん……お兄ちゃんが『俺より強い奴じゃない

と妹は渡さん』って言ってるんだけど、そんな人いるかなぁ？　それに、まだ恋人はいらないな。いつかは考えてもいいけど、今は変な人に告白されない方がうれしいもの」

「……イルマちゃんの家庭環境も大変よね。シキがああだから……」

シキというのは、イルマちゃんの兄〝神槍〟の本名らしい。二つ名が有名すぎて、本名まで知らなかった。

壁際に控えているエリアーシュは、たしか神槍と因縁があったはずだが（中央国家群東部のハム諸島で起こった、神槍が原因となった戦乱に父親が巻き込まれて亡くなっている）、分別よく黙って聞いてくれている。

あ、イルマちゃんが神槍の妹だと教えていないから、それで分かっていないだけかも？

しかし、見事なガールズトークだ。

俺も公式には〝女性〟扱いだから乗るけれどさ！

恋バナ交流の一環として、盛大にウォルのことを惚気《のろけ》させてもらいました。

俺の婚約者は世界一ィ〜！

登録完了

三人で話をしている間に、俺の冒険者ギルドへの登録準備が出来た。

同時に、ちょっとした問題も起こった。

転生者の登録方法が、個室での個別面談方式だったからだ。

俺はティシア王の婚約者。既に王国碑に名前を刻まれている準王族女性という扱いだからねー。

誰も護衛を連れずに、陛下以外の男と部屋に閉じこもるなんて出来ません。エリカ氏も女性だが、公式扱いの場で、付き添いのいない状態で単身誰かに会うのもアウトらしい。

　という訳で次期筆頭女官であるミリアムがごねた。自分たちを同室させないなんてありえないとごねた。

「だけどこれまでのプレイヤー……転生者は、付き添いなしでもいいとこちらのやり方を受け入れていたのよ？」

「たとえ妃殿下がそう仰ったとしても、ティシア国民の一人として受け入れられる訳がありません！　最低限、私だけでも同室させていただきます。防音のアイテムを使っていただいて結構です。ですがご無事であるかどうか、お姿は途切れることなくこの目で確認させていただきます！」

「……あのね、冒険者ギルドが信用出来ないかしら？」

「信用されると思っているのか？」

　可憐《かれん》な笑みを浮かべ、だが吐き捨てるような声音で反論したのは、儚い詐欺のエリアーシュだった。

「エルフの俺から言わせてもらえば、転生者なんてまったく、これっぽっちも信用出来るはずがないだろう？」

「——昔、大樹海に対して一部のプレイヤーが行った、数々の暴挙は反省しています。だけど今の冒険者ギルドは、いかなる国や勢力に対しても中立の立場よ。プレイヤーもＮＰＣも、すべてを平等に扱っているわ」

「〝建前〟はな。例を挙げればおまえたち冒険者ギルドは、戦争中だからという名目でティシアにギルドの転移システムの使用を禁止しているが、クラシエルに制限がないのはどうしてだ？　平等が聞いてあきれる」

「……待って、それは本当？」

　エリカ氏が綺麗に整えている眉をひそめた。

「我ら《エルフ》を嘘つき呼ばわりか!?」

「落ち着いてください、エリア。——私たちエルフも現在、義勇軍としてティシアの戦場に立っていますからね。行動を共にしているティシア所属の冒険者に聞いたのですよ。あからさまに圧力をかけられている、今の冒険者ギルドに正義はないと嘆いていました」

嘘です。

あ、違う。転移システム使用禁止については合ってる。

昨年、俺とウォルが大樹海に滞在している時点で、エルフ側は冒険者ギルドの行いを把握していた。鎖国をしているはずの大樹海の、情報収集能力を知られたくなくて架空の冒険者の話をでっち上げたか。

それも見事に嫌みの針をぶっ刺しつつ。さすがはアンゼ。

エリカ氏はピンク色の髪を揺らしてうつむいていたが、やがて自分を納得させるように頷いた。

「……そんな通達が出ているなんて聞いていないけど、告発があったということで確認してみます。私はアルラギオン支部の支部長で、ギルド総本部の方針には関与していないの。転移システムは総本部の管轄」

「ほう。部外者がなぜカリヤ妃の登録にしゃしゃり出てきた？」

「ご、ごめんなさいっ。間にエリカお姉さまが入ってくれた方がいいかなって、私が頼んだんです！」

カリヤお姉さまは特殊な立場で、同じ立場のエリカお姉さまがお手伝いしてくれたら、仲間もいるんだって安心されるかなって思って。

エリアに涙目で謝っているイルマちゃんだが、その心遣いがうれしい。

俺が、体は男でも心は女だと信じているイルマちゃん。エリカ氏はアルラギオン支部のトップだし、伝手を作ればきっと俺のためになると思って仲介してくれたのだろう。

怒っているエルフたちは俺がとりなし(片方は本気で怒っているが、もう片方はきっとポーズだ……)、エリカ氏は調査を約束して、ようやく登録に移る。

登録はそのまま貴賓室で、俺が連れてきた面々も同席出来ることになった。転生者以外には結界で面談時の音声カットだが。

　総本部から担当者として派遣されてきたのは、懐かしのダイドー君です。

　イルマちゃんと一緒に、タキリン砦《とりで》まで俺をスカウトしにやって来ていた。すまんが存在を忘れていた。

　見るからに事務職な、黒縁眼鏡を掛けたDランク未選択プレイヤー。「お久しぶりです」と自己紹介されてようやく思い出したよ……。

　そうしてテーブルの上に置かれたのは、どう見てもノートパソコン。冒険者ギルドのシステムと繋がっているらしい。

　……ゲームによく似た世界だとは理解していたつもりだが、中世ベースの世界観にぶっこまれる現代機器の違和感がすげぇ。

　だけど冒険者ギルドや転移ポータル、通信の水晶球といった存在を『そういうものだ』と受け入れているらしいこちらの世界の住人は、物珍しそうにノートPCを眺めているだけだ。

　この世界の住人が冒険者登録をする時は、ギルドの職員がPCに入力するそうだけど、転生者は自ら入力しないといけない。

〝なりすまし〟が多いので、PCを操作させて判断するのだとエリカ氏から説明を受けた。たしかに、転生者じゃないと使い方なんて分からないかも。

　画面に映し出された登録フォームに、現在の自身の情報と、前世の名前や住所も打ち込んでいく。

　……なりすましの場合、前世情報でも弾かれるんだろうな。住所と郵便番号の関連なんて知らないだろうし。

　他にも、転生者だと確認するための質問があった。外国の首都名とか、アイドルグループ名を三つ挙げよとか、他にプレイしていたゲーム名だとか。これまで現れた転生者から収集したデータのノウハウがあるんだろう。

入力内容をチェックして、エンターキーを押す。

＝＝＝

登録完了

非金属系生産職（アイテム）Sランク

1（新規）

＝＝＝

現れた文章を読み取ったエリカ氏の、独り言めいた呟きが何故か少し引っかかった。

「……Sランクのアイテムマスター。やはりご新規さんなのね……」

——数字の1に新規の文字。

やはりって、読んだままに初めての登録なんだが？

「もしかしてと思っていたけれど、カリヤお姉さまは私と同じAランクじゃなくて、Sランクだったんですね」

大きな胸を持ち上げるように腕を組み、うむうむと頷いているイルマちゃんに黙っていてごめんねと謝る。

「いえ、良いんです。他人にはステータスを秘密にしなきゃダメだもの。私こそ勝手に誤解して、ギルドに言ってしまってごめんなさい。だけどお姉さまが最初からSランクだって分かっていたら、もっと手厚くサポートされてたはずなのに」

「そういやバザーで最近、アルティシア支部登録の代理販売が行われていましたね。……売るほどエリクサーを生産しているんですか。材料の世界樹の葉は、大樹海で手に入れ放題ですしねぇ……」

眼鏡のダイドーが変なコトを口にしているぞ。

テーブル周りだけ音声カットで良かったな。聞いていたらエリアが殴りかかってきても不思議じゃない。

「カリヤさん、アイテム作製を専門にされていたのね。なら『ホームの扉』は作れるのかしら？」

顔を上げたエリカ氏の発言に、イルマちゃんが赤い目を大きく見開き、ダイドーが黒縁眼鏡の奥の瞳を細めた。

――『ホームの扉』とは、アイテムマスターSランクで作製可能になるカスタマイズ（変更）アイテムだ。

プレイヤーの個人スペースであるホームの、『扉』の外観を変える。

ゲーム開始時は、スタート地点として選択した街の冒険者ギルド内に設置されている『扉（＝ホーム）』。

《ゴールデン・ドーン》は、他ゲームによくある設定の〝ゲームオーバー時に神殿で復活《リスポーン》〟ではなかった。ゲームの途中で死ぬと〝復活〟は自分のホーム内のベッドの上になる。

だから初期設定のホームは、ベッドが一つあるだけの二畳もないスペース。

該当クエストをクリアしたり課金をすると、ホームは広くなっていき、ギルド以外へ設置場所の変更《引っ越し》も出来るようになる。

そんなホーム、『ホームの扉』というアイテムを使えば扉の初期設定のデザインを変更することが出来ます。

別の色にしたり、材質を変えたり、彫刻を入れたり。ほぼオーダーメイド感覚で注文も可能。バザーではいつもプレイヤー作の扉が売られていて、イベント時に賞品としても配付されていた――。

……この、ゲームによく似た異世界に転生していることに気づいた後。

俺は自作の『ホームの扉』をゲイリアス山脈に設置し、マイホームを確保した。

生まれ育った村の近くに冒険者ギルドはなかったので初期設定をすっ飛ばしているが、ギルド以外の場所へのホーム設置資格は前世で既に持っていたからな。

ホームを〝引っ越し〟すると、その場所に扉が出現する。つまり扉を設置すれば〝引っ越した〟と認識され、その場所がホームになるのです。

一種の裏技なんだろう。

――ちなみに現在、ゲイリアス奥地に設定していた設置場所を解除したので、マイホームは引っ越しの最中。移動中を示す『鍵《かぎ》』の形でアイテムボックス内に保管している。

ホームへと瞬時に戻るスキル〝リターンホーム〟を行った場合、出現場所は扉の前だ。なので実は今の俺、リターンホームが出来ない状態です。ティシア城内から外に出ない時はそれでも良かったんだけど。

早めに安全な場所を探して、鍵を使って扉《ホーム》を設置しないとー。

告げる鐘は鳴り響く

まあ、それらはさておき。

エリカ氏が「扉を作れるか？」と尋ねてきた。他の二人の反応からして、

「……今いる転生者の中には、扉を作れる者がいないのですね」

『ホームの扉』がなければ、自分のホームを冒険者ギルド以外の場所に〝引っ越し〟させることが出来ない。

今世では重要になってしまったアイテムだが、生産職でもレシピを覚えて自作する者は、本職がアイテムマスターでないとほぼいない気がする。

だって覚える必要がない。イベントが開催されるたびに、タダで扉をもらえてたんだよ！

あまりにも流通量が多すぎて、バザーでは売値が最低の一ゴルドだった。はっきりと捨て値。だって誰もいらないんだもん。

しかし運営の存在しない転生後のこの世界。イベント配付なんてない。

「――今は、ね。武器や防具マスターには必要のな

いレシピだから。過去にレシピを覚えていたプレイヤーが作り溜めていたのを、冒険者ギルドが管理しているの。その様子なら、カリヤさんも扉を作れるみたいね。出品規制を掛けているからバザーでは売れないわ。冒険者ギルドがすべて買い取ります。元は取れる値段設定にしているから、ぜひこれから売ってほしいのだけど」

「考えておきます」

にこやかに笑うエリカ氏に、俺も笑って答える。

前世のサラリーマン用語で、意味はもちろん「お断りします」だ。元は取れる値段設定って、ほぼ原価で売れって意味にしか取れないんだが。

たとえ前世のゲーム内で、一ゴルドで流通していたとしても、今世では価値がまるきり違うだろ。

転生者——元プレイヤーの『ホーム』は、初期設定の冒険者ギルドに固定の状態だ。

それが『扉』さえあれば、ホームを自由な場所に再設定出来る。ギルドがティシアの敵であるクラシエルと内通している状態で、悪用される危険があるのに渡せる訳がない。

「……そうだ、アイテムマスターのSランクなんだ。外れ職《アイテム》を専門にするモノ好きなんて、滅多にいないからすぐに思い出せなかったけど——ハッサム支部長！」

突然、眼鏡が叫んだ。

「エリカ、よ」

「転移ポータルです！　彼がSランクアイテムマスターなら——」

「〝彼女〟、よ。私もカリヤさんも」

「故障した転移ポータルのメンテナンスが出来るはず！」

ダイドーの言葉に、エリカ氏が黙り込んだ。

ノートPCを手元に引き寄せ、俺の情報を覗き込みながら（個人情報の守秘義務はギルド相手には通用しないから、文句が言えない……）、浮かれた声でギルド職員が続ける。

「タキリン・ステーションの転移ポータルをティシアがめちゃくちゃに壊したのは、修理出来るスキルを持ったプレイヤーがいたからなんだ。抜かれていたコアも彼が持っているはず。これでタキリン・ステーションや、他の故障している転移ポータルを修理出来る。どこから手を付けるか、すぐにも計画を立てないと……」

「――ティシアは現在進行形で戦争中なんで、協力出来るかどうかは戦争が終わった後に考えますぅ。で、これで登録完了ですね？　夕方からラギオン皇帝と謁見予定なので、準備のためにそろそろ失礼します」

　俺は座っていたソファーから立ち上がった。

　あわてて一緒に立ち上がったイルマちゃんが、胸元でぎゅっと両手を握り締めて発言する。

「だ、大丈夫です。カリヤお姉さまは総本部で登録をしたけれど、すぐにも籍をティシアに移す予定だから、ここのギルドの言うことを聞く必要がないって私分かってます！　ギルドはプレイヤーに対して命令なんて出来なくて、お願いをするしかないの。そのお願いも、受けるかどうかはそのプレイヤー次第だって、お兄ちゃんが言っていたんだから！」

「――ありがとうね、イルマちゃん」

「帰りましょう、カリヤお姉さま。もう登録は終わったんだし」

「そうだね。でも実は、ちょっと野暮用で寄らなきゃいけない場所があるんだ。これから向かうけど、良かったら一緒に来る？」

はいっと、赤毛の少女が元気よく答える。

　貴賓室を出ようとする俺とイルマちゃんの周囲を、壁際に控えていたコートレイ兄妹とエルフ二人が取り囲んだ。

「ま、待って、カリヤさん！　ダイドー！　あなたが今言わなくてもいいことを言うから！」

「だって、ようやく見つけた貴重なメンテナンス要員ですよ？　辺境に出ている高ランクプレイヤーは帰ってこないし、アーマーマスターＳＳランクのあなただって、アイテムレシピの『メンテナンス』を覚えてない。確保しないと！」

うーむ、背後の言い争いが醜い。

おそらくだが眼鏡も、前世はかなり若かったんだろうなぁ。人生経験が足りないというか、未熟な感じがあからさまに。

自分が立場の強いギルド総本部の職員なので、ナチュラルに他を下に見ている様子。

たしか幼少時にギルドへ保護されたと聞いたような覚えがあるから、元プレイヤーのコミュニティー以外の世界を知らないのだろう。

……しかし、イルマちゃんと初めて出会った時、ビキニアーマー姿を焚《た》きつけたのはあいつじゃないだろうな？

野郎相手に、露出の多いボンキュッボンで取り込んでやろうとか、そういう下世話な知恵を回していそうだ……。


歩き始めた俺の側にすっと並んだエリアーシュが、少女のように愛らしい唇を小さく開く。

「……音は聞こえなかったが、唇を読んでいた。あの眼鏡、ケンカを売ってどさくさに殺《ヤ》ってもいいが、どうする？」

「騒ぎに来たわけじゃないので却下」

「残念」

クスリと笑い、可憐なエルフが離れていく。

うん、中性的で年齢不詳なエルフ美人のエリアーシュさん、御年は詐欺だと叫びたくなる三十代。

見た目や直情的な行動を見せているから誤解しがちだけど、中身は酸いも甘いも噛み分けている成人男性です。

暴れる担当（エリア）、抑える担当（アンゼ）と役割分担をしているけれど、その気になれば単体でも有能。さすがはエルフの里の兵士長を務めるだけはある。

眼鏡も、いつか腹芸くらい覚えたまえよ？

あ、俺は別に自分のことを下に見られようが軽んじられようが、たいして気にしないタイプです。たかがＤランクにあの言われようは、もやっとしないでもないけれど、まあ大人の余裕で流してやろう——二度くらいはな（仏の顔も三度までというし）。

前世の記憶で勝手知ったる冒険者ギルド内。

俺が向かったのは、ランクアップ報告用の祭壇がある中庭だった。

柱の並ぶ回廊に囲まれた美しい庭に細い水路が走り、タイルの敷かれた通路脇の花壇には色鮮やかな花が咲いている。庭の中央に建つのは、いくつもの鐘が設置された細く高い鐘楼《ミナレット》。

尖塔の造形はどこかイスラム建築を思わせた。前世のゲームの設定と同じく、このラギオン帝国も中東的なイメージだからだろうか。

祭壇はミナレットの前の一段高い舞台に安置されていた。

「お姉さま、ここに用があるんですか？　だけどここは——」

「実はね、イルマちゃん。俺は前世、ＳＳ《ダブルエス》ランクへの昇格クエストをクリアしていたんだ」

にこりと笑い、俺は少女に話しながら舞台へと上がる。

「だけど冒険者ギルド総本部に報告する前に事故に遭ってさ、死んでこちらに転生してきた。もう前世のゲーム内で資格は得ているんだ。だから祭壇に触れると——」

所定の位置で片膝をつき、手を伸ばして祭壇に触れる。

祭壇が銀色の光を放つ。刻まれたレリーフの端が、床に埋め込まれたタイルの継ぎ目が、生まれた銀色の光を縦横に走らせ、ミナレットへと向かって伸びていく。

鐘楼に設置されている鐘が大きく揺れ、高く音を響かせた。

次々と鐘が左右に揺れ始める。重なり合った鐘の音が、アルラギオンの空に高らかに響く――。

……とても、大きいです……。

予　想　外　！

前世のランクアップでは、祭壇のある中庭以外に鐘の音は聞こえなかった（別サーバー処理だったので）。

だけどこれ、絶対帝都中に鳴り響いているよな!?

中庭を取り囲む回廊に、大音量の鐘の音を聞きつけた冒険者やギルド職員が出てくる。興奮した様子で、膝をつく俺の姿を指さしている。

「ランクアッププレイヤーが現れたぞ！」

「銀の光！　新しいSSの誕生だ！」

「ここ数百年、誰もSランク以上にランクアップしていないと聞いていたのに――」

初耳です。

え？　誰もランクアップしていないの？　数百年も？

Aランクまでは中央国家群内で到達出来る。ナダル・コートレイやエルフ、ドワーフ、帝都の技術院でのクエストをクリアして。

だけどSランク以上は辺境に出ていかなくちゃいけない。誰も辺境でクエストに挑戦しなかったのか？

顔が引きつりそうになっていたけれど、根性でアルカイックスマイルっぽいのを維持する。

祭壇の前で膝をついていた姿勢から立ち上がり、背後を振り返る。

集中する人々の視線。だけどウォルと共にたどりついたアルティシア・ステーション前ほどじゃない。

驚いているイルマちゃんやコートレイ兄妹、エルフたちの前で、俺は浮かべる微笑みを深くした。

「――このように、SSにランクアップする」

アルラギオンのエルフ

外野がざわついている。

誰かの言葉が聞こえたが、どうもＳＳへのランクアップは数百年振りらしい。そりゃあ興味を持つだろう。

回廊からこちらに近づきたいが、祭壇を守るように移動した俺の連れに牽制され、中庭まで入って来られない冒険者たち。

でもその牽制している者が、やはり中央国家群内に数百年振りに現れたエルフ（公式には。容姿をごまかして、ずっと各地で暗躍しているんだが）なものだから、彼らに対する反応もすごいことになりつつある。

近づいてこないのは、〝神槍〟の妹として有名っぽいイルマちゃんのおかげだろう。

鮮やかな赤毛のツインテールに、ボンキュッボンな美少女。とても目立つ容姿の彼女の存在に気づいた者は、一様にぎょっと目を見開き、そのまま動きを止めている。

響いていた鐘の音が、余韻を残しながら鳴りやんだ。

中庭を取り囲む回廊に出てくる冒険者の数は、更に増えている。

本人たちに大声を上げているつもりはないだろうけど、数が集まっているのでざわつく声がうるさい。

イルマちゃん効果でまだ中庭まで降りてこないが、俺たちへの興味の方が上回り、堰《せき》を切ったように押し寄せられでもしたら危険だな――と考えていたら、助けが現れた。

中庭の奥、一部分だけ閉鎖されていた回廊に面した建物の、両開きの扉が開け放たれる。

現れたのはフルフェイスの兜《かぶと》で顔を隠した、ミスリル製の全身鎧の兵士たち。

無言で庭に散った兵士は、手に持つ盾を前に突き出し、集まった冒険者たちにこの場を去るよう手振りで促し始めた。

「人形兵が出てきたぞ」

「ＳＳＳ《トリプルエス》案件か……」

回廊に集まっていた人々が、渋々といった様子で建物の中へと戻っていく。

散っていた揃いの全身鎧姿の兵士たちが、開いた扉の前に整列した。

「——冒険者たちの統率が至らず、騒がせてしまい申し訳ありませんでした。ティシアのカリヤ様。まずはＳＳランク昇格おめでとうございます」

顔を隠した全身鎧の兵士を背後に従え、現れたのは栗《くり》色の髪に透き通った水色の瞳の、見た目五十代くらいの中年男性だった。……言っちゃ悪いが、繊細で幸薄そうな美形だ。

回廊を降りて丁寧に一礼し、こちらに向かってやって来る。

警戒したエルフが俺を庇うように前に出た。ライナーが俺の横に、ミリアムがイルマちゃんの側へと移動する。

彼らがポジションを変えている間、男は足を止めて待っていた。

指先をぎこちなく動かしながら胸元に当て、その場を動かずに話し始める。

「私の名はヨナ。この中庭の奥にあります冒険者ギルド総本部の、総本部長アイラに仕える者です。カリヤ様のランクアップに関しまして、いくつか総本部として至急に確認しておきたいことがございます。少しの間、お時間をいただけないでしょうか？」

まだ時間があるといえばあるが、夕方からラギオン皇帝との謁見がある。

断ろうとした俺だが、背後を振り返ったエルフ二人が俺と目をあわせて頷いた。

「……少しの間でしたら」

「ありがとうございます。ではこちらへ——」

「ヨナ様！」

「ヨナさん！」

今まで言い争っていたのだろうか？

肩を並べるようにして中庭へと走ってきたエリカ氏とダイドーが、男の名を呼んだ。

「ヨナ様！　今から彼の面接ですか？　それならどうぞ僕にお任せください！　依頼の斡旋も僕が――」

「ダイドー。あなたの役目は元プレイヤーとして、同じ立場の転生者への勧誘と、冒険者登録まででしたね」

おつかれさまでした。

丁寧な口調ながらも言い切った男に、黒縁眼鏡の奥の瞳がせわしなく動いた。

無言の俺に視線をやり、ヨナとエリカ氏にも視線をやり。誰も自分に口添えしないと理解したダイドーは、がくりと肩を落としながら頷き、去っていった。

タキリン城砦まで来ていた彼の役目は、本当に転生者の勧誘と登録だけだったんだろう。

「ヨナさん。カリヤさんは今からアイラ様とお会いするのかしら？　彼女の登録に関しては、私に立ち会ってほしいとイルマさんから頼まれています。私も同行させてください」

「残念ですがエリカ支部長。ＳＳランクとはいえ、――に関してレベル一までの許可しか得ていないあなたは、レベル二以上の案件に関わる資格を有していません」

わざと濁して発音した単語は、まったく聞き取れなかった。

だが紅を塗ったエリカ氏の唇がゆがむ。

二人のやりとりの意味が分からなかったらしく首を傾げていたイルマちゃんだが（俺も分からない）、改めて背すじを伸ばす。

「あのっ、ＳＳランクのエリカさんが無理なら、Ａランクの私も一緒に行くのは難しいんでしょうか？」

尋ねたイルマちゃんに、栗色の髪の男は申し訳なさそうに頷いて肯定した。

アルラギオン支部の建物内で、エリカ氏と共に俺を待っているようにと告げ、背を向ける。

「どうぞこちらへ。護衛の方々に関しましては、ティシア国の準王族であるカリヤ様のお立場を考慮し、特別に同行を許可します」

前世にプレイしていたゲーム、ＭＭＯＲＰＧ《ゴールデン・ドーン》。

そのゲーム内に存在した同じ造りの冒険者ギルド総本部の中を、全身鎧の兵士たちに守られる男に先導されながら歩く。

「――カリヤ。あのヨナという名の男、髪と肌を染めてはいるがエルフだ」

近づいてきたエリアーシュが、俺に小声で囁いた。

「エルフしか知らないはずの符丁を、指の動きで伝えてきました。高ランク転生者に〝鑑定〟を使われると変装も意味がないので、私たち《エルフ》はラギオン帝国には足を踏み入れません。同じ理由で、冒険者ギルド総本部にも近づかないはずなんですが、なぜその中枢にエルフが入り込んでいるのか……」

続けたアンゼリーンに、答えたのは俺ではなく前を歩いていた男だった。

「――養母が現、冒険者ギルド総本部長なのですよ。私は、存在を知る者の間では、〝秘匿されたエルフ〟と呼ばれています」

案内されたのは、来客をもてなすための一室だった。前世のゲーム内では設定されていなかった部屋だ。

俺とヨナ氏が対面で座るソファーの後ろに、護衛のための椅子が用意される。どうか座ってほしいと促されたので、エルフたちとミリアムは腰を下ろしたが、ライナーだけは固辞して俺の後ろに立った。

「……四十年振りに、同胞の姿を見ました」

エルフに視線を向けつつ、感慨深くヨナ氏が呟いた。

透き通った水色の瞳がうるんでいる。歳を取り、髪と肌の色を変えているがこの人も中性的なエルフ美人だ。

「――私は西の里の長老イェレミアーシュの息子、アンゼリーン。長老補佐であり、ティシアにおける大樹海の特命全権大使を務めています。隣の彼は義勇軍隊長である、西の里の兵士長エリアーシュ」

　名乗ったアンゼに、ヨナ氏が尋ねた。

「北の里の長老補佐、カフシュリーンは存命でしょうか？　カフシュリーンの息子、ヨナーシュです。十歳の春にエルフ狩りに遭い、奴隷となりました。……カリヤ様とティシアの現陛下のお二人と、大樹海との繋がりは調べさせていただいています。奴隷商人の元からエルフの子を救い出し、大樹海へと送り届けたのだと。私が救い出されたのは十三の時。悪質プレイヤーと呼ばれる転生者の下で、魔法系戦闘職のランクアップに利用されていました」

「救い出した者は、あなたを大樹海に帰さなかったのか？」

　エリアの問いに、ヨナ氏は透明な笑みを浮かべながら栗色の髪を耳の後ろへかき上げる。尖《とが》っているはずの耳先が、引《ひ》き攣《つ》れたような跡を残して切られていた。

「救い出された当時は〝壊れて〟いましたから。救出メンバーだったＳＳランクの〝人形遣い〟アイラ――後の養母が、〝聖女〟に治療を頼むべく、私を辺境へと連れて行きました。ただ、聖女の治療には大きな代価が必要です。養母はそのまま辺境の開拓事業に参加し、私も長く時間のかかる治療のために辺境に留まりました。――しばらくの間、大樹海と接点が持てないかと冒険者ギルド側は手を尽くしてくれたらしいのですが、難しかったようです。その後正式にアイラの養子となり、エルフであることを隠して生き……中央国家群に戻ってきたのは五年前のことです」

『聖女』。

　前世のゲーム内に存在した、回復特化の特殊ジョブだ。

　男は『聖人』、女は『聖女』と呼ばれる。特定の〝神〟を信仰して祈りを力に変え、四大基本職（物理戦闘・魔法戦闘・金属生産・非金属生産）とは違う成長をしていた。

　中央国家群内での活動範囲は、Aランクになるまで〝神国〟内だけに限定され、まるで別ゲームをしているようだとプレイヤーには言われていた。本領発揮は辺境からで、パーティに加わるとありがたい存在だったっけ。……長い修行から解放されたせいかはっちゃけていて、たまにすげー暴走をしてたけど。

　この転生後の世界ではまったく見かけず、話に聞いたこともなかったので存在しないのではないかと思っていた――。

「……カフシュリーンは、北の里の長老の一人でしたね。もう引退され、息子のハイビーシュが後を継いでいます。訃報《ふほう》は聞いていないので、まだ存命されているかと」

「本当ですか!?　ハイビは、弟です！」

「兄は行方不明ということになっているが、奴隷商にさらわれたのだろうとハイビーシュ殿から聞いたことがあります。私の甥がカリヤ妃に助けられたエルフの子供なのですが、その捜索の際にご協力いただきましたから」

　ほう……と、ヨナ氏が深く息をついた。

　その息には多くの意味が込められていたのだろう。

　彼がこれまで辿った人生を振り返らせる何かが。

　だが、俺は彼の語った言葉の、その〝込められた意味〟について考えていた。

　――〝辺境開拓〟？

　どういう意味だ？　まさか辺境〝も〟……。

「……教えてくださり、ありがとうございます。符丁を覚えていて良かった。こうやって同胞と再び話すことが出来ました。同じエルフだから、エルフに力を貸してくださっている皆さまだから、分かってくださると思っています」

ヨナが懐から小さな玉を取り出した。

〝光玉〟と呼ばれるアイテムを俺は知っていた。中にＭＰや魔法を封じ込めることが出来る。

手に握りしめて壊せば、中に魔法が入っている場合は発動され――、
長く転生者の間で生きてきた〝秘匿されたエルフ〟は、手の中の光玉を握りつぶした。

辺境の秘密

ヨナが握りつぶした光玉の中に込められていたのは、睡眠魔法《スリープ》だった。

状態異常を引き起こす魔法の一つ。

彼に殺意はなかったので、呪いや即死というタチの悪い魔法ではないと予想はしていた。だが光玉に魔法を込めた者のランクが高かったらしい。

後ろの椅子に座っていた者たちが身じろぎをして、だがそのまま背もたれに体を預けてしまったのが音で分かる。

俺が今身に着け、周囲にも渡している腕輪《アイテム》の効果は、物理攻撃と魔法攻撃の初手無効。状態異常の無効効果はない。

転生者である俺自身の精神値《ステータス》が高いからな。通用しないので必要ないとの判断だったが、同じ前提で作っていたアイテムを身に着けている護衛たちはＮＰＣだった。

ぐらりと、背後に立っていたライナーの体も揺れた。

だが彼は耐えた。

俺の座る椅子の背もたれを掴《つか》み、それでも彼は状態異常魔法に抵抗し続ける。振り返ると、きつく引き結んだ口元から赤い血が一筋流れていた。

「……お、気をつけください、妃殿下……っ」

「カリヤ様に危害を加えるつもりはありません。忠

実なる騎士よ、ほんのしばらくだけ眠っていてください――」

　ヨナの視線が流され、部屋の壁際で直立していた全身鎧の兵士たちが動いた。

　ライナーの首すじに呪符が貼られ、抵抗しきれなかった彼が意識を失う。崩れ落ちようとした体を、兵士が支えた。

　後ろの面々と同じ、背もたれと肘掛のついた椅子が用意され、丁寧に座らされるライナー。ポーションを振り掛けられたので、口の中の傷も治っただろう。

「……Ｓランクの睡眠魔法《スリープ》です。カリヤ様は抵抗《レジスト》されましたが、ＮＰＣにとっては難しいでしょう。護衛の方々を気にかけているのであれば、今後はランクフリー効果のある無効アクセサリーを身に着けさせることをお勧めいたします。本来、ＮＰＣが身に着けることが出来る装備はランクアップ効果を重ねてもＳランクまで。ＳＳを作製することが出来るようになったカリヤ様の装備なら、Ｓランクの攻撃に耐性が出来ますから」

　ＮＰＣ――こちらの世界の住人のランク上限はＢ。

　一つ上のＡランクの装備を身に着けることが出来、ランクアップアイテムを併用すると二つ上となるランクＳの装備が可能になる。

　魔法は基本、自分と同ランクのものは半々で成功判定があると思っていい。

　Ｂランクのライナーの場合。単純に考えると同じＢランクのスリープならだいたい五十パーセントの確率で抵抗出来る。格下のＣランクなら九十パーセントの確率で抵抗。Ｄランクなら九十九パーセント。

　格下ならほぼ抵抗出来るが、装備や体調、精神力の差などどうしても不確定要素が出てくる。

　逆に格上の場合。

抵抗出来る確率は、Ａランク魔法は十パーセント。Ｓランク魔法は一パーセント。運もあっただろうが、ライナーが一度でも抵抗してみせたのはかなりがんばった訳だ。

ヨナが言ったように、護衛してくれる彼らが身に着ける装備を更新しておかないと。

これまでアイテムマスターSランクだった俺は、職業として選んだアイテムランクはSを作製出来たが、選ばなかった武器防具の作製レベルは一つ下のAが限界だった。

だけどSSに昇格したので、アイテムはSS、武器防具はSランクを作製出来ることになる。おまけにランクフリーアクセサリーの、作れる種類も増えたぞ！

レシピは既に覚えている！　前世でレシピコレクターだったので！

ランクが達していなくて使えなくても、覚えるだけは覚えているのです。

「――さて、NPCである護衛を眠らせたということは、プレイヤーである〝俺〟だけとしたい話があるんだな？」

口調を取り繕うのをやめて尋ねた俺に、そうです、とエルフは頷いた。

「今から話す事柄は、冒険者ギルドが設定した『ワールド・セキュリティ』のレベル一に該当します。NPCに教えるわけにはいかない。言葉通り、〝この転生後の世界の秘密〟です」

「あなたもNPCでは？」

「私はSSSランクの養子となり、辺境に身を置いたので〝あなたたち側《プレイヤー》〟となりました。世界の秘密とはそのまま、私の過ごした辺境の秘密といってもいい」

ヨナが瞳を伏せた。

「あなた方が前世にプレイしたゲーム、《ゴールデン・ドーン》では世界地図の中心であった中央国家群。その中央国家群を取り囲むように広がってる辺境地帯は――」

「――何も存在しない大地が広がっている？」

水色の瞳が見開かれる。

「クラシエル所属のプレイヤーから入手した情報と、推測だ。ゲームでプレイしていた頃の中央国家群のフィールドより、この転生後の世界の方が広い。ティシア国内なんて、ゲームじゃ二十分もかからず横断出来た。だけど今は、徒歩で半年かかる」

そう、転生した世界はゲーム特有のデフォルメなど存在せず、半端なく広くなっていた。

ゲーム初期の活動範囲である中央国家群でさえ、気が遠くなるほどに広い。俺とウォルが当初ティシアへの帰還に数年かかると考えていたように。

ならその中央国家群を取り囲んでいた辺境は、更に広大なはず。

たとえば、ゲーム内では辺境の西の玄関口であった『洞窟《どうくつ》都市アガルタ』。

中央国家群最西に位置するラギオン帝国から、広がる砂漠を越えた先にあるんだが、多分転生後のこの世界じゃ到達するまで十年以上かかる気がする。

ウォルとの逃亡中に遭遇したAランク転生者も、おそらく世界の広さについてしゃべっていたような気がするのだ。

『強くなってもSランクに上がる手段はない』

つまり、辺境が舞台となるSランク以上の昇格クエストの、挑戦場所にたどりつけていないのでは？

そして先ほどヨナが口にした『辺境の開拓事業』という言葉。

――本当に俺の推測だけなので、違っていたら恥ずかしいんだが。

「……そうでしたか。このゲームに似た世界の知識がある者が考えれば、そういう結論に至るのでしょうね。カリヤ様の推測は正しい。本来、SSランク以上に知らされるワールド・セキュリティレベル一に該当します」

「――俺が言うのも何だがソレ、既にバレバレだったりしないか？」

「ええ。レベル一の内容は、気づく者がいたらそれでもいい。拡散はさすがに困りますが」

ランクＳの友人が口を滑らせたっぽく、ランクＡも言っていたからなー。

　秘密なのに知られてもいいなんて——それより更に上に、真実知られたくない〝事実〟があるのか——。

「レベル二以上について語る資格を私は持っていません。冒険者ギルド総本部長のアイラからお伝えしたいのですが、残念ながら本日の彼女は転移ポータルを使って辺境に出向いていまして。カリヤ様のＳＳランク昇格は伝えましたが、帰国は急いでも明日の朝の予定です。カリヤ様も、ティシアへのご帰国は明後日のご予定だと伺っています。出来ましたらアルラギオンにご滞在の間に、アイラとの会談の場を設けさせていただきたいのですが」

「俺に関係あるのか？　その秘密とやらは」

　あります、と男は頷いた。

　だけど、ここまでの話を聞く限り、彼がライナーたちを眠らせた意味が分からない。

　レベル一はＮＰＣに気づかれてもいい秘密って言ったよな？

　疑念が顔に出ていたのだろうか？

　ヨナが苦笑して、兵士にＳＳＳランクの鑑定球を持ってくるように指示した。

「失礼しました。養母に引き合わせる前に、カリヤ様の身の潔白を証明しておくつもりだったのです」

「——身の潔白？」

「ゲーム《ゴールデン・ドーン》と同じシステムで動いているこの世界ですが、ゲームにはなかった『特殊クエスト』がいくつか存在しています。それはワールド・セキュリティのレベル三に該当する、決してＮＰＣに知られてはいけない〝秘密〟です。しかしランクアップの鐘が鳴った直後に辺境と連絡を取り、カリヤ様への開示の許可を得ました——」

　そしてヨナが語り始めたのは、前世のゲームＷｉｋｉにも載っていなかった〝クエスト〟だった。

　特殊ランクアップクエスト、『王族の殺害』。

王国碑に存在を刻まれた王族を三人、プレイヤーが単独で殺害した場合、ランクが一つ上がる。

そんな鬼畜なクエストが存在することが、過去、ゲームシステムに似た謎の声によって判明したらしい。

適用するのはＳランクがＳＳに昇格するまで。ＳＳからＳＳＳへの昇格クエストは戦闘職生産職を問わず〝神殺し〟なので、それ以下のランクなら王族三人殺せばランクアップする。このクエストを受けられるのは一度きりらしい。

――たしかに、そんなクエストが存在するなんて決してＮＰＣには明かせない。転生者とＮＰＣの信頼関係が根本から揺らぐ。

辺境で行う通常クエストによるランクアップは不可能らしいけど、だからといってそこまで非人道的なランクアップは許されないと思う。

そこではっと気づいた。

今世では、辺境に存在するランクアップクエスト用の挑戦場所までたどりつけていない。

なのにランクアップしてみせた俺。もしかして〝秘密〟を知る転生者に、王族を殺してＳＳにランクアップしたと思われる可能性があるってことか！

用意された鑑定球を使用しながら、前世のゲーム内でSS昇格クエストを達成していたこと、ギルド総本部に連絡する前にこの世界に転生したことを説明し、嘘ではないと確認してもらう。

うむ、これで正しいランクアップをしたのだと、主張出来るぞ。冒険者ギルドからお墨付きをもらうのだからな。

いや本当、王族を三人も殺すなんて不可能。気持ちの面でも実力面でも。

生産職じゃどれだけランクを高くしても、戦闘ランクはB止まり。つまりＮＰＣと同程度。

どこかの王城に潜入して、腕の立つ護衛騎士に身辺を守られた王族を殺すなんて、生産職にはほぼ無理です……。

……しかし本当に、NPCには決して聞かせられない〝秘密〟だった。

　護衛の彼らに部屋から出てほしいと伝えても、決して頷かなかっただろう。

　だから強引に眠らせてしまった訳か。だがヨナいわく、〝秘密〟はこれだけじゃ終わらないらしい。

　明日、どこかで時間を作り、冒険者ギルド総本部長と続きを話し合うことになった。

　まだ正式には王の婚約者って立場でしかないから、特別な公式行事以外に出なくてもいい俺はかなり暇。帝都の市場を冷やかしながら素材を買いあさろうと考えてたくらいだから、融通はききます。

　〝秘密〟とやらが俺に関係あるというなら仕方ない。

　何も知らないよりあらかじめ知っておいた方が、どんなことでも対処しやすくなる。知らないままでいる方が怖い。

　だから聞くだけは聞こう。対処を考えるのはその後だ。

　魔法系戦闘職SSSランク、アイラ。

　それが冒険者ギルド総本部の長の名前だった。辺境帰りの、七十代の老女。

　得意魔法は召喚。ヨナを護衛する全身鎧の兵士は、彼女があらかじめ用意した鎧の中に宿らせている異界の魂だ。

　疲れを知らず、魔力が切れるまで命令に忠実な人形たち。だから冒険者たちに〝人形兵〟と呼ばれていたのか。

「――敵地へと飛ばされたティシア国の王子を祖国へと連れ帰り、エルフの子に慈悲を示して閉ざされた大樹海と縁を繋いだあなたは、この世界の者が言うところの〝良き隣人〟なのでしょう。今の私は故郷との繋がりを失っていますが、同胞の子供を助けてくださったことに感謝します、カリヤ様」

　それでは、明日もお待ちしております。

　綺麗な動作で一礼をし、人形兵を引き連れたヨナが部屋を出ていく。

しばらく誰も近づけないので、部屋を好きに使っていいとのこと。そう、今から俺の謝罪タイムの始まりだ。

ヨナは先に、目を覚ました護衛たちに頭を下げている。

俺の口添えもあり、双方納得しているのならと謝罪は受け入れられた。ライナーは厳しい表情のままだったけど。

「――申し訳ございません、妃殿下。護衛騎士として、お役に立てませんでした」

深々と頭を下げた騎士に驚く。

「え？　いやっ、あれは仕方ない。封じられていたのはSランクの魔法だったし、殺気がなかったから、本当に殺すつもりはないだろうと甘く見てしまった」

「いえ、私の心構えの問題です」

長い時間、銀髪のつむじが見えるほどに頭を下げていた騎士が、ゆっくりと頭を上げる。

引き結ばれていた唇が動こうとしていたが、リアクションを待つのに焦れたエルフ組が口を挟んできた。

「悪い、カリヤ。行方不明だったエルフの存在が明らかになったと、至急大樹海に教えたい。ラギオン宮廷からティシアに貸し出されている水晶球を使わせてくれ。里の長老会に連絡を取る」

「彼が弟だといっていたハイビーシュとは、個人的に面識があるので確認してみます」

「あのっ！　妃殿下、お話は馬車で。ラギオン皇帝との謁見の時間が……！」

同胞の出現にテンションが高いエルフ組に、ミリアムが必死の形相で割り込む。

――忘れてた。

急いで帝宮へと戻り、支度を整えてウォルと共にラギオン皇帝に謁見した。

謁見の後は、ラギオン貴族たちも参加しての晩餐《ばんさん》会。

俺のＳＳランク昇格は、鐘の音が帝都中に鳴り響いたせいもあって、誰もが既に知っていた。

ははは、婚約済みなのにめちゃくちゃ大勢からプロポーズされたぞ。手っ取り早い勧誘だな！

複数の皇子からも求婚を受けた。今の妃たちを放逐して、ただ一人の正妃に迎えてくれるんだってさー。自分の隣には俺こそがふさわしいんだってー。

全部、断ったけどな！


〝神槍〟


――晩餐会ではＳＳランク生産職が欲しい男共から求婚されまくったので、再び灯りを消さずにウォルと寝室で〝仲良く〟した。

もうパートナーはいるんで！　ラブラブなので！　という遠まわしの意思表示……っ！（吐血）

ふ、二晩連続でセックスしていたら、強烈な示威行動になると信じたいよ。

ちなみにヤること自体は大丈夫だよ。ウォルさんお若いですし。

彼の弾薬が尽きたさまを見たことありません。限界も知らん。途中で俺の方が先に白旗を上げるので（持久力というより羞恥で……）。

うう。恥ずかしい。

だけど仕方ない。王族にプライバシーなんざ存在しない。

俺と彼が愛し合っている様子を、どこの誰とも知らぬ覗き魔に見せつけて。一晩明けたら心機一転、痴態を忘れて生産活動に邁進《まいしん》だ！

ウォルと周囲のメンバーの装備を、応急処置的にでも強化しておきたい。

そう、ゲイリアスのカリヤ――じゃない、ここは他国で俺は準王族になったんだから、ティシアのカリヤさん。

ＳＳにランクアップしたので、更に生産の腕が上がりましたー。

　残念だが今は異国の空の下。生産設備があれば、前世に覚えていたレシピを駆使して新作を作るのだが、無理。

　高ランク装備は、アイテムボックスに放り込んでいる簡易道具で作れる代物じゃありません。

　ティシアに帰国したら、延ばしに延ばしているマイホーム設置を強行するぞ。ホームの中の充実した設備を使って、ＳＳランクの生産活動三昧《ざんまい》だ！

　なので、とりあえずはちょいちょいと改造。Ｓランクとして付与出来た防御力と抵抗力を、更にプラスしておく。

　〝秘匿されたエルフ〟であるヨナ氏との一件で、備えるに越したことはないと痛感したからな。ここは同盟国だけど、念には念を入れて守備力アップだ。

「はい、お待たせ。少し重くなったけど、気になるほどじゃないと思う。違和感があれば調整するよ」

　手渡した腕輪を、ウォルが上着の袖をまくって手首に嵌める。

　大丈夫と頷き、彼はきらびやかな衣装に負けないくらい魅力的な笑みを浮かべた。

「いつもありがとう、カリヤ」

「――いやっ、生産職は自分の作った装備を身に着けてくれるだけでもうれしいものだから！　こちらこそ！」

　やばい、ウォルさんがいつにもまして美しい。

　精緻《せいち》な刺繍《ししゅう》を施した、準礼装である黒い軍服。ラギオン皇帝との謁見時は白い正装だったけれど、黒もいい！

　胸元まで伸びたゆるやかに波打つ黄金の髪は、サイドを後ろでまとめてすっきりと耳を見せている。ティシア王の証である宝冠を被り、他に装飾と言えば、左の耳にだけ着けた鮮やかなエメラルドの瞳を際立たせるピーコックグリーンのピアス。

　どこまでも深い森の緑に、複雑にきらめく虹色《にじいろ》の光。

俺の瞳の色だ。

「……今日はまず、エリナー君の所に顔を出すんだっけ？」

「エリナーというより、世話役のマリウスの元にだな。彼は先任亡き後、我が国の対外窓口も務めていた。午後からは帝城を出て、アルラギオンに在留している者たちの代表と会う予定だ。ああ、本人から申し出があったのでミリアムを連れて行く。クレアが行っていた業務の引き継ぎに、時間をかけたいらしい」

うん、それは俺も聞いている。

王妃付き筆頭女官だったクレアだが、ラギオン帝国訪問までの仮の役職だった。

それを知らなかったミリアムが、後を継ぐことになってビビっている。いずれは……と聞いてはいたそうだが、まさかこんなに早く引退するとは予想していなかったらしい。

ラギオンに滞在している間、クレアに教育してもらうつもりだが、間に合うと思えないと涙目だったっけ。

「エルフの二人は、冒険者ギルドに保護されていた同胞の存在が明らかになった件で、対応のためにあなたと別行動か」

「皇帝との謁見に同席するために帝城に戻ってきたけど、アンゼは朝一でギルド総本部にいるエルフの元に向かったよ。エリアは水晶球の前。ティシア経由で大樹海と連絡を取りあっている」

ちなみに、エルフのどちらにも護衛を複数付けています。外からの攻撃を通さない簡易結界を渡しておいたから、敵に襲撃されても身の安全だけは確保出来るぞ。

ライナーだけは俺の護衛のまま。まあ他にも近衛騎士がついてくるから、メンバーが抜けた穴は気にしなくていいはずだ。

それから午後に行うことにした冒険者ギルド総本部長との会合だが、護衛は立ち会わず、俺単独で挑むことになった。

〝王族殺し〟並みに強烈なネタが、もうないとは限らない。というか、多分まだある予感が。

そんな場に、NPCを巻き込むことは出来ないということで、ウォルに控えるようにと王命を出してもらおうとした。

護衛は対象者の身の安全第一だから、当の本人がいらないって言っても護衛を続けようとするんだよな。でも王様の命令なら聞いてくれるかと思って。

だけどライナー、ウォルが口添えする前に「妃殿下がそうお命じになるなら」と素直に受け入れてくれました。

……変わったなー。

ウォルの名ではなく、俺の名で引いたぞ？

最近、ヤツから冷めた視線で見られることがなくなった気がする。警戒がゆるくなってきている？

――ウォル本人に、〝王族殺し〟の話はまだ伝えていない。

当事者となる彼のことを考えれば、教えた方がいいとは分かっている。だけど教えて、どこからか秘密が洩れたりしたらと考えると――いや、違う。

俺は、彼にこれまでと違う視線を向けられるのが嫌なんだ。

ウォルに限ってそれはないと信じているけれど、万が一、そんな非人道的なことをおまえも行えるのかと疑惑の目で見られたら――。

「カリヤ」

ウォルが俺の名を呼んだ。

テーブルの前に座って作業をしていた俺の横に並び、腰を落とした彼は視線を同じ高さにしていた。

目をあわせると微笑み、膝の上に置いていた俺の手に自分の手を重ねる。

「……あなたが、冒険者ギルド総本部でランクアップの喜びと共に、憂いを持ち帰ってきたことには気づいている。一人で処理しようとしているそれは、おそらくこの世界の者には話せない、転生者としての悩みなのだろう」

――冒険者ギルド総本部で、護衛を眠らせまでして語り合った内容を、俺は彼に伝えていないはずだった。

でも帝城に戻って彼と合流した時、姿を見て一瞬動揺した。ごまかしたつもりだったが、お見通しだったのかも。彼は人の心の機微に聡《さと》い。

何に悩んでいるんだと、尋ねられるのだと思った。だけど追及はなかった。

金のまつげに縁どられたエメラルドの瞳を優しく細め、彼は穏やかに語り掛けてくる。

「私は、あなたに救われた。ティシアの未来という名の重荷を背負ったまま敵地に投げ出され、動けなかった私の手を引いてくれた。大丈夫、必ず帰れると微笑み、荷を共に背負ってくれた。辿るべき道を切り拓いて導いてくれた。だからもし、あなたが動けなくなったら、今度は私が手を引くから。動けないほど重い荷も、分け合って担えば立ち上がれる」

口に出来ないならそれでもいい、とウォルは微笑う。

「ただ、あなたと共に歩くのだと、心に決めている相手《わたし》が側にいることをどうか忘れないで――」

ウォルは時間が来たので弟の元に向かった。

俺はというと、瀕死《ひんし》の状態です。動けない。だって、俺の未来の旦那様が男前。抱いてって、胸に飛び込みたくなるくらい男前（もう既に抱かれているけど！）。

なんだか、もう何も心配しなくても大丈夫な気がしてきた。彼が共に歩いてくれるのなら――。

「失礼します、妃殿下」

「――！」

ライナーの声に、なんとか復活して背すじを伸ばす。

俺の護衛騎士は淡々と、イルマちゃんが訪ねてきたことを伝えたのだった。

「ごめんなさい、カリヤお姉さま。どうしてもお兄ちゃんが、お姉さまに会いたいって言い出して……。お兄ちゃんがお姉さまの元に押し掛けるより、お姉さまを私がお兄ちゃんの元に案内した方が、周囲の混乱が少ないって判断しちゃいました」

しょぼんと肩を落としたツインテールの赤毛の美少女が、こちらです、と帝城の敷地内に建てられた館の中を先導する。

〝神槍〟という二つ名で呼ばれるＳＳＳランク物理系戦闘職、槍使い《スピアマスター》シキの住まいの中を、俺は歩いていた。

連れてきたのはライナーだけだ。

帝城は身元の確かな者しか出入り出来ないし、Ｂランクでしかない騎士を大勢引き連れて、ＳＳＳに会っても意味はない（殺《や》られるときは瞬殺だから……）。

しかし、急に興味を持たれたのは、やはり俺がＳに上がったからだろうか？

前世にプレイしていたＭＭＯＲＰＧ《ゴールデン・ドーン》内では、ＳＳＳは一流、ＳＳは二流、Ｓは三流というネットスラングがあった。

ゲームの最前線攻略時、Ｓランク以下は戦力と見なされない。

そして今世でも、『Ｓ以下は人にあらず』という感じに扱いが悪い気がしている。特に一部の冒険者ギルド関係者からの蔑視《べっし》がひどい。

イルマちゃんと俺との間に交流があったのは、肉親なら知っていたはずだよな。

中央国家群に二人しかいないＳＳＳという自分の影響力を考えて、今まで動かずにいたのか、Ｓランクという小物だから存在を無視していたのか。

伝え聞く噂によると、〝神槍〟は苛烈《かれつ》な性格をしているらしいが――。

「……イルマちゃんは、お兄さんと一緒に帝城内で暮らしているんだったね」

「はい。お兄ちゃんの奥さんには、皇女さまが三人もいらっしゃるから。お舅《しゅうと》さんにあたる皇帝陛下からこの館を下賜されたんです。お義姉《ねえ》さまたちはたしか今は六十……二人だったかな？　大きな館だから皆で住めるんですよ」

　なんと！　男の夢ハーレムは実在した！

　転生者の男は、この世界で一夫多妻が許されるのをいいことに（逆の多夫一妻も許されているが）ハーレムを作りたがると以前聞いた覚えがあるが、六十二人か……さすがはＳＳＳ！

「家族は決して離れちゃいけないんだってお兄ちゃんが言うから、再会してからずっと一緒に暮らしてます。……前世では、家族旅行の帰りに交通事故に遭ったんです。私の方がちょっと遅れて死んじゃったみたいで、時間も場所も合わず別々に転生したんだけど、先にこっちに生まれていたお兄ちゃんは必死に私を探し出してくれました」

　死んだ時間にタイムラグがあったみたいで、前世より歳は離れちゃったけど。

　でもお兄ちゃんにとっては、目の色くらいしか似てないけれど私はちゃんと妹で。

「お義姉さまたちも皆優しくて、私をとても可愛がってくれてるの」

　えへへ、とイルマちゃんがうれしそうに笑う。神槍が妹を溺愛しているという噂も聞いていたが、こちらは真実なのだろう。

　廊下を進んでいくと、やがて大きな扉の前に着いた。

　両脇に、槍を手に持つ鎧姿の女兵士が立っている。この館、ちらっと見た下働きから巡回している兵士に至るまで全員女なんだが、どこの後宮なんだろう？

「あのね、カリヤお姉さま。この扉の向こうに、お兄ちゃんはスタンバイしています。部屋に入るなりびっくりすると思うけど、様式美を追求した結果？だとお義姉さま方も言っているから、引かずに付き合ってあげてください……」

赤毛の少女が合図を送ると、頷いた女兵士が両開きの扉を開ける。

ゆっくりと開いた扉の向こうは王座の間だった。

広間の奥に、数段の高さを作って巨大な椅子が安置されている。そして目に入る、刃を上にして床に突き立てた長柄武器。

椅子の周囲には薄布を身にまとった美女や美少女たちがしどけない姿でくつろいでいた。数人は酒や料理の盆を捧げ持ったり、手に持つ大きな団扇《うちわ》で椅子に座る人物に風を送っている。

白髪の三人の美女を組んだ足元にまとわりつくように侍らせ、長槍を抱き込むように片手に持った部屋の主は、深い爪痕《つめあと》が斜めに走る顔を傲然《ごうぜん》と上げて笑った。

「――よく来たな、新たなＳＳ。妹が世話になっている」

……ああ、と俺は納得した。

なぜイルマちゃんが俺を女と誤解したのかが、真実理解出来た。

アルラギオン支部のエリカ氏じゃなかった。彼女は、自分の〝兄〟と俺を比べたのだ。

ハム諸島特有の、オリーブ色の肌。つややかな長い黒髪。瞳は妹と同じ深紅。

そして俺が初めてイルマちゃんと出会った時と同じ、豊かな胸とくびれた腰を強調する、お椀《わん》と紐だけの女性専用装備ビキニアーマー。

「俺様がＳＳＳランクスピアマスター、シキ。イルマの〝兄〟だ」

〝果てへと至る海〟の記憶

現在、中央国家群には〝神殺し〟と称されるＳＳＳランクが二人いる。

一人はアイラ。

召喚魔法を得意とする魔法系戦闘職。

辺境から五年前に戻ってきて、冒険者ギルドの総本部長に就任したという。〝秘匿されたエルフ〟ヨナーシュの養母で、二つ名は〝人形遣い〟。

そしてもう一人のSSSが、目の前の人物だった。

物理系戦闘職の槍使い。扱う武器、神槍『天沼矛《アメノヌボコ》』からとった二つ名は、そのまま〝神槍〟。

イルマちゃんの〝兄〟だとは聞いていた。

だがまさか前世の性別と今世の性別が違っていて、前世の性別から「兄」と呼ばれているとは思いもしていなかった！

……けれど、イルマちゃんが俺の前世が女だと勘違いしてしまった件について、この兄がいるのなら納得出来るんだよな。

年齢は俺より少し上、三十一歳らしいけれど〝彼〟はもっと若く見えた。

露出の多いオリーブ色の肌には筋肉が美しくついている。妹ほどじゃないが大きな胸はノーコメントとして、腹がうっすらシックスパック。マッチョというよりスタイリッシュな筋肉。

癖のない長い黒髪も俺と同じ。そういやハム諸島は黒髪が多かったな、前世のゲームの中では。

『お兄ちゃんはどう見ても女性だけど、中身は男なんだから男！　ならこのお兄ちゃんと同じ髪色と肌色の人は、体は男だけど心は女性だから女性なんだ！』

……うん、イルマちゃんがそう考えても仕方ない……な。

体育会系というより武闘派な美女が〝男〟なんだ。俺が女性と勘違いされても……いや、彼女の勘違いのおかげで現在非常に助かっている訳だが！

同じハム諸島にルーツを持つ人間同士。

違うのは瞳の色だけか。俺は緑で、神槍は赤……赤？

（――あれ？）

ふと思い出した青年の姿と台詞に、ぞわりと背すじを何かが駆けあがった。

目の前で、薄く笑みを浮かべている神槍を凝視する。

存在感というか、圧がすごい。人として持つエネルギーが膨大なのだ。

明確に闘志を込めた視線を向けられれば、こちらの世界の住人は立っていることも出来なくなるだろう。そんな威圧の片鱗《へんりん》が——じゃない、確認したいのは顔の造作だ。

深く刻まれた顔の爪痕は、わざと消さずに残しているのだと思う。

どんな怪我を負っても、直後にエリクサーを使えば綺麗に癒えるはず。ＳＳＳに伝手と金がないとは考えられないから。

その顔半分を斜めに走る爪痕の下、圧を考慮せずに見た神槍の素顔は、美人だけれど予想外に温和なものだった。

女性としての化粧をしていないから、よく分かる。

通った鼻すじ。瞳の形と色。その鮮やかな深紅は——。

「……ライナー」

俺は護衛騎士の名を呼んだ。

背後に控えていた騎士がすぐに近づいてくる。斜め後ろに立つ男に、神槍から視線を外すことなく尋ねる。

「〝彼〟は、似ていると思わないか？」

「——妃殿下に、ですか？」

「違う。フィアスに、だ」

足を組んで椅子に座り、笑っていたはずの神槍の顔から表情が抜け落ちた。

一瞬後、〝彼〟を中心に衝撃波のように威圧が広がる。広間にいた女性たちが震えながら床に身を伏せ、イルマちゃんが「お兄ちゃん!?」と叫び声を上げた。

俺の肩を引いたライナーが強引に前へと割り込み、瞬時に移動してきた神槍に首を掴まれて持ち上げられた。

　ビキニアーマーに身を包んだ美女は、片手だけで軽々と男を放り投げる。壁へと激突したライナーだったが、一撃目と判断した防御アイテムの初手無効効果によりすぐに立ち上がった。

　駆け寄ろうとする彼を、俺は手を上げて制止する。神槍に殺意はない。

　SSSなら、殺す気があれば最初の掴みでライナーの首はもげている。さっきのはただ障害物を払ったに過ぎない動きだ。

　〝彼〟のこの怒りは、俺に向けられているものじゃない――。

「――その名は、どこから出てきた？　俺様と紐づけた根拠はなんだ？」

　言ってみろ。

　傷痕の走る顔を近づけ、赤い目を見開いた美女が囁く。

「……オリーブ色の肌をした、ハム諸島出身の青年がティシアにいる。彼の名前がフィアス。幼い頃、奴隷商人から脱走したところを保護されたのだと本人から聞いた。彼の瞳の色があなたと同じ赤で――顔立ちも似ている」

　瞬きもせず、神槍は俺の話を聞いていた。

「俺より、俺の護衛騎士の方が彼について詳しいはずだ。フィアスを保護したのはこのライナー・コートレイの伯父である、ナダル・コートレイだから」

　壁際からライナーが戻ってくる。

　神槍を刺激しないよう、ゆっくりとした動きで俺の横に戻ってきた騎士は、コートレイ一族を示す紫の瞳を神槍に向けた。

「フィアスですね。……十六年前、コートレイ領を訪れていた老師と先代ナダルによって、領内の森にて保護されました。奴隷商人を殺して脱走してきたのだと本人は言っていました。保護された近辺を調べてもそれらしき跡は残っていませんでしたが、幼いとはいえ戦闘スキル持ちだったので可能でしょう。

非合法な奴隷商だったので騒ぎを起こして姿を消したのだろうと、コートレイの調査では結論づけています。保護当時、おそらく彼の年齢は六歳。家名は覚えていないそうですが、本人はもしかすると貴族か豊かな商家だったのではないかと推測しています。様付けで呼ばれていたらしいので。四歳の時に戦争で混乱する故郷から脱出しようとしていたが、生家に仕えていた連れは敵兵に殺され、そのまま奴隷商に売られたのだと言っていました」

……今、詳しく明かされるフィアスの過去！

ハードだ。聞く限り、ひたすらハードモード。

本人がわりとお気楽に成長している気がするのは、保護したナダルとコートレイ領の影響かな。きっと良くしてもらったんだろうなと思う。

「彼の、元々の髪の色は黒でした。今は奴隷商で嵌められていた隷属の首輪を外したので白く変化していますが。瞳の色は赤。故郷では珍しい色なのだと言っていました」

「……フィアス本人から俺も聞いた。ハム諸島では、赤い瞳は珍しいと。ラギオン帝国以外の国なら、元奴隷を示す白い髪は目立つ。その上にオリーブ色の肌に赤い瞳なら、もしかして生き残った家族が自分を探していれば気づいてくれるかもしれない。だから迫害される髪色でも、目印になるから染めるつもりはないと――」

「……顔も、似ている……？」

「あなたと彼が、血縁じゃないかと考えるくらいは」

フィアスと同じ赤色の瞳が揺れた。

俺とライナーを見、イルマちゃんを見。神槍は手に持ったままだった長槍を自分のアイテムボックスに仕舞う。

「――驚かせてすまなかったな、嫁たち。馬車を用意しろ！　ギルド総本部に向かう！」

「ハム諸島で赤い瞳は、俺様――俺の生まれた王家直系にしか現れない色彩だ」

すぐに用意された四人乗り馬車の車内で、〝神槍〟シキは自分の目元を指先でなぞりながら説明した。

冒険者ギルド総本部へと向かう馬車に乗っているのは、俺とシキ、ライナーにイルマちゃん。

本人は最初、〝ジャンプ〟で一気に移動しようと考えたが、俺が無理だと判断して諦めたらしい。

うむ、昨日初めて行ったばかりの場所にジャンプ移動なんて無理。そんな土地勘はない。

それにシキはイルマちゃんを連れて跳べるだろうが、俺がライナーを連れて跳ぶのはガタイ差で不可能だぞ。自分より大きな相手はジャンプで連れて行けません。

「フィアスは……末の弟の名前だ。四歳だった。十八年前、探しても探しても遺体が見つからなくて。兵が城に放った炎に焼かれて、骨すら残らなかったのかと思っていた」

「……お兄ちゃん……」

隣に座ったイルマちゃんが、そっと兄の手に自分の手を重ねた。

「お兄ちゃんのご家族が皆赤い瞳だったのって、初めて聞いちゃった。私は中央国家群北部に転生したから、普通にちょっとだけ珍しい感じの赤い目なんだけど、でも今お揃いって運命みたいね？」

「………そうだな」

慰めの言葉を掛ける妹に、優しく〝兄〟が笑いかえす。

「馬車を用意している間、いろんな場所に指示を飛ばしていたようだが、本当にこのままコートレイ領に向かうつもりか？」

「ああ。十八年も待たせてしまった。俺は、弟の元に向かう」

「――〝俺様〟とは言わないんだな」

「役作りに決まっているだろ。外見はどう見ても女なんだぜ？　ＮＰＣに舐められたくはねーからな。あいつらはいつでも暴力で解決しようとする。なら、こっちはそれ以上の圧倒的な暴力を見せつけて、舐められないようにしねーと」

……ビキニアーマーの美女、前世は男子高校生だったそうです。

《ゴールデン・ドーン》で女性専用スキルが使いたくて性別を決めたのだとか。

……ああ、たしか槍は処女しか懐かないユニコーン（大樹海産ではなく辺境の別種です。なんと、翼があって空を飛べる）に騎乗してのチャージ攻撃があったっけ。

なら槍騎士《ランスマスター》を名乗っていそうだが、運良くレアなランダムクエストに遭遇し、神槍『天沼矛』の所持者になれたのだとか。

なので結局騎馬スキルは取らず、槍使い《スピアマスター》のまま自キャラを育てたらしい。

転生した後も、ランダムクエストクリアの実績は残っていた。

十三歳で冒険者ギルドに登録した後はそのまま辺境に出向き、こちらの世界でも存在した『神槍』を手に入れて戻ってきたら、祖国は滅びていたのだそうだ――。

「なぜ十三歳で？　こちらの世界じゃ十五歳が成人のはずじゃ……」

「え？　《ゴールデン・ドーン》がプレイ出来るのが、前世じゃ十三歳だっただろ？　だからこのゲームの世界に転生したプレイヤーの、ゲーム通りの能力が解放されるのも十三歳なんだと言われているぜ。十二歳までは記憶はあっても、スキルやアイテムボックスは使えない」

だから俺も、十三歳になるまでは大人しく親元にいたんだと、美女が頷きながら話している。

冒険者ギルドに所属している転生者なら誰もが知っている情報だそうです。

俺は今、初めて聞きました。

そうかぁ――――っ。

そりゃあ幼少時、スキルも魔法も使えないはずだよね！　何もない虚空に向かって魔法を唱えたりしたけれど、発動しなかったはずだよね！

　十三歳から解禁だったのか！　自力で気づけたのは十七歳だったよ！

忠誠を誓われる

「そういえば、シキは〝剣聖〟ナダルに会ったことがないのか？」

　お互いに『様』や『殿』の類はつけなくてもいいかと話をして、俺と〝彼〟は名前を呼び捨てることになった。

　ものすごく面倒くさいんだよな、双方の社会的立場が……。転生者同士には身分の優劣はないという建前があるそうで、それに乗っかることにした。

『阿呆は、馴《な》れ馴れしく接してくるけれどな。同じ元プレイヤーってだけで、ダチになった訳じゃねーんだよ。俺の名声を自分の物のように騙《かた》るんじゃねぇ。……あんたは、妹がタキリン・ステーションを訪ねるようになった時から、ずっと配慮してくれてるようだからな。ティシアの王姉と妹の仲も良い。家族ぐるみの付き合いなら、呼び捨てでもいいんじゃねぇ？』

　――と、こういう風にぶっきらぼうに言っていた〝お兄ちゃん〟は（多分妹と同じツンデレ属性だ）、俺の問いに形良い眉をしかめた。

「……会ったことはねぇな。八年前、たしかラギオンを訪れていたティシア国一行の中にいたんだっけ？　滞在中にタリスでゴタゴタが起きたヤツ。俺はあの当時、妹にいらんちょっかいをかけてきた貴族を潰しに帝都を離れていた。プレイヤーの女が死んだとかで手を貸してくれと言われた気もするが、知り合いでもなかったのに誰が貸すかよ」

「そうか。会ったことはないだろうとは思ったが。フィアスは先代ナダルが保護していた。彼なら瞳の色の話も聞いていただろうし、俺が分かるくらいだから、シキと顔を合わせていればすぐに肉親と気づいたかもと思って」

オリーブ色の肌の美女は、深紅の瞳をゆっくりと伏せる。

「……そうか。今の俺は、弟が覚えているはずの名を変えている。顔をつき合わせないと分からなかっただろうな……」

「すぐに、フィアスの元へ向かうのか？」

「行く」

熱量を秘めた赤瞳を、煌々と輝かせて断言するSSS。

そうか、と頷き、俺は隣に座る騎士を見た。

「――なら、彼を連れて行け。ライナーはコートレイ一族の一員だ。交渉役になってくれる」

「妃殿下？」

俺の護衛騎士が眉をひそめる。

「フィアスを保護したコートレイは、対クラシエル戦争で領主と領兵の多くを失っている。主にクロエ平原で行われた、転生者が主体の攻撃によって、だ。その時現地にいたフィアスはなんとか生き延びることが出来て、今はコートレイ領軍で当代ナダル・コートレイの補佐をしている。コートレイの民にとって、転生者は家族や仲間の仇。単身乗り込んでもまともに相手はされないぞ」

筋を通せ。

走っていた馬車が停まった。

窓から覗いて確かめると、そこは昨日訪れた冒険者ギルド、アルラギオン支部の裏口らしかった。

すでに連絡がいっていたのか、緊張した面持ちのエリカ氏他数名が待機している。

馬車の扉が開き、降りようとする兄妹に俺は片手を上げる。

「すまん、急な話だったからな。今から護衛を説得する。少しの間だけ二人きりにしてくれ」

恩に着る、とシキが小さく呟き、イルマちゃんを伴って馬車を出て行った。

「――妃殿下」

押し殺した声をかけてくる銀髪の騎士に、俺は正面からそのコートレイ一族の紫の瞳を見つめた。

「ライナー。ティシア王の婚約者として命じる。SSSランクスピアマスター、シキに従ってコートレイ領に向かい、フィアスとわだかまりなく再会出来るように便宜を図れ」

「私は、あなたの護衛騎士です。その役目は陛下より賜ったもの。違うことは出来ません」

「なにがティシアという国にとって最善であるかを考えろ。この役目は、ラギオン訪問に同行している騎士の中では、おまえしか果たせないものだろう?」

日頃から動かない表情だったが、男の顔が強張《こわば》っているらしいことは見れば分かった。

主君であるウォルに命じられたから、彼は自分の命を投げ出してでも俺を守ろうとしている。先ほどのシキとの対峙《たいじ》もそうだ。

SSSランク相手に、Bランクが勝てるわけがない。

それでも彼は、俺に一瞬の時間を与えるために動いた。防御アイテムを展開するなり、ジャンプで逃亡するなりの貴重な時間を。

「いいか？　ティシアにとって、今重要なのは俺じゃない。SSS戦闘職と繋がれる可能性だ。シキがフィアスと再会を果たし、我が国の味方につけることが出来たなら、そこで戦争は終わる」

俺の護衛は他の者にも出来る。

「だがいまだ転生者に対して反感が残るコートレイへ案内し、折衝を行えるのは領主一族の一員であるおまえだけなんだ」

「あなたにとって、護衛は私でなくても……」

「まあ国益のことなんて話をしているけれどさ、それより前に――もし生き残った家族がいたなら会いたいと、フィアスが言っていたのを多分ライナーも聞いたことがあるだろう？」

幼い頃に奴隷商に売られ、故郷から遠く引き離されて。

帰りたくても、帰る場所は滅びて既にないと聞く。だけどもし、もし生き残った家族が自分を探してくれていたら……？

「あんなに家族に会いたがっていたんだ。出来れば、ちゃんとした形で会わせてあげたいと思わないか？」

「――」

ライナーが、馬車の床に膝をついた。

銀髪の頭を深く深く下げ、彼が消え入りそうな声で告白する。

「……カリヤ妃殿下。出会ってからこれまでの、俺の振る舞いを謝罪いたします。悪意ある噂に惑わされ、思い込み、真実のあなたを見ようとはしていなかった。身勝手に――嫉妬《しっと》を抱き、あなたをうらやみ、途中からは己が間違っていると気づいていたのに、認めることが出来なかった。申し訳ありませんでした。俺が間違っていた。どうしようもなく愚かだった」

聡明で慈悲深く、強く気高く美しい王妃。

国を愛し、民を愛し、なによりも心からウォルド陛下を愛し、陛下もまた妃殿下を愛されている。

「……俺が、ほんのわずかでもと志したが果たせなかった陛下の支え。ですがあなたは見事に果たし、陛下を支えてくださっている。ウォルド様の元護衛騎士として、感謝すべきだった。ようやく気づけて、口に出せる。ありがとうございました、妃殿下。そして民の隅々にまで慈愛の気持ちを向けてくださることにも御礼申し上げます。フィアスの一件は承知いたしました。微力ながら再会に尽力させていただきます」

……ライナーが吹っ切れた。

そして俺は気づいた。彼の台詞が過去形だ。

謝ってくれたのはうれしい。ライナーの態度に、もやもやとしたことがあるのは確かだし。

でも、そう考えているのは彼だけじゃないと分かっている。平民出身、同性、年上など、俺が若い王の伴侶として問題だらけなのは間違いなく事実なのだから。

ライナーは不器用で、それでも公私を分けようと努力し、充分に俺の助けになってくれた。

そして自分の非を認め、このまま命じられたＳＳＳの任務を最後に、護衛騎士を辞めてけじめをつけるつもりなんだろう――多分。こいつクソ真面目だから。

だから俺は言う。

「おう。無事二人が再会出来たら、戻ってきてくれ。陛下はおまえを頼りにしていらっしゃる。俺も、頼りにしている。これからもよろしく、ライナー」

「……我が剣、我が忠誠は、永遠にティシア王家と妃殿下の下に」

いっそう深く男の頭が下げられた。

……うん、そこ、俺の足があるね。

靴を履いている上から、軽く触れられたのが分かった――足の甲への口づけって、服従とかそういう意味だったっけ？

き、騎士って本当にそういうのを態度で示すんだ……どう反応を返していいか分からないから、次行こう、次。

顔を上げた男に頷きでごまかし、連れだって馬車から降りる。

シキとイルマちゃん兄妹は、その場で話が終わるのを待ってくれていた。

イルマちゃんはエリカ氏と何か話をしていたが、シキは腕を組んだ姿でこちらを見てにやにや笑っている。どうやらこのＳＳＳ、身体操作で聴力を上げて、馬車の中の話を盗み聞きしていたっぽい。

しかし、ビキニアーマーで腕を組むって凶悪な絵面だな。

俺は、真面目な護衛騎士に対して命じる。

「ライナー。シキをフィアスに会わせるにあたって、コートレイ領の者としてアドバイスがあるなら今のうちに伝えてやってほしい」

「……よろしいのですか？」

「遠慮なく。シキも、フィアスに引かれたくはないだろうし」

「では。――シキ様。その露出の過度に多い鎧姿は、保守的なコートレイ領では非常に驚かれるかと思います」

　服を、着てください。


「アイラァ！」

　大きな音を立てて開かれた扉の先、冒険者ギルド総本部長の老女は目を丸くして来客を迎え入れた。

「おやおや、シキ。珍しいね、あんたがまともな服を着ているなんて。もしかして明日のアルラギオンは雪でも降るんじゃないかい？」

「明日、俺様はいねぇからどうでもいい。妹の作った防具の広告塔は休みだ。ちょっとティシアに行ってくる。その間、妹の護衛が必要だ。人形兵を貸せ。ティシア王妃の護衛を連れて行くから、王妃の護衛分も貸せ」

「急に現れたかと思えば……」

　掛けていた眼鏡を机の書類の上に置き、あきれた風にため息をついた老女にブレザー服姿の美女が鼻を鳴らした。

　ちなみに今シキの着ているブレザーの上下、イルマちゃんとお揃いだったりする。

　ＳＳランクのエリカ氏の作だ。〝彼女〟は前世の普段使いの服を作るのが専門らしく、イルマちゃんも愛用しているのだとか。

　……シキは三十一歳だと聞いたが、外見が若いので女子高校生の制服もセーフ。

「――ハム諸島の家族の生き残りが、ティシアに保護されていた。会いに行ってくる」

　ギルド総本部長室、正面に置かれた机に座る老女は、視線をシキの背後にいる俺たちに向ける。

　白髪混じりの栗色の髪を肩で切り揃えた、老いても美しいご婦人だった。

　空気が揺らぐのを感じたが、すぐにシキが老女の威圧を相殺する。

「やめろ。妹が怯《おび》えるだろ。たしかに、これまで俺様の家族の偽物は多く出てきた。だが、今回は信じる。カリヤの情報だからな。妹が懐いた奴に悪人はいねぇ」

　それにもし俺様を嵌めようとする罠だったとしても、そんときゃ中央国家群の国が一つ滅ぶだけだ。

　爪痕の残る顔で犬歯を覗かせて笑う美女に、老女が二度目のため息をついた。

「……ああ、もう。あたしも今からそこの王妃サンと話があるんだ。妹も王妃も、ギルドを出る時に護衛するよう命令しとくよ。帝都内ならカバー出来るから安心おし」

「前任とは違って働き者だな、アイラ」

「ギルド総本部長だからね。役職に見合った仕事はするさ。あ、待ちな、シキ。まだ出ていこうとするんじゃないよ。今からギルドの転移ステーションを使って、ティシアに跳ぶ気だろう？　同行者ってことでアルティシア・ステーションまで一緒に跳ばせたい者たちがいる。あんたがいるだけで、変なちょっかいはかけられないだろうから」

ヨナ！　と老女が隣室と繋がる扉に向けて叫んだ。

「王妃が来るのを待っていたんだよ。今、ティシアと繋がる転移ポータルは許可制になっているからね。もう関係を聞かされているだろうが、あたしの養子、ヨナーシュだ。それと、ティシアが連れてきたエルフ二名」

　扉が開き、現れたのは昨日会ったエルフのヨナーシュだった。

　昨日と違うのは、染めていたはずの肌と髪の色を、エルフ本来の色彩に戻している。月の光を映す青ざめた肌に、優しい若草色の髪。

　その後に続いて、同じくエルフのアンゼリーンとエリアーシュが出てきた。

……アンゼが朝から冒険者ギルドに向かったとは聞いていたけれど、何故ここに帝城にいるはずのエリアがいるんだろうか。

「カリヤ様。実はヨナーシュ殿の実父が、病に侵され明日をもしれぬ命だと大樹海に問い合わせて判明しました。それを伝えにエリアがこちらまで来たのですが、伺ったところヨナーシュ殿は会えるのなら実父に会いたいのだそうです」

「――大樹海と正式に国交を結ばれたティシアからなら、世界樹の結界に阻まれることなく転移ポータルで移動出来ると聞きました。養母に相談しましたら、そういう事情であれば一刻も早く帰郷しろと……」

はらはらと涙を流し始めたエルフの姿は美しかった。

彼ら種族を愛《め》でる者（俗に言うエルフスキー）なら保護欲を掻き立てられ、胸が潰れるほどの痛みを感じるかもしれない――年齢、五十代の中年男のはずなんだけどな？

冒険者ギルド総本部長の椅子に座ったままの老女が、痛ましそうな眼差しを養子に向けている。

同じように同胞のことを心配しているぞ、という風な沈痛な表情を浮かべ（多分こっちはポーズ）、アンゼが続ける。

「大樹海側と協議を続けているのですが、ティシア国の同意と保証があり、かつヨナーシュ殿一人の帰郷であれば、大樹海への立ち入りを許可するとのことです」

「……単身で行かせたくはないんだけどねぇ」

「エルフは転生者を信じていない。ヨナーシュ殿はその転生者によってさらわれ、保護されたとはいえ長い間転生者の下で過ごしていたのですよね？　そういう場合、本来なら決して帰郷を許可しません。本人に自覚はなくても洗脳されていた事例が過去にありました。ですが大恩あるカリヤ妃殿下が関わっている。今回だけは譲歩しましょう」

エルフの俺への信頼が厚い。

ルカ救助の功績というより、おそらくコロポックル効果！

ギルドの箱庭

ヨナ氏の里帰りのため、ティシア国への転移ポータル利用を許可しました。

王の婚約者という立場では、まだ実権を何も持っていないので本来許可は出せないが、俺はティシアにたった一人の大樹海《エルフ》関連担当。

かなりの裁量をウォルから任せられている。夜のベッドの中（いかがわしい意味ではなく！）で報告すればいいだろう。

なんだか冒険者ギルド総本部長（老女）と駐ティシア特命全権大使（双子兄）が化かしあいを始めそうだったので、サクサクと話を進めていく。

ギルドの中にある転移ステーションに向かい、ティシアと繋がる転移ポータルへヨナ氏とシキを登録。

そこで気づいたんだが、転移ポータル内部の部品が一部新しい。きちんとメンテナンスされてるんだなぁ。

ティシアの転移ポータルは、タリスの悲劇以来ずっと放置されていたらしく、エネルギー効率が落ちていた。ひよっこたちの訓練ついでに、アルティシア・ステーション内の転移ポータルは俺が点検・調整したが、時間を取れるようになったら他の国内の転移ポータルもメンテしないと。

……どれだけ数があるんだろう。自分がやったとはいえ、タキリン・ステーション分の修理も考えると気が遠くなりそう。

この戦争が終わって平和になったら、冒険者ギルドに所属している生産系転生者にメンテの依頼を出せるだろうか。高ランク生産職の人手が足りてなさそうだったけど。

それから老女の希望を受け入れ、ヨナ氏とエリアに紐づけのアイテムを装着。

着けた者同士が十メートル以上離れられなくなるという腕輪です。養母の召喚した人形兵を連れて行けないヨナ氏の身の安全に配慮するため、代わりにエリアをボディガードとして貸し出すという大樹海側が妥協した格好だ。

なのでもしヨナ氏がさらわれたら、アイテム効果で離れられないエリアがすっげー勢いで追いかけていくことになります。

部隊長のエリアがいないと、ティシア国内のエルフ部隊が行動出来なくなるんだが……まあそこは大樹海と冒険者ギルド双方のために妥協しよう。出来るだけ早めに帰ってきてね。

――そして、こそっとアンゼを手招き、ティシアまで同行する美女が〝神槍〟だと教えておく。

うん、十八年前のハム諸島の争乱で、エリアの父親がいた島を沈めたのはあの顔に傷痕を走らせた迫力美人なんだ……バレなきゃいいんだが、バレたらフォローは頼む。

薄笑いを浮かべた表情こそ変えなかったが、アンゼの目が死んだ。

あ、それと初手無効を起動してしまったライナーの腕輪を交換しておかないと！

バージョンアップしたての新しいブツを渡しておこう。武器の更新はもうちょっと待ってほしい。さすがに訪問先で作るのは無理っす。

神槍シキと案内役のライナー、大樹海へと向かうエルフ三人（ヨナ氏とエリアに、アンゼも付き添うらしい）を乗せた、ティシアと繋がる転移ポータルを起動。担当の魔法使いが、顔触れに緊張してガチガチになっていたけど無事操作。

ちゃんと転送出来たよ、と操作台の表示ボタンが赤から緑へと変化した。

一緒に並んで兄を見送ったイルマちゃんとは、俺がアイラ氏と話があるのを知っているのでその場で別れる。

「――さて、ティシア王妃、まだ昼を食べていないだろ？　空腹のままじゃゆっくり話も出来ないから、あたしがおごってやろう」

ついておいで。

にやりと笑った老女が、先導してギルド内を歩き出した。

ギルド総本部の建物の奥に、その両開きの扉はあった。

ドアノブはない。俺のホーム内に設定しているタイプと同じく、横にスライドする自動ドアのようだ。

「ここから先はギルドに登録しているプレイヤーと、特別な許可を得たＮＰＣしか入れない〝別世界〟さ。この場所からは認識阻害が掛かっていてはっきり見えないだろうが、気にせず足を踏み入れとくれ」

老女が、シュンと小さな音を立てて開いた扉の中へと入る。

ぼんやりと色彩だけが判別出来るドアの向こうに、意を決して俺も足を踏み入れた。

「――」

そこはたしかに〝別世界〟だった。

日本の地方都市のどこかにはあるだろう、アーケードのかかった小さな商店街。

カラフルなタイルの敷かれた通りの両脇に店が並んでいる。喫茶店、花屋、パン屋、本屋、ケーキ屋、酒屋、コンビニ、地域の交流スペース、レストラン、美容室、スーパー……。

店の二階は住居だったり店舗だったりさまざまだ。カレー屋やラーメン屋の看板が見える。

通りの脇に等間隔に並ぶ、花の形をした街灯。アーケードの天井から吊り下げられた大漁旗。設置されたスピーカーからは有線っぽい音楽が小さく流れている。それは、前世で人気のあった女性アイドルグループの歌だった。

なぜか武器防具の店が、商店街の中に普通に存在している。コンビニには「各種ポーションあります」の張り紙が。

　通りを歩いている買い物客は、日本で着ていた洋服姿の者もいたし、ファンタジーな鎧姿に剣を下げ、長いマントを羽織っている者もいた。いつもと違い、鎧姿の方がコスプレをしているように見える。

「さて、久しぶりにモックのハンバーガーセットでも食べるかね。あそこの十字路の角さ。Ｍの文字の看板が見えるだろ」

「……モック」

「関西の方じゃモクドって言うんだったっけ？　商標やら著作権やらはこの転生後のゲームの世界には存在しないけれどね、配慮はしているのさ、一応」

　商店街の中を歩く老女に、向かいから歩いてきた女性の買い物客が親し気に声を掛ける。

「こんにちは、アイラ様。後ろのイケメンは初めて見るわ。子供じゃないけど、新しいお仲間？」

「そうだよ、新しく見つかったプレイヤーさ」

「あら、じゃあもし日本のアニメや特撮が見たくなったら、そこの角を曲がったところにあるレンタル屋に来てね。レンタルとか言いながらコピー品を販売しているんだけど。ニチゴゴは戦隊も魔法少女も全シリーズ揃ってるのが自慢なのよー」

　手を振って去っていく女性の言葉を、老女が補足する。

「前世のホームの中で見ることが出来た配信サービスは、購入してダウンロードが可能だっただろう？　そのダウンロードした作品データは、転生後の世界でも引き継いでいるのさ。彼女の店は、そういったデータをコピーして売っている。前世では犯罪だが、こっちで取り締まることはないしね。もし王妃も何かデータを持っていたら、売ってくれるとありがたいんだが。同じ作品ばかり見ていると、どうしても飽きるからねぇ」

「……」

「――驚くだろ？　この〝箱庭〟は、前世の日本を出来る限り再現している。気づいているだろうけれど、アーケードの上に空はないよ。ここは巨大な一つの部屋で、冒険者ギルド内の〝電気〟を使い、生産職の作製した現代家電シリーズを駆使して街並みを作り出している」

「いらっしゃいませぇ！」

　到着したファストフード店のカウンターで、バーガー屋の制服に身を包んだ少女が明るく声を掛けてきた。

　そういえば、企業タイアップの一環で、このバーガーチェーンのアイテムレシピが配布されていたっけ。制服一式に、店内の備品の数々――。

「モックセット二つ。あたしはドリンクにコーラ。王妃も同じでいいかい？」

「ご一緒にポテトもいかがですかぁ？」

「あんたはその台詞を言いたいだけだろ？　セットについているから結構。支払いはギルドカードで」

「えへへ、千ゴルドいただきますぅ。ありがとうございましたぁ！」

　読み取り機にカードをかざし、代金を支払った老女はバーガーセットの載ったトレイを手に取った。

　俺も渡された自分のトレイを持ち、店内の空いた席へと向かう――席、空きまくっているな。客が他に一組しかいない。

　向かい合わせに老女と座り、俺はMの文字が印刷された紙に包まれたバーガーを手に取った。

「――いただきます」

「……いろいろと聞きたいことはあるだろうが、食事を熱いうちに食べようって度胸は悪くないね。ここで話せることは食べながら話すとして、話せないことはあたしの部屋に戻ってから話そうか」

　ハンバーガーは美味しかった。

　多分、前世で食べた同じバーガーチェーン店より美味しい。パティの厚さが覚えているのとあきらかに違う気がする。モックの名前を借りているだけなんだろう。

　ご年配ではあるけれど、アイラ氏も美味しそうにバーガーにかぶりつき、ポテトを口に放り込んでいる。

「――王妃は能力発現前にギルドに保護されなかったから、プレイヤー……転生者についてはあまり知らないんだったね。このアルラギオンには、MMORPG《ゴールデン・ドーン》の元プレイヤーが四百名ほど暮らしている。プレイヤーの居住するエリアは三つ。一つはこの商店街。前世日本を再現しているエリアだ。ギルドの外に出なくても、このエリアだけで充分に暮らしていけるよ。もう一つは各自のホームを設置した住宅エリア。『ホームの扉』が並ぶ廊下は、ホテルをイメージしている。そして〝学校〟。発見されたばかりのプレイヤーたちに、この世界で生きる知恵や常識を叩きこむ場所さ」

「……常識を分かっていないプレイヤーも多そうだが」

「残念なことに、学校に通うのは義務じゃなく任意なのさ。嫌がる者をとっ捕まえるにも、人員が足りない。おぞましいとは分かっちゃいるが、ここの運営には奴隷を使役している。奴隷は主をほぼ裏切らないからね」

　ほぼ、というのは、主人と奴隷にランク差があれば、隷属契約を撥《は》ねのけるのが可能だからだろう。主が格上なら完全に支配出来るが、格下なら隷属契約が拒絶される場合がある。状態異常の魔法判定と同じ理論だ。

　しかし人員が足りないと彼女は言ったが、四百人いるなら充分に多い気がするんだが。

　いや、それよりも。

　目の前の老女は、バーガーセットを食べながら言葉を続ける。

「次に大きなコミュニティは辺境だね。プレイヤーは百人弱いる。同じ規模でラギオン帝国の地方都市にもう一つ。この三か所は商店街を有している。学校はアルラギオンだけだ。住宅エリアは、冒険者ギルドが存在する場所にちらほらと。普通にこの世界に溶け込んで生活している者もいる。合計で千人ほど、プレイヤーはこのゲームの世界に転生してきているよ」

「――転生者の数が多くないか？」

「……登録だけ完了させて、そのままゲームを放置したり削除していたプレイヤーも転生しているんだよ。そういった輩は、転生もファンタジーなゲームの世界も受け入れられずに、自分のホーム内に引きこもっている。商店街は、せめて彼らが出歩けるように配慮した施設なのさ」

　この情報は、冒険者ギルドの定めたワールド・セキュリティのレベル一に該当する、と彼女は告げた。

世界の真実・1

ワールド・セキュリティ。

単純に訳せば〝世界を守るための指針〟という意味になるんだろうか。

レベル分けによって、段階ごとに分けられている重要さ。一番軽いだろうレベル一は、冒険者ギルドの奥深くにある〝箱庭〟の存在と、辺境の現状――。

「……さて、食べたことだし、ギルド総本部長の部屋へ戻るかね」

　トレイはそのまま放置していいとのことだったので、老女と共に立ち上がる。

　またお越しくださいませーと、店員の少女の明るい声が響いた。

　アイラに先導され、商店街の中を歩く。

「……さっきのハンバーガーショップの娘は、この世界の実の父親に売られた」

　俺にだけ聞こえる大きさで、低い声が響いた。

「ゲームプレイヤーの女は、自身のランクは低くても稀《まれ》に高ランクの子を産むことがある。だから高く売れるんだ。彼女のランクはC。NPCの中なら少し優秀なくらいかね。ギルドの巡回で見つけて、こちらで引き取るって申し出たが家族で育てるからと断られた。プレイヤー本人が親の側にいたいと言ったなら無理強いは出来ない。だから引いたんだが——ままあるんだ。領主に十二歳で妾《めかけ》として売られ、能力の発現する十三歳まで耐えて逃げ出してきた。ろくでなしの父親に殴られて言いなりだった母親も、さすがに娘のために立ち上がったらしい。母《おや》子《こ》で違う領地の冒険者ギルドに駆け込んでくれたんで、ようやく保護出来た」

——あの娘は商店街の中だから、プレイヤーにとって安全な冒険者ギルドの中だから笑っていられる。だが〝外〟には恐ろしくて出られないそうだ。プレイヤーだとバレたら、また売られてしまうかもしれない……ってね。

そんなアイラの言葉に、俺は改めて商店街の中を見渡す。

話を聞いた後に見れば、女性転生者の姿が多い気がする。

皆、いきいきと明るく笑っていた。

彼女たちが何らかの迫害を経験しているとすれば、この狭い箱庭でも楽園そのものに思えるのだろうか——。

商店街を出て、冒険者ギルド総本部の廊下に戻る。

廊下には、他にもいくつかの扉が並んでいた。

両開きの扉の一つが音もなく開き、数名の白い制服を着た女性たちが出てくる。

「これはアイラ様」

「ああ、そろそろ交代時間だったね。おつかれさま。ゆっくり休んどくれ」

髪をまとめ、白い制服の上に同色のエプロンを身につけたご婦人方がうやうやしく頭を下げ、列を作って廊下の奥へと去っていった。

「……居住区域とはまた違うんだけどね。その扉の向こうはサナトリウム。関係者以外は立ち入り禁止だ」

「療養所《サナトリウム》？　病院でなく？　それに先ほどの彼女たちは――」

「王妃は目ざといねぇ。そうさ、奴隷だよ。口の堅い者じゃないと任せられない仕事だから。外から見えない場所に隷属の首輪を嵌めている。サナトリウムについての説明は後だ。あっちの扉は〝宝物庫〟だね。宝物と名前を付けてるけど、実際は外の世界に出せないヤバいアイテム類の収納場所だ。関係者以外立ち入り禁止だが、ギルド内でそれなりの役職にある者が同行すれば見学出来る」

　呪われた剣とか鎧とかね、そういう危険物を放り込んでいる、と老女はため息をつく。

「毒薬や拷問道具の類もあるよ。他は隷属の首輪のえげつない効果のやつとか、使えば極楽間違いないが廃人になる媚薬《びやく》とか、暴走したとあるアイテムマスターの作品が山ほど……〝狂人〟ってふさわしい二つ名のSSが過去にいたんだよねぇ。王妃も変に暴走するのはよしとくれよ。生産職は凝り性が多いから……」

　老女にため息をつかれてしまったが、俺はそんな変な効果のあるアイテムなんて……ゲイリアスの山中で冬の間開発し続けていたラブグッズはノーカンで。

あ、あれは個人用で流通させるつもりはないから……っ。

　冒険者ギルド総本部長の執務室に戻り、来客用スペースのソファーに、アイラと向かい合わせに座る。

　ミスリル鎧の人形兵が、器用にお茶の支度をしてくれた。

　まるで人が中にいるかのようななすべらかな動作で一礼し、人形兵が出ていく。

　部屋の中は、俺とアイラだけになった。

「……さぁて、本来ならゆっくりと信頼関係を築いてから切り出すべき話題だけど、王妃は明日にはティシアに帰る予定らしいからねぇ。いろいろと、単刀直入に進めていくとしよう」

「総本部長。俺はまだ婚約だけで、正式なティシア王妃になった訳じゃない。カリヤと、名前で呼んでくれていい」

笑いかけた俺に、老女も上機嫌な笑みを浮かべた。

「そうかい？　まあ一応、プレイヤー間では身分の上下はないってことになってるしね。申し出に甘えさせてもらおうか、ティシアのカリヤ。あたしのこともアイラと呼んどくれ」

ああそれと、これは個人の好奇心なんだけど……と老女はいたずらっぽく瞳をきらめかせた。

「――カリヤの三人称は、『彼女』でいいんだね？」

「一国の王に望まれ、王妃として迎え入れられる予定だからな。それで合っている。本人の一人称が『俺』だとしても、ね」

「まあ前世はどうだったかなんて、その本人しか分からないことだ。カリヤが自ら受け入れての婚姻なら、お幸せにと祝福するさ」

「ありがとう。前世の俺じゃ想像もつかなかったんだが、一応、彼とは相思相愛の恋愛結婚」

はいはいごちそうさま、と俺の惚気を聞き流したアイラは、一度目を閉じた。

ゆっくりと目を見開く。

そこにはＳＳＳとしての威厳をまとった老婦人がいた。

「カリヤ。あたしは――あたしたち冒険者ギルドは、ＳＳランクに昇格したアイテムマスターの力を切実に欲している。だけど話を切り出す前に、あんたの実力を知りたいので教えてほしい。あんたに先に手札を切らせてしまう形になるが、大前提を確認しないと話を切り出せないんだ」

「実力というと……俺がアイテムマスターとして作れるアイテムのレシピを、前世のゲーム内でどのくらい覚えていたのか確認したいのかな？」

俺を探るようにしばらく見つめ、ゆっくりと老婦人が頷く。

彼女が続けようとしなかったため、俺は一人で話し始めた。

「……このゲームによく似た転生後の世界に、だがゲームとは違った点がいくつもあるのは、冒険者ギルドに縁のなかった俺も気づいてる。一番分かりやすいのは、『モンスターを倒してもアイテムが自動的に〝落ちなく《ドロップしなく》〟なった』ことか」

ゲームの中では、モンスターを倒せばアイテムボックスの中にドロップアイテムとお金が増えていた。だけどリアルなこの世界では、モンスターを倒したからといってお金なんて落とさない。だから幼少時はめちゃくちゃ貧乏だったよ！

アイテムが完成品としてドロップすることもない。手に入らない訳じゃないが、肉が欲しければまずは解体。羽根はむしり取り、鱗もこそぎ落とす。すぐに使える形の武器や防具が、モンスターを倒せば入手出来るなんて絶対ない。

——前世であった、〝モンスターからしか手に入らないレシピ〟もドロップしない。

ＭＭＯＲＰＧ《ゴールデン・ドーン》の世界を模しながら、今世はリアル寄りだ。

冬の間、ゲイリアスのホームから冒険者ギルドのバザーをチェックしていて理解した。

前世では自分で使えないからと、戦闘職のプレイヤーが捨て値で売っていたドロップレシピ。その流通がまったくない。

つまり、前世のプレイで覚えていなかったレシピを、今世で入手するのはおそらくほぼ不可能なのだ。

「——ご推察の通り、俺は前世じゃレシピコレクターだった。アイテムマスターを選択したプレイヤーならその傾向があると思うけど、他タイプの生産職より覚えているレシピの数は多いと思う。素材さえ用意すれば、いろいろと作製出来るはずだ」

「……『ホームの扉』を作っていると聞いていたから期待していたが……」

「生産職のレシピは入手出来る限り、自分よりも高ランクのものもあらかじめ覚えていた。だからＳＳランクのハイエリクサーは作れるはずだ。特級ポーション各種も作れる。簡易ポータルも、テントも、特殊万能薬も」

　ゲームの中では、わざわざプレイヤーが作らなくても運営から課金などで入手出来たアイテムの数々。

　今は運営が存在せず、入手出来なくなったそれら消費アイテムの作り方《レシピ》を俺は知っている。

　ＳＳランクアイテムマスターになった俺は、一つ下のＳランクの武器防具も作れるようになった。

　それらを作るためのレシピも、バザーで流通していたものなら俺は先んじて入手している。更に上のＳＳランクレシピも、ＳＳＳランクレシピも。

　……そこそこ……重課金していたからね。

「……アイテムマスターＳＳＳランクのレシピ、固定ポータルは覚えているかい……？」

「ああ」

　安かったから！

　前世のゲーム内ではアイテムマスター自体が少なかったから、ほぼ捨て値の十ゴルドで売ってたのを買ったよ！　まだまだ使えないけどな！

　なんだか自分がチートのような気がしてきた。

　覚えているレシピが充実しているだけなんだけど、これも一種の知識チート？

　戦闘力はＮＰＣ並みにしかないけど。

　ああ、と老女はうめくように息を吐いた。

　ソファーの背に体を預け、片手で顔を覆う。

「まさか……レシピ保持者が転生してくれていたなんて。登録時に新規と出ていたから、期待はしていたけれど、本当に……」

「新規？」

「なぁ、カリヤ」

　――あんた、この世界がおかしいと思ったことはないかい？

「遊んでいたゲームと同じ世界設定。そんな異世界に、事故だか病気だかで死んだはずのプレイヤーが転生する。まるで前世に読んだライトノベルのような展開じゃないか。なぜだか、理由は考えたことがあるかい？」

「理由？　俺も前世じゃそれなりにライトノベルは読んでいたけれど、実際に自分が転生するなんて思いもしていなかったからな。ここは別世界の神サマの管理する世界だから、とか？　転生時に白い空間で出会ったりしていないけど。……それじゃあ《ゴールデン・ドーン》の運営は、その神サマみたいな存在が一枚噛んでいたとでも？」

「いいや。神サマはゲームの運営会社とは無関係だった。ただ〝彼ら〟は《ゴールデン・ドーン》を見本にして、自分たちで新しい世界を作り出した」

　うっすらと老女は笑った。

「――ワールド・セキュリティ、レベル二。このゲームによく似た転生後の世界は、私たちの前世日本とも異なる、高位次元に存在する自称『神』たちが作ったのさ――」

　彼女の表情は、嘘や冗談を言っているようには見えなかった。

世界の真実・2

　老女は資料も何も見ず、言葉を紡ぎ続ける。

　それは、口にする内容をこれまで何度も他者に伝えてきたことの証明だった。

「今からあたしは、このゲームの世界が創造されてからの〝歴史〟を話し始める。まずはすべて聞いてほしい。どれだけ疑いたいと思おうが、残念ながらまぎれもない真実だ――」

　――あたしたちの前世である、地球が存在する世界。

　それを覗き見る、別次元の存在がいた。

　エネルギー的には上位の存在だ。実体を持たない〝彼ら〟は、いくつもの世界をそうやって眺めて楽しんでいたという。

　そんな彼らが、ゲームやライトノベルといった日本のサブカルチャーに興味を示した。

　そして考えた。

　ゲームを模した異次元が存在するという発想だが、自分たちなら次元ごと作れるんじゃないか？

　そして作ってしまった。

　あたしはさっき商店街関連を冒険者ギルドの箱庭と称したが、彼らはＭＭＯＲＰＧ《ゴールデン・ドーン》の内容を丸ごとコピーし、別の次元を創造して箱庭のように再現してみせた。

「……まるで直接聞いたように話すんだな。どうしてその仮定が真実だと――」

　思わず尋ねたら、めちゃくちゃ殺意のこもった視線で老女に睨まれました。

　黙って聞けということらしい。

　口をつぐんだ俺に、小さく頷いた老女が殺意を消して続ける。

「彼らがまず手を付けたのは、ＭＭＯＲＰＧ《ゴールデン・ドーン》の始まりの地である『中央国家群』。ゲームでは容量の関係であいまいに処理されていた事柄に、彼らはリアリティを求めた。世界の規模を広げた。大地はより広く、そこに住む人々の数も多く。街並みも生活感を加えてリアルに作った。彼らは初めて作り出す〝世界〟の創造に夢中になった――」

　せっかくだから、日本のサブカルチャー内にあった『転生するゲームプレイヤー』も加えよう。

　実際にゲームをしていた存在だ。その活躍は、自分たちの作った世界を更にリアルにしてくれるに違いない。

そうしてラノベによくある展開――『異世界転生』が組み込まれた。

精神体である彼らにとって、地球の存在する次元は物質の影響が強くて直接干渉するのは難しい。

だがプレイヤーが死んで肉体の活動を終えた状態になれば、消える前の精神体――魂に干渉可能になった。

一度でも《ゴールデン・ドーン》をプレイしたことのある者――登録を完了させたプレイヤーが死ねば、魂をゲームプレイ最終時のデータと共に自分たちの作り出した〝もう一つの《ゴールデン・ドーン》〟に転生するよう誘導する。

高次元の存在は、そんなことも簡単に出来た。

だが、平和な日本じゃそう簡単に人は死なない。

《ゴールデン・ドーン》らしさを出すためには、経験者であるプレイヤーがもっと多く必要だと彼らは考え、

「――ワールド・セキュリティの最高レベルとなる、レベル三。彼らは、転生させた魂を何度も再利用することにした」

ゲームの世界に転生してきたプレイヤーの魂は、死んでもまたすぐ中央国家群のどこかに生まれ変わるように組み込まれた。

そんな転生システムを作り上げた〝彼ら〟は、そこからいくつかのグループに分かれたらしい。

「これまで別の次元を見つけ出した時のように、ただ眺めて楽しむ立場に戻る者。中央国家群の広さとつり合いが取れる規模の、広大な『辺境』を作り込み始める者。ゲームに存在したルールやクエストを、自分たちの好きなように改変する者――こいつらはかなりクソなクエストも追加したね。〝王族殺し〟はその中の一つさ」

――そして、ゲームの世界の中で遊び始める者――。

「精神体である彼らも、自分たちの作り出した世界の中なら実体が持てた。《ゴールデン・ドーン》に

あった神界の設定を利用し、彼らは自らを『神』として実体化した。ゲーム設定の神族全体が彼らじゃないよ。プレイヤーはＳＳＳにランクアップするために辺境の果てにいる狂った神々を殺す。そんな噛ませ犬じゃなく、彼らは神国の奴らが信奉する『神』になったのさ……」

神国。

ラギオン帝国の北東に位置する、中央国家群内では異色の宗教国家だ。

中央国家群内で唯一、神界と恒常的に繋がれる場所といっていい。彼ら独自の唯一神を信奉しているが、神は数多《あまた》の姿を取ることが出来ると言われている。

今世の俺にとっては、タキリン砦からウォルと脱出して逃亡する時、突破をあきらめた国だった。だってあそこ、カルトと称してもいいレベルのガチガチの宗教国家だから、異教徒に対して厳しいんだ。

「そうして〝ゲームの世界〟は動き始めた。あたしたち元プレイヤーも、何度も、何度も、日本の記憶と転生したこちらの記憶を有したまま生まれ変わり続けたんだ、最初の三百年ほどは――」

――アイラによると、元プレイヤーたちの主だった『事件』はこれまでに二回起こったらしい。

一つ目が、約六百年前――プレイヤーが転生し始めてから三百年後――。

二大帝国の一つであったユリアナ帝国に、プレイヤーの転生システムを知られたことだった。

中央国家群内をプレイヤー狩りが席巻した。

ユリアナ帝国に捕らえられたプレイヤーは隷属の首輪を嵌められ、男は使い捨ての兵士として、女は高ランクの子を産む家畜として扱われた。

「高ランクプレイヤーはね、抵抗することが出来た。だが低ランクのプレイヤーに、ただＭＭＯＲＰＧ《ゴールデン・ドーン》に登録しただけで転生システムに取り込まれたプレイヤーに、抗《あらが》うすべなんてなかった。捕まった男は戦場で死ぬまで使い潰され、女はひたすら孕まされては子を産み続ける道具になる。あの当時、ユリアナに捕まった女は三十歳になる前に殺されていた。多くの子を産ませるには、転生させて若い母体を使った方が効率がいいからだよ。……そうして殺して、またどこかに転生したプレイヤーを狩りにいく」

そんな時だった。

さすがに転生システムを悪用されるプレイヤーが哀れだと、手を貸してくれる〝女神〟が現れた。

「名前を名乗ってくれたが、あたしたちには理解出来ない発音だった。だからギリシャ神話に出てきた神の名を借り、あたしたちは女性型を取っていた〝彼女〟をプロメアと呼ぶことにした」

カリヤが不思議に思ったこの世界の成り立ちを知る理由は、プロメアが教えてくれたからさ。

まず、彼女は自分の仲間に交渉し、転生を繰り返すプレイヤーのこの世界での記憶を、その都度初期化するようにシステムを変更した。

……ユリアナ帝国に何度も捕らえられたプレイヤーの魂は、ボロボロに傷ついて壊れてしまっていたからね。

知っているかい？　この世界じゃ魂が壊れたら、何も反応を返さない人形になるんだ。

壊れたまま、それでも何度でも転生し続ける。

——だから、プレイヤーの魂が条件を満たせば転生システムから解放されるように修正された。

ゼロか百。

魂が壊れすぎて無の状態になったら、そのまま消滅する。

もしくは、満ち足りた状態で生を終えることが出来れば、転生システムに引っかかることなく、次の世界に進めるようになる——。

「……本当に次の世界があるのかなんて知らないが、転生しなくなるのはたしかだ。カリヤに心当たりがあるとすれば、ティシアで老師と呼ばれていたＳＳランク物理系戦闘職のユキナガの存在かね。あのエルフスキー、ようやくエルフの嫁が持てたのがうれしかったんだろうね。彼の転生は確認されていない。きっと最愛の嫁と一緒に父祖の地に行っちまったんだろう……」

父祖の地とは、《ゴールデン・ドーン》の設定の中にあった、死者が招かれる約束の地だ。

恨みや憎しみといった負の感情に捕らわれて堕ちる『冥界《めいかい》』ではない、白い光の先にある魂の向かう場所。

そうか、と俺は理解する。

大樹海でコロポックルたちが語っていた過去のユキナガ氏。あれは同一人物だったんだ。

「……プロメアの協力を得て、あたしたちは五十年かけてユリアナ帝国を滅ぼした。転生の秘密を知る者は、すべて根絶やしにした。そして今後、特にプレイヤーの女を守るため、やりすぎるほどに復讐をすることにした。もう二度とあの時代の再来は許さない」

タリスに星の雨を降らせたように。

視線を伏せる俺にかまわず、アイラは続ける。

「ユリアナ帝国は滅び、プロメアは次の提案をしてきた。自分に権限はないが、変えてほしいシステムがあるなら〝上〟に掛け合えるように協力しようと。このゲームの世界の、中央国家群を取り囲むように存在する辺境。その果てに、〝彼ら〟と直接繋がれる場所がある。そこまで案内してもいい、と」

「神々と繋がれる場所、といえば……」

「カナーン。辺境の西の最奥、ゲームの中では『神界』へと至る門が存在した聖域。ゲームの設定に似せてこの世界を作り出した〝彼ら〟は、その設定も取り込んでいた」

あたしたちはカナーンへ向かうことにした。

「この転生システムをどうにかして止められないか。あたしたち高ランクプレイヤーはまだいい。逆境を撥ねのける力を持っている。だが《ゴールデン・ドーン》というゲームを登録しただけでプレイしていない者、異世界転生というジャンルを何も知らない者にとっては、中世レベルの世界に転生するのはかなりハードだ。プロメアは、転生システムは世界創造時の設定に組み込まれているので停止は難しいと言っていたが、ならば別の手段で救済を出来ないものか」

この〝世界〟が作られてから、当時五百年。

広大な辺境はいまだ完成していなかった。

ゲーム上に存在した辺境の拠点や転移ステーションも実装されていない。砂漠や山脈、海といった大自然だけを拡大コピーした世界。カリヤが推測したのはあながち間違っていない。中央国家群の外にはほぼ何もなかった。

プロメアいわく、建造物復元担当が飽きて投げ出したらしい。モンスターやクエストエリア担当はまじめに復元していたらしいけどね。

結果、辺境は高ランクモンスターだけが跋扈《ばっこ》する未開の地になっていた。

だがあたしたちには〝彼ら〟の仲間であるプロメアという案内者がいる。道なき砂漠を越えた彼方《かなた》でも、正しい道を辿っていれば、きっといつかたどりつける。

そうして高ランクプレイヤーを中心に辺境の果てを目指そうとした矢先、

「プロメアが殺された」

「――」

「〝神殺し〟イベントだ。ＳからＳＳＳに到達したいと、野望を抱いた一人のプレイヤーのせいで、あたしたちは希望を失った」

世界の真実・3

物理系戦闘職、Ｓランクの男だったという。

その邪悪は、まず〝王族殺し〟イベントの存在を知った。当時は、まだ誰も知らない隠しイベントだった。

男は、自身が仕えていた中央国家群東部のとある小国の、王族を三人だけでなく皆殺しにして、その足で転移ステーションを経由してラギオン帝国に現れた。

冒険者ギルド総本部の祭壇でSSランクに昇格し、鐘の音に気づいて現れたプロメアを真正面から斬り捨てた。王族殺しイベントは、その邪悪以外まだ存在に気づいていなかったんだ。

神《プロメア》を殺してSSSランクに昇格した邪悪は、護衛をしていたSSSに即座に始末されたが、プロメアが息を吹き返すことはなかった。

そして彼女の死を境に、中央国家群内から〝神たち〟の姿が消えた。

「……本当に彼女は死んでしまったのか。本来は精神体だった彼女の、存在が消滅したのか、自分の属する次元に戻ってしまっただけなのか。残されたあたしたちには分からない。だが、だからこそあたしたちは、辺境の果てにあるカナーンを目指すことにした。そこなら〝彼ら〟と直接コンタクトを取ることが出来ると、彼女が教えてくれたのだから」

中央国家群から姿を消した〝神たち〟が、カナーンにいるだろうとあたしたちは踏んでいる。

前世のゲーム、《ゴールデン・ドーン》がそうだったから。

「このゲームの世界は、《ゴールデン・ドーン》を元に作られた世界。ならいなければおかしい」

自分に言い聞かせるように断言した老女が、ふうっとため息をついてから、しわがれた自分の手を持ち上げた。

一本、握った手から枯れ木のように細い指が天を指す。

「……Sランクの男のその後は分かっていない。この世界で死んだのだから転生をしているはずだが、改心しているのか、すでに消滅しているのか――。冒険者ギルドに登録するときに提出された書類は、おそらく偽名だ。その後に同じ前世の名前を持つプレイヤーは確認されていないから。念のため、ＳランクからＳＳランクに昇格するプレイヤーが出現した場合、最大限の注意を払うことにしている。ランクアップクエストを行える辺境にたどりつけないから、存在しないだろうと考えていたが……」

「だから俺のランクアップが警戒されたわけか」

「生産職だから、邪悪の転生ではないと理解していたがね」

　という訳で、と指が追加される。

「……これが、二つ目の『事件』の顛末《てんまつ》。表立っての事件は二つということになっているが、実は三つ目に相当する事件も起こっているのさ。それにカリヤ、あんたが必要とされる理由が関わってくる」

　三本、指が立った。

「およそ三百年前の話だ――ゲームプレイヤーが転生を始めて六百年後――。ＳＳＳランクの金属系生産職のアイテムマスターの女がいた。……金属系、非金属系の区別は武器防具を作る場合だけで、アイテムマスターの能力的には関係ないんだってね」

「そうだな、アイテム作製に素材での区別はない」

　アイラの確認に、俺は頷く。

「……プロメアを失ってからも、『神』と対話するためにカナーンを目指す西征は続いていた。ようやく行程の三分の二ほどまで到達。だが、歪みが出始めていた。前線を切り拓く戦闘職は、モンスターとの戦いの最中に命を失う者が多い。未練や悔いを残しがちな戦闘職は、何度も転生を繰り返す。しかし後方支援の生産職は、満足した状態で寿命を迎える者が多かった。そういう者たちは転生システムをすり抜けて次の世界へと向かう」

　転生する生産職の、数が少なくなっていた。

「前世のゲーム内でも、不遇職と言われたアイテムマスターの数は少なかった。ましてやＳＳＳ。そこまで育てるプレイヤーはほとんどいなかったと言っていい。何も存在しない辺境で、彼女だけが西征するために必須《ひっす》の設置式転移ポータルを作製出来た。小さな簡易ポータルを作れる者は何名かＳＳＳの武器防具マスターにいたけれど、安定して物資や人員のやりとりが出来る固定ポータルを作れるのは、彼女だけだった」

　じわりと、俺の胸の中に形容しがたい不安が生まれていた。

「彼女にはＮＰＣの夫と、夫との間に娘がいた。このままでは満足のうちに世を去り、転生することはないだろう――そう考えた馬鹿がいた。馬鹿は彼女がポータル設置のために辺境に向かっている隙に、悪党を雇って夫を殺し、娘をさらわせた。彼女を転生させ続けるために。彼女はさらわれた子供を探し続け、犯人を呪いながら死んで、転生した」

「……その一件の結末は？」

「プロメアの協力で、記憶を継承せずに転生を繰り返すようになったけれどね、その前の生を文章にして残すことは出来るのさ。ＳＳＳランクは全員が、ＳＳランクでも事実に耐えられると判断された者がワールド・セキュリティの中身とこれまでの歴史を知っている。転生した彼女は、自身が残していた書き置きから前の生の夫と子供の事件を知った。そして子供を探し出して真実を知り、復讐をしたのさ。――娘は馬鹿が囲っていた。前世の彼女を愛していたらしい。娘を取り戻した彼女は、西征後に辺境に設置された転移ポータルのことごとくを破壊して姿を消したよ」

　その後、彼女の転生は確認されていない。

　自分より年上になってしまった娘と共に、幸せに生を終えたんだろう――。

「……あたしたちの自業自得で、西征は振りだしに戻った。その後、ＳＳＳアイテムマスターは誰も転生していない。転移ポータルを失って廃棄された辺境の都市は、アガルタのみが再建出来た。今、冒険者ギルドはあたしとシキ以外のＳＳＳランク、信用出来るＳＳランクを辺境攻略に向けている。頼む、カリヤ。設置式転移ポータルのレシピを持つあなたの力が我々には必要なんだ。力を貸してほしい。殺す神は用意する。〝神殺し〟になってくれ」


　俺は、両手を上げて自分の頭を抱えていた。

突き立てた爪が、髪の間を抜けて地肌に食い込む。

語られた内容に、彼女が、《ゴールデン・ドーン》の元プレイヤーたちが、自分に何を求めているのか分かってしまった。

（ウォル）
　耳を覆うように当てた手のひらの下、硬い宝石の感触に気づく。手を動かし、片方だけのピアスに触れた指先で、アイテムを起動する。

（ごめん。巻き込んでしまう）

　気づきたくなかった。知りたくなかった。

だけど多分もう、引き返せない。

「……俺をＳＳＳまでランクアップさせて、転移ポータルを辺境に設置させたいんだな？」

「ああ」

「俺が生きている間に、カナーンまでたどりつくつもりか。既に愛する伴侶を得た俺に、次の転生はないだろうから」

「そうだ。あなたがあたしたちに協力してくれる限り、ティシア王は必ず守る。決して死なせない。対クラシエル戦争にも介入しよう。戦争は即座に終わらせる」

　時間の猶予はあまり残されていないんだ、と彼女は呟いた。

「〝彼ら〟はゲームに登録するだけで、死後転生するような設定の異世界を作った。なぁ、カリヤ。ギルドに登録する際に確認出来るんだが、『新規』と表示の出たあなたは、今回が初めての転生になる。あなたの死ぬ前、ＭＭＯＲＰＧ《ゴールデン・ドーン》のプレイヤー数は何人だった？」

「――――配信開始から三年、ダウンロード百万人達成キャンペーンが行われていたな」

「時の流れ方は違うが、いずれその五分の一程度はこちらに転生するだろう。身を守るスキルのない低ランクのプレイヤーが増え続けると、冒険者ギルドはすべてを救済出来なくなる」

女はまた、尊厳を奪われる扱いに戻るだろう。

「今でさえもう破たんし始めている。転生後に魂が傷つく扱いを受けて死に、人形のようになって生まれ変わるプレイヤーが多い。まあ貴族や豪商の家に転生したならともかく、農奴や流民の元に生まれればその瞬間から人生は厳しいからね。自我をなくすほど壊れてしまえば、もう探し出せない。魂が早く擦り切れて消滅するのを祈るばかりだ」

一応、孤児院を巡回して、親が育てきれないからと捨てたプレイヤーは助け出せている。鑑定を掛ければステータスが分かるからね。

そうして見つけ出したプレイヤーは、冒険者ギルド内のサナトリウムで過ごさせる。

「壊れてしまっても、快不快は感じるらしい。世話係の奴隷に丁寧に扱われ、愛情を注がれて、再び転生することなく幸せのうちに次の世界へ旅立ってくれればと願っている」

「……何も真実を知らず、中央国家群内でヤンチャをしている、SやA、Bといった中ランクプレイヤーを放置しているみたいだが、統制はしないのか？」

「しない。どうせ奴らはすぐに死に、転生する。それの繰り返しさ。改心させるだけの人材も情熱も、今の冒険者ギルドにはない。あまりに無法が過ぎるようなら、シキが〝消し〟に行くだろうが。あれは妹の側にいるために、中央国家群内の番犬を引き受けた」

そこでアイラの動きが止まった。

逡巡《しゅんじゅん》する気配がし、ゆっくりと老女が息を吐く。

「……教えておこうか。シキが妹として扱っている少女。今世の名前はイルマ。兄は新規の転生者だが、妹は二度目の転生だ。最初の転生は、シキの双子の妹として生まれた」

「前世に遭った事故で、死ぬ時間にずれがあったから生まれる年が離れたと、彼女は信じているようだが」

「そういうことにして誤魔化したのはシキだ。このゲームの世界ではね、登録された血筋しか扱えない国宝アイテムが存在するから、王家の血統というものが非常に価値を持っている。戦争で負けてしまった側の王族は、男女関係なくその血統を汚して国宝を使えなくされるんだ。――それは死体でさえ例外じゃない。エリクサーがある限り、死者も蘇生《そせい》出来るのだからね」

ためらいを見せつつ、彼女は続けた。

「ハム諸島のシキの家族は、ほとんどが落城の最中に毒をあおって死んだ。イルマの前世だった少女もそこで自害した――はずだ。だが城に放たれた火は、途中で消されてしまった」

開戦と敗戦の報を同時に聞き、辺境から故郷に戻ったシキが見たのは、滅びた祖国と血統を汚すと称して敵兵たちに辱められる妹や家族の骸《むくろ》だった。

「あなたも気をつけるといい。国宝を持つ王家の血統は、戦争に負ければ死体になっても、最後の一人まで汚されるよ。カリヤはすでに王国碑に名を刻まれたらしいが、王族の妃が夫以外と関係を持てば刻まれた名が消える。不貞とみなされ、復縁はないのがこの世界の慣例だ。ティシア王も、たとえ男でも……いや、男なら更に念入りに血統を汚される」

ウォルの貞操が！

国宝という血統アイテムを持つ王家は、もしかしたらそうやって交代していったのかもしれない。

だが、俺が生きている間は彼をそんな非道な目には遭わせせん！

頼む、と冒険者ギルド総本部長の肩書を持つ老女は、俺に対して深々と頭を下げる。

SSSランクのはずなのに、その体はひどく小さく見えた。

「このゲームの世界が作られてから、世界内の時間で千年が経とうとしている。すでに多くのゲームプレイヤーの魂が、転生システムの中に捕らわれた。事態打開へのカギを握るのは、移動に不可欠な転移ポータルを作製出来るあなただけだ。今いる同胞、今後転生してくる同胞の運命が掛かっている。どうか力を貸してほしい。辺境へと向かい――」

神を殺してくれ。

扉の前で待っている

ラギオン帝国の帝都、アルラギオンの夜は意外にも過ごしやすい。

日中の間、都全体を取り囲む高い外壁を越えて、砂漠から吹きつけてくる熱い風。だが陽《ひ》が暮れると帝都内に張り巡らされている水路を流れる水が、外気温を下げていく。

豊富な水は、砂漠を横断する水道橋や運河によって、アルラギオンから遠く離れた場所から運ばれてくる。

一日中、止むことなく雨が降り続けるオアシス。ラギオン帝国の国宝、気象装置『緑雨の大弓』は巨大な湖を作り出し、帝国各地に水を供給する。

涼しい夜風が吹き込んでくる、開け放った大窓の向こうに俺は視線をやった。

貴賓棟最上階からは、オレンジ色の灯火《ともしび》が無数に輝くアルラギオンの夜景が一望出来る。

中央国家群、随一の繁栄を誇る帝国の都。

その栄華を支える『緑雨の大弓』を制御出来るのは、血統が登録された皇帝とその一族のみだ。

血統武器『花散里《ハナチルサト》』を始めとした武器防具、アイテム。各王家の有する『国宝』。

たった一つの選ばれし血統のみが扱うことの出来る、強大な力。

前世のゲーム内では、雰囲気作りのために用意された設定だったかもしれない。だがこの、ゲームから作り出された〝世界〟では違う。

『国宝』を失えば、その国は滅ぶしかない。

《ゴールデン・ドーン》ではラギオンと双璧《そうへき》を成していたユリアナ帝国。その国宝『護光の紗幕《しやまく》』は、ユリアナ帝国の版図と、隣接する魔境『中海』を隔てるバリアだった。

ゲーム内で見た光景を覚えている。

まるでオーロラがかかっているかのように、ゆらゆらと立ち昇る虹色の光の結界。

だが、当時の転生者たちがその護国の国宝を破壊したのだとアイラは言った。

国宝を失ったユリアナ帝国は、転生者たちからの攻撃だけでなく、中海からあふれ出したランクSモンスターによって滅びた。

今、彼の帝都に生ある者は存在しない。亡霊だけがさまよう呪われた地と化した。


ティシアの国宝『白の天蓋』は、能力的に際立っている訳ではない。防御力に特化しているだけだ。

だが、興亡の激しい中央国家群内で王都アルティシアは一度も陥落したことなく、千年と称えられる国の存続を実現した（自国内で、王朝の交代は何度かあったようだけど）。

王権の交代を目論《もくろ》む者は、過去の血統の正統性を、己の血統で無効にして消し去ろうとする。

王の血統のみが扱える『国宝』が存在する限り、この世界は王政が続き、民主主義に移行することはないだろう――。

「……妃殿下？」

そっと掛けられた声に、俺はとりとめもなく遊ばせていた意識を戻す。

ティシア国王夫妻にと用意された最上階の寝室。その隣にある婦人用の休憩室にて、ティシアから連れてきた女官たちと一緒に光玉にMPを込めている最中だった。

タキリン城砦から始まった習慣は、戦時中ということもあり今も続いている。

ラギオンらしい、部屋の床に敷かれた絨毯の上で、重ねたクッションを背に当てて座っていたご婦人が身を乗り出している。

「やはり体調がすぐれませんか？　陛下はまだ晩餐会から戻られてはいませんが、先にお休みになられた方がよろしいのでは……」

心配そうな視線を向けてくる女官に、大丈夫と俺は微笑んでみせた。

「……日中は暑さにあたってしまって、陛下にもご心配をかけてしまったけど、ポーションを飲んで少し休んだら回復しました。それにやはり、お一人で出席された陛下のお帰りを待ちたいので」

うむ、俺、めちゃくちゃひどい顔色で冒険者ギルドから帝城に戻ったらしく、ウォルに心配されたんだよ。

本当なら今夜は、明日帰国するティシア国一行のために開かれている、皇帝主催の晩餐会に参加予定だった。

だけどそういうことなので、俺は大事を取って欠席し、ウォルだけ出席する運びに。

欠席なんてラギオンに対して失礼にあたるんじゃないかと心配したが、か弱い女性（……）だからこの国の暑さに体調を崩すのは仕方ないよね、という理由をでっち上げるらしい。

うーむ、か弱い女性（……）だけに許される言い訳だな！　厚かましく利用しちゃうけど！

それにウォルさんいわく、今夜の晩餐会にはＳＳランクの俺目当てに急きょ多くのラギオン貴族が参加するそうだ。

わずらわしいことだけは間違いないので、欠席は良い選択肢なのだとか。

気にせず休んでいてくれと言われてしまった。

言葉に甘えて回復ポーションを飲み、ゆっくりと貴賓棟の風呂に浸《つ》かれば気分は落ち着いた。いたたまれない焦燥感みたいなのは薄れたと思う。

だけど、冒険者ギルド総本部長のアイラから聞いた『ワールド・セキュリティ』が、心に重く深くのしかかる。

ウォルは聞いていただろうか？

アイラとの話の途中で、通信アイテムであるピアスを起動した。

ピアスを片方ずつ耳につけ、一方の周囲の音声が、もう一方にも聞こえるようになる仕組みのアクセサリー。どちらも起動すれば、双方向でやりとりが出来るようになる。

だが、ウォル側からは何の音も聞こえてこなかった。

互いの距離が離れすぎていて、通信が繋がらなかったか？

聞こえなかったのならそれでもいい。いや、聞こえなかった方がいい。

俺がアイラと交わしていたのはこの世界の秘密に関する話題。本当ならＮＰＣには決して教えてはいけない〝真実〟だ。

――何故俺はピアスに触れたんだろう。

理由は分かる。

問題を共有するためじゃない。真実が重すぎて、自分一人の胸に収めておくことが出来なかったんだ。

だから彼に縋《すが》ってしまった――。

「ウォルド陛下がお戻りになられます」

先触れの声に、俺の周囲でＭＰを光玉に詰めていた女官たちが反応する。

立ち上がり、てきぱきと就寝の準備を始める彼女たち。

絨毯の上が手早く片づけられる。ＭＰを充填《じゅうてん》した光玉を入れた箱が差し出されたので、アイテムボックス内へ仕舞う。

今夜もノルマは達成しました。女官の皆さん、ご協力感謝です。

ウォルが別室で着替えている間に、こちらも準備。

俺の髪を束ねていた王家の紋章入りの円環は、寝るのには邪魔だからと外された。腰より長く伸びた髪を、女官二人がかりでブラシで梳かれる。

　合図に立ち上がると、彼女たちがうやうやしく頭を下げた。

　羽織ったナイトガウンの裾を床に引きつつ、俺は寝室へと移動する。

「カリヤ、具合はどう？」

　寝室の中で、パジャマに着替えたウォルが俺を待っていた。

「……休ませてもらったから、もう大丈夫。ありがとう。晩餐会に一人で行かせてしまってごめんな」

「あなたはまだ正式には婚約者という立場だから、一緒に行かなくても別にかまわない。皇帝への挨拶も、私だけで事足りる。勝手に押しかけてきたラギオンの貴族たちを、もてなす必要はまったく感じないしな」

「――」

　宝石で作られた芸術品のように美しい青年は、だが人だと分かる血の通った温かな笑みを浮かべていた。差し出された手に、自分の手を重ねる。

　ベッドの上に二人して移動すると、天蓋を支える柱に結えられていた薄布のリボンが解かれた。

　薄布がベッドの四方を覆い、布の向こうで一礼した女官や侍従が灯りを落として寝室を出ていく。

「……ウォル」

　防音効果のある結界を起動し、俺は彼と手を重ねたまま頭を下げた。

　ウォルから向けられた笑みを見て分かった。ピアスの通信は繋がっていた。

　冒険者ギルドと帝城の距離なら届かなかったはずだが、彼は城下に出向くと言っていた。おそらく近くにいたのだろう。

「ごめん、あなたを巻き込んでしまった」

「――謝る必要はない。私は、あなたが私と共に生きると決めてくれていたのが、とてもうれしかったのだから」

繋いでいない方の手が上がり、俺の頬に触れる。

知らず流れていた涙を、彼の指が拭《ぬぐ》う。

「……あなたが私を心から愛してくれている。そのことを知り、どれほど私がうれしく思っているか伝わるだろうか？　私もあなたを心から愛している」

涙に濡れた目じりに、優しく唇が触れる。

ウォルが俺を抱きしめる。

「巻き込まれるんじゃない。私が自ら望んでいるんだ、あなたの側にいたいと。愛している、カリヤ。共に生きよう、互いが生を終えるまで。生を終えてからも。たとえ私が先に死んでも、父祖の地に向かう門の前であなたが来るのを待っている。共に手を繋いで、門をくぐろう」

「……俺の方が年上だから、順番から言えば俺が先に待っていると思うぞ？」

「身体的な年齢は同じになるはずだ」

精霊界の泉の水を飲んだのだから、と額と額をあわせながらウォルがいたずらっぽく囁く。

「……タキリン脱出時に見た気がするんだけど、あちらの世界へ繋がっているのは、俺にとって門ではなくて扉かもしれない」

「なら、扉の前で待っている。カリヤはゆっくりとしてから来るといい。いつまでだって、待っているから」

俺はウォルと視線をあわせた。

薄暗がりの中でも美しく輝くエメラルドの瞳が、まっすぐに俺の姿を映している。

約束してくれた。

裏切らないと。いつまでも共にいると。

彼は俺の望みを叶えてくれるだろう――たとえ死が二人を別つとも。

「……それは俺の台詞だ。愛してるよ、俺の王様。あなたを愛し、愛されている限り、俺はきっと転生しないから。この今の生を一緒に生きて、次の地へ一緒に向かおう。先に俺が死んだとしても、転生は

せずに扉の前でウォルを待っているから――」

それはきっと俺にとって、転生ではない永遠の始まり。

ピロートーク

ウォルに身を寄せたまま、ベッドの上に座り込んでしばらく過ごす。

彼のぬくもりを感じていたら、ざわついていた心の中がようやく静まってきた。

なので反省会開始。

……ちょっと先ほどまでの俺、パニくっていたよな。自分のこととか、もう少し客観的に見れると思っていたんだが。

前世はともかく今世の俺は、何事も一歩引いた場所から冷静に評価・検討を心がけていた。

ゲームではない現実となった世界では、たった一つの判断ミスでも命を失う。

心を強く保ち、いついかなる時も冷静であれ。リアリストになれ。

もちろん完璧になんて無理だけど、出来る限りそう努めてきたつもりだった。それが出来なかったのは……ウォルの存在のせいだな。

出会った当初は、客観的に判断を下せていたはず。なのにいつの間にか彼の存在が、何よりも、俺自身よりも大事になってしまっていた。

アイラから聞いた過去の転生者たちの歴史で、ユリアナ帝国とのあれこれや女神プロメアのくだりにはそこまで心を動かされなかったのに。三百年前に起こったというＳＳＳランクの女性の話で異様に衝撃を受けたのは、彼女と自分を重ねてしまったからだと思う。

もし、ウォルが命の危険にさらされてしまったら、と。

三百年前の彼女の時のように、俺を利用するため転生させ続けようと、ウォルに手を出す阿呆が出ないとも限らない。

――以前の俺はこの世界に対して、未練も何も持ってなかった。だから故郷を捨てて旅に出るつもりだった。

だけど今は違う。ティシアが俺のいるべき場所だと思っている。

あの国は、ウォルの国だから。ウォルが愛している国だから。

王である彼が統治する国と民を守るために、そしてウォルを守るために――俺も最善を尽くしたい。

「……聞いてほしいんだ、ウォル」

落ち着きを取り戻した俺は、体を起こすと彼と正面から向かい合った。

ワールド・セキュリティに関する秘密だが、伴侶のウォルにだけなら教えてもいいとアイラに許可はもらった。

なので今日、俺がピアスを起動してから交わされた会話について話し始める。

別世界で死んだ転生者が何度も生まれ変わっている転生システムについてと、辺境の果てにいる〝神〟に会いに行くための簡易転移ポータルを、作製してほしいと頼まれた件――。

現在、アイテムマスターＳＳランクの俺。

今のままではアイテムランクＳＳＳの固定転移ポータルは作れないので、ランクアップイベントをこなさなくちゃいけない。

だからいずれ、辺境に向かわなければいけないことを伝える――あ、《ゴールデン・ドーン》のＳＳＳランク昇格クエストは、戦闘職・生産職共通で辺境での邪神討伐です。

俺の挑戦時には現役ＳＳＳ戦闘職が全員同行してくれるらしいぜ……勝てる未来しか見えない。

――教えるのは、転生と辺境についての二つの秘密だけだ。

この世界の成り立ちと、転生してきたプレイヤーたちが辿った悲劇の歴史については話す必要はないだろう……。

「――という訳で、SSSランク予定の俺だけでなくウォルも守るために、将来的に冒険者ギルドから護衛が派遣されることになるので受け入れよろしく」

「カリヤ。私は一国の王だ。暗殺の危険など、いつでもあると覚悟はしている。だが冒険者ギルドが、あなたに配慮して私の護衛も用意するというのなら受け入れよう。了解した」

ウォルさんかっこいい！

だけど覚悟するほど暗殺の危険があるのか。俺、防御アクセサリー量産する！

「護衛が来るのは戦争が終わってからになるけどね。基本、冒険者ギルドは中立だという建前は崩せないらしい。根本が転生者のための互助組織である冒険者ギルドは、これまではクラシエルだけに肩入れしてきた。だけど俺がティシアに現れたから、今後〝えこひいき〟はなくなる」

それで、と俺は続けた。

「個人間の契約なら、ティシアに戦力を斡旋するのは可能らしいよ？　少し時間はかかるけど、辺境にいるSSSを呼び戻して、俺個人に属する傭兵《ようへい》として紹介してもいいって言っている」

SSSランクが味方につけば、その圧倒的な戦闘力で戦争にはすぐにも勝利出来る。なにせ五十メートル級ドラゴンくらいなら単体で討伐出来るからなぁ、戦闘系SSS。

だが、ウォルは難しい顔をして首を振った。

「……この世界の戦争だが、当事国に所属している転生者の協力については問題ないが、第三国所属者の介入は望ましくないと蔑視されている」

「なぜ？」

「慣例だとしか」

表向きは正々堂々と戦ってないだとか、いろいろ言い訳をつけて抗議されるって感じなのかな。

本音は、超常の力を相手が有することに対する牽制だろうけど。

「そのせいで、自国に所属している者以外の転生者の活躍は、今後の対外情勢に影響するんだ。たとえこの対クラシエル戦争でティシアが勝利しても、転生者の力を借りたから勝てたのだと侮られることになる。あなたが王妃の間はいい。伝手も国力だ。だが私と共にあなたが表舞台から姿を消した後がまずい。転生者が誰もいない状態のままだと、周辺国にそれ見たことかと軽んじられ、戦争の口実にされるかもしれない」

――弱肉強食、修羅の国際情勢だな！

ティシア所属の転生者なら活躍はオッケーだけど、他国からの助っ人は軽蔑《けいべつ》されるって……それが遠因となって攻められることもあるって……。

転生者の存在は抑止力なんだろうな。

これまで、ティシアにはイベントキャラクターのナダル・コートレイがいることもあって、多くの転生者が住んでいた。

それがタリスの悲劇を境に一斉にいなくなり、隣国から攻められるわ同盟国には援軍要請を無視されるわって状態になってるのか。

「……ティシアに所属してくれる転生者がいたら解決するんだよな？　イルマちゃんの兄である〝神槍〟シキは、頼めば移ってくれるかも」

「彼はラギオン皇帝の娘婿だと聞いている。イルマ嬢との交流はあるが、難しいのでは？」

うーん。

生き別れの実の弟がティシアにいるんだが、まずは無事再会してからかな？　同行しているライナーの活躍に期待しよう。

少しの間が開く。

ぽつりとウォルが呟いた。

「――いずれあなたは辺境に向かうのか」

ごめん、と俺は頭を下げる。

「正直、クエスト自体は楽勝でクリアして、ＳＳＳランクに到達出来ると思う。だけどその前後に時間がかかる。ランクアップクエストに挑戦出来るよう、まず俺自身の経験値を溜めなくちゃいけない。そして邪神討伐後も、転移ポータルを量産出来るようになれば、神々と会える聖地へ向かうルートに転移ステーションを建設しに出向くことになる」

辺境って簡易ポータルが設置しにくいんだよ。

ある程度大きめの建築物を作って保護しないと、モンスターに蹂躙されたり地形が変わったりはしょっちゅうなので。

そんな感じで簡易ポータルを失っていって、在庫が減ってジリ貧で精神的に追い詰められてるってのが、辺境組にはあるんだろうなぁ。ティシアがクロエ平原に設置していたのも、王家が持っていたなけなしの最後の一個だったそうだし。

たくさん所有している大樹海は別格。

「……これからも転生してくるだろう元プレイヤーたちのことを考えたら、冒険者ギルドに協力したいんだ。設置後も調整のために、俺自身が何年も辺境に滞在しなくちゃならないだろう」

「なら私もついていく」

王妃だけど別居することになる、と続けようとしていた俺は、彼の言葉に目を大きく見開いた。

「――え？」

「カリヤは辺境に向かうと決めたのだろう？　どうせ私は早ければ十年後、遅くても十五年か二十年で退位する。王朝を交代させ、その後はゲイリアスの山奥に隠居するのもいいが、政治的な影響力を持たないように一旦《いったん》は国を出た方がいい。なら、向かう先は辺境も一つの選択肢」

ウォルさんのアピールが始まった。

ネームド化した彼の実力であれば、Ｓランクモンスターなら対処出来るそうだ。ＳＳランク以上のモンスターは難しいかもしれないが、なにも前線で戦わなくてもいい。後方支援なら、身を守れれば充分だと。

「あなたのホーム内なら、食事を作って帰宅を待っていることが出来る。外で働くのなら、文官の真似《まね》事《ごと》が。中央国家群内の国家との折衝時には、前ティシア王の肩書が使えるだろう。権力者との付き合いの助言も出来る」

「ウォル……」

「あなたと共にいると決めたから。私は私の務めを果たし、あなたはあなたの務めを果たす。それでも一緒にいることは出来る。あなたは先に辺境に向かってしまうかもしれないが、必ず追いかけるから」

「――――！」

感極まって抱きつく俺を、彼は笑いながら抱きしめ返してくれた。

寝室に残していた灯りを落とし、ベッドに寄り添いあって横たわる。

「……抱かないのか？」

彼の耳元に小声で尋ねると、苦笑が返ってきた。

「……体調の悪い相手に無理はさせない」

「もう大丈夫だけど」

「多分、今夜も監視されている。あなたとの行為を、好きで覗かせていた訳じゃない。出来るならば、決して他人の目に触れさせたくないのに。もちろん、あなたと深く繋がれることはこの上ない喜びだが、こうして身近に感じられるだけでも満足だ」

ウォルの手が、俺の背へと回される。

「……中央国家群北部を逃亡中、悪夢を見てうなされる私を、あなたは寄り添い抱きしめてくれた。大丈夫と囁きながら、背を叩いてあやしてくれていた……」

起きてたんですか!?　ウォルさん！

眠っていると思っていたから、こっそりやってたつもりだったんですが!?

俺の背を優しく叩く手。

「大丈夫だよ、カリヤ」

「――うん――」

二人で逃げていた頃、俺がやっていたように。

ウォルは、こぼれ落ちた涙に気づかないふりをしてくれた。

交渉

ウォルと寄り添いあって眠りについた翌朝。

戦争中ということで三泊四日の短い日程だったが、ラギオン帝国に対して新王即位の挨拶をつつがなく終えたティシア国訪問団は帰国の途についた。

行きと同じルートは使わず、帰りはちょっと寄り道だ。

冒険者ギルド総本部前を経由して、そこで俺だけ降ろしてもらう。

SSSランク魔法系戦闘職、〝人形遣い〟アイラ。

冒険者ギルドトップである総本部長の彼女と、まだまだ話をしておくことがあるので。

恥ずかしながら昨日は、打ち明けられた〝秘密〟に動揺して話を聞くのがやっとの状態だったからなぁ。

その先について、彼女と話し合っておかないと。

水晶球を使えば遠距離でも会話は可能だが、書類にサインなどは出来ない。俺もアイラも多忙だから、間に人を介することになるだろう。だけど『ワールド・セキュリティ』に関わる事柄を他人には任せられないし。

という訳で急きょ、ウォルとは別行動だ。

ギルドの玄関前に馬車が横付けされ、安全を確保してからウォルが先に降りる。

馬車を守っていた近衛騎士と人形兵に追い払われ、こちらを遠巻きに見ていた人々が、美貌の王の登場にどよめくのが聞こえた。

ふふふ。美しかろう、我がティシアの国王陛下は。

車寄せに設置された、日光をさえぎる庇《ひさし》の下でも、きらめいている黄金の髪。異国情緒あふれる砂色の建物をバックに立つ俺の王様は、本日もその美貌を惜しげもなく輝かせている。

ウォルが俺に向かって手を差し出した。それに自分の手を重ね、エルフ服の長い裾を払いつつ馬車から降りる。

外に出ると、感嘆の声がはっきりと聞き取れるようになった。

見たこともないような美人って言われているぞ、ウォルさん！　じっくり耳を澄ましている訳じゃないから、単語っぽい言葉しか聞き取れないけど。

まるで宝石のようだとか、髪が美しいとか、やべー色気とか、エキゾチックな肌の色……あれ？　俺への感想もちょっと混ざっているっぽい？

ちなみに本来なら俺が先に降りるべきなんだろうけど、ウォルは俺をエスコートしたがる。

そうすることにより、彼が俺を尊重していることを周囲に示しているのだとか。後、何かに対する牽制とか言ってた。

俺が把握していない敵対勢力がいるんだろう。

以前確認したら、コバエ程度に邪魔なだけだから知る必要はないって教えてくれなかったけど。

「それじゃあ、大まかにだけど今後の話を詰めてくるよ。帰りは帝都郊外にある転移ステーションじゃなくて、この冒険者ギルド内にあるステーションを使って直で戻るから」

彼の手に自分の手を預けたまま、向き合って話しかける。いやだって、別れを惜しんでか離してくれないんだもん。

防音結界を使っているので、俺は普段通りの口調だ。

「時間はごめん、いつまでかかるか分からない。本日中には戻る予定。終わらなかったら、エリナー君の元にクレアもミリアムもいるから、そっちに泊めてもらう」

俺付き女官のミリアムは、しばらく帝国に留まることになった。

クレアからの業務引き継ぎに時間がかかっているらしい。

頑張り屋の彼女ではあるが、まだ十七歳だものな。十五歳で成人のこの世界。まだまだひよっこである彼女に王妃付き筆頭女官の地位は荷が重いだろうが、王であるウォルの望みなら仕方ない。

今後を見据え、他の者ではなく自分に近い彼女に筆頭女官を任せたいそうだ。

なのでしばらくはアルラギオンに残り、修業をするらしい。他にも数名、女官が引き継ぎで残ることになっている。

頷き、美しい顔に影を落として「無理はしないで」と告げてくるウォル。

今から行われる話し合いは、ＳＳランクアイテムマスターである俺個人と、冒険者ギルドとの間で交わされるものだ。表向きティシア国には何の関係もないが、国益に繋がることを俺は話す気満々だからな。

心配するウォルに笑いながら頷く。

これを、と俺は繋いでいない方の手のひらにアイテムを出現させた。

「……これはたしか……」

「俺の、ホームの扉の鍵。ホームを設置したい場所で使うと、そこにホームに繋がる扉が出現する。またこの鍵自体がホームと見なされ、〝リターンホーム〟の呪文を唱えると鍵の近くに転移出来る」

ゲイリアスの山中を出る時、移動させるために鍵の形に戻したホームの扉。

そっと、ウォルの手を両手で包み込むようにして金色の鍵を手渡す。

「転移ポータル前で人形兵の護衛は返すから、俺単身でティシアに戻ることになる。だからポータルから出たら、そのままリターンホームを唱えようかなと思って。王都や城の結界は、王族になった俺には効かない。すぐに、鍵を持つあなたの目の前に移動することが出来る」

　同盟国の地だから、ラギオンからそのままリターンホームは可能だ。

　だけど公式訪問なので出入国記録は残さなきゃいけないんだよ。面倒だけど。

「ウォルにも権限を設定しているから、好きな場所に設置することも出来るよ。他の者は入れないから、緊急避難にも使える。でも今はこのまま持ってて。鍵を目標にしてリターンホームは発動するから」

　にこにこ笑いながら告げると、彼はきつく鍵を握り締めた。

「……ありがとう。これは転生者であるあなたにとって、命にも等しいものだ。大切に預かっておく」

「そうだな。ウォルの元に帰る目印だ。大事」

　ウォルが俺の体を引き寄せ、キスをしてきた。

　こ、公衆の面前……っ。

　こちらを見ていた人々から歓声が上がっている。

　は、恥ずかしいが、夫婦の別れの挨拶だからっ。これくらい、こ、これくらい……っっ。

　唇を離した彼は、照れている俺の様子にエメラルドの瞳を細め、笑いながらもう一度触れるだけのキスを仕掛けてきた。

　一足先に帰国するウォルを見送り、俺はアイラとの交渉を開始する。

　パワーランチを挟んでの熱いやりとりだ。あ、ランチにはモックのハンバーガーセットを出前しました。期間限定チキンタッタ―美味しいよね。

　俺、一歩も引かなかった！　がんばった！

　元々負ける要素はないのだ。〝持っている〟のは俺の方なので。

「……本当、むしり取られるだけむしり取られた気がするよ」

　げっそりとした表情でソファーの背もたれに体を預け、アイラが紅茶を飲んでいる。

話し合いが終わり、今は作成した書類の清書&チェック待ち中だ。

チェックしてくれているのはマリウス氏。

ウォルの弟であるエリナー君の側近で、ナイスミドルなヒゲダンディです。俺の元筆頭女官クレアの旦那さん。

ティシア王妃となる俺が、個人の裁量で請け負えるのがどの範囲までなのかがイマイチ分からない。良かれと思って決めて、国益を損ねたくはないからな。

なのでサポートとして、マリウス氏に付き添ってもらっていた。話し合いが終わるまで別室に待機してもらい、今は〝秘密〟を一切伏せて書かれた俺側の書類を確認してくれている。

冒険者ギルド側の書類には何も隠していません。

ギルド総本部長であるアイラが一切の交渉を任されていて、彼女が納得すれば総意として扱われるのだとか。


「簡易ポータルの、辺境産の材料だけ先に寄越せ。完成品の引き渡しはクラシエルとの戦争が終わってから、か」

「戦略物資をそうそう渡せるか。転移ポータルがあるとないじゃ、戦況がひっくり返る。万が一にもクラシエルに横流しされれば目も当てられない」

「ティシアはあんたが作った簡易ポータルを使うんだろう？」

「当然。試作品の試運転です。実際に使って、使用感のアンケートを取ります」

真顔で答えた俺に、アイラはしわの刻まれた頬をひくつかせた。

「こっちは素材を提供するが、エリクサーの引き渡しも戦争が終わるまではなし。大樹海産の素材の交易もなし。エルフとの接触も、仲介するつもりはなし」

「すべて、対クラシエル戦争が終わってからだなぁ」

「戦争にティシアが勝利する前提で話は進めたが、

本当に勝てるのかい？」

「負ければ一切の前提が無意味になるだけだ」

　カップを受け皿に戻し、アイラを見据える。

「ティシアを勝たせるしか、冒険者ギルドにとって道はない。俺のアイテムしかり。エルフも、俺と陛下との友誼《ゆうぎ》に応えているに過ぎない。唯一国交を結ぶティシアが滅びれば、大樹海は再び結界の中に引き籠《こも》るだろう」

　だから、がんばってくれよと俺はにっこり笑ってみせた。

「ティシアとエルフに対して誠意を見せてくれ。冒険者ギルドは建前として中立を守るだろうが、個人的なティシアへの協力は大歓迎だ。早く戦争を終わらせたいなら、休戦協定を結ばせるようラギオン帝国をせっついてもいいぞ。今のところクラシエルの全面降伏までは求めない。だがティシア有利の協定が大前提なので、そこまで持っていけるようにこちらもねばるつもりだけど。クラシエルとの戦争が終わるまで、王の婚約者である俺はティシアのために尽くす。戦争が終わって国が落ち着けば、もたらされた結果に基づき冒険者ギルドに誠意を返そう。辺境へも向かう」

　それに関しては陛下も納得されている。

　ご自身が退位後に――あ、実は養子を迎えて早めに退位する予定なんだが、その後、俺に付き合って一緒に辺境へ向かってもいいとまで仰っているくらい。

「……ティシア王に教えてもいいとは言ったが、夫婦で来るって？」

「約束は果たすものだろう？　夫は俺の理解者で、協力者でもある。将来は夫婦で世話になるから、よろしく」

　泣き笑いのような奇妙な笑みを浮かべ、息をつきながら老女が頷いた。

「……こんなババアが言うことじゃないが、長生きしてくれよ、ティシアのカリヤ」

ティシア王を愛しているあんたは多分、転生しないだろう。

「だが、それでもいいさ。冒険者ギルドってのは、プレイヤーたちがこのゲームの世界で幸せに生きていけるように助ける組織だ。あんたのような存在が現れるのを三百年待った。まだ十年二十年は待てる。ティシアでやるべきことを終えてから、こっちを手伝っておくれ」

「――ありがとう。全力を尽くす」

「無理はしなくていいさ。あんたの厚意で、出来る限りでかまわない」

　吹っ切れたように肩を竦めた老女に、俺はソファーに座ったまま深く頭を下げた。

転生

なかなかマリウス氏の書類の点検が終わらないので、カフェタイム続行中です。清書までさせてしまっているせいだと思う。ごめん。

　部屋の壁際に控えていた人形兵が進み出て、新しい紅茶を淹れてくれる。

　ミスリル製の全身鎧に憑依《ひょうい》しているのは、精神体の召喚モンスターだ。

　前世では人そっくりな外観に凝ったりする召喚士もいたが、アイラは性能を重視しているんだろうな。

　しかし、ミスリルを使っているとはなんて贅沢《ぜいたく》な。

　さすがレア金属が豊富な辺境帰り。かけら欲しい。

「……そういえばアルラギオン支部のエリカ支部長は、ワールド・セキュリティについてどこまで教えられているんだ？　ゲームプレイヤーが転生を繰り返しているのは知っていたみたいだけど」

　俺のギルドへの登録データを見て、ご新規だと呟いていたエリカ氏。

　ＳＳＳランクは全員、ＳＳランクは一部が世界の秘密を教えられるとのことだが、彼女にはその資格はないと聞いた。

　レベル一までは知っているが、レベル二以上は関わる資格を有していないと――。

　ああ、とアイラが眉間のしわを深くした。

「〝彼女〟が口を滑らせたんだね。秘密を守るのが性格的に向いていないんだよ。うっかり口にするだけならまだしも、相手の歓心を買おうと自分で判断して話してしまう」

「それは……」

「いい子なんだけどねぇ。とても世界の真実には関わらせられなかった。彼女も初めての転生だね。人柄の良さを見込んで一度は辺境に連れて行ったが、途中で無理だと判断して、口止めをして中央国家群に戻したんだ」

　本人的には、繁栄しているラギオン帝国に戻れて喜んでいるみたいで良かったけれど。

　どこか疲れた口調で老女が説明する。

「うっかり話さないようにと、隷属の首輪をつける訳にもいかないからねぇ。アルラギオン支部のポストに放り込んで、監視しているというか見守っているというか……そういや事務方にいるダイドーも、ギルドの職員ってだけであんたに対して失礼な口を叩いたそうだね。ラギオン帝国の冒険者ギルドは、そういう問題のある人材を受け入れる器でもあるんだ。ゲームの世界に適応出来ないプレイヤーたちは〝箱庭〟に収容する。働こうって気概のあるダイドーはまだマトモなくらいさ。空気は読めないがね」

　代わって謝罪すると頭を下げた老女に、それはいいんだけど、と俺は手を振る。

「だがプレイヤーを一か所に集めたら、前回の転生を知る者がいたりしないか？」

　たとえば、AとBという同い年の転生者がいたとする。

　友人同士だったが、Aが二十歳で先に死んで、またこのゲームの世界に生まれ変わる。

　十五歳で冒険者ギルドに再びAが来た時、まだ生きているＢは三十五歳（母親の胎内はカウントされないそうです）。

生まれ変われば容姿も違っているだろう。だけど日本で生きていた記憶はそのまま同じだ。

再び二人は出会い、Ａの日本の記憶を教えられたＢは、ワールド・セキュリティの転生システムについて気づかないのか――？

そのことか、とアイラは頷いた。

「バレないようにしているんだよ。冒険者ギルドの庇護に入ったプレイヤーは、ラギオン帝国内にバラけて配置している。〝箱庭〟を複数作っているのも、配慮の一環さ。登録時のデータでだいたい推測出来るからね。前世の名前を書いてくれたら一発で分かる……中には『山田ハナ子』なんて偽名を堂々と書く輩もいたりするから、油断は出来ないが」

俺は顔を背けて口笛を吹く真似をした。

「ラギオン帝国所属以外のプレイヤーは？」

「気を配ってはいるが、自力で気づく者もいるかもだねぇ。ギルドに報告してきた場合は黙っておくよう頼むが、まぁＮＰＣに知られなきゃいいよ。どうせすべてはカバーしきれないんだ。気づいた者がその生を終えたら、次の転生時はまた忘れているだろうしね……」

老女は苦い笑みを浮かべる。

「……ギルドに登録したときの転生回数の数字がね、いくつか飛んでいるプレイヤーがいるんだ。前回保護したときは五回目の転生だったのに、今回は八回目の表記。途中で二回、早世したんだろうね……だから転生回数の数字は、ただの分類ってごまかしているんだよ。一回目だけは（新規）って出ちまうからごまかせないんだが」

アイラの台詞を、俺は黙って考えた。

トラックに撥ねられて死に、ＭＭＯＲＰＧ《ゴールデン・ドーン》ゲームの世界に転生したのだと驚く自分。

だけどもしこのゲームの世界で、志半ばに死んだら。

　また俺は繰り返すのか。

　トラックに撥ねられて死に、ＭＭＯＲＰＧ《ゴールデン・ドーン》の世界に転生したのか――と。

「……ゲームの世界に繰り返し転生するだなんて信じられなかったけれど、それでもいいかと最初は思っていたんだ。たしかに以前の転生の記憶は覚えていない。残したノートに書かれた自分の字に教えられるだけだ。だけどね、経年劣化とでも言ったらいいのか、心がたしかにすり減っていくんだよ」

　あたしがあたしでいられるうちに、この繰り返しに終止符が打てればいいんだけどね……。

　そう呟く老女の顔は、ひどく歳を経て見えた。

　マリウス氏の書類チェックが終わった。

　ティシアにとってかなり良い条件の取り決めだと、やって来たヒゲダンディが褒めてくれました。

　冒険者ギルド側が譲歩してくれたんだよ。アイラに感謝しないと。

「念を押しとくが、これは冒険者ギルドとカリヤ個人との間の取り決めだ。ティシア国は関係ない。もしカリヤがティシア王と別れたりしたら、履行されなくなるのを肝に銘じておいとくれ。冒険者ギルドが力を貸すのは、ゲームの元プレイヤー――転生者のみだからね」

「分かっている。が、ウォルと別れる気はないから大丈夫」

「ふーん、王を愛称で呼んでるんだ。いい距離感じゃないか」

　にやにやと笑う老女がうっとうしい！

「妃殿下。実は妃殿下のお帰りを見送ろうと、エリナー王弟殿下や妻、今回預かります女官たちと〝神槍〟の妹御が別室にて待機しております」

　声を掛けてまいります、とマリウス氏が頭を下げる。

　アイラが許可を出し、人形兵を一体護衛につけてもらったマリウス氏が部屋を出ていった。

「それじゃあ、実りのある話が出来て良かったよ、王妃殿下。互いに忙しい身の上だ。戦争に決着がつくまで会うことは難しいかもしれないが、がんばっとくれ」

「ありがとう」

差し出されたしわの刻まれた手と、握手を交わす。

それでお別れという訳ではなく、冒険者ギルド総本部内にある転移ステーションへと向かう道すじは、アイラが自ら案内してくれた。

回廊に出ると、空が夕焼けに赤く染まっているのが見えた。

――夕食前にはウォルの元に戻れそうだ。

今夜はだだっ広い食堂で大勢に傅《かしず》かれながら食事するんじゃなくて、私室で二人きり、本日の成果を話し合いながら食べたいかなぁ。

アルティシア・ステーションから馬車を手配したら夜ふけじゃないと到着出来ないが、ウォルの持つホームの鍵を目印にして跳べば瞬時に帰れるんだよ。

リターンホームの呪文って本当に便利。

そんなことを考えながら、ティシアと繋がる転移ポータルの部屋に着く。

床の中央に固定された、厚さ十センチ、直径五メートルほどの円盤の側に、一人の青年が待っていた。

「ライナー？」

背から落ちるマントを、肩に戻しながら床に片膝をつき、銀髪に紫の瞳の騎士は頭を下げる。

「……〝神槍〟殿をフィアスの元までお連れするようにとの命令でしたが、話を通しに行ったコートレイ領の領都にてグウィンに任せてきました。繊細な案件ですから、私よりグウィンの方が適任だろうと領の皆が申しまして。……私もそう思いました」

ああ、うん。

ちょっとライナーには荷が重いかなって、俺も少し思っていた。グウィンの方がライナーよりフィアスと付き合いが長いだろうし。

しかし、自分が劣っていることをちゃんと認めることが出来たんだな、ライナー。

「神槍殿もグウィンへの案内交代を承諾してくださり、私に王妃の元に戻るよう言われました。アルティシア・ステーションを経由した際、ティシアにお戻りになられた陛下にお会いしまして。妃殿下が冒険者ギルドのポータルを使用されるとお教えくださったので、こちらにてお待ちしていた次第です」

「……そうか、来てくれてありがとう、俺の護衛騎士」

「もったいないお言葉です、妃殿下。……ありがとうございます……」

俺に対して、膝をついたまま深く頭を下げる騎士。

自身のプライドを気にせず最善を選び、守ると決めた俺の元へと駆けつけてくれた男に、変わったんだなと思う。

ウォル。

彼はあなたに対して向けていた忠誠を、俺にも向けてくれるようになったんだ。

それがとてもうれしい。

だから、彼と共に帰ろうとするとリターンホームが使えなくて、馬車で帰城することになるから夕食には間に合わないことは我慢する。

国に帰ろう

冒険者ギルド総本部の地下にある転移ステーション。

ティシア国のアルティシア・ステーションへと繋がる転移ポータルの部屋には、俺を見送るために見知った人々が集まっていた。

兄であるウォルを送った後に、こちらへ寄ってくれた義弟エリナー君。これからは夫婦でエリナー君に仕えることになる元筆頭女官のクレアに、ライナーの妹ミリアム他女官の皆。

それに帝城から駆けつけてくれたイルマちゃん。

アルラギオン支部長のエリカ氏もいる。

総本部長のアイラも見送ってくれるので、それほど広くない室内にはなかなかのメンバーが集まっていた。ポータル担当は昨日と同じ魔法使いなんだが、またガチガチに緊張している……。

「それでは義姉上《あねうえ》、陛下をよろしくお願いいたします」

丁寧に頭を下げてくれるエリナー君。立場を認め、礼を尽くしてくれる俺の義弟《おとうと》はいい子です。

お世話になりましたと、マリウス氏の隣に立つクレアも夫婦揃って頭を下げてきた。

「こちらこそ、これまで仕えてくれてありがとう、クレア。預けていくミリアムたち女官をよろしく」

立場のある女性っぽい感じの話し方って難しいな！　いまだに慣れない。

営業職のリーマン的話し方なら、敬語でも何でもござれなんだが。と、顔に猫をペタペタ貼りながら思う。

「お供が出来ず申し訳ございません、妃殿下。一日でも早くティシアに戻れるようがんばります」

女官代表で、ミリアムが抱負を述べる。

がんばれ、将来の後宮幹部候補生たち。一回り大く育って帰ってくるのを楽しみに待っているぞ。

「カリヤお姉さま、ティシアに行っているお兄ちゃんをどうぞよろしくお願いします」

迷惑をかけてないといいんですが、と豊かな胸元で指を組み、心配そうに呟くイルマちゃん。

グウィンがいるならコートレイ側の心配はかなり抑えられると思う。神槍も、再会したフィアスにいい所を見せたいから無茶をしないと思うんだがなー。

……しないよね？

「いつでもラギオンに来てね、カリヤさん。同志は大歓迎よぉ」

うふふと笑って投げキッスを飛ばしてくるエリカ氏。年下彼氏仲間だからね。

「――カリヤ」

冒険者ギルドのトップである老女が前に進み出る。

「あんたの〝登場〟は、あたしたちプレイヤーの希望だ。未来に絶望しつつあったあたしたちを、正統なアイテムマスターの道を歩んでいるあんたは助けてくれるだろう」

近づいてきたアイラが防音アイテムを起動させた。

俺と彼女、二人だけが範囲内に入る規模だ。背後に控えていたライナーが反応して動こうとするのを、大丈夫と小さな身振りで抑える。

「……SSSに至ることが確実な、転移ポータルを作製するためのレシピを覚えているアイテムマスターが現れた。正直、冒険者ギルドの立場としては、戦争でティシアが勝っても負けてもどちらでもいい。勝てば、あんたはその生涯の終わりまでギルドに協力してくれるだろう。負けたら、あんたの身柄だけ保護してもいいんだが……」

「ティシアが滅びる時は、国王であるウォルは死んでいるだろう。ウォルが死ぬ時には、俺は既に死んでいるぞ？」

命ある限り、彼を守り続けるつもりだからな。

「……果報者だねぇ、ティシア王は。そうだ、あんたが先に死ぬ時には、この世界に悔いを持って死ぬだろう。なら次の転生がある。あたしたちは二度目の転生をするあんたに、再び助力を願えばいい。だけど出来ればそんなことはしたくない。あんたには気持ち良く協力してもらいたいし、この世界に転生したプレイヤーたちの幸せを願うのが冒険者ギルドの在り方だからね」

カリヤ、と老女は深い眼差しで俺を見つめた。

「あたしたち冒険者ギルドは、ゲームのプレイヤー……転生者であるあんたを手助けするために力を貸す。つまりあんたがいないティシアには、手を貸す意味はないから動かない。このことを心に深く刻んで、己の武器にするといい」

「……ありがとう」

しわの刻まれた目元を細めて笑うと、アイラが下がる。

それを機に、借りていた人形兵も彼女の背後へと戻った。

ティシアに向かうのは、俺とライナーの二名だけだ。一緒に運ぶ荷物はなし。

ライナーと共に転移ポータルの中に入る。

見送りの人々に向けて、俺は笑みを浮かべながら手を上げた。

「世話になりました、ラギオンの皆さん」

稼働したポータルの、円盤の縁から金色の光の膜がせり上がる。

半球形の膜がポータルを覆い、足元が不自然に揺れた。

「――え？」

金色の膜が掻き消え、目の前に現れたのは煤《すす》けた白い壁。

「妃殿下！」

ライナーが背後から俺の腕を引き、自分の体をねじるように割り込んで盾になる。

次の瞬間、俺は彼ごと無数の矢に貫かれていた。

唇の端から、口内に残っていた血がこぼれて伝い落ちる。

俺の体は地に伏してはいなかった。ライナーが片手で抱えた姿勢のまま、彼の腕に支えられている。

ゆっくりと明るさを取り戻していく視界に、ティシアの転移ステーションではなく薄汚れた白い壁の部屋が映る。

「……っぽ、蘇生アイテム着けてるじゃん」

「あれってさ、蘇生途中で切り刻めないのが面倒だよな。ゲームの仕様のせいだっけ」

「貫通効果が武器についてりゃ出来るぜ？　だけど、なかなか手に入らないんだよなー。イデが前に持ってたけど、失くしたって言ってたぜ？」

「武器は大事にしろよー」

ゲラゲラと笑っている、若い男たちの声。

ごほっとせき込んだライナーの、口元から飛んだ血が胸元に抱えた俺の顔を汚す。

嵌められたのだ、と理解した。

ここはティシアじゃない。転移ポータルに細工がされていた。

待ち伏せされて、問答無用で〝殺された〟。

俺が防具に付与した初手無効なんて無意味だった。

圧倒的な数の暴力――。

「あ、蘇生完了した。んじゃ二度目、殺すか！」

魔法の矢が生成される際独特の、甲高い空気音が生まれた。

俺を体で庇っているせいで、敵に背を向けたままのライナーが腕を振り上げ叫ぶ。

「――『光の盾《ライトシールド》』！」

彼が騎士服の下に仕込んでいた手甲から、巨大な光の盾が展開された。

殺到する矢を受け止め続け、きしみ始めた盾は、攻撃の終わりと共にひび割れかき消える。

過負荷のせいで砕け散った手甲に、血まみれになった手を腰の剣にやりながら、ライナーが俺にかすれた声で囁く。

「……お逃げください、妃殿下。あなただけでも。隙は俺が作ります……」

（ごめん、ライナー）

護衛騎士の肩越しに見える、目前の光景。

見知らぬ狭い部屋の中には、転移ポータルを囲むように立つクラシエル所属の転生者たちがいた。

すでに敵に包囲されている。〝リターンホーム〟は使えない。

そして〝ジャンプ〟は――。

正面に立つオレンジ色の長髪が、チェシャ猫のような笑みを浮かべる。

タキリン城砦と大樹海直前で遭遇したイデという名の青年は、俺に見せびらかすように小さな少女像を掲げ、楽し気に砕いてみせた。

『プレイヤー殺し』。

五分間、そのエリア一帯で指定したスキル――

〝ジャンプ〟を封じるアイテム。

（――もう逃げられない）

ランクA以上の魔法スキルが生み出す無数の魔力の矢が、目の前を埋め尽くす。

一方的な攻撃を、剣を抜き放ったライナーは一度は封じてみせた。範囲防御の抜刀スキルに両断され、消滅する魔法の矢。

だがすぐに新たな攻撃が襲い掛かる。

自らの体を盾とした護衛騎士の体が、無数の矢に貫かれる。

補強した程度のエルフ服の防御力では防げない圧倒的な攻撃に、俺もまたハチの巣にされて〝死んだ〟。

――首を絞めつける固い感触。

円環で束ねていた髪をわし掴みにされ、そのまま床の上を引きずられる。

響く男たちの嗤い声。転がる誰かを輪になって一方的に蹴りつけ、いたぶって喜んでいる様子がゆっくりと焦点を取り戻していく視界に映った。

あれは、

「おっはよう～、王妃サン」

髪をわし掴みにする手に、体を持ち上げられる。

俺と視線をあわせたオレンジの髪の青年が、赤い血の色の瞳を細めて嘲笑《あざわら》った。

「クラシエルにようこそぉ～」

簡易型の転移ポータルが設置された部屋に、ギャハハハと再び耳障りな嗤い声が響く。

「王妃だってよ、カマ野郎が！」

「よっぽどケツマンコの具合がいいんだろ？　チンポを咥えただけで大出世だもんな」

「早くマワせよ、イデ！　隷属の首輪は嵌めたんだ。性奴隷ちゃんのご主人様になって、尻の穴を広げながら俺たちのチンポを恵んでくださいってオネダリするよう命令させるんだろ？」

「あー、それなんだけどサァ」

イデと呼ばれた青年はにっこりと笑い、髪を掴む手を振り降ろして俺の頭を床に叩きつけた。

そのまま腹を蹴られて吹き飛ぶ。背がぶつかったのは、転移ポータルの操作盤のようだった。

「――計画変更だ。こいつ、ラギオンでSSになってやがった。用意した首輪はSランク用。このまま犯して支配しようとしても、格下のSランクじゃかなりの確率で無効にされる。同じSSランクじゃないと支配出来ない。冒険者ギルドの宝物庫から盗《と》ってきた〝狂人の遺産〟は、今つけたのがラストの一個だ。失敗出来なくなった」

えーっ、とブーイングが上がる。

「SSランクって、クラシエルにはサキタの旦那しかいないじゃん。旦那を呼んで突っ込ませるの？あの人、男もイケたっけ？」

「いや、無理だろ」

「ティシアの王家絶対滅ぼすマンだから、焚きつければ喜んでレイプするんじゃね？」

「武力じゃBランクに毛が生えた程度で、ろくに抵抗も出来ないくせに。生産職はめんどくせえなぁ」

好き勝手なことを口々に話している、クラシエルの転生者たち。

床に転がったまま、俺は自分の首元を確かめようと手に力を込める。

予想通り、体はほとんど動かなかった。

重い石によって上から押さえつけられているような感覚。動きを封じられている。無茶をすれば少しなら動けそうだが。

おそらく、身に着けた蘇生アイテムによる二度目の死からの復活の途中。意識を失っている間に、隷属の首輪を嵌められたんだろう。

奴隷登録はまだされていないが、嵌められただけでも首輪は対象の行動を阻害する。

口を動かしてしゃべることだけは出来る。

だがスキルもアイテムボックスも使えないはずだ。

同じ状況に置かれていたエルフの子のルカが動けな

かったように、自力での逃亡はほぼ不可能。

――そう。ルカと同じ、ただの隷属の首輪ではなく性奴隷用の首輪。

登録方法は性行為。犯されたら最後、俺は理性をなくし、主人の命に喜んで股を開く性奴隷に変容する――。

「なぁ、この騎士サマどうするー？　そろそろ死にそうなんだけど、このまま首もちょん斬った死体をティシアに送る？」

転移ポータルの魔法陣の上から、そんなのんびりとした声が聞こえた。

俺の周囲にいた男たちの意識が、一斉にそちらを向く。

ポータルの上に、血まみれのライナーが横たわっていた。

腕と足が片方ずつなくなっている。足は部屋の隅に転がっていた。腕をおもちゃのように振り回しながら、返り血を浴びた男が嗤っている。

「一応ポーション掛けつつ遊んでいるから、もうしばらくは動いてるよ。そこのカマ王妃を殺すって脅したら、さっきから抵抗しないで付き合ってくれてるんだけど」

「あー、じゃあ首切る前にケツを犯すわ。お預けくらったせいで、発散してぇんだよな。顔がイイ男をズタボロに犯して、泣き叫ぶ姿を見るのって面白れぇし」

「おいおい。俺に先にやらせろよ。王族の護衛騎士ってんなら、王家の血統を守るため～とかでケツを使われてるんだよな。こいつでいいから、実質王族レイプするわ」

「処女じゃなかったのか。じゃあ全員相手しても大丈夫だね。てめぇがレイプされているうちは、王妃サマは綺麗な体でいられるからがんばってねー」

顔はいったん戻しておくね、と側に立つ男が笑顔でポーションの瓶を傾けた。

あらわになった紫の瞳が転がる俺を見つめていた。

ライナーの唇が、小さく動いて何かを告げようとする。

「――――!」

俺は力を振り絞り、隷属の首輪で動かないはずの体を起こした。

腕を伸ばし、転移ポータルの操作盤に触れる。

「離れろ！　ポータルが動く！」

魔法陣の縁をせり上がり始めた金色の膜に、転移ポータルの上に乗っていた転生者たちがあわてて飛びのく。

金色の光が半円を作り、消えるとそこに俺の護衛騎士の姿はなかった。

「てめぇ……っ！」

激高したクラシエルの転生者が、腰に下げていたハンマーを掴んで振り下ろす。

俺は〝三度目の死を迎えた〟。

幕間

ティシア王城の軍議の間には、円卓を中心に大勢の関係者が集まっていた。

その関係者の一人として、イルマは冒険者ギルド総本部の副総本部長の隣に座る。

ラギオン帝国からの参加者は彼とイルマの二名だけだ。いや、参加者はもう一人いる。

机上には置かれた円柱形の投影クリスタル。音声を伝達するアイテム『水晶球』の、映像も映し出せるタイプだ。

冒険者ギルドが所有する、このゲームの世界で開発されたという秘宝の一つだった。会議が始まれば、クリスタルを介して帝都にいる総本部長アイラが参加する予定になっている。

円卓の右手が、ラギオン帝国のための席だった。

イルマから見て対面、円卓の左手には大樹海の特命全権大使だというアンゼリーンという名のエルフが、たった一人で座っている。

　上座はティシア王族の席。

　すでに席についているのは、ラギオン帝国側にカザリン王姉、大樹海側にルシアン王兄。中央の玉座にまだ国王の姿はない。

　円卓の半分以上を占める下座は、ティシア国の諸侯、大臣に各院院長、前線から抜けて参加する将軍といった者たちの席だった。

　魔法院院長のマティウス・セフィエラ。カリヤが院長を務めていたという技術院の、院長補佐。南部諸侯の代表として、代替わりしたばかりのまだ若いナダル・コートレイ。

　このゲームの世界に先に転生していた兄の、血の繋がった家族だという〝弟〟は、そのコートレイ領で暮らしていたと聞いている。だがこの部屋には来ていない。ナダル少年の横には別の、仮面の男が控えている。

　事態が落ち着いたら弟に引き合わせると兄に言われたが、いつになるのかイルマには想像もつかない。

　だって、世界は変わってしまった。

　席を与えられず、円卓の後ろに立ったまま参加している者たちが大勢いる。

　先ほどから聞こえてくる彼らの会話。

　そのほとんどが、四十日ほど前から失踪《しっそう》しているカリヤの話題だった。

　イルマが姉とも慕っていた、ＳＳランク非金属系生産職のプレイヤー。

　アイテムマスターだった〝彼女〟は、ラギオン帝国訪問後、その帰国途中に姿を消している。

　冒険者ギルド総本部地下のステーションで、イルマはカリヤを見送った。

　優しい笑みを浮かべながら手を上げ、またの再会を告げていたオリーブ色の肌の麗人。

　だがティシア側の転移ポータルには、一緒に転移したはずの護衛騎士だけが、ひどい暴行を受けて虫の息となった状態で出現したと聞く。カリヤの行方は杳《よう》として知れない状態が続いていた――。

集まっている彼らは、カリヤのことを小声で口々に話していた。

非難する者たちがいる。

戻らないのはティシアを裏切ったからだろう。クラシエルに身を寄せたらしい。国を売った。邪魔な護衛騎士を殺そうとした。アイテムの供給量が減っている。そのせいで最近のティシア軍は負け続きだ。

若い王を騙し、取り入ったゲイリアス生まれの賤民――。

そんなことはないと否定する者もいる。だが当人がいない今、その声は小さい。

違う、とイルマも立ち上がってカリヤを庇いたかった。

お姉さまはそんな方じゃない。

タキリンで、ティシアのために手を尽くす〝彼女〟を見ていた。

物を生み出す生産職の、理想のような人。強く賢く、それ以上に優しい人。

カザリン王姉とルシアン王兄が立ち上がった。

無秩序なおしゃべりが止み、人々が一斉に胸を手を当てて頭を下げる。エルフとイルマたちも、国王入室の先触れに立ち上がって出迎える。

現れたのは、見事な雪豹《ゆきひょう》のマントを背に流した若き王。

黄金とエメラルドで形作られた輝く美貌を前にすれば、どんな美姫も恥ずかしさに顔を伏せるだろうと、吟遊詩人たちに謳《うた》われているのだと聞いた。

そんな、宝石の如《ごと》しと称えられる美しい王の隣に立てるのは、別種の趣を持つ美しさを誇るお姉さまだけなのに――とイルマは思う。

綺麗なお二人が身を寄せ合い、楽しそうに笑いあっている姿を見るのが好きだったのに。

美しき白亜の都の主は無言で玉座につき、そして失踪した婚約者に関する公開討議が始まった。

さまざまな報告が上げられていく。

護衛騎士であったライナー・コートレイの意識が戻らない件。

ティシアに血まみれになって戻ってきた彼は、たまたま近くにいたエルフから提供されたエリクシールにより、死の縁から脱することが出来た。

だが欠損していた手足は、暴行を受けた際に中途半端な治療がされたのかそのままの状態で固定され、復活しなかった。カリヤ失踪の真実を知るのは彼のみだが、いつ意識を取り戻すか分からない状態が今も続いている。

ティシアの主要な街や近隣国で、流れの吟遊詩人がティシア王の婚約者の裏切りを歌い、噂を広めている。

クラシエルの工作活動の一環だと推測出来るが、実際に行方不明だから否定がしづらいこと。民の戦意が下がり、婚約者と王家に対する不信が広がっている。

三十日以上に及ぶ不在により、カリヤの技術院院長の地位が無効となった件。

プレイヤー特典が消滅し、これまではプラス補正がかかっていたティシア国内のアイテム生産は、ペナルティによってマイナスに陥った。

同盟国であるはずの大樹海の援軍が、ティシア国内での活動を止めた件。

アルティシア郊外の大使館建設も止まり、携わっていたエルフは大樹海に戻った。

クラシエル本国での謎の馬強奪事件も、最近は収まっていると聞く。それが原因か、本国での混乱から立ち直ったクラシエル側の反撃が始まり、戦線は再度押され始めた。

ラギオン帝国側からはカリヤの失踪事件に関して、問題となった転移ポータルが冒険者ギルドの管轄だからと関与を否定されていること。

『……たしかに、冒険者ギルドの管轄だね。こちらのミスで婚約者が誘拐されたと受け取られても仕方ないとは思う』

クリスタルによって空中に投影された冒険者ギルド総本部長アイラは、車椅子に座っての映像の中、冷たい表情のまま謝罪した。

『調べたところ、ティシアと繋がる転移ポータルの内部に細工がされていた。真実を知っているはずの担当魔法使いは、あの時の騒ぎの中、どさくさに紛れて逃走。帝都郊外の転移ステーションへ向かい、クラシエルに渡ったと判明している。なのでクラシエルに魔法使いを引き渡すよう要請したが、入国記録はあるがその後の消息は不明とのことだ。ただ、それらしき遺体が王都貧民街の路上で発見されている。なんらかのトラブルに巻き込まれて殺されたようだが、婚約者失踪との因果関係は不明だ』

「妃殿下が冒険者ギルド総本部の転移ポータルを使われるだろうという情報は、どうして洩れたのですか？」

アンゼリーンが発した問いに、アイラは取り繕うことのない嫌悪の表情を浮かべた。

『……あの時のエルフか。おそらくだが、冒険者ギルドのアルラギオン支部長が洩らした。ティシア国王のラギオン帝国訪問の日程。その婚約者の情報。全部、恋人だったというクラシエルの転生者に筒抜けになっていたとみていい』

「他人事のように話すのですね」

『そいつが自死に逃げたものでね。今となっちゃこちらも何も分からないのさ。真実を吐く前に、帝都アルラギオンの外街壁の上から飛び降りた。残されていた遺書らしき書き置きも、愛に生きたいので逃げるのを許してほしいというふざけた内容だった』

ぎゅっとイルマは目を閉じた。

――ずっと親しくしていたエリカが、カリヤの情報をクラシエルに流していた。

信じられないという思いと、やっぱりという相反する思いが交錯する。たしかに、普段は聡明だが恋に浮かれている彼女をあやういと感じたことはあったのだ。

　恋バナで一緒に盛り上がったりもしたが、イルマはまだ恋を知らない。

　だがエリカは違った。恋に夢中になっていた。

　恋人だという男をギルドの宝物庫に案内している姿をちらりと見かけ、後で公私混同ではないかと指摘したこともある。

　エリカはきまり悪そうに反省の言葉を口にしていた。彼に強く望まれたから、叶えてやりたかったのだと。

　だけど、忠告で終えるのではなく公にするべきだったのだろう。何故なら、

『そいつには、ギルドの宝物庫への侵入ほう助など余罪がまだある。確認すると中に保管していた物がいくつか盗まれていた』

　吐き捨てるように答えた老女だったが、そこでイルマの隣のギルド総本部副総本部長が挙手をした。

　物理系戦闘職ＳＳランクの、まだ年若い少年。白い髪を持つ生粋のラギオン貴族だという彼は、外見に見合わない落ち着いた口調でアイラの説明を補足する。

「――そのアルラギオン支部長の死に関してですが、不審な点があります。外街壁の上を巡回していた兵士が現場を目撃していたのですが、誰かと一緒に飛び降りたようにも見えたそうです。ただし、下で見つかった遺体は支部長一人だけだった。その恋人が黒幕で、自殺に見せかけて口封じで殺害された可能性も考えられます」

「……そのクラシエル所属の恋人について、身元は判明しているのだろうか？」

　上座のルシアン王兄が、考え込みながら尋ねてくる。

　こくりと副総本部長が頷いた。

「イデ――という名です。ティシアにはご存じの方もいるかもしれません。オレンジ色の長髪の、Ｓランク物理系戦闘職です」

覚えている、と王兄がぽつりと呟いた。

「八年前、ティシアの冒険者ギルドに所属していた転生者」

タリスでの事件の際に、少女の最期を〝偶然〟目撃したと名乗り出ていた。

「彼女の死をきっかけに、ティシアを去ってクラシエルに渡った一人だが……いや、考えすぎか」

『――あたしは五年前に総本部長に就任したが、転生者の女を死に追いやったということで、八年前のティシアは冒険者ギルドに対して賠償金を支払っているね。今回はこちらの失態だ。すべてを調べ上げた後でティシアに対して謝罪を行い、賠償金を支払おう』

「金銭で解決するつもりですか？」

アンゼリーンの問いに、ああとアイラは頷いた。

『転生者のいなくなったティシアに肩入れする理由が、冒険者ギルドにはないからな。カリヤ個人とはいくつか取り決めも交わしていたが、いないのなら履行する義理はない。冒険者ギルドが動くのは、転生者に関わることだけだ』

失踪したカリヤの行方は、今後も独自に調査する。

また転生者は所属しているが、クラシエルには女性転生者の誘拐容疑がかかった。この件について解決するまで、ギルドが戦争に介入することはない。

『……冒険者ギルドは、あたしは、大樹海のエルフを信用出来ない。エルフと手を組むティシアを信用出来ない。そこのエルフ。あたしの息子が帰ってこないのは何故だ？　本人に持たせていた水晶球から一月前に、実父の容体が持ち直したから戻ると連絡があった。なのに帰ってこない。その後の連絡も途絶えた。どうしてだ？　カリヤを信用したから、あたしはあんたたちにヨナを託したのに』

映像の老女は、正面の席に座るエルフを睨みつけた。

怒りの理由を知っているから、イルマは膝に置いた手をぎゅっと握りしめる。

総本部長を、秘書のような立ち位置で支えていた彼女の息子さん。綺麗な男性だと思っていたが、エルフだとはずっと気づかなかった。

その彼が大樹海に戻って、突然連絡が取れなくなった。

エルフとの窓口はティシアだけだが、混乱している状態のティシアの動きは鈍かった。

そして、ティシアを介した接触を大樹海側は無視した。何の反応も返さず、無視し続けた。

だから息子は人質に取られたのだと、アイラは判断した。

『――息子が戻ってくるまで、冒険者ギルドをおまえたちの有利に動かすつもりは一切ない。それを忘れるな！』

クリスタルの映像が消える。

イルマはやるせない思いで通信装置を見つめた。

ＳＳＳランクであるアイラと、Ａランクのイルマはこれまで兄を介してしか接触がなかった。

兄とは意気投合していたと思う。だが今、ラギオンに兄はいない。

公にされてはいないが、カリヤの失踪後、兄は単身辺境へと向かっている。

アルラギオン・ステーションで細工がされていたのは、ティシアと繋がる転移ポータルだけではなかった。

辺境に繋がる転移ポータルと、通信装置も破壊されていたのだ。

辺境エリアで活動しているという高ランクプレイヤーたちは、ほとんどがあちらにリターンホームの登録をしている。唯一行き来出来るポータルが破壊され、辺境は中央国家群との繋がりを断たれた。

今、中央国家群に転移ポータルを修理出来る生産職はいない。

辺境にはいるらしいが、あちらの高ランク転生者たちは中央国家群に対する関心が薄いと聞いた。連絡が途絶えても、しばらく気づかないだろうと断言出来るほどに。

だから兄は、総本部の宝物庫に保管されていた簡易ポータルを設置しようと辺境に向かっている。

モンスターの跋扈する砂漠地帯を越えられる能力を持つのは、ＳＳＳランクの兄だけだった。

――息子がいなくなり、同格の兄がいなくなり。

老女の精神はゆっくりと均衡を崩していっている気がする――。

「……申し訳ありません。今、大樹海は割れています」

部屋中からの視線を一身に浴び、スカイブルーの髪のエルフは深く息をついた。

「先ほどの冒険者ギルド総本部長のご子息についてですが、彼は幼少時にさらわれ、行方不明となっていたエルフです。カリヤ妃の口添えで里帰りをしたのですが、その妃が失踪されてしまった。エルフはカリヤ妃がティシアを裏切ったとは信じていない。身柄は敵に拘束されたのだと考えています。ならば妃ほどの方が拘束されるような危険な外界に、同胞は戻せない。そう考えた彼の実の親族たちが、世界樹の眷属《けんぞく》に願って里を閉ざした」

我々は今、閉ざされた里を開くよう、説得を続けています。

世界樹の眷属と親しい私の弟は、クラシエル本国で工作活動を行っていましたが、今は大樹海に戻り説得に加わっています。

そしてティシア国内のエルフ義勇軍ですが、指揮する部隊長が総本部長のご子息と共に里に拘束されているため、活動を再開することが出来ません。

「――カリヤ妃がおられたら、世界樹の眷属の説得はすぐにも可能でしょう。あの方は超常の存在に特別な好意をもたれています。総本部長のご子息は解放されてラギオンの養母の元に戻り、ティシアとクラシエル両国内でのエルフ軍の活動も再開し、同盟相手のティシアを支援することが出来ます。ですが」

妃はおられない。

軍議の間が静まり返った。

いなくなったカリヤの存在の大きさを考えているだろう人々に、イルマの目に涙が浮かぶ。

エルフと冒険者ギルドの協力は、お姉さまが繋いだ縁。王さまもがんばったかもしれないけれど、お姉さまだからこそ繋げた縁なのよ。

……ですが、と切り出したのは、下座の後ろに立っていた貴族だった。

「王国碑にて、カリヤ妃がどこにいるかは分かりませんが、現在の状況だけは確認出来ます。国中の者が注視していますが、妃の刻まれた名が、時おり不規則に明滅している。これは不貞を行われている証では？」

いいえ、と細い眉をひそめて答えたのはカザリン王姉だった。

「王国碑に刻まれた名は、嫁いできた者が不貞を働き、血統を失うと名前自体が消滅するのです。たとえば、今現在の私の名は金で刻まれています。親が王族なので、他家に嫁いで血統が消えても名は白く残ります。ですが嫁いで王族となった場合は違う。夫によって結ばれた王家との繋がり自体がなくなり、名が消えて二度と刻めなくなります」

金色に刻まれた名は、魔力が多く国宝を扱える資格を持っている証。

白い名は、魔力が少なく国宝を扱えないか、血統の出ではあるが国宝を使う資格がなくなった者の証。

そして光を失い、灰色に変化した名は、

「――カリヤの名は消えていない。灰色に変化しては、金の光に戻っている。つまり、……殺されては蘇生を繰り返しているのでしょう……」

沈黙が軍議の間を支配する。

だがいつかは、と誰かが小さく呟いた。

いつかは名前が――、

「ウォルド陛下」

イルマの隣に座る副総本部長が、少年特有の高い声で発言する。

「クラシエルは、所在不明となった妃殿下がいらっしゃるとは明言せずに、ティシアに対して降伏を促してきたそうですね。脅しの材料が今朝、ラギオン帝国に届きました。ティシアと他国の転移ポータルが閉ざされているせいでしょう。ラギオン帝城の転移ポータルに送られてきた物がこちらです」

　副総本部長の合図にイルマは立ち上がった。

　円卓の上に置いていた箱を開け、クラシエルから送られてきた中身を取り出す。

　それは王家の紋章が刻まれた円環でまとめられた、黒髪の束だった。

「……ティシア王家の円環だ」

「王妃の髪なのか？　いつでも殺せるという脅しで――――」

「いや、国との決別の証として自ら手放したということも――――」

「円環には！」

　イルマは声を張り上げた。

「……円環には、拭ってはいるけれど血の跡が残っています。刻まれた紋章の中に残されていた血と、黒髪と、冒険者ギルドに残されていたカリヤお姉……王妃殿下のデータを確認したら、一致していました」

「ウォルド陛下。この髪が届いたことにより、行方不明だったカリヤ妃がクラシエルにいるのは確定しました」

　妃殿下を助けようと思えば、クラシエルの要求を呑《の》むことになるでしょう。ティシアは滅びます。

　ですが要求を呑まなければ、王妃を見捨てることになる。

「国を選びますか？　それとも王妃を選ばれますか？」

　白髪の少年の問いに、若きティシア王が黒髪から視線を外す。

　強いきらめきを放つエメラルドの瞳が、まっすぐ前を見据えた。

「私は――」

現状確認

パチリと俺は目を見開いた。

蘇生完了だ。

このＭＭＯＲＰＧ《ゴールデン・ドーン》を元にした異世界では、元プレイヤーである転生者が蘇生アイテムを使って生き返る場合、復活までにタイムラグが存在する。

だいたい五日から十日間の待機時間《キャストタイム》。

ＮＰＣである住民は即座に復活するけれど、何故か元プレイヤーは再び目覚めるまでそれだけの時間が必要だ（あ、装備品に二つまで付加出来る蘇生効果は即座に効く。それとは別物の、蘇生アイテムを使用した場合ね）。

――敵国クラシエルに捕らわれてから通算、九度目の復活です。

ラギオン帝国からティシアに戻る際に転移ポータルに細工され、拉致《らち》されてからのアイテム復活七度目。つまり、装備アイテムにくっつけていた復活二度をプラスするので計九度目。

ざっと死亡履歴を辿ってみるとこんな感じ。前世のゲームの『過去ログ』風に振り返ってみる。

一度目＆二度目の死亡。装備蘇生にて復活。

装備アイテムには二つまで復活効果をつけることが出来るので、最初にこれを潰された。

まず、保険をきっちり削る。ＰｖＰ（対人戦闘。プレイヤー・バーサス・プレイヤーの略）の、基本中の基本だ。

初手無効など無視する飽和攻撃で殺された。いわゆるハメ殺し。俺もよくやる手だが、それをやられてしまった。

まさか自分がされる側になるなんて、と慢心があったかもしれないことは否定しない。

――転移先が違うと認識した瞬間に〝ジャンプ〟をしていれば離脱出来たのかもしれないけれど。

だがその場合、護衛騎士のライナーをあの場に残していくことになったし、俺も平和ボケで呆《ほう》けていたので離脱は無理だったと思う。

三度目の死亡。

装備アイテムの蘇生効果を消されてから、隷属の首輪を嵌められた後で、頭をかち割られて死亡。

ちらっと見たハンマーがＡランク武器だったので、おそらく相手はＡランク物理系戦闘職だったと思う。

しかし、やっぱり戦闘職の前じゃ、生産職なんて二つ上のランクでも虫ケラの守備力だわ。あっけなく死んだなー。

四度目の死亡。

舞台は簡易ポータルが置かれていた白い部屋から、どこからどう見ても地下の牢獄《ろうごく》に変わっていた。

明るさは確保されていた。うむ、暗いと何も見えないからな――暗視スキルは持っているけど、隷属の首輪で封じられている。

隷属の首輪を嵌められたせいで、スキルを使えなくなり、アイテムボックスも封じられた。帰還呪文の〝リターンホーム〟なら大丈夫なはずなんだが、敵勢力下なので使えない。

だが、首輪を嵌められはしたが、まだ正式には奴隷じゃないんだよな。この隷属の首輪、ルカも嵌めていた性奴隷仕様だった。犯されて主人が確定して、初めて奴隷になるんだが、まだ貞操は守られているんで。

しかし、体が自由に動かないこの性奴隷仕様、実はすごい特性が二つもついていた。

一つは不老。老いないというより、成長がストップする。

対象の美しい姿を維持しつづける効果だ。何十年も若さを保つ女王など、前世のゲームではＮＰＣアイテムだけに存在していたっけ。

だが転生後の世界では、元プレイヤーが実用化に成功したらしい。

なんと、俺のヒゲが伸びなくなっている！

老廃物も出なくなるので、風呂にも入らなくていい。そういや救出したルカも小綺麗《こぎれい》だったっけ。作製者が同じなのかな。

それから痛覚無効がついていた。

痛みを与えられても、まったく感じない。こう、触覚はあるので触れているのは分かるんだが、なんとなく衝撃として認識するだけ？（鑑定スキルも封じられているので、推測だが）

地下牢の石の床に、装備をすべて奪われて腰布一枚の姿で転がされていたんだが（ウォルとの婚約指輪も何もかも奪われていた。ひどい）、俺の蘇生を知ってやって来たクラシエルの転生者たちに、おもむろに左手の小指を金づちで潰されて理解した。

まったく痛くない。

……そうだよな。

猟奇趣味のご主人サマの相手をするなら、すぐに壊れちゃ意味ないかも。もしくは、この首輪を作ったアイテムマスターの優しさ？　多分この体、快楽しか拾えなくなっている。

二度殺される時までは痛みを感じていた。

だけどそれ以降は衝撃の方が大きすぎて、痛みを感じるどころじゃなかった……と思っていたんだが、痛み自体なくなってたか！

たーしかにハンマーで頭を砕かれた覚えがあるが、ちっとも痛くはなかったわ！　即死したせいでもなかったか！

自覚した途端。

俺の監禁ライフはイージーモードと化した。

その後もいろいろされたけれど（猟奇的なので秘密ー）、まるで眠るように穏やかに死ねました。

五度目の死亡。

どうやら俺はエリクシールで蘇生されているらしい。

目覚めてすぐ、純正のエリクサーを使われていないと理解した。

視力が極端に落ちていた。暗闇の中、うすぼんやりと灯りの有無だけが判別出来る。

ついでに呼吸もおかしかった。浅くしか息継ぎが出来ず、かすかに異音が鳴っている。

〝劣化エリクサー〟と呼ばれているエリクシールの、外れを見事に引いてしまったか。

そういやアルティシアの冒険者ギルドで、クラシエルにバザーでエリクシール詰め合わせを売りつけたって報告を受けていたっけ。

不完全な回復になったのは、蘇生するタイミングも遅かったんだろう。

――エルフのエリアーシュの弟と同じだ。

エリクシールを使って治癒しようとしても、上手くいかないことがある。再度エリクシールを使っても、歪みが消えるかどうかは運次第。新たな歪みが重なる場合もある。

積み重なっていく歪みをリセットするには、エリクシールより上位アイテムのエリクサーを使用して、それまでのすべてをキャンセルするしかない。

やって来たクラシエルの転生者――声からして多分イデが、そんな状態を確認して舌打ちし、俺はさくっと〝リセット〟された。

六度目から八度目の死亡。

クラシエルの転生者たちはクソだと思い知った。

分かったことは、彼らにとって〝蘇生〟は『リザレクション』ではなく『コンティニュー』だと考えているらしいこと。

そうだよな。元々ゲームの世界だ。

不都合があれば、リセットボタンを押してしまえばいいだけの話。

この世界を現実だと思っていない彼らは、ログアウト出来ないゲームの一種だと受け止めている。

殺され続けながら俺も思う。

ゲームのアバターの性能を引き継いでいて良かっ

た。

　肉体的な痛みは一切感じないし、精神的にもステータス値がかなり高いおかげで、俺は簡単には狂わない。さすがに半年も続いたらきつくなるかもしれないが、そこまで長引きはしないだろう。

　本来ならすぐにも奴隷にしてしまいたいだろうに。せっかく性奴隷となる首輪を嵌めたのにまだ犯していないのは、俺とランクが釣り合っているSSのアテがないらしい。

　たしかにSランク以下なら、ステータス差で無効にしてみせるぞ。

　クラシエルにはサキタという名のSSがいたはずだが、お仲間じゃないってことか。

　しっかし、脅しついでにぺっらぺらしゃべってくれるな！　言葉で嬲っているつもりで情報提供ありがとう！

　ティシア国内のどこに、どれだけ自戦力が侵攻しているとか、現在の戦況もリアルタイムに教えてくれてありがたい限りだ。

　感謝はしないけどな！

　――そんな感じで、九度目の死亡になる死の淵《ふち》からのよみがえり。

　俺は事態が動き出したのを理解する。

　目覚めたそこは、馴染《なじ》み始めていた地下牢ではなかった。

そこは高い塔の上

　そこは貴族の居城らしかった。

　室内に置かれた、古びてはいるが豪華な調度。

　本来ならタペストリーが隠しているだろう石造りの壁は曲線を描いている。高い丸天井には太い梁《はり》が渡っているのが見えて、城館の尖塔部分にある、最上階の部屋だと推測がついた。

　バルコニーに通じる大きな窓は開け放たれ、風が部屋の中まで入って来る。かなり高い塔なのか、ベッドに横たわったまま見えるのは一面の空だけだ。

水の流れる音が聞こえる。

塔のすぐ下を川が流れているらしい。気のせいでなければ、水音に混じって時おりかすかに女の歌声が耳に届く。

川から聞こえる女の歌声。

そんなシチュエーションを前世のゲーム内で俺は知っていた。

上半身は金髪の美しい娘、下半身は魚の人魚。歌声で川を行き交う船頭や漁師を惑わし、船を沈めて川底へと引きずり込む。

妖精《ようせい》に分類されるモンスターで、ユリアナ帝国の中海へと流れ込む川の一つに棲息している。

名前はたしかローレライ。ヨーロッパの伝説と同じ名称だった。

なるほど、と俺は自分のいる場所を推測する。

ここはクラシエル国内じゃない。ローレライの棲む川はもっと北東を流れている。

ユリアナ帝国が滅びてから生まれたという小国家の一つに、意識のない間に移送されたようだ。もしくは元からこの地下にいたのかも。

うむ、スキルを封じられていても使えるはずの〝リターンホーム〟がまだ使えないからな。この塔はティシアにとって敵である、北部諸国連合の勢力下にある——。

室内の様子を確認してから、自分の状態に意識を戻す。

俺はキングサイズのベッドにクッションを重ね、上体を少し起こすような姿勢で横たわっていた。

どうやら首輪に鎖が繋がれ、その端がどこかに延びて拘束されているようだがそれはともかく。

なんと、きちんと服を着ていた。久しぶり、文明生活。

白い……ネグリジェだった。

首元がフリルとリボンで飾られている。フリルは腹まであるボタンの周囲にも続いていた。布地は薄いが透けていない。清楚《せいそ》なドレス風……か？　ワンピースではないよな。足首まで裾がある。

全体的にこう、結婚前の若いご婦人が身に着けるような夜着だ。

だがおそらくオーダーメイド。女物のデザインでも、男の体格で着こなせているのだから。

風呂に入れられたんだろう。

牢獄の床に転がされ、薄汚れていた体が綺麗に磨かれている。ほんのり花の香りまでしているぞ。

洗った髪は結われているらしく、肩から胸元に計算ずくの一房が落ちていた。

以前と比べ、短くなってしまった黒髪。

ちょうど胸の下くらいの長さだろうか？　尻が隠れるほどに伸ばしていたが、クラシエルの転生者に切られてしまったので。

転生後のこの世界での、蘇生システムは不思議だ。

復活時に欠損は修復され、分離した部分は消滅するはずだけれど（最初に手首を斬り落とされた時に知った）、流れた血は消えずに残る。

髪にも例外規定があったらしい。

切られた髪の長さは、蘇生しても戻らなかった。

周囲の状況を確認し、俺は体の力を抜いて部屋の天井を見上げた。

――牢獄から出して身支度を整え、日のある場所に移動したということは。

「……俺を奴隷化出来る、ＳＳランク以上の相手が見つかったということなんだろうな……」

そうか、いよいよ奴隷登録が行われるのか――。

動かない体をベッドに横たえたまま、ぼんやりと頭上を見上げる。

天井の梁の上に、何か装置が隠すように置かれている。監視がこれまで通りなら、あれは集音マイクみたいなものだ。

俺の発した声を拾い、蘇生したのかとすぐに誰かが確認に来るはず。

塔の階段を上がってくる複数の足音が賑やかに聞こえてきて、

「おっはようございまぁす、王妃サマ！」

酒を飲んで騒いでいたのだろう、服を着崩し顔を赤く染めた男たちが部屋の扉を乱暴に開いた。

「おお、おめかししてるじゃん。明日からまた服を着ることはないだろうけど」

「もう順番は決まってるんだよ、俺たち。オールナイトが続くだろうけどよろしくね！」

「おい、部屋の中に入るな。せっかく綺麗に準備してるんだ。汚すとイデに殺されるぜ」

扉は開け放たれたが、男たちが部屋に押し入ってくることはなかった。

ゲラゲラと笑いながら、ベッドの上の俺を指さして囃《はや》し立てている。

「やっとだぜ。ケツマンコにぶち込めるの」

「おまえ、我慢なんてしてなかったじゃん。下の部屋に転がっているので何人目だよ」

「いやだって、王妃サマに今後のご奉仕について、教えないといけないだろ。男もちゃんと入れて予行練習してるんだぜ、王妃サマ。誰かが祖国を裏切ったせいでティシアは総崩れ。奴隷市場はよりどりみどりで選べるんだよなぁ！」

開け放った扉の向こう。階段の下から細い悲鳴が聞こえてきた。

反応しても男たちを楽しませるだけだと分かってるので、俺は表情を動かさずゆっくりと目を閉じる。

「チッ、また無視かよ！」

「まあまあ、これからは誠心誠意ご奉仕してくれるはずだから。楽しみにしておこうぜ」

「イデに連絡してくる。また明日、王妃サマ！」

扉が閉ざされ、足音が去っていく。

俺は冒険者ギルド総本部長、アイラと交わした会話を思い出していた。

彼女は中ランクプレイヤーの矯正を諦めていた。

その気持ちが、やるせなく理解出来る。

あいつらが耽《ふけ》っているだろう淫蕩《いんとう》も、殺戮《さつりく》も、実はこのゲームの舞台となった中世ヨーロッパ風の世界ではごく当たり前に見られる光景だ。

　身分が、権力が、力がすべて。このゲームを下地とする異世界はそう作られている。

　人は楽な方へと流されていく生き物だ。中途半端な力を持ったが故に驕《おご》り、更に力を持つ者に利用されているのがあいつらだった。

　よほど己を律しなければ、高潔ではいられない。

　教育って大事だなぁ。

　きちんと受けて育てば、ウォルみたいになれるんだ。あいつらだって最初からすり込んでいたら、もうちょっとまともに成長したかもしれないのに。

　やっぱりアイラに言っておかないと。

　せっかくリセットされるんだ。転生してきた元プレイヤーたちには、幼い頃から常識と倫理を洗脳する気で学ばせとけって。

　――言うことが、出来るのなら。

　閉じていた目を見開くと、夕暮れに変化していた空が赤く染まっていた。

　部屋の中には誰も入るのを禁じられているらしい。開け放たれたままの窓から、涼しい風が入り込んでくる。

　秋の気配を感じる風。いつの間にか夏が終わっている。

「……っ」

　泣くな。

　この場にいなくても、あいつらは俺の反応を窺っている。

　嗤いながら耳を澄ませている。あいつらにとって娯楽に繋がるきっかけなんて与えるものか。

　今のこの思考も何もかも、明日の俺は失ってしまうのだろう。

　首に嵌められた首輪のせいで抵抗も出来ずに犯され、あいつらの命令だけを従順に聞く奴隷に変えられる。そんな未来への絶望よりも、未練が重く胸をふさぐ。

ウォル。

もう俺はあなたと一緒になることは出来ないだろう。

王の婚約者が敵対勢力に拉致され、汚される。この身に与えられていた王家の血統が失われれば、王国碑の名前も消える。

そして再び刻むことは出来ない。

生まれ変わりの話を聞いたら逃げたくなる。

転生は救いだろうか？　このまま死んで生まれ変われば、何も覚えていなくても俺は再び彼に巡りあえるだろうか？　彼を好きになるだろうか？　……彼は俺を、ずっと愛し続けてくれているだろうか？

そんな訳がない。彼の側には誰かがいるだろう。王として伴侶を迎えるのは義務だ。

俺がいなくなれば、彼は新たな伴侶を娶る……だけど多分彼は、俺を愛し続けてくれるだろう。

泣くな。泣くな。

いやだ、彼のことを忘れたくない。彼以外に抱かれたくもない。

泣くな、泣きわめくな。俺はティシア王妃なんだ。王妃としての矜持を保て——最後の瞬間まで。

やがて窓の向こうの夕空は闇に溶け、真円に近い銀の月が昇る。

ローレライの美しい歌声は川の音に紛れ、途切れ途切れに響き続けていた。

邪悪

——朝です！

結局、一睡もせず瞑想していたぜ畜生。

どうせこれから起こることを考えたら、穏やかに眠るなんて不可能だ。

それなら少しでも、建設的に足掻《あが》こうかな、と。

瞑想は拉致されてこちら、暇さえあれば行っている。体が動かないので、他に出来ることもないからな。かなり真剣に取り組んでいるから、ステータスが多少上がったのではないかと思う。

そうやって瞑想しつつ、今後についてシミュレートしていた。

まず、窓の下に川が流れているのは分かる。飛び込んだら逃げられないだろうか。

うーむ、塔のバルコニーが川に張り出している形ならいけるか？　助走をつけてダイブするのは難しいから、下が岩場や建物の敷地内なら失敗するか。というか、立ち上がってバルコニーに行きつくのも難しかった。

それより以前、ベッドだか壁だかに繋がっている首輪の鎖を外すのからして無理だった。詰んでいる。

まあ川に飛び込めたとして、前世のゲーム内でのローレライ棲息地点から中海までの距離を考えると、丸三日は流される必要がある。

しかし今の俺、体が動かないから泳げないんだよなー。

敵対モンスターだったローレライも、他の水棲《すいせい》モンスターも襲ってくるだろう。やはり川はなしだ。

ということはやはりレイプは避けられないか……語感が嫌だから洗脳と言い換えよう。

クラシエルのガキ共は最初には俺に手を出せないのだから、実行するのは雇われＳＳか。ＳＳＳはアイラとシキを除いて、皆辺境に出向いている。

幸い、声は不自由なく出せる。裏切らないかと勧誘してみよう。

それでも無理で洗脳されてしまったら。

意識が切り替わると思うので、今のこの俺は死んだも同然になるだろう。

迷惑をかける関係者の皆さん申し訳ない。生まれ変わって来世で償います。覚えてないだろうけどさ。

で、洗脳されても途中で抵抗出来て、今の俺の意識を取り戻したら。

即逃亡して、ラギオンの冒険者ギルド総本部に身を寄せるか。

さすがにティシアには戻れない。戦争がまだ継続していたら支援。終わっていたら——敗北という結果なら、出来る限りのことをして、その後辺境に向かおう。……ティシアが勝っていても、同じ。結局アイラとの約束を一人で果たすことになるな。

そういえば、さすがに救助は来なかったか。

恨みはない。

まさか俺も、自分の身柄が第三国に移されているとは思わなかったしな。

クラシエル国内での拘束なら、エルフやバイヤール、冒険者ギルドのレジスタンスたちの捜索に望みを託せるが、まったく関係ない他国じゃ見つけようがない。《ゴールデン・ドーン》の世界は広すぎる。

……身代金と引き換えの交渉は、ティシア・クラシエルの二国間で行われていないとみている。

クラシエルに利がまったくないので。奴らは、この世界で希少なアイテムマスターである俺を、生かして利用した方が得なのだから——。


塔の階段を上る足音が近づいてきて、やがて部屋の扉が軽やかにノックされた。

「おっはよー、王妃サン」

オレンジ色の長髪を背に流した青年が、愛嬌《あいきょう》のある笑みを浮かべながら扉を開く。

美形の多い元プレイヤーだと納得出来る、整った美しい外見。なのに距離感が近い人懐こさは、好感を持つ人間も多いかもしれない。

「よく眠れた？　今後のことが気になって、あまり眠れなかったかな」

気さくな口調。いつも楽しそうな、明るい表情。

だけど俺は既に、この男の本性を知っている。

「でもサ、悩み事はすぐになくなるから安心して。

なんと、王妃サンのお相手にクラシエルの誇るＳＳ、サキタの旦那が名乗り出てくれたんだよォ！」

笑いながら――嗤いながら、イデという名の男は俺の横たわるベッドの脇に立った。

「ほらァ、笑って？　スマァーイル。せっかくの美人なのに、そんなに睨みつけなくてもいいじゃん。サキタの旦那はね、八年前のタリスの悲劇で愛しい婚約者をティシアの王族に殺されてるんだ。きっとサ、王妃サン相手に念入りに報復してくれるよ」

口説き落とすのに苦労したんだよォ、とイデは両手を上げながら肩を竦めてみせる。

「王妃サンが〝神槍〟と縁があるせいで、他のＳＳにどれだけ声を掛けても逃げられるし。最悪、俺がＳＳにランクアップするしかないかなぁと思ったんだけど、急に旦那が気を変えてくれてサ。良かった良かった」

「――おまえ、特殊ランクアップの条件を知っているな？」

チェシャ猫のような笑みを浮かべていた男の、唇の端がいっそう高くつり上がった。

「……へぇ、アンタも知ってるのかァ。王族を三人殺せばランクアップする。この、ゲームをコピペして世界を作った〝神サマ〟とやらも、粋なクエストを混ぜてくれるよねェ」

「誰に聞いた？　おまえに世界の謎を知る資格はないはずだ」

「誰って、〝王族殺し〟は自力で気づけたんだけど、補完はラギオン支部長のカマ野郎かな。恋人だからって秘密を教えてくれたんだよ。アンタの情報も教えてくれたっけ。聞かないこともペラペラしゃべってくれて――本当に都合が良かった」

イデの手の中に、アイテムボックスから取り出したらしい宝石細工の髪飾りが出現する。

ミスリルで作られた高価なアクセサリーを、男は鼻歌を歌いながら俺の結われた髪に挿した。

「うん、似合ってる。どうせなら完璧に仕込みたいよねェ。塔の上に捕らわれた淫売《いんばい》、懐かしいプレゼントのアクセサリー……サキタの旦那、気づいてくれるかなァ。気づかないかも。あの淫売も、カマ野郎も、俺が手を下す最後の瞬間までまさかって感じだったしネ」

「……ま、さか？」

ガンガンと、血の流れが実際に耳元で音として聞こえたような気がした。

目を大きく見開いて絶句する俺のすぐ側で、胸元へ落ちた髪の一房に指を絡めながら、オレンジの悪魔が嗤う。

「フフ、完全犯罪ー。自殺に見せかけるのは得意だよん。タリスの騒ぎじゃ、ティシアの皆サンに罪をなすりつけちゃってゴメンネ？　でもさ、ここまで誤解されてるんだから、亡国までがんばっちゃおう？」

「きさまぁ……ッッ」

「あ、王妃サンが自由に話せるのはここまで」

俺の口元に、黒い鳥の羽根が押しつけられた。

羽根は一瞬で溶けて消える。

口をどれだけ動かしても声が響かなくなった。

『無音の羽根』。本来は声だけでなく足音や呼吸音なども消す、使い捨ての隠密《おんみつ》アイテム。

「効果は一時間ほどだけどサ、それだけあれば旦那も問答無用で一発ぶちかませるっしょ。動かない体で必死に抵抗して、一時間の時間を稼いですべてを旦那に教えてもいいよォ。それはそれで面白くなるだろうし」

他にもいろいろと仕込みはしてるから。無駄にするのはもったいないしィ。

血の色の瞳を輝かせ、男が嗤う。

「——だけど無理だね。アンタはろくな抵抗も出来ず、悲鳴を上げることすら許されずに、これからティシア王以外の男に犯されるのさ。そうして俺たちの従順な性奴隷に生まれ変わる。歓迎するよォ、SSランクアイテムマスター！」

ようこそ、王妃サン。新しいゲームの世界に。

壊れきった笑顔で、イデは——現代に生まれた邪悪は、両手を大きく広げて歓迎の姿勢を見せた。

あなたの元へ

石造りの塔の、おそらく螺旋《らせん》を描いているであろう階段を上がってくる足音。

一歩ごとに小さく、金属同士がぶつかる音がしている。規則正しい響きが、狭い空間に反響しながら近づいてくる。

開け放たれたままだった扉から室内に入ってきたのは、SSランクフルアーマー『迅雷』シリーズを着た長身の男だった。

フルフェイスのメットを脇に抱えた灰色の髪の男が、険しい顔つきで周囲に視線を走らせ、俺の姿を認めた。

男とは一度、タキリン城砦陥落時に顔を合わせたことがある。

名前はサキタ。

大剣を扱うSSランク物理系戦闘職。その防具と同じ迅雷シリーズの大剣を背負った地味な顔立ちの男は、不機嫌そうな灰青色の瞳を室内で待っていたイデへと向けた。

「……この〝男〟が、ティシア王ウォルドの婚約者か？」

「前世の性別に準じる、が転生後の《ゴールデン・ドーン》のルールなんですよねェ。という訳で旦那。コイツが苦労して仕掛けた罠に嵌まってくれた、ティシア王の〝女〟です」

建前は王の婚約者ですけど、もう血統を与えられた非処女だから、王国碑に名前が刻まれてますよん。

ニシシ、とイデが楽しそうに笑う。

「ささ、一発ズブッとヤっちゃってください！　あ、勃たないならこの机にビンビンに反り返るクスリを用意しときましたんで。犯せばこいつを奴隷に出来るんスが、俺たちじゃランクが足りないんで成功判定が厳しくてー。だからSSランクのサキタの旦那じゃないと、首輪の主人登録が出来ないんス。よろしくお願いしまッス！」

「……分かった」

開け放したままの窓から聞こえてくる、川の流れとかすかな女の歌声。

それらを掻き消すように金属音を響かせながら、サキタがベッドへと近づいてくる。

「ちょっと旦那ァ」

へらへらと笑いながらイデが首を振った。

「鎧一式は外しときましょうよ。ベッドの上では必要ないでしょ？　コイツは首輪の能力で首より下は自由に動きませんし、うるさくして興が削がれないよう『無音の羽根』で音や声も封じてます。抵抗なんてろくに出来ないでしょうが、なんなら旦那のためのクスリもコイツに使っちゃってもいいですよん。中出ししたら奴隷契約完了なんで、拘束制限がなくなって自分から腰を振るようになるでしょうけどねェ」

王妃サン、とイデは俺に向かって続ける。

「今は体が動かないけど、晴れて性奴隷になったら自由に動けるようになるから安心して。アイテムレベルが低ければマグロのままだけどサ、この〝狂人〟作の首輪は特別製だから。騎乗位も立ったままでも、これからいろんな体位で楽しもうネ！」

「――イデ。そろそろ出ていけ。俺はおまえたちとは違って、他人に見せながらやる趣味はない」

「……はぁい」

チェッと唇をとがらせ、イデがベッド脇から離れた。

部屋を出ていこうとしながら足を止め、首を傾げたオレンジの髪の男に、ため息をついたサキタが自分の腕を振る。

　触れる指先に、身に着けていた迅雷シリーズの装備がアイテムボックス内へと消えた。

　鎧の下に着こんでいた黒い無地のインナー姿になったサキタに、満足そうにイデが頷く。

「それじゃ、邪魔者は消えますねェ。じっくり気が済むまでいたぶっ……楽しんでくれて結構ですよん。ちゃあんと〝コイツの髪飾りも挿して〟綺麗にしときましたから、それにも注目してくれるとうれしいナァ」

「髪飾り……？」

　いぶかしげに俺に視線を戻したサキタから、次の瞬間抑えきれない闘気がほとばしった。

「キサマァッ！　その髪飾りをどこで手に入れた!?」

　瞬時に移動し、ベッドに横たわる俺の上に馬乗りになった男が、ネグリジェの胸元を締め上げた。

　そのまま乱暴に揺すぶられる。

　薄い布地が破け、乱れた俺の髪と首輪に繋がった鎖が宙を舞ったが、何も音はしなかった。

「……サキタの旦那ァ。机の上にエリクシールも用意してますんで、死ぬほど痛めつけちゃったならどうぞぉ。あ、コトを終えた後には、主人として命令をしておいてくださいね。『自分を犯す男をすべて受け入れて楽しませ、どんな命令も聞くように』ってサ――」

　イデが嗤いながら部屋を出ていく。

　ガッと頭に痛みのない衝撃を受け、挿していた髪飾りが奪われた。

「彼女のものだ！　俺が彼女にやった髪飾りだ！　なぜきさまが持ってる？　どうして、タリスであれほど探しても見つからなかったのに、なぜきさまが彼女の髪飾りを持ってるッ!?」

「――」

　落ち着け！　どう考えても、てめぇを逆上させ正気を失わせるためのイデの仕込みだろうが！

　――と、必死に叫んでいるが、相手にまったく声が聞こえていません！

　指に宝石が食い込むほど髪飾りを握り締め、どう見てもイっちゃってる目つきの男が、空いている手で俺の首を隷属の首輪ごと締め上げている。

　首輪の痛覚無効で痛みはないが、このままじゃ窒息か首の骨を折られて死ぬ！

　パクパクと酸素を求めて口を動かしていた俺だが、覚悟を決めた。

　ライナーを逃がした時のように、根性を出せば一瞬なら体を動かせる。

　逃亡する時のために温存したかったけれど、その前に死ぬわけにはいかない。ここで根性を見せる！

　両手を持ち上げて、サキタの頭部をわし掴みにする。

　俺はそのまま上体を起こし、奴の額目がけて頭突きをぶつけた。

　まったく痛くない。だけど奴はそれなりに痛みを感じたようだ。

　叫んでいた声が止まる。

　俺はそこまで。

　ふらりと体は傾ぎ、ベッドに逆戻りだ。

　男の頭を掴んでいた手が離れ、下へと落ちる。たまたまそれは首すじ、首輪越しに俺を締め上げるサキタの手の上だった。

　まるで祈りを捧げるかのように、男の手に自分の両手が重ねられる。

　首を絞めつける圧迫感がなくなり、自由に呼吸が出来るようになった。

　酸素を再び与えられ、意識せず流れた一すじの生理的な涙に、サキタが息をのんだのが分かった。

『――いいか？　俺に答えられる問いなら答える。〝はい〟か〝いいえ〟か、二択で聞いてくれ』

　パクパクと口を動かしているだけに見えるだろうなと思いながら、俺は首より上を動かしながら伝えた。

〝はい〟と言いながら頷き、〝いいえ〟と言いながら首を横に振ってみせる。

サキタは、俺が声を封じられていることを思い出したようだった。

「……質問に、そうやって答えると？」

『はい』

頷いてみせると、眉間にしわを深く刻んだ男も頷く。

ゆっくりと、俺の首を絞めていた手が離れた。

「――この髪飾りは、ティシア王から与えられたのか？」

『いいえ』

「なら、なぜきさまが身に着けている!? 彼女のために作った、オーダーメイドだ。同じものは二つとない！」

『いやだから、二択。説明しても聞こえないだろう？ 〝はい〟か〝いいえ〟の二択で』

どうどう、となだめる。

はっと息をのんだサキタは、俺を睨みつけながらも抑えた声で質問を再開した。

「きさまの髪飾りではないというんだな？」

『はい』

「誰からもらった？ と聞きたいが、今は話せないんだったな……」

そうだよ、と俺は頷いた。

あー、話したい。

イデが残していったんだ。なにか悪いことを企んでいるぞあいつは絶対、と話したいー。

このゲームの世界。モンスターや精霊といった人外なら、考えていることが伝わるシンパシー能力を有しているが、人にその才能はない。

そしてサキタは読唇術を使えないようだった。まあ、俺も使えないけど。何故ならその気になればアイテムで何とかなるから。

「なら『羽根』の効果が切れて、きさまが話せるようになれば改めて聞こう。……この髪飾りは、間違いなく俺が婚約者に贈った物だ。返してもらうぞ」

どうぞどうぞ。

頷くと、俺よりも大柄な男は前のめりになっていた体を起こした。

インナーの右胸ポケットに、大事そうにミスリルの髪飾りを仕舞いこむ。

そのまま俺を見下ろしていた男は、長い息をつくと体の上から離れた。

大きなベッドの端へと移動し、足を床に降ろして座る。中央に横たわったままの俺からは、広い背中の後ろ姿が見える。

「……ティシア王の婚約者は、ラギオン帝国から帰還途中に消息を絶ったと聞く。その間ずっと、イデたちに捕らわれていたのか？」

首だけ振り向いて尋ねられ、俺は頷いて肯定した。

「自ら出奔したわけではないと？」

これも頷く。

どうして俺が出奔したことになっているのか、俺の方が尋ねたい。

「きさまの前世は女だったと聞いた。たしかか？」

――そういうことになってます。

間を置いてしまったが、きちんと頷いて答えたぞ。

「……ティシア王を愛しているのか？」

軍事上の契約等で、婚約をしたのではなく？

一瞬泣きたくなったが、俺は深く頷いた。

彼を愛している。

ウォルド・ティシアを愛しているから、彼を受け入れ、彼と生涯を共にすると誓ったんだ。

そうか、と小さく呟いたサキタは、抑えきれない憎悪を灰青色の瞳に浮かべた。

「……俺は、ティシア王家は滅ぼすべきだと考えている。あの王家を許すことは出来ない。苦しみのうちに自ら命を絶った彼女を思えば、王族すべて、皆殺しにしてやりたいと思っている」

SSランク戦闘職の発する圧が、部屋の中に渦巻く。

だが、とサキタが圧を収めた。

「彼女がされたような、女の尊厳を踏みにじる行為はしないつもりだ。それを行ってしまえば、憎むティシア王家と同じところに堕ちるからな」

立ち上がったサキタは俺に向き直り、無造作に手を伸ばしてきた。

横たわる俺の体を引き寄せると、首輪に繋がっている鎖を掴む。彼が手を引いただけで、壁に固定されていたらしい金属製の鎖が、あっけなく引きちぎられた。

「……きさまの身柄はクラシエル王妃に預ける。戦争に決着がつくまでは捕虜としてクラシエル城内に留め置かれるだろうが、王妃の保護下に入れば男どもに辱められることはないだろう」

彼女と同じ境遇の女は作らない。

そう言い切ったサキタは、動けない俺の体を横抱きにして持ち上げた。

（違う）

音にならない言葉で、俺はサキタに否定する。

違う、あんたの婚約者の死は自殺じゃない。

イデが言っていたんだ。自殺に見せかけて殺したと。ティシア王家に罪をかぶせ、あの悲劇を作り出したのだと。

「……リターンホームが使えない？　ジャンプも無理か。きさまが逃亡するのを恐れて、塔に封印をほどこしているんだろうな。仕方ない。古城の敷地を出てからクラシエルに転移しよう」

違う。

俺を封じているのはこの首輪だ。塔に封印なんて、ほどこす意味がない。

塔に転移防止がされているのは、

「――ダメですよぉ、サキタの旦那。お姫サマを連れて行っちゃ」

いつの間にそこにいたのか。

部屋の扉は音もなく開かれ、腕を組んだオレンジ色の髪の男が、行く手をさえぎるかのように佇んでいた。

「おかしいとは思ってたんだ。汚いコトが大嫌いなあんたが、王妃サンを犯すことに同意するんだもンな」

「……そこをどけ、イデ」

「クラシエル王もそいつを犯すって言ってるからダメですー。王都アルティシアの外壁門前で、ティシア王や臣民に見せつけるようにレイプするんだって笑ってましたよォ。俺が言うのもなんだが、ウチの王様ってクズですよねェ？」

「どけ！」

イデが、笑いの形に口元と血色の瞳を歪めた。

「――『起キロ』」

サキタの右胸で、青銀色の光が爆発した。

鎧の足音よりも甲高い、金属同士がこすれ合うような叫びが響く。

俺の体が床へと落ち、続いて崩れ落ちたサキタが片膝をついて踏みとどまった。

男の胸元に、肉に潜りこもうと暴れている小型のモンスターが見えた。

モンスターが発する叫びと共に、赤い血が飛び散り、下に転がる俺の白い服や顔を汚す。

「ぐう……ッ、クッ……」

『サキタ！』

〝心臓喰らい《ハートイーター》〟。

ミスリルに擬態する、サソリのような姿のレアモンスターだった。名前の通り、近づいてきた獲物の体内に潜り込み、生きたまま心臓を喰《く》らう。

対処は簡単だ。心臓に届く前にハートイーターを引きずり出し、金属武器で切断して息の根を止める。

ミスリルの色を持ちながら、このモンスターは刃に弱い。撫でるような一振りで、非力な者でも簡単に倒せるはずだった。

「ごめーんね？　この部屋、仕掛けを起動させればアイテムボックスが一時的に使えなくなるんだ。絨毯の下にね、魔法陣を隠している。アホ共が乱入して繊細な陣を消してしまったらどうしようって心配してたけど、無事起動して良かったァ」

指を動かし、何かを取り出す仕草をしていたサキタが顔を上げた。

「しっかし旦那。なんで右ポケットに髪飾りを入れたの？ 左なら即死出来たんだよ？ 右じゃあ……せいぜい寿命が一分ほど延びたって程度か。もう心臓を喰われ始めているだろう？ バッカだねぇ。旦那は蘇生とか防御アイテム全部、ご自慢の鎧に仕込んでるじゃん。なんでホイホイ脱いじゃったのォ？」

クスクスとイデが嗤っている。

自分の胸元の傷に指を突き立てながら、サキタの顔が絶望に染まった。体内に潜り込んだモンスターが甲高く鳴き、いっそう血とこまかな肉片がまき散らされる。

「安心しなよ。アンタの無様な死に方は、ぜぇんぶソコの王妃のせいにしとくから。色仕掛けで英雄に近づき、寝首を掻いた淫売。間抜けだけど、英雄色を好むっていうし誰かは信じるだろうサ」

「……イ、デェ……ッ」

「あ、死ぬ前に教えとかなきゃな。アンタの彼女を殺したの、実は俺ェ！」

「――」

サキタの顔が絶望に染まりきって、俺を見た。

自分の足元に転がる俺と視線をあわせ、男の灰青色の目が力を取り戻す。

「う、おおおおオオォォォォ！」

モンスターに心臓を喰われながら、サキタが立ち上がる。

転がる俺の体を持ちあげ、彼は開け放たれた窓の外、下を流れる川に向かって放り投げた。

――俺が最後に見た室内の光景は、モンスターごとイデの持つ剣で心臓を貫かれる男の姿だった。

落下する。

切り立った崖と崖との間。ごつごつとした岩場を渦を巻いて流れる川の水面が、陽光に眩しくきらめいている。

息を吸って着水に備える。

大きな水しぶきを上げて激突し、俺の体は深く水底へと沈み込んだ。

衝撃は感じたが痛みはない。体が動かないので浮上も出来ず、そのまま水の中を流される。

避《よ》けることが出来ないので、水中の岩に何度も叩きつけられるのだが、やはり何も痛くない。

さすがにどこか骨が折れたみたいだが、心配なのは呼吸だ。息継ぎを、しないと。

――女の歌声が聞こえた。

水の中を泳いでやって来た半人半魚の女たちが、牙をむいて俺に襲い掛かる。

その牙で、爪で、俺を引き裂こうとした女たちだが、すっと殺気が消えた。


トモダチ、だ。

本当だ。ワタシタチのオトモダチ。ワタシタチ皆の、オトモダチ。

なぜここにいるの？

穏やかな表情を浮かべたローレライが――妖精が、俺に向かって手を差し伸べる。

淡い光に包まれ、水の中なのに呼吸が出来るようになっていた。強かった水の流れももう感じない。

俺は自分が持っていた称号の効果を思い出した。

『精霊界の友』。

〝すべての精霊の好意を得ることが出来る〟、バイヤールから与えられた称号。

金髪の娘たちが頷きあう。

帰りたいんですって。待っているヒトの元に。

ならこちらよ、オトモダチ。

ワタシタチのテリトリーから帰れるわ。

おそらくシンパシー能力で思考を読み取ったのだ

ろう。

俺の手を引き、娘たちが泳ぎだした。

川を下へ、下へ。本来の川底は現れず、更に深く暗い場所へ向かって導かれる。

突然、周囲が明るく変化した。

水色一色の世界。何匹ものローレライが、ゆったりと楽しそうに泳いでいる。

そこは、北部諸国連合の影響下になかった。界の異なる精霊界でもない。中海を始めとした、中央国家群内でも人の支配が及んでいない場所――。


さあ、ここからなら帰れるでしょう？

さようなら、ワタシタチのオトモダチ。


微笑みながら、俺を運んでくれたローレライたちが身を離す。

手を振る彼女たちに頭を下げ、俺はスキルを封じられていても使える帰還の魔法を唱える。


『〝リターンホーム〟』

景色が変わる。

そこはティシア城の謁見の間だった。

王国碑の前に立つ美青年が、突然目の前に出現した俺に鮮やかなエメラルドの瞳を大きく見開く。

黒い軍服に身を包んだ、若き美貌の王。

高い詰襟も、胸元に並ぶいくつもの略章も、均整の取れた肢体によく似合っている。王冠を戴く、輝く黄金の髪はまた伸びていた。もしかして今の俺と長さはほとんど変わらないかもしれない。

会いたかった。

言葉はまだ出ないけれど、出現した高い位置から手を伸ばしながら訴える。

帰りたかった、ウォル。あなたの元へ。

――やっと帰ってこれた。

「カリヤ！」

床の上に跳ねる鎖の音が響く。

ウォルの腕に抱きしめるように受け止められ、俺

はそのまま意識を失った。

改めてただいま

――前世では、目覚めてまず視界に入る天井を見上げながら、『知らない天井だ』もしくは『知っている天井だ』と呟くネタがあった。

今世の俺の視界は現在、ドアップのオコジョで埋め尽くされている。

ふわふわの白い冬毛に丸い耳。ピスピスと動いている小さな黒い鼻。ビー玉みたいな丸い黒瞳が、鏡のようにくっきりと俺の姿を映している。

「……し、知っているオコジョだ」

『お目覚めですか、マスター。体の調子はいかがでしょう？』

近づけていた体を起こし、小さな両手を胸元に持ってきた燕尾服《えんびふく》姿のオコジョは、小首を傾げると渋いご老人の声で尋ねてきた。

広くなった視界に、俺は周囲を見回す。

知っている部屋だった。

ロイヤルタイプのゲストルーム。俺のホームに〝ウォルの部屋〟として登録した、彼の寝室だ。

あの頃、天蓋つきのキングサイズのベッドで朝を迎えていた。頭を預けていたクッションの柔らかさも、滑らかなシーツの肌触りも、体にかかる羽毛布団の軽やかな温もりも、すべて覚えている。

もしかして、長い夢を見ていたんだろうか？

二人で寄り添いながら眠っていた日々。外は何もかもが白く凍《い》てついた世界だったのに、互いに抱き合い、伝わる温かさに満たされていた。

「ウォル……っっ！」

違う、夢じゃない！　現実だった！

ベッドから起きようとしたのに、体が動かせない。

この感覚は覚えている。首に嵌められている隷属の首輪の効果だ。

唯一起こすことの出来ていた頭をクッションに逆戻りさせ、寝起きで混乱している思考を整理する。

今、俺が寝ているこの部屋。

間違いなく俺のホームの、ウォルの寝室だ。見覚えのある天井、見覚えのあるベッドの天蓋、見覚えのある室内の光景。

そうだ、ウォルの即位挨拶で訪問したラギオン帝国から、帰国しようとしてクラシエルの罠にはまった。

しばらく監禁されていて――サキタと、ローレライの協力でティシアに帰ってこれたんだ。

〝リターンホーム〟は、自分のホームまで瞬時に戻れる呪文。

俺のホームは引っ越しモードで黄金の鍵に変化させ、ウォルに預けていた。

ずっと持ち歩いてくれていたんだろう。鍵目指して転移したんだが、少し高い位置に出現してしまい、無事抱きとめてくれたウォルの腕の中で気を失って現在に至るって感じか。

その後、ウォルは黄金の鍵を展開させホームを設置。

そして自分のベッドに俺を寝かせていた――よし、繋がったぞ。一応、ホームアシスタントのＡＩであるセバスにも確認しておこう。

「セバス、このホームはウォルが設置して、俺を運び込んだんだな？」

『はい。ウォルド陛下はマスターによって権限を与えられています。マスターは二日前――正確には五十一時間二十三分八秒前に、陛下に抱きかかえられご帰宅されました』

二日？

え、そんなに寝てたんだ？

『そして、マスターが目覚めたのはおよそ六日ぶりになるはずです。陛下はエリクサーをご使用になったので、マスターは眠りにつかれているのだと説明されました。五日から十日はお眠りになられた状態が続くと聞いておりましたので、バイタルチェックは継続して行っておりました』

なるほど。先ほどの至近距離はバイタルチェックの最中だったらしい。

しかし、エリクサーを使ったって……。

『マスターは満身創痍《まんしんそうい》の状態でお戻りになったそうです。詳しくは陛下がご説明されると伺っています。本日もあと二時間もされたらご帰宅される予定ですので、改めて陛下にお聞きください』

あー、うん。高所からの落下に加えて、水中で岩にぶつかりまくった覚えがある。

骨が折れているなと感じたが、首以下の体の自由だけでなく、痛覚も封じられているからな。気にしてなかった。

……とりあえず、目が覚めたんだ。

ティシアに戻ってこれたんだから、俺に出来ることから片づけていこうか。

まずは、こちらも首輪によって封じられているはずのアイテムボックスだが、

「セバス。俺のアイテムボックスの中身を、ホームのインベントリに収容してくれ」

『――移動完了しました。ホームインベントリの空き容量は、残り七十二パーセントです』

出来た！

俺がアイテムボックスから出し入れ出来ないだけだからな。ホーム機能なら関係ないかもと考えたんだが、読みが当たった。

「次は停止していたプラント工場を再開。各種ポーションの原材料を中心に、生産ラインを再稼働してくれ」

『実行。――再生産開始しました』

よし、これで素材の供給が出来る。

今の俺はスキルを封じられている状態だから生産活動は難しいけど、材料を渡して他者に作ってもらえばいいだろう。技術院のひよっこたちとか。

……気になっているのはタイムラグだ。

俺がエリクサーを使って、復活待機時間になっていた六日間。

うち二日はこのホームにいたようだが、後の四日はどこで眠っていたんだろう？　……なんとなーく嫌な予想を立ててしまったんだが、まあ後でウォルに確認だ。

それより、

「セバス。このホームだけど、どこに設置されているんだろう？　外の様子をこの部屋から見ることは出来るか？」

居間の壁にかかっているスクリーンは、外部のライブ映像を映し出せる。

小型スクリーンならインベントリにあるはずだから、寝室から同じように使えるかと聞くとオコジョは頷いた。

『マスターのホームは現在、ティシア王城内に設置されています。こちらが外部の様子です。ご確認ください』

俺がアイテムボックス内から出し入れする時と同じように、オコジョは何もない空間から二十インチほどの大きさの携帯スクリーンを取り出した。

ついでに俺の背後にクッションが増える。何も指示しなくても、上体を起こした姿勢にしてくれたオコジョ、有能。

そして膝上《ひざうえ》に置かれた台に設置されたスクリーンの映像を見て、俺は絶句した。

知っているけれど、知らない場所だった。

ティシア王城、後宮の中央にあった庭園だと思う。

手入れの行き届いていた見事なバラ園も、水鳥の泳ぐ広い池も、池にせり出すように建てられていた瀟洒《しょうしゃ》な東屋も。

すべてが壊され、埋め建てられて更地と化していた。まだ緑の残る葉や、遊歩道に敷き詰められていたレンガのかけらが土に埋まっている。

多分、何もなくなった更地にポツンと扉だけがある光景。

庭園跡地を取り囲むようにして、後宮警護の女性兵や魔法使いたちが配備されているのが分かった。なんという警備態勢。これ、絶対に誰も近づけないやつだ。

ティシア王城に越してきた俺は、ずっとホームの設置をためらっていた。城内のどこに設置しても、ホーム前に転移して戻ってきた時に、死角から襲撃されるんじゃないかと心配して。

それを物理で解決した……！

千年続くティシアの伝統を破壊してもいいと決意するほど、ウォルが本気になっている。

そして反対勢力を黙らせ、ねじ伏せるほどの力をつけている――と見て取っていいのだろう。この光景は。

「……セバス。インベントリからSランクの鑑定球を取り出して、俺の首に嵌まる首輪を鑑定してくれるか？」

自分が鑑定スキルを使えないなら、他者にアイテムで鑑定してもらえばいいじゃない。

そんな脳内アントワネットの声に従い、俺は隷属の首輪をセバスに〝鑑定〟させた。

『マスター。ウォルド陛下が戻ってこられました』

ぴくりと丸い耳が反応した。小さな鼻をひくひく動かしながら、セバスがウォルの帰宅を告げる。

「――俺が目覚めたことを告げて、お通しして」

『かしこまりました』

ベッドの上から飛び降りたオコジョが、寝室の扉に向かって尻尾《しっぽ》を振りながら駆ける。

やがて開いた扉の横、二本足で立ち上がった小さな獣がうやうやしく頭を下げた。

『お帰りなさいませ、ウォルド陛下』

だが、いつもなら鷹揚に返事をするはずの彼は無言だった。

エメラルドの瞳がまっすぐ、ベッドで上体を起こした姿勢の俺に向けられている。

すぐに脱ぐはずのマントも、腰に下げた剣もそのままに、彼が近づいてくる。

本当なら手を差し伸べたかったけれど、動かないので俺は代わりにせいいっぱいの笑みを浮かべた。

「……改めてただいま、ウォル」

「——おかえり、カリヤ。私の王妃」

くしゃりと泣き笑いのような歪んだ笑みを浮かべ(それでも絶世の美しさ!)、彼が俺を抱きしめる。

夏のあの日に別れて以来、数十日振りの再会だった。

ベッドの上でいつものアレを

ウォルが俺を強く強く抱きしめている……ようです。

痛覚が封じられているので触覚からの感想だけれど。だけど触覚のみでも分かることはある。

彼の体が震えていた。俺を抱きしめ、肩口に伏せた顔を埋《うず》めて。嗚咽《おえつ》をこらえるかのように吐く息が乱れている。

ああ、と俺は理解した。

セバスから聞いていた、エリクサーによる俺の六日間のブランク。

ティシアへと戻り、安心したあまり気を失ったのだと思っていた。だが実際は、逃亡時に負った怪我が原因で死んでいたのか。

防御力ゼロのネグリジェ一枚だったからなぁ。

受け身も取れずに水面に叩きつけられ、水中の岩にもガンガンぶつかっていた。監禁中の健康状態も悪かったし、さすがＳＳランクに昇格してもひ弱な生産職。そのまま力尽きて死んでしまっていたか。

「……ごめんな、ウォル」

すぐ近くにある彼の耳に、俺は囁く。

「死んでしまってごめん。つらい思いをさせた。ずっと行方が分からなくて、帰ってきたと思ったらあなたの腕の中で死んでしまうなんて、本当にごめん」

「……カリヤのせいではない。カリヤが悪い訳ではない。私はうれしかった。あなたが、私の元へと、命を賭《と》してまでして帰ってきてくれたのだから」

俺の髪に指を通し、頬に頬をすりつけながら、ウォルが首を振る。

「本当につらかったのはあなただ。王国碑に刻まれたあなたの名前が、消えては戻るのを見ていた。金の光が失われなかったから、性的な辱めを受けてはいないと分かってはいたが、それでもあなたは何度も、何度も殺されていた」

「……」

彼の言葉に胸が痛くなる。

俺の体感時間は、実は十日ほどしかない。

クラシエルの手に落ちていた間のほとんどの時間、蘇生薬エリクシールの副作用によって意識なく眠っていたからな。

季節が夏から秋へと変わるその長い時間、彼はずっと王国碑を見つめていたのだろう。

いつ俺が殺され、王国碑に刻まれた名前が光を失い灰色に変化するのか。

いつ俺が犯され、王国碑に刻まれた名前自体が消えてしまうのか。

「……もう俺の首に嵌まっている隷属の首輪は鑑定した？」

ウォルが頷く。

旅立つ前、鑑定球をいくつかティシアに残していた。それを使ったようだ。

「なら分かるだろう？　これをつけていると、痛みはまったく感じなくなる。だから……ウォルの元に帰れないことだけがつらかったよ」

ウォルが身を起こした。

俺の額と自分の額を重ね、至近距離で彼が口を開く。

「……今すぐにも、あなたに口づけたい」

「俺も、ウォルに口づけたい」

だけど、それは出来ない。

改めて詳しく鑑定すると、〝狂人〟と呼ばれた転生者が作製した隷属の首輪は、性行為でなく体液の摂取だけでも主人を登録出来るという仕様だった。

キス一つで主人登録が可能な首輪。

NPCであるウォルのランクはB。彼がキスをしても、ランクSSである俺の主人になるのはほぼ不可能だ。

登録は失敗となり、首輪はそのまま壊れて外れてしまう。

そして壊れて外れた時点で、俺の髪は白く染まる。

白い髪の持ち主は——奴隷だった過去があると見做された者は、ラギオン帝国以外で王家に迎え入れられることはない。

「——カリヤ。あなたに嵌められた首輪について、心当たりはないかと冒険者ギルド総本部に問い合わせた。あなたが拉致されたのと時を同じくして、ギルドの宝物庫から何点か盗難があったらしい。するとギルドで所蔵していたアイテムと認め、対処すると約束してくれた。すまないが、しばらく我慢をしてくれ」

「……うん」

慰めの言葉に、微笑みを浮かべながら俺は頷いた。

白く変化した髪は、別の色に染めることが出来る。

だけど元奴隷の白髪を染める染料は特殊だ。対象人物のランクが上がれば、作製に必要な素材も特殊になる。

今現在、ランクSS用染髪料の作製に必要な素材を俺は持ち合わせていない。冒険者ギルドが所蔵しているのを、期待するしかないのだろう。

（——あまり、期待は出来ないだろうけど——）

……まあ、先のことを今、思い悩む必要もない。

ホームの中だから分かりにくいが、時間は夜。王様の務めを終えたウォルが帰ってきた。そして場所はベッドの上。

となると、やらなきゃいけないことは一つ。

「ウォル、ホウレンソウの時間だ！」


報告・連絡・相談です。


パジャマに着替えたウォルが、寄り添う俺の体を抱きしめながら、ベッドに重ねたクッションに背を預けている。

彼の肩に頭を乗せ、俺は久しぶりのウォルの体温を堪能していた。

自分の体で、動かせるのは首から上。

それより下は自由にならないことを彼は非常に心配してくれたけれど、実は俺はさほど気にしていない。

途中で思い出したのだけど、前世プレイしていたＭＭＯＲＰＧ《ゴールデン・ドーン》では、この状態異常はかなりメジャーだったのだ。

半身不随とか全身まひとか、そういった医学的見地で考えるものじゃない。

首より上だけ動かせる状態異常は、ゲーム内では多人数でモンスターと戦うレイド戦で出現する特殊攻撃だった。

他プレイヤーとの交流を楽しむＭＭＯＲＰＧで、動けない・しゃべれないという状態ではゲームを楽しめないからな。だからゲーム制作会社は、しゃべることだけは出来るように設定したのだろう。

レイド戦に参加していた当時、俺も頭部分しか動けなくても、「逃げろー！」とか「そっちダメー！」とか指示を出しまくっていたっけ。

ルカをこの状態で見つけた時に、悲惨さに胸を痛めた覚えがある。

だが前世を思い出した自分に置き換えたら、普通なら時間経過で解消するけど、首輪が外れるまではこの状態異常は継続するんだろうなーって具合に、状況認識がかなり軽くなっています。

　そう、首輪を外せば解決する。それだけ。

　余裕って大事。

　ウォルの元に、ティシアに戻ってこられたからそう考えられる。

「……そうか、王国碑の俺の名前の、光が消えかけたから持っていたエリクサーを飲ませてくれたんだ」

「あの場には大勢が集まっていた。仮にも一国の王の婚約者が、隷属の首輪を嵌められ鎖に繋がれた状態で捕虜となっていたこと。満身創痍になりながらも脱出し、捕らわれていた間に名前の金の光が失われなかったことから貞節を守り続けていたこと。それらをあの場に集うすべての者が証人となった」

　だから、とウォルは続ける。

「クラシエルが流布している、あなたに関する不名誉な噂はねつ造であることを、多くの者が目の当たりにしたんだ」

　やはりと言ったらいいんだろうか。

　行方不明期間中に最悪の淫売として噂を流されていたようです。

　敵国《クラシエル》に寝返ったとか、実は元から手を組んでいたとか、夜な夜な不特定多数の男とまぐわっていたとか、贅沢と淫蕩の限りを尽くしていたとか。

　でも実際は、死ぬほどボロボロになって帰ってきたからな。

　鎖の繋がった隷属の首輪を嵌められ、そのせいで体は自由に動かせない。王国碑から名前が消えなかったから、エロいこともしてないされてない。

　俺の身の潔白は、完璧な形で証明された。

「バイヤールからもらった称号効果もあるが、サキタが逃がしてくれたんだ」

「……その名の男は死んだと聞いている」

「知っている。この目で最期を見た。俺が彼を色仕掛けで罠にかけて、殺して逃げたってことになっているのかな？　そうするって奴は言ってたし」

「奴？」

「この件の黒幕。そして、この戦争の黒幕。八年前の、タリスの悲劇の黒幕。イデという名の、Sランク物理系戦闘職――タキリン城砦に現れた、オレンジ色の髪の男だ」

そして俺は、捕らわれていた間に知った真実をウォルに告げた。

八年前の、タリスで起きた転生者の少女の死。サキタの婚約者であり、前王弟の妃になるはずだった少女の死は自殺ではなかったこと。

イデが彼女を自殺に見せかけて殺し、ティシア王族虐殺の舞台を作り出した。

……サキタの婚約者だったはずの少女が何故、前王弟の寵愛を受けたのかまでは分からない。だがおそらく、イデが暗躍したのだろう。

「俺の情報が洩れたのは、冒険者ギルド・ラギオン支部の支部長からだな。彼――彼女も自殺に見せかけて口封じに殺されているはずだ。それは知ってた？」

「ああ。いや、支部長は自殺で処理されている。ギルドから情報漏洩《ろうえい》について謝罪の申し出があったが、あなたが無事戻るまではと保留にしている」

そうか……と、俺は彼女の姿を思い出した。

真実の愛を見つけたのだと喜んでいたエリカ氏。

彼女にもいろいろあったのだろう。だが同情はしても、その行いを許すことは出来ない。

「イデは、死にゆくサキタと俺に真実を話したが……」

証拠はない。

裏付けるものは残っていない。タリスは流星雨に破壊され、サキタもエリカ氏も殺された。

「それだけじゃ世間は納得しない――だろう？」

「……ああ。証拠が必要だ。誰もが納得する第三者の、真実の証言や形ある証拠が。いくら無実を叫ぼうが、それだけでは意見は通せない。転生者の少女が望まれて叔父上に迎え入れられたのだという訴えは、当時の少女の友人たちに否定された。少女の友人だった、イデという、名の――」

目を見開いてウォルが絶句したのが分かった。

真実を知り、すべてが繋がる。

――八年前の悲劇当時から、ティシアはイデの手のひらの上で弄《もてあそ》ばれていたのだ。

ウォルが身じろぎした。

俺の肩を抱き寄せ、クッションに預けていた背すじを伸ばす。

見上げると、エメラルドの瞳はまっすぐ、ここではないどこかに向けられていた。

何故か、美しい緑の中に燃え盛る紅蓮《ぐれん》の炎が映った気がした。

「――カリヤ」

静かに、彼が俺の名を呼ぶ。

「なぜイデは、ティシア王家にそこまで恨みを持っているのか。あなたは理由を聞いただろうか？」

「恨みも理由もないと思うよ。あいつはただの快楽殺人者だ。自分が楽しいと思う陰謀が、戦争がしたいだけ。そして身近な獲物がティシアだった。常人の納得出来る理由は見つからないし、理解も出来ないだろう」

「そうか……」

ウォルが深く息をついた。

「……当事者となったあなたの訴えだけでは、ティシアの潔白は証明出来ないだろう。証拠がない」

俺は小さく頷く。

被害者である俺の意見を聞いてくれる者もいるだろう。だがおそらく、大多数は否定する。

証言だけで、証拠がないから。

ティシアが負ければ、自分たちに利益があるから。

〝悪〟を容赦なく追い詰め叩けるのは、正義を名乗る側だけだと理解しているから。

「ティシアの評価はいまだ不当に低く、若輩たる私は血を流さずしてことを収める術を持たない。だが戦い抜く。最後まで」

そして復讐を果たす。

「――因果応報の言葉を、ティシアの敵であるすべてにくれてやる」

彼女の決意

ウォルの宣言で、思わず『俺たちの戦いはこれからだ！』って気持ちになってしまったが、ホウレンソウはまだまだ続くのです。

まだ俺のことしか話してないからな！

クラシエルに拉致されていた間の俺の境遇を、ウォルは心配してくれるのだけど、精神はともかく肉体的痛みはなかった。

だから大丈夫だったと言うしかない。

――この、ゲームの世界に転生した俺の人生を振り返ると、一番最悪だったのはゲイリアスでの山賊退治の体験だ。

人であることをやめた獣の愚かさ醜さを、まざまざと思い知らされた。平和に暮らしていた日本人だった頃の意識を、根底から叩き潰されるほどの衝撃。

そして新たな人生では、そんな悲劇など何も特別なことではないと学んだ。

あの、山賊のアジトで物のように扱われ、壊されていた女性たちとは違い、俺は犯されなかった。

暴力の痛みを感じなかった。壊れなかった。生きて、戻ってこられた。

だから気に病まなくていいんだよ、ウォル。

と、なんとか納得してもらって、次はウォルのターン。

ほとんど寝てばかりいた俺とは違い、彼のホウレンソウは盛りだくさんな内容だった。

まず、俺のためにウォルが自分のエリクサーを使ってしまったので、今ルシアン王兄がエリクサーを持っていない件について。

ティシアの王族三人に、万が一を考えて肌身離さず持っていてくれと、自分用のエリクサーを一本ずつ渡してました。

予備はない。盗難の危険が大きすぎるので、エリクサーは俺のアイテムボックス内にすべて保管している。必要になったら都度、取り出して渡すようにしていた。

でもエリクサーを使った俺が眠ってしまったので追加はなく、ルシアン義兄上はご自身の分をウォルに譲られたらしい。

命の順番だ。王を生かす。

もしそのエリクサーを使ったら、次は王太子であるカザリン王姉がエリクサーを手放す。

……すみません、アイテムボックスの中身は無事ホームのインベントリに移すことが出来たので、セバスに言って義兄上の分をすぐにお渡しします。

それから、俺の護衛騎士であるライナーが昏睡《こんすい》状態である件について。

彼は、無事ではないがティシアに戻れた。そして居合わせたエルフのおかげで一命をとりとめたが、まだ意識は戻っていないという。

そうか、瀕死の彼を助けるのに、劣化アイテムのエリクシールが使われたのか。

なら時間が経ちすぎた。今からエリクサーを使っても、意識は戻るが失われた手足はそのままだ。

だが大丈夫！　代わりの手足なら俺が作れる！　アイテム職人にとって、義手義足は得意分野だからな！

彼は以前と変わらず、自由に動けるようになる。

という訳で、意識を戻すためにエリクサーを一本追加だ。……待たせてしまってごめん、ライナー。

俺の不在により、技術院院長クエストのペナルティが発生している件。

転生者が院長に就任すれば、生産補正がプラスになるが、三十日以上院長としての仕事を行わないと補正はマイナスに転じる。

不在期間が長かったので、マイナスとなったらしい。

俺から院長の地位をはく奪すれば、ペナルティは三十日間だけで済む。だが次期王妃の失態と見做されるし、代役を用意してもマイナスに変わりはないので、地位はそのままにしていたそうだ。

すみません、首輪が取れたらすぐ復帰しま……いや、書類持ってきて！　すぐ決裁始める！

リモートワークというやつだ。ホームは王城の敷地内にあるから、それで何とかなると思う。

ちなみに、おそらく敵は俺の監禁によりティシアの生産ダメージを狙っていたというのがウォルの意見だ。

同意する。俺不在によるティシアの混乱を楽しんでいたと思う。

さくっと殺してしまった方が簡単だったはず。だがクラシエルは——イデはそうしなかった。

そして最近、クラシエルの進軍速度が速まっている件。

エルフに攻撃されている本国を放置し、なりふりかまわない攻勢に出ている。アルティシアを陥落させ、戦争に勝利すれば諸々の問題は解決すると考えているのだろう。

——理不尽な宣戦布告以来、ずっとティシアは国際社会に対してクラシエルの非道を訴えてきた。

だがまともに取り合われなかった。一番最初の、根本の問題〝タリスの悲劇〟があったから。

尊重しなくてはいけない転生者の少女を死なせ、冒険者ギルドを敵に回し、転生者に去られたティシアに正義はなくなった。

〝悪〟の立場となったティシアを、周辺諸国は見下していい存在だと判断した。

だがその前提が崩れる。

次期王妃である〝女性転生者の俺〟を拉致した一件で、善悪の立場が入れ替わる。

きっと俺を逃がすつもりはなかったんだろうなぁ。

俺も逃げ出せると思っていなかった。……サキタのおかげだ。

〝八年前の真実〟を知ったティシアは、タリスの悲劇が一部の転生者の陰謀であったと表明する。

　転生者が仲間である少女を殺し、ティシア王家に罪をなすりつけた。移り住んだ隣国を操って戦争をけしかけ、真実を知るティシアを滅ぼそうとしているのだと。

　イデの言葉も、彼によるサキタの死も、すべてバラす。

　今、クラシエル側はサキタが俺に殺されたと触れ回っているらしいが、捕らわれていた俺に彼の殺害が無理だったことは〝皆〟が知っている。

　しばらく様子見をされるだろうが、それこそ勝てば官軍だ。

　ティシアが戦争に勝てば。勝者となり正義の側に立てば。

　悪が変わる。次に断罪されるのはクラシエルと、クラシエルに所属する転生者たちだ。

　おそらく、クラシエル軍が王都アルティシアに到達するのは秋の終わり。

　一度崩れたティシア側の戦線を立てなおすには時間が足りない。そう判断したウォルは、鉄壁の防御を誇る白亜の都を舞台に、最終決戦を行うことを決意している——。


　さて、国内はそんな感じで、次は国外案件。

　なんと、俺が行方不明になったことを理由として、エルフがアイラの養子を軟禁。それに反発した冒険者ギルドの協力が中止。ヨナと一緒にエリアも軟禁されたので、エルフ軍も活動停止！

　……なに、その不幸が連鎖を呼んだ数え役満。

　だが国外のエルフ案件は、ウォルが既に解決していたので過去形だ。

　単身大樹海に出向き（王様を働かせてごめん。大樹海と繋がる転移ポータルの設定を、俺とウォルの二人だけにしているせいだよね）、コロポックルの説得に成功したらしい。

うーむ。俺が拉致されてしまったので、ヨナの身内が『そんな怖い外に戻せません！』と、コロポックルに頼んで里から出られなくしたのか。

　そのヨナの身内、コロポックルと交流出来る人だったので、説得にコロポックル繋がりでヴェンが駆り出される。

　ヴェンが居なくなったことにより、クラシエル国内での活動停止。バイヤールと接点を持つルカの、血縁であるヴェンが主導しないと喚びだせないから仕方ない。

　そんな中。

　俺の切られた髪がラギオン帝国経由で届き、それを持ってウォルが自らコロポックルの説得に向かった。

　ウォルから俺の髪を渡されたコロポックル。

　以前、おこ状態という表現を使ったが、それが激おこスティックファイナリアリティぷんぷんドリームまで進化した。

　別荘を失ったことに激怒し、その余波に大樹海中の世界樹が震えたそうです。

　おそらく、エルフにとって世紀末襲来。

　ヨナは無事解放され、アイラの元に戻れた。ヨナとエリアを繋げていた紐付けの腕輪だが、コロポックルが壊したのでエリアも軍に復帰出来た。

　そして、別荘の俺を救出するようにとエルフ王家から檄《げき》が下り、ティシア国内に正規軍三千が派兵。他にヴェンとは別口で、クラシエル国内も昼夜を問わず蹂躙されているらしい。


　幼・女・無・双！


　——首輪が外れたらすぐにも大樹海に向かって、彼女たちに無事であることを教えに行かないと。

　嵌まったままの姿では向かえない。

　体が動かないから云々じゃなく、こんな姿を見せたら多分、里の一つや二つ消し飛ぶ……。

残るはラギオン帝国、転生者を束ねる冒険者ギルド総本部だが――。

「大丈夫ですよ、カリヤお姉さま。冒険者ギルドは、プレイヤーがいなければ力を貸してくれないけど、いたらちゃんと力を貸してくれるんです。だから私、ティシアに移住しちゃいました！」

ホームのリビングで、ソファーに座ってにこにこと教えてくれるイルマちゃん。

イルマちゃんを連れてやって来たカザリン王姉が隣に座り、ねーっと、乙女二人顔を合わせて笑いあっている。

俺がエリクサーの眠りから目覚めて、次の日の朝。ウォルが出かけてから、ホームの扉の前にやって来たカザリン王姉とイルマちゃん。

冒険者ギルドについては、彼女たちから説明を受けてほしいとウォルが言っていたのです。

なので来てくれた二人に許可を出し、ホームの中に招いた次第。

俺はリビングの一人掛けソファーで既に待機。

出かける前にウォルが運んでくれました。

首輪のせいで首から下が動かないので、朝から着替えを任せ、身だしなみも整えてもらい、朝食はあーんで食べさせてもらったりもしたのだが……もしかしてラブラブというより介護……？

オコジョに案内されてやって来た二人は、まず俺の無事の帰還を喜んでくれた。

イルマちゃんには号泣された。……心配してくれてありがとうね。

それからテンション高くホームを褒め称え（そうだろう、そうだろう。自慢のホームです）、お茶とお菓子をオコジョが用意し（インベントリに保管していたウォルお手製菓子）、そんなオコジョが可愛い可愛いともみくちゃにされ（すまんセバス。無抵抗でされるがままの様子がまた可愛かった……）、

ようやく話が始まった訳だが、

「え？　移住って、シキにちゃんと許可はもらった？」

　妹を泣かせた奴は絶対殺すマンの〝神槍〟が、自分の庇護下から手放した？

「お兄ちゃんは今、冒険者ギルドのお仕事で辺境に向かってますけど、水晶球の定期連絡でちゃんと許可はもらいましたよ」

　フィアスって名前の、お兄ちゃんの実の弟さんがコートレイ領にいますよね？

「お兄ちゃんの弟なら、私にとっても〝兄〟。血が繋がってなくてもです。だって、別の場所に先に生まれていたお兄ちゃんとも、今世では血は繋がってないんだし。兄妹は一緒に暮らすものだって言ったら、納得してくれました！」

　シキー！　言質を取られてるぞー!?

　目を大きく見開いて驚愕していたら、もう私は驚く状態は過ぎましたわ……とカザリン王姉が苦笑しながら肩を竦めた。

「今、イルマちゃんは王都アルティシアではなく、コートレイ領都で暮らしています。王家の名でナダル・コートレイに預けました。フィアスは領主の館に住んでいるそうですから。彼の領は、ティシアで一番王家に対する忠義の厚い地。次期王妃であるカリヤが試練に協力したのもあり、喜んで迎え入れてくれましたわ。……それに、コートレイ領は国土の南部に位置しています。対クラシエル戦争は、いずれ勝つにしても負けるにしても、中部のアルティシアまでで終わるでしょう。戦火の及ばないあちらには直接の被害はないはず。ですから神槍も、イルマちゃんを託してくれたのじゃないかしら？」

「カザリンさま、ティシアは負けません。勝ちますよ！」

　こぶしをぎゅっと握り締め、少女が訴える。

「辺境から戻ってきたら、お兄ちゃんが参戦するって言ってましたから！　……えっと、参戦するって噂を流せば、敵がビビるから流していいよって言われただけなんですけど。ちょっと今、辺境が大変な状態になってるそうで、いつお仕事が終わるか……あ、でも、カリヤお姉さまが戻ってきたことをお話ししたら、意識が戻り次第、ティシアに一度向かうって言ってましたよ。お兄ちゃんからお姉さまに伝言です。『待て、早まるな。俺様が何とかする』……どういう意味なんでしょう？」

「……さあ？」

「距離が離れているから、水晶球の会話ってすぐに終わってしまうんです……」

しょんぼり肩を落とすイルマちゃん。

今度はカザリン王姉がこぶしをぎゅっと握り、彼女を励ましている。

「どのような内容であれ、神槍がカリヤのためにならないことをするはずがありませんわ。大丈夫です。だって彼は、イルマちゃんのお兄様なんですもの」

「……はいっ。お兄ちゃんはいつも私を助けてくれて、やりたいことに手を貸してくれますから。だから私は――今度こそ、カリヤお姉さまをお助けしたいの」

タキリン・ステーションでは、警告を発するのが遅すぎたから。

クラシエルとラギオンの密約を、知っていたのに黙っていて、だからティシアの大勢の人が死んで……カザリンさまのお父さまとお兄さまを死なせてしまった。タキリンから逃げ出せたカリヤお姉さまもウォルド陛下も、帰国するのが大変だった。

目に涙を浮かべる少女を、力づけるようにカザリン王姉が寄り添い、小さな声で慰めている。

その言葉の内容と、俺に向けて流された視線と頷きに、王姉にとって少女の告白は二度目なのだと知れた。

タキリン城砦では、接点がなかった二人の少女。

俺とウォルがティシアに戻ってきた時には、彼女たち二人は深く友情を育んでいた。――似たやりとりが、既にあったのかもしれない。

「……カリヤお姉さま。お姉さまがラギオンから帰国途中に連れ去られて、ティシアに転生者がいなくなっていたけれど、私、ティシア国民になりました。冒険者ギルドは、女性転生者のいる国には特に力を貸してくれます。ティシアの、制限されていたギルドの機能が使えるようになりました。特別なアイテム類も購入可能になっています。そして一生産職として、私もこの国の手助けが出来るようにがんばります。もう後悔したくないの。私は自分に出来ることをする……！」

　ブレザーの制服を着た赤毛ツインテールの女子高校生と、ゆるやかにうねる金髪を背に流し、宝石を飾ったドレス姿の姫君が、互いに手を取りあって俺を見ている。

　前世でプレイしていたゲームの中では違和感はなかったけれど、今世の身分社会では奇跡のような少女たちの距離。

　ありがとう、と俺は二人に感謝の気持ちを伝えた。

王の選択

　それからイルマちゃんはお世話になっているというコートレイ領の話を少しして（おばばさまやご婦人たちから可愛がられているのだとか）、先にホームを退出していった。

　今からさっそく、俺が意識を取り戻したことを兄に報告してくれるらしい。

　俺が拉致された後、辺境に向かったというシキだが、連絡さえ繋がれば中央国家群には一瞬で戻ってこれるのだとか。

　というか、戻ってこれるのはイルマちゃんの元。

　手段は〝リターンホーム〟。

　彼女も兄のホームの鍵を預かっているのだそうです。

　そうか、預けちゃってるのか……ウォルに預けた俺が言うのもなんだが、転生者のホームの鍵を押さえるのは、生殺与奪の権を握っているようなものだ。

それらを覆す、圧倒的な信頼がないと渡せない。

　さすが神槍、妹への愛が深い。

「――さて、カリヤ。実はティシア王宮の女主人として、あなたの耳に入れておかなければいけないことがあります」

　そうあらかじめ前置きし、俺の正面に座るカザリン義姉上は背すじを伸ばした。

「……ウォルドは反対しています。知らずに済ませられるなら、わざわざ教えなくてもいいと。だけど私は、知っておかなくてはいけないことだと考えます。国宝を有する王家の血統に連なる者として、血統を身に宿した〝女性王族〟として、心に刻んでおかないと」

　そして彼女が語ったのは、俺がティシアに戻ってきてからの六日間のことだった。

　なんとエリクサーの眠りについていた時、暴漢が俺を襲おうとしたらしいです。

場所は後宮ではなく、王であるウォルの寝室。

　彼は自分のベッドに俺を寝かせ、朝出る時に六時間効果がある結界を発動させて、昼過ぎに戻ってきてもう一度切れた結界を発動し直していた。

　俺か彼にしか使えないように設定していたからね。結界が発動している間、誰もベッドの周囲に侵入出来なくなる。

　それを知った上で、俺を犯そうとする者が現れた。眠りについた二日後の昼間、二名の近衛騎士が眠る俺の元に戻ろうとするウォルを足止めしようとした。

　不審に感じたウォルが、取りすがる騎士たちを無視して寝室に〝ジャンプ〟で移動。すると結界が切れたベッドの上で、俺を犯そうと組み敷く近衛騎士たちを発見した。

　実行犯は四名。制止する衛兵や女官たちを武力で排除して押し入り、俺のパジャマを引き裂いている最中にウォルは間に合ったそうだ。

「……これまで、あなたを襲おうとした男たちは皆、こう釈明していました。あなたに誘われた。慕う気持ちを許され、合意の上で事に及ぼうとした。違うというのなら、誤解されるような行動を取るあなたが悪い、と。悔しいですがこれまで、私たち王家は反論しきれなかった。カリヤにそのつもりがないのは分かっています。ですが王家の力が弱いばかりに軽視される。諸侯の協力を維持するために、ごまかしを受け入れるしかなかった。その後を考えると大事には出来なかったのです」

　そうでしたね、と俺は頷く。

　本当に、ティシア王家の力は弱かったのだ。

　タリスの悲劇から、クロエ平原の大敗を経てタキリン城砦まで失った。大勢の将兵が戦死し、国土の三分の一は敵の手に落ちている。

　そんな斜陽のティシアに存在する王族はたったの三人。一人は王位継承権を持たず、持つ双子はまだ二十代にもなっていない。最中に主君の寝室に押しかけて、抗議しても鼻で笑うような貴族が何人もいた。たった半年前の現実だ。

　だがそこから、ティシア王家は力を取り戻し始めた。

　転生者である俺のサポート。同盟を結んだエルフの協力。コートレイ領主を筆頭とする南部諸侯の恭順など。

　戦況も好転しようとしていた。

　俺がクラシエルに拉致されて不在だった間にまた落ち込んだらしいが、ボロボロになりながらも戻ってきたからね。それにより一度は切れかけたエルフと冒険者ギルドとの縁も、更に強固に復活しつつある、らしい。

　諸侯の協力を乞い願わなくなる日は近い。

　だから——目障りな俺から王妃の資格をはく奪しようと彼らは考えた。

　俺を犯せば王国碑から名が消える。嫁の立場の俺の場合、一度消えればもう二度と刻めない。

代わりに自分たちの選んだ娘を王妃や側妃に据える。そうすれば外戚《がいせき》として影響力が持てる。

血統を失った俺だが、隷属の首輪を嵌められているのなら、そのまま放逐せず奴隷として使役すればいい。そうすればいくらでもエリクサーを作らせることが出来るだろう――。

〝女性転生者〟を利用しようとする行為を、冒険者ギルドが決して許すわけがないのに。

彼らは自分たちが望んだ未来が訪れると勘違いをして――ウォルの、ティシア王家の本気の怒りを買った。

「王家の血統を汚す罪は、未遂であっても一族郎党死罪。それがこの世界の法です。数日経たないと目覚めない眠りについているカリヤが、王の寝室の中から誘いをかけられる訳がない。そのようなごまかしが聞き入れられると考えている浅はかな臣下など、もう今のティシアには必要ありません」

冷えて凍りついた美貌で、ウォルによく似た少女は続けた。

実行犯の四名と足止めを企てた二名の近衛騎士については、赤子に至るまでその一族全員を斬首。刑は昨日までに執行されたという。

領地と資産はティシア王家に接収となる。

仕えていた郎党（陪臣たち）については、クラシエルとの戦争中につき、成人男子は例外なく最前線に向かうように命じられた。

女子供は人質として隔離収容され、前線に出た夫や息子が戦死した場合のみ解放される。

つまり、死ぬなら戦場で敵を殺して死ね。代わりに女子供の命を助けてやろうという戦時特例（慈悲）なのだとか。

あ、男が戦場から逃亡したら女子供は殺されます。また逃亡した男をかくまった場合、その一族もすべて死罪です。まあ、顔に犯罪者の焼きごてを押されるそうなので逃げきれないけどね。

また六名の近衛騎士の謀反により、彼らが所属していた部署は連帯責任で前線へと飛ばされた。

近衛騎士団長も更迭され、今、団長位にはルシアン王兄の恋人の一人、副団長だったベイル氏が就任している。

「……この血統に関する法は、転生者には受け入れにくいものであると聞いています。ですが守らないと、次代や他王家にまで悪影響が及ぶ。厳罰が与えられず、正統なる血統を汚しても許されると思われてしまえば、血統を有する他の誰かが苦しむのです」

「――理解しています、義姉上」

このゲームの世界では、暴力が一番の抑止力になる。

やるなと口で言って従うのは、相手が己より強い場合だけだ。

頷いた俺に、ほぅ……と少女が力の入っていた肩を落とした。

「……騎士の一件があってすぐ、ウォルドはティシア後宮の中庭を均《なら》すよう命じ、昼夜を問わず作業させました。そして、このホームの〝扉〟を設置したのが三日前。転生者のホームは招かれた者しか入ることが出来ないのですよね？　法を厳格に執行したから、もう二度とカリヤが襲われることはないでしょうが、役に立たない女官や衛兵を側に置く必要もないわ。立ち入ることを許されているウォルドと二人、ここで暮らしてくれていいわよ」

二人きりで大丈夫かと心配していたのだけど、考えてみればゲイリアスで越したという冬の間はそうして暮らしていたのだし。

安全については、転生者のホーム以上のものはないのですしね。

室内を見回しながら苦笑を浮かべる少女に、本当にいいのですかと尋ねる。

「慣例なんてもう、クソくらえ、よ。どうせウォルドの代でジーン王朝を終わらせるわ。もしくは私の代かしら？　ならそれまでの短い期間、好きなように過ごしましょう？」

「義姉上の代？」

そうなの、と王姉が頷く。

「カリヤが行方不明になっている時、対応する協議の場で、冒険者ギルド総本部の副総本部長がウォルドに尋ねたのよ。国を取るのか、あなたを取るのかって。我が弟は、あなたを取ると断言しました」

「――」

「カリヤがもし死ぬか、もしくは貞操を奪われて王妃として立てない場合。王位を退き、臣籍降下して、摂政になるんですって。で、私をジーン王朝最後の女王として戴いて、結婚させることなく、次の王朝にふさわしい家を選んで王朝を交代をさせると」

元々、自分の代で王朝交代するつもりだったと言っちゃいました。

ふふふと楽しそうに少女は笑った。

「マティウス・セフィエラの隣に座る息子の顔、面白かったわ。内々の通達で、もう自分たちが次代になると思っていたのに、状況が変わってしまったのですもの。『この戦争で次の王朝にふさわしい家が明らかになると信じている』なんてウォルドが言ったものだから、あそこは温存していた魔法兵団をすべて出兵させたのよ。魔法院に勤めていた次男と三男も職を辞し、その魔法兵団を率いるために戦場に向かったし。どんなことをしてでも戦果を上げてくれるでしょうね」

あー、そうだな。天使が俺とウォルの養子になる話は、まだ公にはしていなかった。

セフィエラの一族はウォルを恨んだかな。

でも、もし戦争に負けても責任を取らなくていいように、配慮しただけだものな。逆恨みをするなら、残念だが元から次代の王朝にはふさわしくなかったということだ。

「今、臣民のほとんどが、もうティシア王家が弱くないことを知っています。それは王があなたをただ一人の伴侶と定め、愛し、あなたも王を伴侶として愛し受け入れたから」

　中央国家群に対して、鎖国を続けていたはずのエルフの協力はあなたがいるから。

　冒険者ギルドとの和解のきっかけもあなた。ＳＳＳランク〝神槍〟との縁も、アイテムの増産や馬で行う流通が盛んになったのもすべてあなた。

　ティシア国の興亡は、ＳＳランク転生者であるあなたの存在にかかっているといっても過言ではなくなった。

　あなたなしには、ティシアに繁栄する未来は訪れないだろうと皆が気づき始めています。

　そんなあなたは王を心から愛していて、王もあなたを心から愛している。

「……ありがとうカリヤ、王を愛してくれて。転生者が望んで嫁いだ国は豊かになるといわれています」

　ありがとう、カリヤ。弟を愛してくれて。

「打算なく向けられるその深い愛情が、私たちにとってどれほど得がたいものか。この奇跡に巡りあえた喜びを、あなたとも分かち合えればいいのに――」

「……そうか、姉上はそう言われたか……」

　湯上りの俺を椅子に座らせ、人間ドライヤーとして髪を乾かしたウォルが本日の報告にぽつりと呟いた。

　ウォルさん帰宅後も介護状態です。夕飯を一緒に食べて（食べさせてもらって）、お風呂に入って（洗ってもらいました）。移動はひたすらお姫さま抱っこだ。

　一応、俺も一人で動こうと思えば動けるんだけどね。

　以前作ったサポートゴーレムがあったんだよ。生産活動の補助として作っていたんだが、操作が面倒でインベントリのこやしにして忘れていた。

　それをセバスが発掘。俺ではなくＡＩの彼が操作すると、見違えるように動きが変化した。

　子供の背丈くらいの大きさのゴーレムだが、力は強い。伸縮自在の六本の腕がひょいと持ち上げてくれるので、部屋間の移動などに不自由はなくなっている。

　ウォルの二本の腕が、髪の乾いた俺を抱き上げ、彼のベッドへと移動する。

　今夜も隣で眠るのさー。

　お休みのキスの代わりに抱きしめられる。彼の唇が俺の髪に優しく触れる。

「……あのさ、ウォル」

　彼の胸元に顔を寄せて、俺は静かに告げた。

「この首に嵌まった隷属の首輪のことだけどさ、ウォルとキスをしたら壊れて、解放された俺の髪は白く変化するって言っただろう？　その白髪なんだが、おそらく染髪料は手に入らない。生産職のレシピで作れるんだけど、その材料には辺境の東、〝果てへと至る海〟の向こうに棲息する海龍の鱗が必要なんだ」

　前世のゲーム内では、辺境の冒険者ギルドの窓口で売られていた。

　だけどこの異世界では、中央国家群以外に冒険者ギルドは存在しない。このゲームに似た異世界を作り出した高次元の存在は、辺境の作製を途中で投げ出したのだから。

　それなら海龍を倒してドロップ品を狙うしかないんだが、おそらく今いる高ランク転生者は皆、辺境西方の開拓に駆り出されている。既に持っているという可能性は低い。

「……だからさ、クラシエルに捕まっていた頃も考えていたんだけど、ティシアに戻ってきて、もういいかなーって思った。スキルどころか体の動きも封じられた俺は何も出来ない。何の役にも立たない。髪の色が白く変化したら王妃にはなれないけれど、いつ手に入るかまったく分からないアイテムを待つより、すぐにも復帰して俺の能力を使えるようにした方がウォルの助けになるんじゃないかって」

「カリヤ、それは！」

「――大丈夫、選ばない。ウォルが、本気で俺を王妃として迎えようとしてくれているのを、改めて知ったから」

　カザリン王姉が教えてくれた、俺がエリクサーで眠っている間に行われた血統に関する粛清。

　見せしめの意味があるのだろう。

　ウォルが損得を追求する統治者なら、俺を白い髪に変化させた方がいいはずなのに。だが彼は俺を王族の一員――自分の王妃として扱うと表明し、容赦のない粛清を実行した。

「……ウォルには、退位して摂政になるんじゃなくて、王様のままでいてほしいな。摂政になっても、権力はそのまま握っているみたいだけど」

「――姉上は働く気がないらしい。喜んで私の操り人形になられるそうだ」

「本当に姉弟《きょうだい》同士、それにルシアン義兄上とも仲がいいよなー……」

「ああ。苦労はそれなりにしているからかな。団結力は強いと思う」

　ウォルが俺の体を抱きしめた。

「……カリヤ、泣かないでくれ。あなたのこぼす涙を唇で拭いたいが、拭えないのだから」

　自分の無力に歯を食いしばる俺の背を、切られた髪を彼の手が優しく撫でる。

　分かっている。彼はこの世界の基準で、正しい審判を下した。

　理解している。王の名の下にこれまでも多くの者が死んできたし、これからも死ぬだろう。己の一挙手一投足がもたらす結果を、受け止める覚悟を彼は持っている。

　だからこれは、今少しばかり弱っている俺の、元日本人としてのただの感傷だ。

　ごめん。

　俺が原因で、その手を血で汚させてしまった。大勢の怨嗟《えんさ》を背負わせてしまった。

　だが彼は決して、謝罪《そんなこと》を望んでいない。

「……ウォ、ル。た、ぶん、神槍が、助けてくれると、思う。そう伝言を、聞いたから……っ」

「ああ。イルマ嬢は、辺境にいる兄上に連絡をしたそうだ。ティシアを近日中に訪れるだろうと、私も聞いた。あの神槍なら力になってくれる。冒険者ギルドも、大樹海も、精霊界のバイヤールたちも、あなたが戻ってきたことを皆が喜んでいる。あなたに恩を受けた皆が、力になりたいと言ってくれている」

「そう、か。きっと、すぐ、すべてが上手くいくようになるね……」


そして二日後。神槍、到着。

――すべてが上手くいくようになった。

巡り、巡る

「間に合ったぁぁぁあ！」

俺のホームに入ってくるなり、オリーブ色の肌の美女が勝利の雄たけびを上げた。

〝神槍〟シキ。

現在、中央国家群に二人しかいないSSランクの一人。

深くフードを被り、体全体を覆うローブ姿で現れたが、脱ぎ捨てれば本日もブレないビキニアーマー姿だ。

愛妹イルマちゃん作装備の販促活動の一環だと聞いたが、本人も好きで着ているんだろうなぁ。あ、床のローブをセバスが回収して畳んでいる。

ソファーに座る俺の横に立っているウォルは、初めて〝神槍〟に会う。

すでに彼女の中身は男（前世の性別が男）だと伝えているので、乱暴な口調も気にしないはず。

「カリヤァ、心配してたんだからな！　あんたが捕まっていた時も心配してたけどそれよりも！　帰ってきてから外見なんか気にしないぜ、名よりも実を取るみたいな感じで、強引に首輪を外してないかハラハラしてた！　ラギオン人じゃないあんたが髪の毛を白くしたら、ティシア王と結婚出来ねーんだから！」

　顔に傷痕の残る美女の訴えに、イルマちゃんの伝言を思い浮かべる。

『待て、早まるな。俺様が何とかする』は、早まって首輪を外すなという意味だったか。

　ラギオンで知り合って半日くらいしか付き合いのない神槍だが、俺のことをかなり気にかけてくれていたようだ。

「久しぶり、シキ。ああ、伝言を聞いたから、大人しく待っていた。もしかして髪を白くすることなく隷属の首輪を外せる、『鍵』のあてでもあるんじゃないかって考えて」

「あーごめん、『鍵』は存在しない。その首輪はプレイヤーメイドで、〝狂人〟って呼ばれていた頭がおかしい奴の作でさ、フォロー出来る物が一切作られてないんだ。そういう訳だから、対処出来る人間を連れてきたぜ！」

　神槍の背後にいた少女が、呆《あき》れた風にため息をつきながら前に出てきた。

「ようやく紹介してくれるのか？　さっきから、その小娘は誰だという視線が心苦しかったのじゃ。ホームに入る時もセキュリティに引っかかってしもうていたし。まずは初対面である妾《わらわ》について紹介せい」

　年の頃は十歳をいくつか超えた辺り。ピンクゴールドの髪をポニーテールにしている青い瞳の美少女だった。

　白いゴスロリ服を身に着けているので、転生者で間違いはないだろう。わき腹をつつく少女に、シキがそうだったと視線を落とす。

「カリヤ。この、のじゃロリの名前はヤッカ。ＳＳＳランク〝聖女〟だ。聖女だから、こう見えて実年齢は五十過ぎのババア」

「一言多い！」

げしっと少女がシキのむこうずねを蹴った。金属製のブーツに覆われているので、ダメージはまったく入っていないが。

「ったく。……はじめまして、カリヤ妃殿下。神国のヤツカじゃ。神国では筆頭聖女を務めさせていただいておる。今は辺境最前線にて、西征に参加中じゃ」

俺は目を見張った。

まさか、その国名を聞くとは思わなかった。

神国。

ラギオン帝国の北東に国境を接している小国だ。

前世のゲーム内では、四大職（物理系戦闘・魔法系戦闘・金属系生産・非金属系生産）の外に存在する、回復特化の聖人・聖女ルートのスタート地点だった。

回復職だけが別ゲーをやっていると揶揄《やゆ》されていた、信徒以外は排除するガチの宗教国家。

今世、あまりの回復特化職の見かけなさに（治癒魔法使いはまた別職なんだよ）、彼の国に関しては本当にゲームの設定を引き継いでいるのかと疑っていた。ちゃんと存在していた上、国外にも出てきていたのか！

「ああ、ゲームとの違いか。神国はかなり昔に冒険者ギルドが乗っ取っているぜ。ラギオン帝国と同じだな」

「乗っ取るとは言葉が悪いのう。ごく穏便に支配したのじゃ。洗脳という手段での。《ゴールデン・ドーン》の高ランクプレイヤーなら、その生まれ持った能力で国の中枢に食い込める。ＮＰＣである当代神官長も、次代も、妾の可愛い忠実な犬よ」

にんまりと美少女が笑う。

外見の年齢には似つかない、ふてぶてしい笑みだった。

ＭＭＯＲＰＧ《ゴールデン・ドーン》では、聖人・聖女は肉体に納まりきらない回復魔法の効果により、一定以上の年齢の外見設定が出来ないという仕様だったっけ。

　だからこの作られたゲームの世界でも、仕様通りに成長が止まるのだろうか。

　神国で一番能力が高い筆頭聖女だというヤツカは、かなり若い外見だ。

　年の頃は十三歳くらい――プレイヤーがゲームの能力に覚醒《かくせい》する年齢で、その発現した膨大な回復魔力により不老となったのかな？

「おい、ヤツカ。もうちょっと猫を被れ。カリヤはともかく、ティシア王はこの世界の人間だ」

　ため息をついたシキが、俺の隣に立つウォルに向き直った。

「あー、ティシア王。ラギオンのシキだ。物理系戦闘職ＳＳＳランク。あなたには、妹イルマと弟フィアスが世話になっている。特にフィアスが、幼い頃ティシアに保護されたことに感謝申し上げる」

「ティシア王、ウォルド・ジーン・ティシアだ。このたびは我が妃のために、遠方より駆けつけてくれたことに感謝する。妃より『ワールド・セキュリティ』については、転生者の伴侶への特例措置として許可を得て聞き及んでいる」

　ウォルとシキが握手を交わし、そのまま聖女との挨拶に移る。

　三人のやりとりを聞きつつ、俺は神国について考えていた。

　そうか、ラギオン帝国だけではなく、神国にも転生者の手が及んでいたのか。

　回復特化職の聖人聖女は、必ず神国で生まれる。ＥランクからＢランクまで神殿で学び、Ａランクに昇格すれば修行と称してようやく国外に出ることが可能になっていた。

　大樹海や北方山脈とはまた違った閉ざされた国だ。同胞の身の安全を守るために。ゲームの世界に転生したプレイヤーたちにとっては、ここも押さえておくべき地だったのだろう。

　……あれ？　ということは。

タキリン城砦から飛ばされて北部諸国連合の地を逃亡する際、東ルートを取らずに西ルートの神国に突っ込んでいってても、もしかして何とかなっていたかも？

……いやいや、その場合はバイヤールやエルフとの出会いはなかった。

東に逃げて正解だったんだ、多分。

俺がそんなことを考えている間に、三人の話が終わったようだった。

この世界の住人であるウォルが同席を求められていたのは、今から聖女が行う秘術に彼の協力が必要なためらしい。

「つまりじゃ、今からそなたとティシア王はちゅーをして、強引に隷属の首輪が壊れるように仕向ける。そのままでは奴隷から解放されたと見做されて髪が白く染まってしまうので、そこで妾の出番じゃ。そなたの髪が白く染まらないよう、呪いがシキに移るように手を尽くす」

「え？　それじゃ……」

長い黒髪の美女がにやりと笑った。

「俺様が肩代わりをして受け入れる。ＳＳランクが白髪を染められるアイテムがあったら良かったんだけどな、もう手に入らないんだ。冒険者ギルドは、そのアイテムの素材が手に入る辺境の東から手を引いている。まさかＳＳを奴隷化しようと企むＮＰＣがいるとは思ってなかったんだよ。だが実際には、愚かなことを考えたのはＮＰＣではなく、同じ力を持つ同胞《プレイヤー》だった」

「クラシエルの阿呆共め、まさか悪意を持って同胞を陥れようとするとは。ヤンチャくらいなら捨て置いたのじゃがな。まだ誤魔化そうとしているらしいが、もうギルド総本部も言い分は聞くまいて」

「今度こそ冒険者ギルドは動くぜ。俺の出番だ――ただし、冬に入ってから」

冬？

実はの……と、ピンクの髪の美少女がため息をついた。

「運が悪いことに今、辺境の最前線は現在進行形で危機に陥っておるのじゃ。とても中央国家群まで介入出来ん」

「モンスター襲撃イベントだ。敵のボスは最高ランクSSSSS《クインティプルエス》のグランドリヴァイアサン。辺境中のSSS、SSが総力を挙げて挑んでいるが、人数が足りない。アレ相手じゃ討伐はほぼ不可能だ。なのでせっかく作った拠点を潰されないよう、防衛最優先の引き分け狙いで今現在も戦闘中」

突発大規模レイドか！

MMORPG《ゴールデン・ドーン》内で突然行われていた、イベントスケジュールには載っていないモンスター襲撃イベントだ。

この〝神〟が作り出したゲームの世界の辺境に、街や施設は存在しないが、地形やモンスターは忠実に再現されていると聞いていた。イベントも再現されていたのだろう。

拠点防衛イベント。規模は大規模レイド級（参加人数上限なし）。

勝利条件はボスモンスター・グランドリヴァイアサンの討伐。敗北すれば全滅だけでなく、最前線の拠点が再起不可能に蹂躙されるのか……。

「中央国家群所属の俺様は、本来なら参加しなくてもいいんだがな。かなり無理を通して聖女ヤツカを借り受けてきたんだ。最前線に返却ついでに、出張代金として一働きしてくる。戻ってこれるのが、早くて冬。それまでティシアご自慢の国宝『白の天蓋』を使って、時間を稼いでてくれ。SSSランクの俺様が、ダチというか貸しのある奴を何人か引きずって、弟妹《きょうだい》の住むティシアに助っ人として参戦するぜ！」

「――――」

「今、『白の天蓋』はコントロール機能を失っている」

ウォルが冷静な声で指摘した。

そうなんだ。ティシアの国宝『白の天蓋』は、コントロールする鏡の部分がクロエ平原で行方不明になっている。

どうやら今はクラシエルが回収しているらしい。

敵が持っていても使えないけどな。

登録されているティシア王家の血統でないと動かないから。

だが、こちらも鏡部分がないので、制御の手段を失っている。

『白の天蓋』が鉄壁と呼ばれる所以《ゆえん》は、自在にコントロール出来る防御力だ。

魔法攻撃には魔法防壁を張り、どれだけ攻撃を受けても、耐久力は自動回復する。攻撃が集中すれば、その部分だけ防御力を厚くして対処も可能。それらはすべて鏡が制御している。

鏡のない今現在、高い防御力こそ有しているが、王都アルティシアを守る外壁は柔軟な運用が出来ない。攻撃を受け続ければいずれ破壊されるだろう――。

「だが年末までと期限を区切るなら、カリヤと共に何とか持ちこたえてみせよう」

力強くウォルが言いきった。

ああそうだ、ウォル。

俺がいる。

ＳＳにランクアップした生産職の俺が、総力を尽くして持ちこたえてみせる！

それどころかシキが中央国家群に戻ってくる前に、クラシエルとの戦争に決着をつけ――られるといいな！

「あー、なんで俺が白い髪になってもかまわないのかって？」

準備途中で尋ねると、シキはあっけらかんと答えた。

一人称が〝俺様〟ではないのでプライベートモードだ。

「前からラギオン皇帝に泣きつかれてたんだよ。自分に臣従しているって見せかけるために、俺も髪を白く染めてもらえないかって」

　ラギオン臣民は、自分たちの国をプレイヤーが牛耳っているのを知らない。

　彼の国の貴族は皆、一度隷属の首輪をつけて皇帝に恭順の意を示し、すぐ外して自分の髪を白く変化させる。娘婿の立場であるシキも、表向きは皇帝に仕えていることにしたいので、髪色を白くしてほしいと懇願されたのか。

「だけどレジスト出来るのが分かりきってても、隷属の首輪なんて嵌めたくねーだろ？　ずっと無視してたんだが、カリヤの肩代わりならいいかなって思ってさ。フィアスとお揃いアピールも出来るし。まだあいつ、兄の俺に対してちょっと遠慮がちなんだ。歩み寄りになるかなって」

「準備が出来たのじゃ」

　持参の祭壇前で祈っていたヤツカが、動きを止めて振り返る。

　ソファーの肘掛の上に置かれている俺の右手の上に、シキが自分の左手を重ねた。

　重なりあった二つの手を、美少女が祈りの力を込めた細い帯で巻いていく。帯にはびっしりと聖文が刺繍されていた。

　朗々と紡がれる祈りの言葉。

　仕上げに聖水を上から注ぎ、包み込むように小さな両手を重ねた少女が、俺の脇に立つウォルを見上げた。

「さ、ティシア王。そなたの妃に舌を絡めるような、濃厚なちゅーを！」

「おい、ババア」

「体液摂取なのじゃ。血でもいいが、怪我をしろと言うのもな。ああ、カリヤは身も心も捧げちゃいますぅって感じに、王を全面的に受け入れてはダメじゃぞ？　愛の力のせいで、万が一にも奴隷化に成功、なんて奇跡が起こっては困るからな」

　了解です！

隣に立つウォルが身を屈める。

視線があう。きらめくエメラルドの瞳には、小さく微笑む俺の姿しか映っていなかった。

「――愛している、カリヤ」

唇と唇が重なる。

久しぶりのキスだった。

夏に、アルラギオンでの別れで交わして以来の。

「……他人のラブシーンって、見てて『リア充爆発しろ！』って叫びたくなるのは何故？　私なんて、今世はもちろん、前世もセックスどころかキス経験さえまったくなしの処女なんだけど」

「おい、のじゃロリ。ＲＰ（ロールプレイの略。ゲーム内で考案したキャラクターになりきってプレイすること）忘れてるぞ。神国の聖人聖女は、セックスしたら資格なくすんだから仕方ねーだろうが。前世は知らん」

「そういうあんただって男を知らない処女じゃないの。ばーか、ばーか」

「ネカマやってても中身は男なんだよ！　知っててたまるか！　あ、他人の恋愛指向は尊重するぜ？　同性愛だろうが何だろうが。そしてヤッカ。――俺は嫁たちと、キスはしている」

「リア充爆発しやがれ！」


小さな音を立てて首輪が壊れる。

手に巻き付けている帯に、黄色い炎がともった。

温度をまったく感じさせないゆらめきが、刺繍された聖文を金色に輝かせながら広がっていく。

やがて、すべてを燃やしきって黄色い炎は消えた。

「さて、カリヤ妃。体が動くようになったか試してみるがいいのじゃ」

のじゃロリのＲＰは復活したらしい。

促され、俺は足に力を入れて床を踏みしめ、ウォルに支えられつつソファーから立ち上がった。

――かなり長い間体が動かなかったはずなのに、筋肉の低下などは一切なかった。

この転生後の異世界では、ゲーム的な条件下ではその法則が適用される。人の体は呪いを受ければ透明なガラスに変化したりもするし、解けば血が流れる肉の体に戻ったりもする。もちろんそんなこと、前世日本の現実じゃ考えられない。

あくまで、ゲームの世界だからこその奇跡。

眠り姫は百年眠り続けても、王子様からキスを贈られれば平然と起き上がれるものなのさ。

ウォルと同じ高さの視線をあわせて笑い、互いの体を抱きしめながら改めてキスを交わす。

「さあさあ、本気で辺境がやばいのじゃ！　シキ、すぐにも戻ってもらうぞ。急げ急げ！」

「ババア、ローブのフードくらい被らせろ！　隷属の首輪を嵌めていたはずの王妃が黒髪のまま復帰して、直前に訪れた俺様の髪が白く変化したなんて現場を見られる訳にはいかないんだからな？」

キスを終えて体を離すと、俺の代わりに髪を白く変化させたシキが、セバスから受け取ったローブに慌ただしく腕を通していた。

ヤツカの秘術は成功した。

黄色い炎が消えた時、俺の髪色に変化は現れず、シキの髪は真っ白に染まっていた。

その長い白髪を布の下に隠しながら、顔に傷のある美女が俺の方を向く。

「カリヤ。出来る限り急いで、中央国家群に戻ってくるから」

「――ありがとう、シキ」

「なに、戦争が終わったら、俺様に個人用の転移ポータルを作って感謝の気持ちを表してくれたらいいぜ。いつでも妹と弟に会いに来れるようにな！」

豪快に笑った美女が、そのまま真顔に戻ると俺に向かって頭を下げた。

「……フィアスが、言っていた。本当なら自分もクロエ平原で命を失うはずだったと。あんたが残してくれていたアイテムを使い、九死に一生を得て逃げ出せたのだと」

生き別れていた弟の存在を教えてくれた恩を、弟の命を助けてくれた恩を、〝神槍〟シキは決して忘れないと誓おう。

「あんたは俺の家族を助けてくれた。借りは、必ず返す」


すぐにも辺境へ戻るという神槍と聖女を見送るため、俺はウォルと並んでホームから出る。

何もない荒れ地と化した中庭を取り囲む、後宮の回廊。

遠巻きに警護についていた衛兵や控えていた女官が、ぽつねんと立つ扉から寄り添って現れた国王夫妻の姿を認め、歓声を上げる。

ティシア万歳！　国王陛下万歳！　カリヤ妃殿下万歳！

ようやく現れた俺の、変わりのない様子に安堵している者たち。

ウォルが俺の腰に手を回し、優しく抱き寄せた。

視線をあわせて頷き、もう片方の手を上げて振り始める。

俺も同じように手を振ってみた。

わっと盛り上がる人々。そこにいる皆が、俺の復帰を喜んでくれていた。

歓呼の声は途切れることなく、いつまでも続いた。

幕間

——十八年前のことだ。

オリーブ色の肌をした、黒髪に赤い瞳の〝少女〟が辺境へとやって来た日を、ヤツカは今も覚えている。

『果てへと至る海』と呼ばれている中央国家群極東部出身だという、十三歳の元気な新人。たとえＳＳランクだとしても、前世の能力が発現したばかりの十三歳が辺境に来ることは稀だ。

理由はすぐに知れた。

冒険者ギルドでの登録時、画面に〝1（新規）〟と表示が出た彼女――彼は、前世でランダムクエストに遭遇し、成功させていた。転生後のこの異世界でも通用する、レアクエストを。

ＳＳＳランク神話武器、神槍『天沼矛《アメノヌボコ》』が入手出来るクエスト。

それは辺境の拠点である岩窟《がんくつ》都市アガルタから、〝わずか二月ほど〟しか離れていない地で発生するものだった。

辺境に所属する高ランクプレイヤー達は、シキと名乗ることに決めたという少年が、クエストに挑戦することを全面的に支援した。

外見年齢だけは似ているからと、聖女であるヤッカがシキの指導者に抜擢された。どちらも十三歳の少女だったので。見た目だけは。

そして辺境の厳しい環境に慣れ、万全の準備を整えてクエストの地に出向き――彼は顔にモンスターから受けた傷をそのままにして、神槍を片手に笑顔で帰ってきた。

『ただいまー、ヤッカ。最後にミスって一撃喰らっちゃった。腐食属性の呪いがついていて、浄化してから治さないと痕が残るんだよ。ヤッカの聖女の力でパパっと呪いを消してく』

『シキ、すぐ故郷に戻るのじゃ！

おまえの故郷が周辺諸国に攻められておる！』

辺境に入ったばかりの一報を告げると、彼の笑顔が消えた。

果てへと至る海に浮かぶ、古い歴史を持つ小さな島国。シキはその王家の出身だった。僻地だったので冒険者ギルドの支部はなく、プレイヤー達が侵攻に気づいた時には既に大勢が決しつつあった。

あの国にはシキの妹が残っていた。前世でも血が繋がっていた、交通事故で同じ瞬間に亡くなって共に転生したのだという妹が。

先に冒険者ギルドに向かうという兄に、自分は十五歳の成人を迎えるまではこちらの家族と暮らすね と、二年後に合流するよと笑って見送っていた今世では双子の妹が。

神槍を手にしたシキが、ヤツカの目前から一瞬でいなくなった。

ジャンプで転移ポータルまで移動し、中央国家群に戻ったのだろう。

間に合えばいい、と願ったヤツカの祈りは届かなかった。

果てへと至る海に浮かぶ島国が一つ滅び、SSSランクプレイヤーの報復によって周辺の島々が消えた。

戻ってきた少年は、顔の傷痕を消そうかと申し出たヤツカに首を横に振った。

『――――己の愚かさの戒めとして、残しておく』

「起きたか、ヤツカ」

目を覚ますと、見知った天井があった。

ヤツカの私室だ。ホームではないが、岩窟都市アガルタで寝起きするための、プライベートスペース。白を基調とした、レースやフリルがふんだんに使われた可愛らしい部屋だ。

のじゃロリ聖女には白いゴスロリが似合う、と思っている彼女の信念が凝縮された、自慢の私室。

その中央に置かれた応接ソファーの、一人掛けの方に足を組んで座ったシキが、膝に置いた神槍を布で磨いていた。

ビキニアーマーに身を包んだオリーブ色の肌の美女は、傷痕の残る顔に落ちてきていた白い髪を耳へと引っ掛け、にやりと笑う。

「秘術の発動、ご苦労さん。あれは反動がきついのに、カリヤに負担に思わせたくないからと、アルティシアを出るまでよくぶっ倒れるのを我慢したな。気絶したあんたを抱えて、アルラギオン経由でアガルタまで戻っておいたぜ」

「……せっかく中央国家群に行ったんだから、ギルド総本部で買い物がしたかった」

「諦めろ。時間の余裕がねーのに変わりはねぇ。だが、メシくらいは商店街で買い出しておいたぜ。一緒に食おう」

磨いていた槍をアイテムボックスの中に戻し、シキはMの文字が赤く印刷された紙袋を取り出した。

丸めて閉じていた口を開く。途端に広がったファストフードの匂いに、ヤツカは横たわっていたベッドから飛び起きる。

「モックのハンバーガー！」

「エビバーガーとダブルチーズと照り焼きとビッグモックがある」

「妾はエビと照り焼きじゃ！　どうぜガッツリ系はおぬし用じゃろう？」

「わはは。ポテトと食後のアップルパイもあるぜ。後、コーラ」

「なんとデザートもあるとは。でかした、シキ」

いただきまーす。

テーブルに広げられたファストフードに、ヤツカはシキの正面に座るとさっそくポテトをつまんで口に放り込む。

「んーっ。辺境にはモッスンバーガーがあって、もちろんあれは至高の味で大好きなんじゃが、ポテトはこのモックの細い方が好きじゃ……」

「俺はモッテリアの肉肉しいチーズバーガーが食べたいんだが、この世界にないんだよな。誰か店を出してくれねーかな」

「作れ。オーナーになれ。人を雇え。六十二人も嫁がいるんじゃから、それくらいの財力はあろう？　妾は神国内にサーチワンアイスを復活させたぞ」

「……今度神国に遊びに行くわ」

時の止まるアイテムボックス内に保管していたバーガーは、作りたてのままで美味しかった。

しばらくの間、互いに無言で食事をする。

食べ終わったバーガーの包み紙を、くしゃくしゃに丸めながらシキがため息をついた。

「しかし、転移ポータルなら本当に、アガルタまであっという間だよな。俺、ポータルをここまで運んでくるのに、アルラギオンから地道に砂漠を移動して二か月近くかかったんだが」

「だからこそレシピを持っているアイテムマスターは貴重なんじゃ。妾に大規模レイド中の最前線から離脱の許可が出るくらいにな。カリヤ妃がポータルを量産してくれるようになれば、辺境と中央国家群間も移動しやすくなるじゃろう」

「そして辺境の奥へも進出しやすくなる、か」

アップルパイを大口でかじり、シキがほぅとため息をつく。

「……そういやカリヤのホームの中、凄かったな。あのキッチンに置かれた、自作の電化製品の数々。さすがアイテムマスター」

うむ、とヤツカも同意する。

「ＬＤＫの部屋じゃったからな。リビングにいても視界に入ったからチェックさせてもろうたが、あれ多分、現代家電シリーズのレシピでも基本バージョンじゃなくハイクラスバージョンじゃ」

「冷蔵庫、六つも扉がついてたものな。俺が総本部で買って今ホームで使っているの、扉が三つなんだけど」

「オーブンとトースターは、スチーム調理機能がついておったぞ。あれ、前世でほしかったヤツなのじゃ……」

「ああ、そういえばトイレも」

ん？　とヤツカはシキに顔を向ける。

カリヤの隷属の首輪を無事外し、彼のホームから出る前に、シキはトイレを借りていた。

ホームＡＩのオコジョに案内されて扉の向こうへと姿を消し、戻ってきた時はしきりに頷いていた様子が気にかかってはいたのだが。

「カリヤのホームのトイレ、ウォシュレットだった。女の体で初めて使ったけど、あれ、自動で洗ってくれるから気持ちいいのなー」

「そういう大事なことは何故現場で報告しない！」

拳を握り締め、立ち上がって絶叫したヤツカに、シキはきょとんと赤い目を向ける。

「ウォシュレットが、ウォシュレットがこの世界に実在したのよ!?　一度は復元出来たそうだけど、レシピを継承できず三百年前に絶滅したというウォシュレットが！」

「絶滅って。たしかにホームに設置できる水洗トイレは存在するけれど、ウォシュレットの機能って付いてないよな。そこまで細部にこだわってないというか。まあ水洗トイレがあるだけいいんじゃ」

「シキ。おまえは今、辺境の――いや、この世界に存在する全ての女性プレイヤーを敵に回した」

「そこまで？」

「女はいろいろとお世話になるのよ、ウォシュレットに！　そして前世で便利さを知ってしまっているから、ウォシュレットの復活は悲願。転移ポータルより重要度は上！」

「そこまで!?」

のじゃロリ口調を忘れて力説するヤツカに、体を反らしておののくシキ。

「ゆっくりなんてしていられないわ。最前線に戻ってグランドリヴァイアサンの一件を片付けるわよ！　その後すぐ中央国家群に向かって、ティシアを戦争に勝たせる！　そしてウォシュレット！」

「もちろんそのつもりだが、そんなにいいのかアレ……なくても生きていけるだろ」

「知ってしまったらもう、アレなしでは生きていけないの！　さあ行きましょ――行くのじゃ、西征最前線へ！」

ゴスロリワンピースを脱ぎ捨て、ヤツカは自身の戦装束である聖女服に着替えた。

準備万端、とない胸を張りながら西を指差す少女に、シキは苦笑しながら立ち上がる。

腕を振ると、現れるのは神槍『天沼矛』。

「――そうだな。グランドリヴァイアサンをぶち殺……すのは無理だが追い払って、ティシアのカリヤを助けに向かうか！」

「恩を売るのじゃー！」

「おい、聖女」

やれやれと肩を竦めたシキが、先に歩を進めて部屋の扉を開ける。

オリーブ色の背中に白い髪が流れる後ろ姿を、ヤツカは目を細めて眺めた。

このアガルタの彼女の私室には、普段は鍵を掛けている。シキが開けることが出来たのは、ヤツカが十八年前、いつでも入っていいと鍵を渡していたからだ。

最初は指導者として、交流の一環だった。今世の故郷と家族と、前世からの妹を喪なってからは、己を責めるシキを傍らに置いて見守った。

不眠も鬱も……自傷行為も、癒すのは聖女の領分だったから。

やがて絶望の淵から這い上がり、顔に深い爪痕を刻んだ少年は妹を探し始めた。

あの最期で、魂が次の世界に向かうはずがない。

再びこの世界のどこかに転生するはずだと。

故郷が滅びた日にどこかで生まれた、女の赤子。

シキはたったそれだけを手掛かりに、ゲームの世界より広大な中央国家群内を探し続け――五年後、見つけ出した。

前の生のことは何も覚えていない幼い妹。

兄だと告げると、無邪気に笑って受け入れた、前世からの最愛の妹を。

『ずっと探してくれていたの？　ありがとうお兄ちゃん！』

『――あたりまえだろ。おまえはおれの、いもう、と、なんだ、から……っ』

号泣しながら妹を抱きしめたシキは、そのまま中央国家群に残ることを選び、辺境の最前線で生きるヤツカとは違う道を歩むことになった。

まあ同じプレイヤーでSSSランク同士。付き合いが切れた訳ではないが。

その後も、辺境の地でヤツカはシキの噂を聞いた。

血の繋がらない妹を溺愛している——血は繋がっておらんかもしれんが、魂は繋がっておるのう。

妹を利用しようと企んだ勢力の男を皆殺しにした——虎の尾を踏んだのが悪い。プレイヤーの女にちょっかいを掛けた時点で自業自得じゃ。

女好きで、美女をかき集めてハーレムを作っている——あやつ、童貞かつ処女じゃと自ら豪語しておったが……。

生き別れていた弟が見つかった——よか、良かったのう、シキ……！

そんな風に遠くから見守っていたシキが、辺境までやってきて頭を下げた。

自分と弟妹の恩人であるティシアの王妃を、どうしても助けたいのだと言う。

ヤツカにとって、シキはいつまで経っても十三歳の少年だ。聖女として肉体が歳を取ることのない彼女が、三十歳を過ぎて出会い、世話をした——育てた少年。

彼が頼ってくれるというなら無茶もしよう。

決して、シキの前で口にするつもりはないが、この気持ちを母性愛と呼ぶのではないかと彼女は思っている。

再始動！

「間に合ったぁぁぁあ！」

くしくもシキと同じ言葉を発する俺。場所はアルティシア城下、貴族街の一角にあるコートレイ領主の邸宅である。

ようやく、ライナーの元を訪れることが出来た。

ラギオン帝国訪問の帰り。クラシエルに拉致された俺と彼だが、転移ポータルを起動してなんとか彼だけは逃がすことが出来た。

手足を一本ずつなくすほどの暴行を受けた彼は、ほとんど虫の息の状態でアルティシア・ステーションへ戻ったらしい。

たまたま居合わせたエルフが、自身が持っていた貴重なエリクシールを使ってくれて、命を取り留めることが出来たわけだ、が。

そのエリクシールの品質が悪かったらしい……。

――あー、うん。そういう状況知ってる。

非常に感謝はするが、生産職的にはもうちょっとがんばろうな、エルフ！

劣化エリクサーな性能は仕方ないとしても、品質にバラつきがあるのはダメだぞ？　信用度が低いから、市場価格的に安くなっちゃうんだぞ!?（っていうか、そのせいで純正エリクサーがべらぼうな高値に……）

結果、傷は治ったが昏睡状態に陥ったライナー。

当初は王宮内の医務室にいたんだが、不特定多数の出入りが可能なので、身の安全を図るために血縁であるコートレイ邸へと移動した。……俺が行方不明のままだったので、その責任を取らせるために殺っちゃえという短絡的な阿呆がいたらしい。

ちなみに俺の味方って訳ではない。いちゃもんつけてティシア王家の力を削ぎたかっただけらしいよ……ライナーは一応、王家に忠誠心厚い臣下として名が知られているので。

それからずっと、彼は王都のコートレイの別邸にて意識のないまま療養していた。

帝国から戻ってきた妹のミリアムが、仕える俺がいないからと宿下がりを許され、献身的に世話を続けていたと聞いている。

そしてクラシエルから脱走してきた俺、復活。

ウォル経由でエリクサーを渡し、使用したライナーは無事、改めて意識を取り戻したと聞いた。

俺を庇って怪我を負ったライナーの見舞いに行かなければと思いつつ、自分も隷属の首輪が残ったままだったので動けなくて。シキたちの来訪によってようやく動けるようになって聞いたんだよな。

ライナーが、今日にもコートレイ領に戻る予定だと。

俺、慌てる。

これはアカン展開だ。主である俺に、挨拶もなしに郷里に帰ろうとするなんて。

落ち着いたらいつでも会えるからと見送れば、二度と会えないパターンだ。

隠居するならまだいい。護衛対象の俺を守れなかったことで、死んで詫びようとかクソ真面目な彼なら実行しそうなのが怖い。

なので聞いたと同時に動いた。

カザリン王姉に足止めを頼み、マイホーム内のラボに飛び込んで、急いで作った自作アイテムをアイテムボックスの中に放り込むと馬車に飛び乗る。

やって来たコートレイの邸宅は、ミリアムが出迎えてくれた。

再会に泣き崩れた彼女を慰め、兄の元へと案内してもらう。

先触れを出していたので俺の到着を待っていたのだろう。一階の庭に面した応接室で、ライナーはソファーの脇でまっすぐに立って出迎えてくれた。

開け放した窓から入ってきた風が、中身のないシャツの片袖《かたそで》とズボンの片裾を揺らす。

「——妃殿下」

紫の瞳が俺の姿を認めた。

ソファーの背もたれを隻腕で掴むと膝を曲げ、彼が深々と銀の頭を下げる。

「無事のティシア帰還をお喜び申し上げます。……申し訳ありませんでした。護衛騎士だというのにあなたを守り切れず、敵地に残して私だけが」

「ライナー」

——俺よりも背が高く大きな体格の彼が、ひどく小さく見えた。

彼が手足を失ったのは未熟だったせいだとか、護衛騎士の役目を果たせなかった役立たずだとか、俺がいなくなって国が被った損害は死んで詫びるしかないだとか、王を誑かした淫売に振り回されて将来を失ったまぬけだとか。

外野は好き勝手に騒いでいたと王姉に聞いたのだが、ほぼ目覚めたばかりの彼の耳には入っているのだろうか。

そんな根も葉もない誹謗《ひぼう》中傷は無視しろと言いたい。

クラシエルの罠は完璧だった。

見事に引っかかった間抜けという評は甘んじて受けるしかないとは思うが、悪意を込めて侮蔑《ぶべつ》されるいわれはない！

ので、俺は俺が出来ることをする。

「今日、これからコートレイ領に戻ると聞いた」

「……はい。短い間でしたが」

「なら手早く済ませよう」

ちなみにさっきから、台詞を言い切らせずに言葉を重ねている。

ネガティブワードを聞くつもりはない。

ライナーの正面に立ち、がしりとその背に腕を回した。

「ひ、妃殿下？」

うむ、手足がないとバランスが取れなくて、お姫さま抱っこが難しいんだよな。

かといって、胴体をそのまま抱きかかえるのは密着しすぎる。王の婚約者が他の男相手にやっちゃいかんだろう。

という訳で、ライナーの体を肩に担いだ。

体を腹の位置で曲げての〝くの字〟が、一番運びやすい。

「暴れるなよー。落としちゃうから。ミリアム、兄貴を横に出来る寝台まで案内してくれ。さすがに床の上で引ん剥くのはかわいそうだ」

「え？　床ですか？」

「服を脱がせてパンツ一丁になってもらって、計測する。詳しい数値を測っておかないと、体に合った義手義足は作れないだろう？」

にっと笑ってみせると、俺付き筆頭女官の顔がぱあっと輝いた。

そう。俺はアイテム職人。

当主の試練で出向いたコートレイ領にて、傷痍《しょうい》兵相手に無双したのは関係者の記憶に新しいのではと思う。

「あちらに使用人の仮眠室が――いえ、妃殿下が足をお運びになるなら、そのような場所は誤解を招きかねませんね。少し遠くなりますが、離れに医師が常駐している医務室がございます。そちらはいかがでしょう？」

「そうだな」

ミリアムの言葉に頷き、俺は背後を振り返った。

王姉の元から派遣されてきている、後宮所属の女性騎士が頷く。

実は、武で有名なコートレイ領出身だと紹介があった彼女。勝手知ったる館の中だったらしく、「医師に連絡してきます」と先に向かった。

「……彼女は、臨時の俺付き護衛騎士だ。やっぱり城外に出る時は、建前として誰か護衛が必要らしいんで、当番制で付いてもらうことになっている。おまえが復帰するまで、専属を置く予定はないけどね」

ライナーが、俺の後ろにいた彼女の姿を認めて視線を伏せたのに気づいていたから、気軽な感じで説明する。

大丈夫、辞めさせるつもりなんてない。

俺個人に対して忠誠を誓い、命がけで守ろうとした男を切り捨てるなんてとんでもない。

彼は、俺の足りない部分をこれからも補おうとしてくれるだろう。なら、彼の足りない部分を俺が補えばいい。

「その護衛騎士を含めた今後に関してなんだが、ウォルや王姉王兄と話しあって、俺は公式の場以外自重しないことにした。男の格好のままうろつくし、化粧もしない。王妃としての振る舞いなんて意識せず、口調も素のままで行く。まあぶっちゃければ、貴族連中に対して猫を被らないことにした」

「――よろしいのですか？」

「ああ。もう現王家の方針に反対する者はいない」

……そう、もういない。

粛清の嵐が吹き荒れたからね……。

反対派は消え、日和見《ひよりみ》の連中は完全にビビった。

現ティシア王家、ジーン王朝はウォルの代で終わる。王家の伝統やら格式等を、次代に示す必要はないと主張し、そのすべてを受け入れさせた。

国王のウォルが同性婚でもいい（どう見ても男同士だものな……）とまで譲歩したそうだが、既に女性転生者としての特権を受けてしまっている。俺は〝王妃〟として彼の元に嫁ぎます。

医務室までライナーを運んで診察台に横たえ、宣言通りパンツ一丁にする。

メジャーを取り出して計測開始。体勢の維持や変更を手伝う助手は、ミリアムと居合わせた老医師だ。あらかじめ渡しておいたファイルに、女性騎士が読み上げた数字を書き込んでいく。

ライナーの場合、以前から腰から足へと繋がる神経を損傷し、後遺症が残っていた。

だがそれは解消されそうだ。

怪我をしていた方の足がなくなったから、新たな神経回路を搭載した義足を使うことになるので。

エリクシールの癒した傷痕は引きつれもなく、短くなった骨をつるんと綺麗に肉が覆っている。

たまに幻肢痛はあるようだが、触れた程度ではいちいち痛みはないらしい。なので遠慮なく、急いで作ってきた白木の義肢を装着する。

「ライナー。この本体側先端に装着した環に、義肢側の根元の環を重ねれば磁石のように着脱出来る。動かすには自身のMPを使うことになる。この環に埋め込んだ宝石みたいな装飾は、MPを溜めておく光玉だ。夜寝る前にでもＭＰを補充するといい」

「はい。この手足は着けたまま眠ってもいいのでしょうか？」

「んー、外した方がいいな。ただの木で作った応急処置用の義肢だから。寝返りとか違和感あると思う。防水加工はしているが、風呂も外して入浴してくれ」

少し長く作ってきた部分を削って調節。

手足を繋げ、診察台の上で上体を起こして座らせた。あ、女性がいるのでシャツを羽織らせておこう。

シックスパックな腹部にちょっとジェラシーだ。ライナーは胸毛のない御仁だった（ちなみに俺もないし、ウォルもないです）。

「――」

「痛みや違和感は感じる？」

ライナーが首を横に振った。

ミリアムに支えてもらいながらゆっくりと義肢を動かして確認している。台から降りようとして体勢を崩したが、想定の範囲内だ。

思考操作なので、最初のうちはどう動きたいのかきっちり考えないといけないが、慣れればこれまでの手足と同じように、意識せずとも動かせるようになるだろう。

この場に居合わせた面々は、義肢の性能にかなり驚いているようだけど、コートレイ領で扱っていた普通の義肢より性能は高いよ。当たり前だが。

あちらは思考操作のない、ランクＣ程度のＮＰＣでも作れる水準。じゃないと普及しないので。

「……大丈夫そうだな。それを付けてコートレイ領に戻って、リハビリに専念してくれ。不都合が見つかっても、俺が手ほどきした職人なら対処出来ると思う。その間にオーダーメイドの手足を、本気出して作っておくから」

本気を出しての義手義足作製！

指先からレーザービーム出したい！　少しばかり物騒かもしれないけど、ライナーなら眉をひそめながらも許してくれる気がする！

ありがとうございます、とライナーが深く頭を下げる。

隣で兄を支えるミリアムに、一緒にコートレイ領に戻って手助けをするようにと命じた。

今、俺とウォルはホームで夜を過ごしているから、世話をしてくれる女官はそれほど必要ないんだ。それに南部のコートレイ領なら、戦火は届かないだろうから安心も出来る。


銀髪紫瞳の兄妹とはそこで別れ、邸宅前で待たせていた馬車に向かう。

せっかく王城の外に出たので、ついでに冒険者ギルド・アルティシア支部にも向かおうと思うのです。

対クラシエルのレジスタンスをまとめている、ギルド職員のエーリクには申し訳ないことをした。一応、カザリン王姉が面倒を見てくれていたようだが、ずっと放置状態にしてしまったからな。

馬車の前まで来ると、女性騎士が自身に着けた赤い片耳ピアスに指をあてた。

「――今から妃殿下がギルド前に向かいます。準備を始めてください」

対になった通信用のピアス。

俺が身に着けていた、ウォルの瞳の色を映したお揃いは、クラシエルに拉致された時に奪われて失くしてしまった。なので新たに作り直しました。今の俺の耳には改良版が装着されています。

それと同時に、護衛に貸し出す用も作ってみた。

冒険者ギルド・アルティシア支部に先に向かわせていた護衛と連絡をつけ、女性騎士が俺に向き直る。

「妃殿下。準備が整いました。どうぞ〝ジャンプ〟にてご移動ください。次の担当が出現個所《かしょ》を確保してお待ちしています。私はこのまま馬車を戻しておきますので」

――そう、もう自重しない。

これからは、移動はジャンプです。所要時間を大幅カット！

本日はこのままギルドに瞬間移動し、既に待ってくれている別の護衛騎士と合流予定だ。〝女性王族〟ならどうしても護衛は必要だそうなので、そうやって問題点をクリアすることにした。

終われば〝リターンホーム〟で王城内に直帰。護衛騎士には自力で帰ってもらう。

ちんたら正規の手段を踏襲してラギオン帝国から帰ろうとしたら、拉致られたからねぇ。体面など気にせずそのままリターンホームを使っていれば……と反省したのです。

これまでも移動時間がもったいないと考えていたから、一石二鳥な感じ？

「おつかれさま。護衛ありがとう」

「お気をつけて！」

敬礼する女性騎士に見送られ、俺はジャンプで転移した。

大樹海へ

目覚まし時計はセットしていたけれど、鳴る前に目が覚めた。

寝返りをうつように体をひねり、手を伸ばしてベッドの隅に置いていた時計のスイッチを切る。俺が起きたので、隣で寝ていたウォルも目を覚ましたのが分かる。

「おはよう、カリヤ」

上体を起こし、微笑んでこちらを見つめるウォルさんは本日も輝かんばかりの美貌だ。

いや実際、ゆるく波打つ黄金色の髪が、消さずにいた寝室の照明の下でキラキラ輝いている。

俺はベッドに転がった姿勢のまま、時計に対して伸ばしていた手を彼の方へと向けた。

「おはようのキスが欲しいな」

「望みのままに。おはよう、私の愛する妃」

微笑んだ彼が、ねだった通りに身を寄せてくれる。

互いの髪に指を絡ませながら、重ねあうだけのキスを何度か交わす。最後にキスが額に落とされ、離れていった。

「好きだよ、カリヤ。……シャワーを浴びてから朝食に向かう」

「俺も好き。今朝は冬の間に作っていた雪大鹿のハムの予定だけど、焼く？」

「焼く。二枚、薄めで。レモンも添えて」

「了解」

ベッドから降りたウォルが寝室を出ていく。

俺も伸びをして、ぐっすりと眠らせてもらった彼のベッドから出た。

そう、俺のホーム内にあるウォルの寝室です。

ティシアに戻ってきてからこちら、リビング上のロフトにある自分のベッドでは寝ておりません。いつも彼の隣だぜー。

でもセックスはしていない。

なんとティシアのカリヤ氏、不能になっていました。

おそらくというより完全に、クラシエルでの監禁のせいだな。ＰＴＳＤというやつ。

セックスがしたくても体が反応しない不能というより、性欲自体を覚えない感じだ。ゲイリアスの山中で山賊退治をし、捕らわれていた女性たちを救い出した時以来の拒否反応。

ウォルのことはもちろん好きだ。変わらず愛している。

だからティシアに戻ってきて、シキたちの協力で隷属の首輪を外して自由になった夜、当然のように彼と寝ようとしたんだよ。

そうしたら、まさかのフラッシュバックが来た。

灯りを落としたベッドの上、一瞬で体がこわばる。

違う違うと、すぐに自分に言い聞かせた。

ここは地下牢の中じゃない。幻覚なんて見せられていない。俺に触れているのはウォル自身だ。決して、見知らぬ男が彼の振りをして俺を抱こうとしている訳じゃない。

夢を見ている訳でもない。こっちが現実だ。目覚めるとまだ冷たい石の床に転がっているなんてことはありえない――。

一瞬の動揺だったと思うんだが、聡い彼には筒抜けだったらしい。

いちゃいちゃはそこで中断。

確認してみたところ、ウォルだと認識出来れば大丈夫なんだが、目を閉じて彼の姿が見えない状態だったり、背後から触られたり、部屋の灯りを暗くしていたら拒否反応が出てダメだった。

そして俺の体、どれだけ刺激されても勃たなかった……っ。

仕方ないので、しばらく様子見だ。

時が流れたら復活するかもしれないし、コミュニケーションに慣れていくうちに克服出来るかもしれないから。

……それでも無理そうなら、回復特化の聖女ヤツカさんに相談しよう。辺境が落ち着いてからになるだろうけど。

パジャマを着替えて朝食を食べ、セバスに見送られながらホームの扉を出る。

ティシア王城後宮の中庭は、エリクサーから目覚めた後に見た時とはまったく違うものになった。

扉から中庭外周の廊下まで続く、灰色の舗装された道。そして一面に広がる、風にそよぐ細い緑の草。

伝統と格式が融合した芸術作品だった中庭の、いさぎよい破壊っぷり。

まるで世紀末的荒涼感というか仏教用語でいう無常まで感じてしまったので、荒れた地面に成長の早い植物の種を蒔《ま》いたのだ。せめて緑でごまかそう、と。

錬金術というスキルで作り出す植物アイテム。一晩経てば、一帯が芝生っぽい感じに仕上がります。

この植物錬金、ゲームでは隠れた人気がありました。

だってゲーム内って、食べられる野菜や果物を植えたら、次の日には食べたいものじゃないか。

ある意味遺伝子組み換えみたいなものだけど、人体に危険はないから大丈夫。……クロエ平原の東、黒森の中に見つけたキノコも別の錬金スキル作だったっけなぁ。

ウォルと手を繋いで、道を歩く。

道も芝生部分も、中庭には許可なく立ち入ることを禁じている。

だから一本道と後宮廊下の繋がる先を待機場所として改装した。本日担当の侍従や女官さんたちが、俺たち二人が来るのを並んで待っている。

そこでウォルとはしばしのお別れ。

国王陛下とその婚約者、互いの仕事をこなしに行って――

――本日は、王城正門前で合流です。

何故なら、今からエルフの住む大樹海へ向かうから。

泣きが入っていたのです。俺が無事に帰ってきた姿を、世界樹の眷属であるコロポックルに早急に見せてやってくれないか、と。

うむ、小さな淑女たちには心配をかけたからな。無事戻ってきたよと報告をしておかないと。

それにウォルにも用があるらしい。

スケジュールを調整し、なんとか二人揃って向かえるようにしました。コロポックルとの再会以外にも、王都を出てやらなきゃいけないこともあるしな。

ウォルと一緒に王家の馬車に乗り込む。

周囲を騎馬の近衛兵に警護されながら、王都の南にある転移施設、アルティシア・ステーションへと向かう。

途中、ステーションへと通じる道の脇で、王家の馬車に向かって平伏している民の姿を見かけた。

旅装姿の人々だった。傍らの馬車には荷物が積み上げられている。

「……王都アルティシアを最終決戦の地と定めたからな。秋の終わり、草原の麦を刈り終えた頃に、やって来たクラシエル軍が布陣し対峙《たいじ》するはずだ。王都の住人で、疎開する先がある者や戦火より逃れたいと脱出する者に対して、支度金を渡している。大勢を抱え込んで籠城《ろうじょう》戦を行うより、減ってくれた方がこちらも負担が軽くなる。この道沿いにいる者たちは、転移ステーションから各地に逃れようとしているのだろう――」

戦争が終われば戻ってくるようにと伝えてはいるが、さてどうするのか。

苦く笑いつつのウォルの説明に、馬車の窓から外を確かめながら俺は頷く。

故郷を捨てて逃げ出そうとしている人々。

そんな光景を、俺はゲイリアスの麓《ふもと》で見た。生まれ育った地を捨て、荒野を追い立てられるようにしながら逃げていた長い列。

あの彼らに比べれば、行く先があって支援を受け取れたこの人々は幸せなのだろうか……。

やがて馬車が向かっている先に現れた光景に、俺は避難民から視線を移す。

「――ああ、あれがそうなのか」

巨大な建造物アルティシア・ステーションの、隣に建つ大樹海の大使館。

その周囲に、大規模な陣営が駐留していた。

エルフ王が派遣したという正規軍三千。

彼らはアルティシア・ステーションの転移ポータルを使い、ティシア国内の至る所に部隊を移動させてはクラシエル軍と戦っている。

まさに神出鬼没。

朝に軍備を整えてポータルで転移し、夕方には戻ってきて安全地帯で体を休める。

ポータルを稼働出来るMPが豊富な、彼らエルフだからこそ出来る戦い方だ。人間同士で行われてきた戦争の概念が、見事に崩れてしまった。

やがて馬車がアルティシア・ステーション前で停

まる。

だけどすぐには大樹海へは向かわない。

ウォルと共にまずはエルフ軍駐留地を訪れて歓迎を受ける。その後、打ち合わせのあるウォルとは別行動。

俺はエルフの兵士を伴い、何もない草原に向かって移動する。

一行から単身進み出た俺は、アイテムボックスの中から取り出した黒水晶の馬頭笛を吹いた。

草原の少し離れた場所で、風が渦を巻き始めた。

渦から白く濃い霧が生み出され、やがて巨大な門を形作る。

精霊界とこの世界とを繋ぐ、閉ざされたままの両開きの門扉。決して開くことのない扉の表面が揺らぎ、白い霧を散らしながら一頭の黒馬が飛び出してきた。

『母さまの主ー！　昨夜振りー！』

笛の音で現れたのは、額に白い星を持つ黒い精霊馬、バイヤールの次代の王であるイサクだ。

すくすくと大きくなっている若駒には、実は昨夜も会いました。

こそっと闇に紛れて、王都の外までジャンプで転移し、イサクと彼の父親であるバイヤールにも再会している。

精霊馬たちも、俺が敵国に拉致されたことを心配していたと聞いていたので。

あ、バイヤールの妻でありイサクの母親のユキには会えなかった。イサクの弟だか妹だかを身ごもったので、移動は難しいそうです。うん、無茶はせず安静にね。

再会を喜び合い、ついでにクラシエルから強奪して預けっぱなしだった馬について話し合った。

俺がいない間、中断を挟みつつもヴェンデリーンたちエルフとバイヤールは、クラシエル国内で暴れまわっていたらしいからな。連れ去った馬を引き渡すための馬頭笛を俺のアイテムボックスに入れていたので、ずっと使えなかったのだ。

なので今から回収です。

『それじゃあ皆、おいでーっ！』

前脚を高く上げ、イサクがいなないた。

白い霧で出来た巨大な門扉が震える。閉ざされたままの扉の表面から、馬が次々と姿を現しては草原へと駆けていく。

今回も圧巻の頭数だ。何故か牛の姿もあった。

『最近、あんまりご飯をもらえないんだって！　我がごはんをいっぱい食べさせてあげるって言ったら、ついてきた！　他にもいろいろ！』

スカウトか！　よくやった！

エルフ兵が、やって来た馬たちを集めるために草原へと散っていく。

これから、この馬たちは彼らの軍が使うのです。

大樹海の移動手段はユニコーンだけど、樹海を出れば死んでしまうから外には出せない。

だからエルフ軍は、ティシア国内を徒歩でしか移動出来なかったんだよね。ティシアも、三千名に行き渡るだけの馬はさすがに融通出来なかった。

でもこれからは大丈夫。好きに使ってください。

余ったらティシアで使います。

『あ、それから。昨夜エリクサーと交換してほしいって言ってたいろいろも、持ってきたからね。どうぞー』

イサクの嫁希望の牝馬たちが、背に荷物を載せて現れる。

相変わらず目はハート形だ。

体はオトナで心はコドモの、魔性のモテモテ仔馬だな、イサク。

ありがとう、と黒馬の鼻すじを撫でる。

俺の名付け仔は、うれしそうに黒い尻尾を振ってみせた。

イサクから荷物を受け取り、連れてきた馬（と牛、他）をエルフに任せ、改めて大樹海へと向かうことになった。

大樹海と繋がった転移ポータルを使えるのは、相変わらず俺とウォルのみ。身の安全がどうのと警備担当（近衛団長になったベイル氏だね。義兄上の恋人の一人）に言われてしまったが、まだそれは譲れない。

大丈夫。エルフ以外は入れない大樹海に、俺とウォルを害しようと考える者はいないから。

エルフはもう絶対に〝俺〟を切れない。

だから出迎えとして護衛が、あちらから派遣されてくる。

大樹海と繋がる転移ポータルの部屋で待っていたのは、ヴェンデリーンとアンゼリーンの双子。そしてエルフ王家の親衛隊の衣装を身に着けた騎士たちだった。

騎士たちが揃って片膝をつき、俺に対して最敬礼を取る。……エリート中のエリートに跪《ひざまず》かれたか。

彼らの主である王家というかエルフの総意は、コロポックルと深く交流を持ってしまった俺におもねる気満々のようだ。

「――カリヤ。本当に、本当に無事で良かった」

一歩前に進み出たヴェンが、両手を広げて俺を抱きしめようとし、動きを止めた。

「ティシア王。愚弟の〝コレ〟は友情です。友情以外の何物でもありません。未来のティシア王妃に懸想なんてとんでもない。王妃も愚弟に対して友情しか覚えておられませんし。我らエルフは、男女の区別はそれほどつけず親愛の表現を行うのです。ですので、かまいませんよね？」

にっこりと笑いながら、ヴェンの腹黒お兄ちゃんが弟を擁護している。

あー、そういや彼から告白されたことがあったっけ。

　もう一年くらい前のことになるから、その手の因縁なんてすっかり忘れてた。しかし、あの場にいなかったよね、アンゼ。

　いつどうやって知ったのさ。

　エルフの台詞に、苦笑しながらウォルが頷く。婚約者の許可を得た俺は、自分から友を抱擁した。

「心配してくれてありがとう、ヴェン」

　俺より大柄なエルフの背に、がしっと腕を回す。

　どうしようーという感じで彼の手がわたわた動いていたが（兄に煽《あお》られたが、常識人だものな）、覚悟を決めたかのように俺をきつく抱きしめ返し、すぐに離れていった。

　再会の挨拶を交わした後は、いよいよ大樹海への転移です。

　今回の訪問日程は一泊二日。泊まりを入れたのは、コロポックルたちと触れ合う時間を多くするためだ。

　俺の切られた髪を渡されて以来、彼女たちはどこかピリピリしたままでいるのだとか。

　いつもなら周囲に対して無関心で、自分たちのしたいように遊んでいる幼女なのに。世界樹の眷属たちの変わりように、すっかりエルフたちは怯えてしまっているらしい。

　まずは大樹海の中心、王都アルエルブンのステーションに転移。

　エルフ王家にご挨拶～の前に、ポータルを乗り継いでエルフの里に転移。

　そこは冒険者ギルド総本部長アイラの養子、ヨナーシュの生まれ育った里だった。

　そう、コロポックルの激怒した里です。

　俺、この里には初めて訪れるんだけど。だが会ったことのないコロポックルでも、俺の存在を知っていたりする。

　やはり彼女たちの間には意識の共有があるんだろうな。ずっと滞在していた西の里だけでなく、王都アルエルブンのコロポックルも俺に好意を示してくれたし。

里から離れた場所にある転移ポータルの建物から外に出て、用意されていたユニコーンに乗って移動する。

エルフの住む里の出入り口。

木製の柵《さく》が里を取り囲み、上部を物見やぐらにしている門は開け放たれていて（エルフの一般的な住まいは窓も扉もないけれど、さすがに門には扉がある）、——そこにぴっちりと身長十センチの幼女たちがしがみついていた。

思わず引いた。

え？　あれ、多分エルフの里を守る結界の境だよな？

物質ではない、透明な見えない壁が門の真ん中に存在している。

その境界にへばりついている、人形みたいな大きさの幼女たち。葉っぱの服を着た世界樹の眷属が、俺の姿を認めて顔を輝かせる。

おかあさんのいったとおりだ！

かりやがあそびにきた！

べっそうだ、べっそうがやってきた！

「……尋常じゃないくらいに愛されてますね、カリヤ妃」

目の前の光景に、護衛として同行しているアンゼがぼそっと呟く。

……うん、愛されているね。

ヴェンが前に踏み出し、壁と化している幼女たちに語りかけた。

「カリヤに会いたいのは分かるが、そのままじゃ里の中に入れないから。少しだけ、離れた場所で待機しようか、ちび共」

べんもきたんだ。
たしかに、ころぽっくるがいるから、さとにはいれないね。

ちょっといどうしようか。


ぽとぽとと、しがみついていた結界から落下する幼女たち。

少し門から離れた位置まで走り、半円の形に取り囲むように待機する。その向こうに、両手を組み合わせたエルフたちが、祈るような眼差しでこの場を注視している姿が見えた。

俺は乗っていたユニコーンから降りた。

一緒に降りたウォルに頷き、まずは自分一人で門へと向かう。

門の結界は、何も感じずにすり抜けられた。

かりや――――っ!!

満面の笑みで駆けてくる幼女たちに、俺は微笑みながら両手を広げる。


その姿はまるで、前世のブラジルはリオデジャネイロ、コルコバードの丘のキリスト像の如し！

――身長十センチの幼女たちにしがみつかれたオブジェが完成した。


いやー、濃い一日だった。

まずはアルティシア・ステーション近くでイサクと再会。それからエルフの双子と合流。大樹海に移動して、ヨナーシュの出身里に移動。

里で俺は、ひたすらコロポックルと戯れていました。そのために入手した、精霊界の花の蜜大放出だぜ！（イサクに運んできてもらった荷物です）

俺が幼女たちの相手をしている間、ウォルが里の長老たちと交渉。ヨナとエリアを軟禁していた謝罪の受け入れ。

その後、大樹海の王都アルエルブンに戻る。

俺は集まってきたコロポックルと戯れ、花の蜜パーティー。ウォルはエルフ王族と会見。

そういや俺、まだエルフ王族を見たことがありません。アルエルブンでは転移ステーションの外に出たこともないよ。

いつか落ち着いたら、王都見物をさせてもらいたいな。前世のゲーム内では、森の中にあるとても美しい都だったから。

最後に、ルカの住む西の里へ。

この里のコロポックルに、一番世話になったからな。挨拶をしておかないと。

それにルカも心配していただろうから、会って無事な姿を見せてあげたい。

西の里では歓迎の宴《うたげ》&花の蜜パーティーが催され、その後俺とウォルは、里滞在時に使っていた客室へと案内された。

去るにあたって残していった家具類はそのまま置かれていた。これからも、里を訪れた時に滞在してほしいと、部屋は以前の状態で残しているのだとか。

懐かしいと言い合いながら、ウォルと一緒に風呂に入って髪を乾かしあい、寝室のベッドの中に入る。

エルフの住まいの部屋の天井には、照明代わりの光の花が咲いている。

これまでは灯りを落として眠っていたけれど、今夜はそのまま消さずに寝る予定。

持参のパジャマに着替え（エルフたちよ、用意してくれるのはうれしいがセクシーなネグリジェは止めておこうな？）、広いベッドの上に枕を並べて横になり、隣のウォルと顔を見合わせて笑う。

「……懐かしいね」

「ああ」

「たった一年前のことなのにな」

「そうだな、秋は大樹海に滞在し、冬はゲイリアスのあなたのホームで過ごした。春になってからアルティシアに居を移し、それから――」

「……またウォルの元に戻ってきて、今こうしてエルフの里を再訪している」

綺麗に笑ったウォルの美貌が近づいてきた。

キスを、目を見開いたまま受け入れる。

……うん、大丈夫。ちゃんと彼だと確認しながらだと、怖くない。

「――この部屋で、初めてあなたとキスを交わした時、これ以上の幸せはないと感動した。あなたと出会えて良かったと、心から思った」

「そう？　うれしいな。俺もだよ、ウォル」

「だが、あの日から幸せはずっと続いている。……会えない時も、それがどんなにつらくても、あなたと出会わなければ良かったとは思わなかった」

「……俺もだよ」

傍らのウォルが身を寄せてきて、そのまま強く抱きしめあう。

目をあわせて、笑って、またキスをして――彼の隣にいることが、彼の隣にいるだけで、幸せを感じる。

「――愛している、カリヤ」


ちゅーだ！

俺とウォルの動きが止まった。


あ、きにしなくていいよ、つづきをどうぞ。

せいめいのいとなみは、しぜんのせつり。

いいぞ、もっとやれ。

でも、おかあさんがかりやをよんでるよ。つれていかないと。


「……世界樹のお母さんが？」

――コツは、何事もなかったかのように行動を再開することです。

ウォルから離れ、体を起こすとベッドの周囲にコロポックルたちが集まっているのが分かった。

寝室の結界は改めて張り直していたんだが。

気にすることもなく侵入してきた幼女たちに、深夜の散歩に誘われ、俺はベッドから降りた。

銀色の月の光が降るエルフの里を、小さな幼女に案内されながら歩く。

ウォルはお留守番だ。誘われたのは俺だけなので。

秋が深まると共に黄金色に変化した木々の葉は、頭上の月に静かに照らされ、ほの明るい白金の光を放っている。

人の気配がなかった。夜の里を巡回する兵士の姿もない。

もしかすると、超常の力が働いているのかもしれない。誰にもこの光景を見せないようにと。

空気のように軽い小さな眷属たちを肩や頭の上に乗せ、足元にまとわりつかせながら、俺は導かれるままに里の中央、佇む世界樹の巨木の前にたどりつく。

あのね、かりや。

少し短くなった俺の髪にぶら下がって揺れていたコロポックルが、地面に飛び降りると座れと促してきた。

言われるがままに、パジャマ姿でその場に腰を下ろす。

わっと、周囲にいた幼女たちが膝の上に乗ってきた。だが俺を促した幼女だけは、世界樹を背後にして、じっと俺を見上げる。

おかあさんがね、しんぱいしてるの。

かりやのこころに、いっぱいきずができてるって。

ぴたり、と幼女たちの動きが止まった。

じっと、すべてのコロポックルが俺を見つめる。

——うん、いたそうだ。

いたみをかんじなくても、きずはつくから。

がんばったね、かりや。でもまだいたみはつ
づいてるね。

言葉が出なかった。

どうして気づかれたんだろう？　拉致事件について何も話しておらず、匂わせもしていないはずだったのに。

いや、ウォルが彼女たちに俺の切られた髪を見せていた。だから監禁されていたことは知っている。

そして人ではない存在の彼女たちも、シンパシー能力を持っているのだろう。

妖精たちが頷きあって、自分たちのルーツである世界樹を見上げた。

高い位置にある世界樹の梢《こずえ》から、キラキラと輝く小瓶が宙に浮かびながらゆっくりと落ちてくる。

繊細なカットが施されたガラス瓶の中で、虹《にじ》のように七色の光を放つ液体。

——俺はそのアイテムを、前世のゲームの中で存在だけは知っていた。

『世界樹のしずくＥＸ』。

大規模レイド戦用の最上級回復アイテム。

人数の上限をつけず、その戦闘における味方全員に蘇生と全回復を行える、秘薬中の秘薬。

思わず伸ばした手のひらに、虹色の小瓶が収まる。

ゲーム内では値段が不明だったアイテムだ。何故なら店売りはされておらず、入手イベントは存在せず、課金アイテムとしても売られていない。

バザーに登場することもなかった。

流通しないのだ。その希少価値故に手に入れた者は絶対に手放さない。だから値段なんてつけようもない——。

さあ、おかあさんのしずくをぐいっとのんで、
かりや！

——俺は死んだ。

いや、全回復した。

愛される理由と、思いがけない再会

エルフの里で迎える朝。

ゆっくりと目覚めると、自分がうつ伏せの体勢で眠っていたのに気づいた。

珍しい。

俺は基本、仰向《あおむ》けの姿勢で寝る人です。ウォルが隣にいたら身を寄せていることもあるが、彼は既にベッドの上からいなくなっている。

不思議に思いつつ身を起こそうとして、うつ伏せだった理由に気づいた。

頭が重いです。ついでに動いたら花の香りがします。

すぴすぴと寝息を立てている身長十センチの幼女たちが転がるベッドの上、体を起こしてアイテムボックスから手鏡を取り出すと自分の髪型を確認する。

鏡の中には、コロポックル渾身《こんしん》の作である別荘が映っていた。

頭の後ろには円形に広がっている、仏像の光背と見まがうばかりの緑の枝。なんと、俺の前世のゲーム記憶がたしかなら、世界樹の枝（末端）でございます。

季節は秋だというのに、黄葉に染まっていない緑色の葉っぱ。

まるで芽吹いたばかりのような柔らかな葉を茂らせた細い枝には、色とりどりの花とコロポックルが引っかかっ――飾られている。

白、ピンク、赤、黄、オレンジ、紫。バランスよく配置された大小の花々。

そして葉っぱの服を着た幼女が、おなかの部分を真珠色のリボンで枝にくくりつけて眠っていた。いや、俺が起きたので彼女たちも起き始めたか。

おはよー、かりや。

にどねをしょもうする。

はんもっくをよういしわすれた。ふかく。


――本日の別荘の造形自体はシンプルだった。

尻まで隠す長さの三つ編みが一本。世界樹の枝は、三つ編みには光背部分と同じ花々が飾られていて、髪と一緒に編み込まれて固定されている。

まるでネズミー作品の塔の上のお姫さまのようだ。

……うん、俺の髪の長さ、クラシエルの奴らに切られて短くなっていたはずなのに元に戻ってます。

さすが、おかあさんのしずくＥＸは一味違うぜ！

娘たちの嘆きを解決するための鮮やかな忖度《そんたく》！

「おはようー、ウォル」

髪型はそのままに、身支度を整えて居間に移動する。

すると先に起きていたウォルが、目を通していた書類をテーブルの上に置いて椅子から立ち上がった。

「おはよう、カリヤ。――夜通しコロポックルたちががんばっていたが、彼女たちが満足する出来栄えなのだろうな。あなたは今日も美しい」

近づいてきたウォルからの、おはようのキスを受け入れる。

俺は、彼を少しだけ恨めしそうに見つめた。

「……やっぱり俺、眠らされていたんだな。で、宝冠効果で状態異常の効かないウォルは、別荘作製の様子を眺めていただけではなく手を貸した、と。この真珠色のリボン。ものすごく覚えがある」

「あなたが私にと作ってくれた、上着の飾りリボンだな。すまない、彼女たちに請われて一着解体してしまった」

エルフが里の部屋をこのまま残してくれると言ったから、クローゼットの中に自分たちの着る服を何着か移しておいたんだよ。やはりその中の一着だったか。

今現在、コロポックルがぶら下がって揺れているリボンは、何か結ぶものが欲しいという無茶振りに彼が対応した結果だった訳だ。

ウォルが、改めて俺の立ち姿を確かめる。

「――短いのも似合っていたけれど、私も彼女たちと同じく、あなたの髪は長い方が好きだな」

「そう？　じゃあ今後は、この長さをキープするよ」


もっとながくてもいいよ？

かみがながければながいほど、あそべる。


「これ以上の長さは維持が大変なの！」

おねだりされてもダメですぅ！


――昨夜の世界樹からの呼び出しだが、部屋に戻ってみるとほとんど時間は経っていなかった。

留守番をしていたウォルからすると、俺は寝室を出て行ったかと思えば、髪を伸ばしてすぐに戻ってきたらしい。

やはりというか、俺は違う時間軸のイベント空間に招待されていたようだ。

月の光が照らす静かな白金の世界で、長い時間を過ごしたつもりだったんだけれど。

コロポックルたちと一緒に遊び、彼女たちを介して世界樹とも話をしてきた。

といっても、この世界の秘密のようなご大層なものじゃない。俺と彼女（と言ってもいいのか？　性別は女性だし）の共通の話題は、彼女の眷属《コロポックル》くらいなので、小さなレディーたちについていろいろと。

俺がコロポックルたちに気に入られている件。やはりというか称号『精霊界の友』が仕事をしていたみたいです。

だがそれだけじゃなかったらしい。

彼女たちの好意にただ甘えることはせず、善意をそれ以上で返しているのが懐かれている理由なのだとか。

まあ簡単に例を挙げると。

その一、精霊界の花の蜜。

異なる世界のアイテムなので、アイテムランクが非常に高いらしい。

それをおやつとして大盤振る舞いしていた俺。そりゃあ喜ばれますわ。

別荘代としてコロポックルたちは各種素材を提供してくれていたが、花の蜜&別荘使用料と彼女たちが好きなだけ入手出来る素材では、つり合いが取れていないのだそうだ。そういや世界樹の葉、コロポックルたちから見ればただの着替えだった。

いや、小さな子供が遊びに来たら、手持ちのおやつくらい出すよね。子供相手におやつを盾にして、もっと土産を持ってこいなんて言わないよね。

その二、コロポックルに対して、『世界樹《おかあさん》にお願いがあるんだけど～』とパシリに使わなかったこと。

お母さんは関係なく、コロポックル自身を可愛がらないといけないらしい。

いやでも、親は関係ないだろ、親は。

だがエルフは眷属と世界樹を同一視しているので、どうしてもコロポックル相手に願い事を口にしてしまうのだとか。……アンゼなら言いそうだな。ヴェンは優しいから、コロポックル個人（？）を大事にしていそうだ。

その三、世界樹がくれたしずくを、懐に入れずにきちんと飲み干したこと。

せっかく渡したのに、もったいないと飲まなかったら、その時点で俺はコロポックルたちに見限られたのだそうです。

本当に必要だったから飲ませてもらった。それが良かったのか。

後で価格を思い浮かべて意識は死んだけど。

最初の牢内での出会いで、俺はコロポックルたちに助けられた。

それはコロポックルを利用したことにならないのかと思ったのだが、違った。利用したのはウォルだと、彼女たちは判断しているらしい。

エルフの里を訪れてからの初めての邂逅《かいこう》は、俺を助けたいというウォルの頼みだったから。

王家の宝冠に嵌められていた宝石という対価はあったが、その時点でウォルがコロポックルのお気に入りとなる道は閉ざされた。充分以上の対価と精霊界の友の称号効果、彼自身に関わる頼みでなかったから、無視はなく今もそれなりに交流はあるが。

……前世のゲーム内では、コロポックルとの交流は完全ランダムだと思われていた。

だから気にしていなかったんだが、今世ではいろいろと条件があって判断されていたのか。まだまだ条件はありそうだが、世界樹のお母さんにも釘を刺されたし、裏設定《このこと》は誰にも話すつもりはない。

だけどウォル。

俺はあなたがコロポックルに願ったことによって、彼女たちと友好的になれたと思っている――。

そういや、同じく精霊界の友の称号をもらっているルカだが、コロポックルとの仲は個として認識されている程度だ。

称号効果は俺たちと違って小さいらしい。まあ、イサクの救命作業を見守っていただけだものな……。

『おおきくなってから、なかよくなるかきめる』とコロポックルたちが言っていたので、今のますこやかに育てば叔父であるヴェンのように、ルカも眷属たちに慕われるようになるのかもしれない。

ウォルと連れだって部屋を出て、ルカの家に朝食をいただきに行く。

彼の祖父はこの西の里の長老だから、いわゆる非公式の会食だ。血縁の双子や他の長老も参加しているのはともかく、違う里の長老格がちらほらいるのは気のせいかなー？

起きてからも残している俺の髪型は絶賛された。拝む者まで現れたが、既に仏スタンバイしている俺は、アルカイックスマイルを浮かべてスルーします。

幼女は気にせず別荘で遊んでいる。ウォルも気にせず長老たちと打ち合わせをしている。

ある種カオスな空間だった。

朝食は美味しかったです。ごちそうさまでした。

さて、本日はティシアへと帰る日だ。

ルカやコロポックルたちと別れを惜しみながら里を出て、次は双子に案内されてティシア難民キャンプを訪問する。

バイヤールとエルフたちの襲撃によって、奴隷として捕らわれていたクラシエル本国から助け出されたティシアの子女たち。

約束した通り、エルフは住まなくなった里を利用して彼女たちを保護してくれていた。

ティシア王とその婚約者として、自国民の元を慰問しないという選択肢はない。

――俺は王妃として、郷里には戻れないと訴える彼女たちの保護を約束した。望まない妊娠をした女性には、産まれた子を受け入れる施設の建設も。

いずれ俺には、ゲイリアスの山麓《さんろく》に広大な王妃領が与えられると聞いている。

つらい体験をした彼女たちが少しでも心穏やかに過ごせるよう、力になろう――。


それから。

ティシアへと戻る転移ステーションに立ち寄る前に、ヴェンは俺とウォルを牧場施設へと案内した。

世界樹とコロポックルに守られている里は、結界効果によりエルフ以外の生き物を受け入れない。

だから彼らは、騎獣であるユニコーンや食料になる牛、豚、鶏などを、里の外に作った牧場で飼育している。

そんな牧場の一つに、どうしても俺たちを――というかウォルを、連れて行きたいらしい。

「……クラシエルのとある街を襲撃した時に、飼い殺しにされていたモンスターを見つけたんだ」

すっきりとした男らしい形の眉をひそめ、牧場内を歩きながらヴェンが説明する。

「モンスターといっても、能力的には普通の獣以下の弱いやつらだ。だがそいつらはシンパシー能力が強い。こちらとはっきりした意思疎通が出来る。それで……身の上話を聞かされたんだが、そいつらは騙されてクラシエルまで連れてこられたらしい」

説明しながら、ヴェンはものすごく複雑そうな顔をしている。

たしかに、内容的にはどんなおとぎ話だと思ってしまうよな？　普通、シンパシー能力を使って会話や意思疎通が出来るモンスターは、かなり強い。

鑑定したらそのモンスター、Ｅランクだったということだが……そんな弱さでシンパシー能力は強いって珍しいぞ？

「そのモンスターがシンパシーで送ってくるイメージが、ティシア王らしいんだ。いや、ウォルド王の名は言っていない。やつらは名前までは知らないらしい。だから外見の特徴でイメージを呼んでいた。しかし襲撃に協力してくれた現地のレジスタンスの男が、そのイメージはティシア王だと断言したんだ。赤毛の元冒険者なんだが、髪を染めて逃亡していたティシア王と面識があると言っていた――」

赤毛の元冒険者、という言葉に、俺の脳裏に一人の青年が思い浮かぶ。

たしかにあの彼なら、中央国家群北部を、髪を染めて逃亡していた頃のウォルを知っている。

「どうもクラシエルの転生者の一部が、小金を稼ぐためにそのモンスターを繁殖させようと企んだらしい。珍しい色の毛並みだったから。だがモンスターにとっては棲み慣れていない土地だ。計画は思い通りに行かず、虐待されて狭い檻の中に放置されていた。俺たちが救出した生き残りはごくわずかだ」

心当たりはあるか？　と尋ねられ、ウォルが頷く。

おそらく、そのモンスターの名は――、

「――この小屋の中にいる。名前はメルメル。〝小さいの〟に会わせてやると言われて、故郷から引き離された黄色い毛の羊だ」

薄暗い小屋の一番奥。黄色い毛並みの動物が、身を寄せ合い蹲《うずくま》っていた。

小屋の扉を開けて差し込んだ光にびくりと体を震わせたのは、虐待の記憶が残っているからだろうか。

集まって震えていた黄色い羊が、顔を上げ、首を巡らせてこちらを見る。


……ごはんをくれるの？

小さいのに会わせてくれるの？

ごはんも欲しいけどね、小さいのに会いたいの。約束したから、会わせてくれるんだよね

……？


囁きのように弱々しく響くシンパシーのメッセージ。

ウォルが、身に着けた正装のマントを翻して、小屋の中へと足を踏み入れた。

びくりと羊の群れが震えあがる。

助け出されたのはつい先日で、まだ群れはエルフたちを警戒しているらしい。カタカタと震えている羊の群れの中、一匹の仔羊が顔を上げた。


……あれ？


「——覚えている？」

藁《わら》の敷き詰められた小屋の中、ウォルがその場に片膝をついて視線を羊と同じ高さに合わせた。

……知ってるような気がする。

でもなんだか色が違わない？

「君たちと、お揃いになったね」

染めていない黄金の髪を、羊たちが顔を上げて見つめた。

ゆっくりと、ウォルは羊に向かって手を差し出し

た。

その指先の匂いを嗅《か》いだモンスターの、気分が高揚していくのがシンパシーで理解出来る。

――知っている匂いだ。

小さいのだ。約束、守ってくれたんだ……。

よろめきながら立ち上がった仔羊が、四肢を踏ん張ってウォルの前に立った。

……小さいの、会いたかったの。

会わせてくれるって二本足が言ったのに、会わせてくれなかったの。

でも……会えたからいいや。会いたかったからいいやぁ……。

涙をこぼしながら訴える仔羊のシンパシー能力が、俺の脳裏に映像を浮かび上がらせる。

それは、優しく微笑う黒髪の少年が、自分の頭を撫でている姿だった。

背後に群れる黄色い羊たちも、メルメルという鳴き声にシンパシーのメッセージを重ね、ウォルに訴える。

あのね、小さいの。ちゃんとごはんを食べていた？

ぼくたちと同じようにお腹《なか》が空《す》いてないか、ずっと心配してたの。

痛い思いはしなかった？　ぶたれたりしなかった？

ひもじくなかった？　つらくなかった？

……そうか、ちゃんとごはんは食べていたんだね。

「……カリヤがずっと守ってくれていたから、私は痛い思いもしなかったよ」

……そっかぁ、良かったぁ……。


ボロボロと涙をこぼしながら、メルメルたちがうれしそうに笑ってみせた。

――あの、巨大な北方山脈の麓に広がる荒野。名も無き大河の畔で出会った、羊型モンスターの群れ。

旅の途中で遭遇した、一期一会の出会いのはずだった。

だが運命の糸は思いもかけず収束し、遠く離れた大樹海で再会を果たすことになるとは――。

ヴェンが涙を浮かべ、ウォルとメルメルたちの感動の再会を見守っている。

シンパシー能力に乗せた感情の発露は、届いた周囲の感情をも揺さぶるからな。

俺も感動しながらも、メルメルが送ってくる映像を見て苦笑いをしていた。

いや、〝小さいの〟の背後に立っている真っ黒な蛮族のイメージが、すげぇ怖いんですが……ラ、ラスボスかな？


もしかして二度目の初夜って感じでしょうか？


――メルメルはそのままウォルが引き取り、ティシアに連れ帰ることになった。

ようやく〝小さいの〟と再会出来て、泣きながら喜んでいる羊たちを「それじゃあ今後もよろしく！」とエルフに任せて立ち去ることなんてとても出来ません。

モンスターといえど、王を慕っているんだ。王たるもの、自らを慕うモノがいるならば、それを庇護する義務と責任があるのです。

エルフたちが助けたメルメルは十一匹いた。

まずは、まだ弱っている彼らにポーションを飲ませる。これで移動に耐えてくれるだろう。

その後ヴェンから家畜運搬車を一台譲り受けて積み込んだ。

さすがに俺のアイテムボックス内に家畜運搬車はありません。この場で作ってもいいんだが、レシピを持っていないので（ゲーム内には存在していなかった）どうしても時間がかかる。

メルメルを乗せた運搬車を最寄りの転移ポータルまでユニコーンに引かせ、その後の建物内移動は人力だ。残念ながらユニコーンは大樹海の外には連れ出せない。

そうやってヴェンの住む西の里からアルエルブンの転移ステーションを経由し、アルティシア・ステーションへ。ティシアに到着したら、待機している王家の馬車の後ろに運搬車を繋いで、そのまま王都にゴーだ！

俺は別行動。〝リターンホーム〟で一足先に王城に戻り、メルメルたちを迎える準備に取り掛かる。


ウォルと話し合って、とりあえずメルメルたちは後宮の中庭で飼うことにした。

扱いは、『エルフからの珍しい家畜の贈り物』となる予定です。

城内の家畜を飼育しているエリアに連れて行っても良かったんだが、弱り切っているからな。他の動物がいる、見知らぬ環境は負担になるだろう。

静かな環境に置いて、懐いているウォルとの接触を頻繁に取れるようにするなら、中庭一択だった。あそこならホームに出入りするために、朝と夕方には必ず通る。

……まるでこうなることが分かっていたかのように、草食動物を飼うのに適した草を一面に生やしているぞ！

いやぁ、自分の先を見る目にびっくりだ！

エサはこの草と、草食動物用飼料でいいかなー。飼料はレシピと在庫を持っている。イサクのおやつなので。

さて、準備開始。

一応メルメルは最弱Eランクとはいえモンスターなので、中庭を取り囲む回廊との境に柵を作る。

そして水飲み場設置。羊小屋作製。匂いをあまり出すわけには行かないだろうから、消臭はしっかり。トイレは場所を決めて躾《しつ》けよう。シンパシーで意思の疎通が出来るから、教えればその通りにするだろう。

とりあえず、彼らが心身ともに落ち着くまではウォルの身近で面倒を見よう。

それからはどうするかな？

ウォルがペットとして飼いたいというなら城内で飼い続けてもいいし、北の荒野に帰りたいというなら連れて行けばいい。戦争が終わってからになるけど。

だけど北の荒野での生活は厳しい。このままティシアで暮らしたいというなら、どこかの牧場で放牧かなー。

正直、俺的にはティシア国内でのメルメルの飼育はアリだ。

メルメルの黄金色に輝く毛皮は美しい（保護した彼らの毛皮はかなりくたびれていたけれど）。繁殖が可能なら、ティシアの特産物の一つになると思う。

ゲイリアス山脈の麓一帯は、起伏が大きいので農地に適していない。開発されてない土地がかなりあるから、あの辺りで育ててみたらと思うんだが……どうだろうね？

準備を終えた頃に、メルメルたちを引き連れてウォルが帰ってきた。

羊小屋に案内し、エサを与えてトイレの場所を教える。メルメル、無事トイレを理解。

彼らが落ち着いたのを確認してから、ウォルと俺は仕事に復帰だ。彼と別れて、俺は院長を務める王立技術院に直行です。

わはは、舎弟どもよ喜べ！　貴重な大樹海産の素材を大量に仕入れてきたぞ！

生産じゃ！　生産じゃーっ！

「――おつかれさま、カリヤ」

ホームにて風呂に入り、就寝前のまったりタイム。長さが戻った髪を人間ドライヤーになって乾かしていたウォルの言葉に、ベッドサイドに腰かけていた俺は笑いながら彼を見上げる。

「ウォルもおつかれさま。まさか中央国家群北部で会ったメルメルに、大樹海で再会出来るとは思わなかったな」

「ああ」

にっこり笑顔の美青年。すくすくと成長されたので、もう羊たちに〝小さいの〟と呼ばれていた頃の面影はそれほどない。

よくメルメルたちはウォルが分かったな。

匂いの他に、魂の形みたいなものも覚えていたのだろうか。シンパシーが使えるから、精霊の力も有するモンスターなのだろう。

「……あの当時が懐かしく思い返されて、そんな自分が感慨深かった。タキリン城砦を命からがら脱出して、見知らぬ敵の支配する地を逃亡していた頃だ。ティシアの未来も自分の行く末も、先のことは何も見通せなかったが――あなたが側にいてくれた」

俺の髪を一房手に取り、ウォルが口づける。

「……あなたに惹《ひ》かれ、あなたに恋をした。愛している、カリヤ。私のただ一人の妃」

「――キスなら、髪よりも唇にしてほしいな」

身をよじって振り返り、俺は背後で膝立ちの姿勢でいたウォルに笑いかけた。

「キスして、ウォル。深く、舌を絡めるような、そんなキスをあなたとしたい」

「……大丈夫？」

「うん、多分。世界樹に回復アイテムをもらったんだ。俺の髪を復活させるだけでなく――心の傷も癒してくれたらしい。癒されているか、確認してくれる？」

黄金色の髪の美青年が顔を近づける。

両頬を挟み込むように、両手をそっと添えられ、エメラルドの瞳が視界いっぱいに大きくなった。

最初は触れるだけ。

何度も重なった唇が触れたまま動きを止め、熱を感じる舌が伸びてきて俺の舌に絡まる。

エメラルドの瞳は見開いたまま、俺の反応を確かめつつウォルがキスを深くする。

俺も目を開けたまま、求められる動きに応じる。

……大丈夫、大丈夫。

もう何も恐れることなんてない。

「――ずっと、あなたを求めていた」

唇を離し、俺を抱きしめながらウォルが囁く。

俺も彼の背に手を回し、きつく抱きしめた。

「俺も、ずっと――」

全裸になってベッドに横たわり、足を大きく開いてウォルの指を受け入れる。

ローションにまみれた指は、ずっと受け入れていなかった俺の奥を丁寧に拡張していく。

寝室の灯りは落とさなかった。

煌々と照らす灯りの下で、ウォルの抜き差しされる指を見つめる。

「あっ」

キュッ、と愛撫に立ち上がった乳首を反対の手の指でつままれ、指を咥えたまま俺は身をよじった。

先に二度も解放されたはずなのに、また勃ちあがった俺のペニスが揺れ、新たな悦《よろこ》びを感じて息を弾ませる。

「カリヤ、つらくはない？」

もう片方の乳首を舌で転がしながら、ウォルが尋ねてくる。

「だ、いじょうぶ。気持ち良くて、どうにかなりそう……っ」

「私の与える快楽に、あなたが感じてくれているのがうれしい」

「あぁんっ！」

きつく乳首を吸われ、胸を押しつけるように背を反らしてしまう。ナカで締めつけた指が引いていき、もう一本分太さを加えてまた侵入してきた。

胸は存分に可愛がられているのに、下はゆっくりと抜き差しされるだけの動きで。

もっと、と刺激を求めて腰が揺らめいた。

「ウォル、もう、もういいからっ」

「しばらく触れていなかったから、あなたのここはかなり狭くなっているんだ。もう少し拡《ひろ》げておかないと」

赤い跡を胸元に散らしながら彼が続けた。

「まるで初めての時のように狭くなっている。私を根元まで受け入れてもらうなら、もっと蕩《とろ》けさせないと」

は、初めてって……！

俺の顔は真っ赤になってしまったと思う。

ゲイリアスの山中で迎えた初夜はもうドロドロに溶かされた。ゆっくりと慣らして貫かれて、セックスが気持ちいいものだと奥深くまで教えられた夜。

あの、焦らされて気持ち良さだけを感じ続けて、終わりのない悦びに喘ぎ声さえ掠《かす》れた快楽地獄アゲイン!?

「い、いいから。もういろいろと大丈夫だからっ。ウォルが早く欲しい。我慢出来ない……っ」

「――カリヤ――」

彼の体にしがみつき、ナカを締めつけながら訴える。

あの時の俺はまだ何も知らなかったけれど、今の俺は最奥を突かれる悦びを知っている。

ふっとウォルが微笑み、慣らしていた指を引き抜いた。

寄り添うように寝ていた体を起こし、足の間にと移動して太ももを抱えて持ち上げる。

既に大きくなっていたペニスの先端が、俺の穴にと添えられた。

「私を受け入れて」

ずぶり、と侵入してくるウォルのペニス。

普段は恥ずかしくて視線を逸《そ》らしているのだけれど、今夜だけは侵入する様子を食い入るように見つめてしまう。

ウォルに、抱かれている。

夢に見ていた。抱かれたいのはあなただけだった。

今、こうして繋がっていることがこんなにもうれしい――。

「んンッ」

「……やはりきついな。ゆっくりと慣らしていくよ、カリヤ」

覚えていた以上に太くて固いペニス。ローションに媚薬を混ぜたモノを使ったから、圧迫感はあるが痛みは感じない。

進もうとせず小刻みに腰を揺らし始めたウォルに、汗の玉を飛ばしながら首を振った。

「いいから、一気に、奥までっ」

「ダメだよ、カリヤ。あなたを傷つけたくはない。ただ快楽だけを感じてほしいんだ」

固くて、熱くて、大きい杭《くい》が俺を貫いているのが見える。

進んでは引き抜かれる動きが気持ち良くて、彼を迎え入れようと俺の腰も動きに合わせて揺れる。

「ひゃうっ⁉」

「一緒に気持ち良くなろう、カリヤ」

勃ち上がったままだった俺のペニスに、ウォルの指が絡みついた。

ローションで濡れた指にしごかれ、腰が跳ねる。嬌声が漏れ、何度も何度も、咥えたままのウォルを搾り取るようにナカがうごめく。

「あ、ああっ、あっあァ――ッ！」

「――二人で、一緒に」

激しくなった手の動きに、俺はのけぞったまま三度目の白濁を放った。

ナカにいたウォルも、震えながら熱いしぶきを

迸《ほとばし》らせる。

荒くなった息をゆっくりと整える。

汗ばんだ俺の額や頬にキスを送っていたウォルが、ようやく落ち着いた俺の唇に、リップ音を立ててキスを落とした。

「……慣れてきた？」

一度出して体積を少なくしたウォルのペニスだが、まだ固さを失ってはいなかった。

滑りの良くなったナカを確かめるように抜き差しされる。繋がった部分からいやらしい水音が響く。

「うん。今度こそ、ウォルの好きに動いて？」

「ああ、愛しているよ、カリヤ」

「俺もぉ……っ!?」

大きく動き始めたウォルに、返事は嬌声に変わった。

幕間

インターフォンを押すと、少しの間をおいて穏やかな男の声で返答が返ってきた。

冒険者ギルド総本部の中枢、白い壁の続く廊下。ラギオン貴族の平服に身を包んだケイセンは、等間隔に並ぶ『ホームの扉』の前でそれが開くのを待つ。

「いらっしゃいませ、ケイセン様」

やがて鍵の外される音がして、扉が開かれる。栗色に髪を戻したエルフの男が現れ、ケイセンを見下ろしながら微笑んだ。

エルフの背後には、ケイセンが前世日本に生きていた頃に知っていたものと似ている、マンションの間取り。

靴箱のある玄関は段差がなくフラットで、奥のリビングまでフローリングの廊下が延びている。廊下の片方には洗面所とユニットバスの浴室、トイレ。その向かいに部屋が三つ。奥のリビングにはダイニングキッチンも併設されている。

――それは〝彼女〟が前世に住んでいたという家を模した造りだった。

三十年ローンを組んで購入したが、結局すべては払いきらなかったねぇと、苦笑を浮かべていた彼女。

「――アイラは？」

「今日の養母《はは》は、それほど体調は悪くないようです。人形兵に憑依してはいますが、元気に動き回ってますよ」

「おや、来たのか、ケイセン。あたしのアイテムボックスの中に入れていた物は、所有者放棄をして全て宝物庫に放り込んでいるはずだが、もしかして老人の知恵でも必要になったのかい？」

明るい声がして、リビングからミスリルの光沢を放つ女性型の人形が姿を現した。

柔和な表情を与えられた人形だが、金属製のその顔が動くことはない。だが訪問者の頷きに、〝彼女〟は苦笑する雰囲気を放ちながら養子に声を掛けた。

「おやおや、どうやら次期ギルド総本部長は、前任者に相談事があるようだ。ヨナ、すまないが席を外してくれるかい？」

「では、しばらく事務方の手伝いに行ってきます」

どうぞごゆっくり、と一礼したエルフがホームの玄関から出ていく。

こちらへ、と招く人形に従い、ケイセンは玄関で靴を脱いでホームの中へと足を踏み入れた。

案内されてリビングに向かう途中、扉が開け放たれたままの部屋へと彼は視線を向ける。

本棚にパソコンデスク、床に置かれたクッションにぬいぐるみ。花柄のキルトの布を被せたベッド。

彼女が前世住んでいたそのままだという部屋のベッドの上に老女の体は横たわっていた。

胸元で指を組んだ、透明な水晶へと変化した手。

首からあごへと、結晶化が進んでいる。もう自力で動けず食事も取れず、ポーションを掛けることで生き延びている老女。

「――ああ、もうそんなには保《も》たないよ。あんたには迷惑をかけるね、ケイセン。せめて十五歳の成人を迎えるまで、ギルド総本部長の椅子は預かりたかったんだが」

キッチンの冷蔵庫を開け、冷えた茶を用意したミスリル人形は、ソファーに座るようにと促すとグラスを置いた。

「十三歳の能力発現まで預かってくれていたのです。〝呪い持ち〟でありながら、充分に役目は果たしてくれたと思っていますよ、アイラ」

勧められたお茶を一口飲んでグラスを戻し、ケイセンと呼ばれた十四歳の白髪の少年は、人形と意識を同調させている老女を見つめた。

「――アイラ。その聖女でも祓《はら》えない結晶化の呪いは、本来ヨナーシュのものであり、あなたがヨナから引き受けた。二人揃っていればコントロール出来るが、距離を開けてしまうと抑えきれなくなって暴走する。それが分かっていたのに、何故彼を大樹海へ帰したのです？　結果、エルフの浅慮により彼とは長期間引き離され、暴走した呪いのせいであなたはじきに死ぬ」

「老衰だ。あたしは充分に生きた。ヨナにもそう言って納得させたよ」

動かない口元に声だけを響かせ、ケイセンの前に座ったミスリル人形は首を振る。

「……まぁやっぱり、何度繰り返していたとしても、この歳になっても、自分の死期を悟るのは勇気がいるものだね。犯罪プレイヤーに壊されていたヨナの呪いを、覚悟を決めて引き受けたはずなのに、いざ発現し始めると怖くなった。死ぬ時には息子が側にいてくれると思っていたんだよ。あの子が側で看取ってくれたら、あたしは満足して、もう次の転生は訪れないかもとまで考えていたのに。なのに一人で水晶と化して死ぬなんて……」

息子を帰さないエルフも、それを仲立ちしたティシアも憎みそうになった。

ティシア王妃は、ただ息子に良かれと手を尽くしてくれただけなのに。

「……だが、息子は帰ってきてくれた。だから、もういい。後を託すあんたには悪いけど、あたしはこのまま退場させてもらうよ」

静かに語るミスリル人形に、ケイセンは灰色の瞳を伏せた。

「……あなたは、いなくなるのか」

「人は死ぬ。あたしはあんたの前の生も、前の前の生も見送った。あたしの順番が来ただけだ。アイテムのおかげで痛みを感じることもなく、眠るように逝けるだろう。次の生はベッドの上で死にたいと、前の生のあたしは思っていたようだからね。願いが叶って良かったよ」

笑いながら告げる声に、深々とケイセンは頭を下げた。

「――おつかれさまでした、〝人形遣い〟アイラ。ラギオン貴族である私が責任をもって、ヨナーシュを預かりましょう」

「頼んだよ。……本当は同胞のいる故郷の大樹海に帰したかったんだけどねぇ。軟禁騒動で、もう二度と戻らないと言わせてしまった……」

呟きは独り言のように小さかったので、ケイセンは答えることを控えた。

「さて、ティシアが落ち着いたようです。王の婚約者であるカリヤ妃の元に、頭を下げに行ってきます」

妃に何か伝言などはありますか？

少年の問いに、少し考えこんだ人形は首を振った。

「今の死にかけたあたしが何かを伝えれば、妃を縛る鎖になるだろうさ。あんたが出来る範囲でいいから、誠心誠意代わりに謝ってきておくれ。カリヤ妃には、本当に申し訳ないことをしてしまった。――いくら冒険者ギルドの各支部は独立していて、支部の犯した失態は総本部と無関係とはいえ、エリカを見極めることが出来なかったのはあたしたちのミスだ」

「エリカ……ハッサムですか。久々に誕生した新規の生産職高位ということで、期待をかけすぎましたね。今後は役職に就けず、一介の職人として過ごさせた方が本人は幸せでしょう。どうやら私の一族の分家筋に転生したようです。二度とハニトラに引っかからないように育てます」

「ああ、鑑定で判明したのかい」

「死亡した日と誕生した日が一緒、SSランク金属系生産職、男子、二度目の転生。間違いなくハッサムでしょう」

ラギオンでは、産まれた子供を必ず鑑定するように定めた法がある。

もちろん帝国を裏で操るプレイヤーたちが制定したものだ。それにより、帝国内に生まれたプレイヤーに限っては、産まれた直後の救済が可能になっていた。

「ラギオン帝国が安定していたため、我々も危機管理意識が緩んでいたのかもしれません。色恋に溺《おぼ》れる人物に宝物庫の鍵を預けていたとは。今後は複数の同意がなければ、鍵を開けられないように変更したいと考えています。中の整理も行いたいところではありますが――」

「それなりにヤバいブツも放り込んでいるものねぇ。だが、プレイヤーメイドに関しては、いつ再び世に出るかは分からないんだ。だいたいヤンチャなプレイヤーは、転生しても放っておいたら似たようなことをする。毒薬には解毒薬、隷属の首輪には対になる鍵を作って備えておかないと、と現物を残しているんだが……」

「……対抗アイテムを作製出来る生産職の数が少ないから、なかなか作れない。作った者よりランクが高い者でないと難しいでしょうから。ハッサムにも作れなかった――というか、あれは服以外作ろうとはしなかった」

「代わりに、彼女の作った服を着て喜ぶ女性プレイヤーは多かったよ。それはそれでいいじゃないか。ああ、もう！　カリヤ妃にどれだけのことをしでかしたのか教えてやりたいが、転生したんじゃ覚えていないのが腹が立つねぇ。ケイセン！　まったく関係はないがあんたの一族に生まれ変わったのも何かの縁だ。エリカの分も土下座して謝ってきておくれよ！」

　承知しています、と頭を下げつつ答えた少年は、それで……と人形を見た。

「冒険者ギルドからの謝罪に関してなのですが、金銭での詫びの他、ティシアの冒険者ギルド関連の手数料を、カリヤ妃が王妃の地位に就かれている限り無料にし、転移ポータル施設料も無料、メンテナンスの諸経費も無料。妃が求める素材の販売価格を三割引く等を考えています。いかがでしょう？」

「切りよく販売価格は半額にしときな。ギルドからの転移ポータル作製依頼を呑んでくれている。優遇しても充分にリターンは見込めるんだ」

　少年が頷き、それと……と続ける。

「クラシエルは逆に、冒険者ギルド全システム、転移ポータルの稼働を凍結しました。アルクラシエルの冒険者ギルド支部の倉庫を調べましたところ、かなりの数のＮＰＣの死体を発見。プレイヤーが殺害したと証言を得ていますし、他にも余罪があるようです。とりあえず、クラシエル所属のプレイヤーはすべて犯罪プレイヤーに認定。調査の結果、該当しない者は認定を取り消していっていますが、クラシエル王に同行してティシアに攻め入っているいわゆる〝過激派〟は、すべて犯罪プレイヤーのままです」

「──ＳＳランクのクラシエル王妃はなんと？」

「過激派と同調している現王の廃位に動き始めています。斬り捨てて一部の暴走だったと、潔白を主張するつもりなのでしょう。クラシエル国全体も、幼い王子を擁立するつもりです。ティシアに親征している現王は、もう自国に戻ることは不可能かと」

「なら本気でティシアを獲《と》りにいくのだろうね。後がないんだから」

「来たる王都決戦は両軍の激突となるでしょう。ティシアの救援に、ラギオン軍を動かしたいのですがかまいませんか？」

「かまわないが、ティシアは受け入れるかねぇ？」

ええ、と白髪の少年は、まだ幼い顔に憂いの表情を浮かばせた。

「なのでもう一つ、シキの伝手も提示してみるつもりです。使ってもいいと許可は得ました。ティシアには縁の深いシキの妹もいる。〝彼ら〟次第ですが、利用は可能でしょう」

「……〝北方山脈〟。ドワーフが中央国家群に姿を現すのか」

人形が、どこか遠い彼方に視線を向ける動きを行った。

「エルフと同じ、伝説の種族。助力を得られるなら、ティシアの国際的な地位は更に増すだろうね……」


やがてホームに戻ってきたヨナーシュに、雑談をしていたケイセンはソファーから立ち上がった。

留守を預かっていたつもりはなかったが、アイラを一人にしておくことは出来ない。今世では誰かに看取られるのが、彼女の望みだと知っていたから。

「ああ、ケイセン。宝物庫に放り込んでいる人形兵。三体ほどティシア王妃に渡しておくれ。あたしからの個人的な詫びだってね」

「……同量のミスリル塊を用意しますが。あの人形兵の作製者はもう次の世界に行ってしまった。二度と同じものは手に入らないのでは？」

「あたしも次の世界へ向かうつもりだからね。もう必要ないさ。急に心残りが出来て繰り返したら、その時に頭を抱えることにするよ」

移動した玄関前。

けらけらと笑い声を響かせる人形の背後で、彼女の養子が困った風に微笑っている。

「先のアイテムマスターの傑作だ。カリヤなら喜ぶだろう。ま、鋳潰《いつぶ》したかったら好きにすればいいさ」

「……あなたは本当にもう逝かれるのですね……」

「次の世界でもまた、会えるといいね、ケイセン——いや、〇〇〇〇さん」

灰色の目を見開いた少年に、いたずらっぽく声が笑う。

「あなたの前の前の……前の生で、日本での名を教えてもらっていたの。これまでどうもありがとう。私が死んでも、お葬式はいらないわ。ティシアの戦争が終わるまで待って、中央国家群全体が落ち着いたら。——あなたが十五歳の誕生日を迎えて正式にギルド総本部長に就任する時に、そっと密葬を済ませていると報告してちょうだい」

「……アイラ」

「押しつけちゃって悪いけど、後はお願いね」

さようなら。

人形が小さく手を振る。背後のヨナーシュが、ゆっくりと頭を下げる。

別れを告げる親子に見送られ、これから冒険者ギルドを背負う少年はホームを後にした。

最終決戦準備中

ＭＭＯＲＰＧ《ゴールデン・ドーン》を元にして作られたこの世界は、ゲーム設定で成り立っている。

ゴルドという単位の通貨。そのまんまゴールデン・ドーンを略した『ＧＤ』と書く。

暦の月の呼び方。

実はこの世界、一月二月って呼び方じゃないんだよ。

『緑の草原に花美しく咲き誇る月』が四月なんだが面倒くさくて、プレイヤーはゲーム内でも無視して四月とずばりで呼んでいた。今の俺もそうだ。もう数字でよくない？

あまりに長すぎるので、文字の読めない庶民は月を認識していない。春夏秋冬という四季の移り変わりだけ理解している。

こまごまとした違いはあるが、何よりもNPCの——人々の考え方、常識がゲーム設定に沿っている。《ゴールデン・ドーン》は古き良き、中世ヨーロッパ風剣と魔法のファンタジーだった。血沸き肉躍る、伝説やおとぎ話をベースにした剣と魔法の世界。

だからか戦争にも独特の風習《ルール》がある。

王や貴族といった上に立つ者が前に出て戦う、ノブレス・オブリージュ。

いや、偉い人が危険な前線に出てどうするんだよ。後ろで味方に守られていろよ。

偉い人が死んだらそこで終わりだろと日本人としては思うが、彼らの常識的には〝偉い人だからこそ前に出て戦わなくてはいけない〟だ。

そうしなければ敵には笑われるし、味方には馬鹿にされる。前に出ずに勝ったとしても、悪評は延々と続く。

名乗りや一騎討ちも存在する。

別に強制ではないので受けなくてもいいが、己の恥になるので大抵受ける。もし腕に覚えがなければ代理を頼んでもいいしな。

そんな特殊ルール一騎討ちは、同等の身分でないと成立しない。

一介の兵士が名乗り出て王様を討つことは不可能だ。戦場の乱戦の中なら首を取ったりは出来るけど。

他、ローカルルールで、この世界では転生者は一騎討ち禁止。

成長限界がランクBのNPC相手なら、絶対勝つからねー。そして転生者同士での対面ガチ殺し合いは、冒険者ギルドが禁じている。

そして、戦争の真骨頂。

敵の本拠地の前で、勢ぞろいした大軍同士が勝敗の行方に決着をつける〝最後の戦い〟。

これをお約束として行わないといけないらしい。

あー、そうだね。前世のファンタジーなんかのストーリーはそうだったね。

　魔王城の前に集結し悪を倒すとか、敵軍に包囲され絶体絶命の中、最後の戦いで大逆転するとか、あったねー……映画やアニメ、ゲームや小説の中でな！

《ゴールデン・ドーン》内でも、戦争イベントの決着がつくのは、相手の城を落とした時だった（本拠地が遠い場合、両軍が対峙出来る大平原でも代替可）。

　この転生後の世界でも、そういったお約束の数々は生きている。

　ティシア国内に侵攻してきたクラシエル軍は、北部領を落としつつ、南進。国土のちょうど中央にある王都アルティシアを目指して進んでいる。

　アルティシアを落とせば、クラシエルの勝利で戦争は終わる。

　これに対し、ティシア側も千年陥落したことのない自国の白亜の都を舞台に、集結したクラシエル軍を殲滅《せんめつ》せんと準備中です。

　他の領地を襲われないようにと、羊の群れを追う牧羊犬さながらに敵軍の流れを誘導。

　アルティシアへのルートを外れようとする部隊は容赦なく潰し（略奪するからね）、ルートに乗っている場合は素通りさせる。

　そんな誘導はエルフが担当。復帰したエリアーシュ率いる義勇軍と、追加派兵された三千人の正規軍だ。彼らは自前の簡易転移ポータルを駆使し、縦横無尽に暴れまわってくれています。

　対してティシア王軍、各領主軍は王都に向かって転進。白亜の都を取り囲む草原の、南半分に陣を構築し始めている。

　いずれ行われる王都決戦の時期は秋の終わり。

　王都アルティシアを取り囲む草原には、溶け込むように麦畑も広がっている。ティシアでは秋に実る麦を刈り取った跡地に、クラシエル軍は布陣するだろう。

　勝敗を決定する戦いまで、あと……多分一月くらい（適当な予測ですまん。暦の認識って面倒くさいんだ……)。

――という訳で、全力で最終決戦準備中のカリヤです。

前線で戦うのは戦闘職の担当。生産職である俺の担当は、決戦までにいかにアイテムを用意出来るか、その采配だ。

ざわざわと賑やかな周囲。

本日は朝から、騎士院の敷地内にある鍛錬場に来ています――周りはほぼ魔法使いばかりだがな!

彼らを引き連れ、だだっ広いスペースを借りに来たんだよ。

この世界には王立院という機関がある。

騎士院は、騎士や兵士を育てる。政務院は官僚や役人を。魔法院は魔法使いを。そして俺がトップにいる技術院は職人を育て、管理する。

王城に隣接してこれら四つの院があるんだが、それらは共通して、建物の隣に広いスペースが与えられている。使い方は各院次第。

技術院ではこのスペース、薬草園になっていて素材を育てるのに利用しています。

魔法院はバラの咲く中庭なんだが、実はその地下が魔法の練習場になっている。使う魔法次第では危険を伴うこともあるので、地上に何も作れないからバラ園。

政務院のスペースは駐車場(自動車ではなく馬車の)だ。実務も行っているので、地方からやって来た陳情貴族の馬車を置いておくスペースとして日頃は利用されているが、決戦前の今は物資の集積場と化していた。

なので、何も置かれていなかった騎士院の鍛錬場を借りてやったぜ!

騎士団から鍛錬出来ないと苦情が上がったが、そんなのデモンストレーションを兼ねて王城の外でやれ。街道を行く国民が、ウチの軍がんばっているんだなーと眺めて安心するし、一石二鳥だ。

砂を撒いた地面に、等間隔に設置された魔法陣。その前で魔法使いたちが並んで待っている。

　自分の番が来たら前に進んで魔法陣の上へ。引き縄のついた安全ベルトを腰に巻き、あらかじめ手に握っていた光玉の中に、魔法を唱えて注入する。

　安全ベルトをつけるのは、うっかり手順を間違えたら、魔法がこぼれて暴発するからです。

　魔法が発動するまで数秒のラグがあるので、間違えた瞬間に待機していた騎士に縄を引っ張ってもらって魔法陣の外に脱出。魔法陣は魔法の威力を高めるほか、暴発時は中に閉じ込め、外に影響を及ぼさないために設置している。

　終わったら、もみ殻を敷き詰めた木箱の中に魔法入り光玉を回収。

　MPポーションをもらって飲みつつ、空の光玉を受け取って再び列の最後尾に並ぶ。ポーション酔いを起こす直前まで繰り返そうな！

　広い鍛錬場のスペースはまだまだ空いているので、通りすがりの騎士や兵士にも手伝ってもらう。

　こちらは光玉にMPを込めるだけ。MPポーションは潤沢に用意しているので、倒れない程度に協力お願いします。

　そんなMP回収コーナーは、鍛錬場だけでなく王城内各場所に設置されている。

　ちなみにどれだけあっても困ることはないので、王都の広場などにも複数、出張MP回収コーナーを作りました。

　こちらは運営を冒険者ギルド・アルティシア支部に委託。協力してくれた国民には謝礼金を渡している（王城内は給料渡しているから職務の一環だ）。

　いやー、みんな国のために非常に協力的だ。

　俺の視界に映る、張り切って作業にあたっている魔法使いや騎士たち。

　元々、同じ戦闘職なのに騎士（物理系）と魔法使い（魔法系）はそれほど仲が良い訳じゃない。はっきり言うとライバル同士。

だが今は一丸となっている。

当初は渋っていた騎士たちだったが、今は快く鍛錬場を貸し、光玉にＭＰを込める作業にも進んで協力している。

魔法使いたちも、ＭＰを使えば最大量が増えるからと、積極的に己の限界まで魔法を込めていた。

彼らの献身はいったいどこから生まれたのか――？

「……妃殿下。お茶はいかがですか？　先ほどからずっと根を詰めていらっしゃいますし、甘いものを口に入れて、休憩なさってくださいませ」

にこやかに微笑みつつ、冷たいお茶とクッキーの皿を載せた盆を、作業台の端に置いてくれる女官さん。

――そう、実はこんなこともあろうかと（どんなことだ？）カザリン王姉に掛け合い、後宮の女官さんたちに出張して手伝ってもらっているのです！

魔法を光玉に込め終わったら、おつかれさまでしたとＭＰポーションの瓶を配っている女官さん。

まだ手伝ってくれるんですか？　と顔を輝かせ、空の光玉を手渡してくれる女官さん。

ＭＰを込めるだけでも、ご協力ありがとうございますと微笑みかけてくれる女官さん。

後宮勤めということは、家柄も美貌もピカイチな娘さんたちです。

スマイルはゼロ円だからね！　……違った、ゼロゴルドだからね！

鍛錬場の一角に作業台を設置し、せっせと光玉の器を現地生産していた俺は、出されたお茶に小休憩を取ることにした。

アシスタントとして手伝わせていた魔法使い、ボンドン少年にもお茶を勧める。

ありがとうございます、と眼鏡を掛けている少年が頭を下げた。相変わらずひょろりとした体つきだが、更に背が伸びている。

彼を空いた椅子に座らせ、息抜きのティータイム開始。

「……そういえばカリヤ妃殿下。光玉に込める魔法に火が指定されているのは、なにか意味はあるのですか？」

ボンドン少年が得意としているのは土魔法。

他にも違う系統の魔法が得意な者もいるが、一律で火魔法を入れてもらっている。

「陛下のこだわりです。クロエ平原で業火に沈んだ我が軍と、同じ地獄を見せてやれ、と。――まあ、火水風土の四元素では一番殺傷力が大きいからな、火魔法。使い勝手がいい」

違う系統の魔法を混ぜるより、統一した方が威力が出るからだよー。

クッキーをかじりながら、俺はボンドン少年の疑問に答える。

「なるほど。敵にぶつけるんですね。魔法の使えない兵士が手りゅう弾のように投擲出来るようになりますから」

転生者のいるこの世界。

火薬は生まれなかったけれど、どうやら手りゅう弾の概念は広まっているらしい。

「まあ他にも使い勝手はいいからな。いろんな運用を考えているけれど、今はヒミツ」

笑いながらウインクをすると、少年がぶんっと顔を背けた。

俺がえげつない（元方言らしいが、意味は通じるだろ）ことを考えているのが、顔に出てしまったか。

うむ、まずは王都アルティシアの、白亜の外街壁の周囲の地面に埋めるぜ。

一種の地雷だ。上から衝撃を与えたら、光玉が壊れて中の火魔法が解放される。

兵に光玉をいくつかまとめて細工した手りゅう弾を持たせてもいいが、乱戦状態で使うと味方にも損害が出るだろうからなぁ。

騎兵に持たせて突撃させて、一撃必殺……おそらく初回は通じても次からは警戒される。

突撃役の死亡率も高くなるだろうから、特攻はやらせたくない。

なので投石器《カタパルト》で、樽《たる》に詰めた火魔法入り光玉を投げつけようかと考えています！

投石器の飛距離はだいたい三百メートルほどだが、SSランクの俺製なら三倍の一キロ弱は飛ぶように改造出来る。

大型弩《バリスタ》で飛ばすのもいいかも。

これと長弓は改造して飛距離は五百メートル。めちゃくちゃがんばりました。

後、使い道としては外壁門を突破して侵入された場合、王都内のゲリラ活動で使用するかな。

白亜の都の街並みを破壊しつくして瓦礫の山に変えても、王城は、ウォルは守ってみせる――。

「……カリヤ妃殿下」

掛けられた声に、顔を向けたボンドン少年があわてて立ち上がって背すじを伸ばした。

俺も背後を振り返る。

そこには魔法院で院長を務める老人、マティウス・セフィエラが立っていた。

足元の小さな孫が、旅装姿に身を包んでいる。

ボンドン少年に他の手伝いをしてくるように言ってこの場から去らせ、俺は老人に向き直った。

「テオドアが領地に帰るから、その挨拶に？」

「――はい。どうしても妃殿下にご挨拶をしてから去るのだと、孫自ら言い張りまして。御身がお忙しいのは承知しておりますが、お声を掛けていただければうれしく思います」

頷いた俺に、金髪巻き毛の天使が前に進み出た。

「かりやひでんかさま。りょうちにいるおかあさまが、ぼくがいなくてさみしがっているそうなので、ぼく、りょうちにかえります。おかあさまが、さみしくなくなったら、またおうとにきます。そうしたら、またかりやひでんかさまに、おあいしにきても、いいですか？」

たどたどしいながらも、がんばって話している幼児。

　……そうか、子供にはそう説明しているのか。

　俺は微笑み、彼の柔らかな巻き毛に手を伸ばして頭を撫でる。

「もちろん。会いに行って、お母様を安心させてあげなさい。すべてが終わって王都に来れるようになったら、また遊びにおいで」

「あ、あい！」

　勢いがついて舌足らずに頷いたテオドアから、きゅるるとお腹の鳴る音が響いた。

「！」

　おお。真っ赤になっている。

　さすがに腹の音を響かせたら、幼児も恥ずかしいか。

　苦笑しつつ、ちょうど良かったと幼児を空いた席に誘う。すかさず控えていた女官さんが子供用の飲み物とクッキーを用意してくれた。

　遠慮せず食べていきなさいと勧めると、幼児は祖父を見上げ、頷いたのでぱぁっと顔を輝かせる。

　席につき、むぐむぐとクッキーを頬張り始めた天使に、申し訳ないと祖父が頭を下げた。

「今日は朝早くから起こして準備をさせていたので、満足な食事を取っていなかったのかもしれません。お心遣いありがとうございます、妃殿下」

　かまわないと笑ってみせたが、セフィエラの浮かべた憂いは消えなかった。

「……妃殿下。本当に、テオドアを領地に帰してもよろしいのでしょうか？」

　首を傾げた俺に、沈痛な表情の老人は続ける。

「これから王都を舞台に、最後の戦いが始まります。テオドアは理解していませんが、王都を捨てて逃げ出すのだと判断されるのでしたら、母親の方をこちらに呼び寄せますが――」

「女子供まで巻き込もうとは思っていないよ。民も、避難したい者は王都を離れてかまわないと陛下は仰せだ。成人男子ならともかく、幼い子供を戦火の前に立たせるつもりはない」

　俺は、何も知らずうれしそうにクッキーを食べている天使に視線を移した。

「マティウス・セフィエラ。おまえと、おまえの息子たちは、他者の範になるべく勇敢に戦ってくれるのだろう？　ティシア王家のために」

「――っ、もちろんです！」

「陛下はおまえたちや他家の働きをご覧になっている。そして正当な判断を下されるだろう。俺としては、テオドアは可愛いと思っているからな。がんばってほしい」

「我が一族の総力をもって、最終決戦に挑ませていただきます！」

「――期待している」

　深く頭を下げた老人に、俺は微笑みを浮かべたまま、鷹揚に頷いてみせた。

　いやさすがに、ここまで幼い子供を忠誠と服従の証に王都に残しておけとは言えないよ。

　幼児は安全な母親の元に帰してくれていいから。代わりに祖父と父親たち、がんばれ。

ラギオン帝国の参戦

　この日は、午前中は鍛錬場で作業。午後から王城内で同盟国軍代表も参加しての軍議だった。

　俺？

　軍議に参加するよ。だって、王立技術院院長ですから。

　以前はウォルが着けていたピアス越しに、内容をこそこそ聞いていた。婚約する前はただの馬の骨だったし、婚約してからも、技術院の院長の席に座ってからも、裏方でいいかと思っていたから。

　だけど今は違う。

　俺は胸を張って、ウォルの隣に立つぞ。

　今、中央国家群内にいる生産職の中では頂点に立つ、ＳＳランクの〝女性転生者〟。

若き王が自ら望んだ王妃――結婚式は戦争中だから挙げないだけで、終わればすぐにも執り行うと公言しているのですよ、我が陛下。だからまだ婚約者でも実質王妃。王国碑に名前は刻まれているしね。

プラス王立技術院の院長としての実績。

転生者の俺がトップに立っている間は、前世のゲームと同じように国内の生産にプラスの補正が入り、長い間不在にしていた反動でマイナスになった。国民は俺が行方不明の間にその恩恵を知った。

それと対外的な影響力――特に大樹海《エルフ》に対して。

彼らは〝俺が王妃である限り〟、ティシアと同盟を結ぶのだと公言している。そして実際に、不在の間は兵を引いてみせた。

そして何よりも、俺がクラシエルからティシアに戻ってきて、エリクサーの眠りについていた間に起こった〝大粛清〟。

ウォルは覚悟を示した。

自らの伴侶として〝俺〟を選ぶのだと。

戦争の最中に国力を下げることになっても、その先を見据え、俺との婚姻に反対する勢力を容赦なく一掃してみせた。

その思いに応えたい。

もう目立ちたくないからと陰に控えるのは止めだ。

彼の隣に立ち、彼と同じ場所を目指して一緒に歩く――。

「――カリヤ」

軍議の間に入ると、既にウォルは自分の席についていた。

彼の周囲に集まっていた将兵が俺の姿を認め、一礼して退く。

立ち上がって出迎えてくれるウォルに近づき、ハグ。そしてキス。

……舌こそ絡めていないけれど、ものすごく情熱的なんですが。

恥ずかしさに逃げたいのをこらえて、彼の求愛を受け入れる。

言われたんだよなぁ。溺愛アピールは必要だって。

俺に対して、二度とふざけた行為に走る者を出さないために、ティシア王がその王妃をどれだけ深く愛しているのか周囲に見せつける必要があるって。

発案者であるウォルだけではなく、カザリン王姉も女官たちも頷くんだ。微妙に目を逸らしながら、ルシアン王兄も肯定していた。

そういうことなら、しかたない……っ。

ウ、ウォルさん。それ以上接触されますと、俺が平常心をなくしてしまいますぅ。

続きは夜の寝室で、二人きりの寝室内でお願いいたします。その……王妃とか言いながらも肉体は男ですから。体のあらぬ部分が反応してしまうのですぅぅぅ。

息も絶え絶えに身を離すと、周囲の皆さんは顔を赤くしながら背けてくれていました。

激しいアピールで申し訳ございません。御覧の通り、ラブラブのカップルでございます。

――そうして俺が乱れた息を整えている間も、彼は微笑みを深くしながら周囲に視線を向けている。

強い光を放つエメラルドの瞳が、臣下一人一人の様子を確認している。

嫌悪感を持ってこちらを見ていないか。

〝ティシア王妃〟の存在を、まだ認めてない者はいないか。

周囲の反応を確かめ、事の次第によってはその名を覚えておくのだろう。作り物の笑みを見せながら周囲を見回している美貌の王の横顔は、震えがくるほどに美しかった。

確かめた後、作り物から一転して甘やかな笑みを浮かべたウォルが、自身の隣の席へと俺の手を取りエスコートする。

王様の隣の席だから、王妃席。豪奢な椅子の背もたれに施された装飾は、彼と対だ。

やがて参加するメンバーがすべて集まり、軍議が始まった。

――軍議、つつがなく終了。

特筆すべき点は特にない。クラシエル軍が王都付近へ到着するのは、まだ二十日以上先になるという予測だ。

今、アルティシアを取り囲む草原では、北部に広がる麦畑の収穫を急ピッチで進めている。

敵に糧食を与えないために。残った藁も利用出来ないように、火を放って燃やしておく予定だ。元々早春には野焼きをしているから、ノウハウはある。

クラシエル軍がやって来るのは北から。

草原の中央にそびえ建つ白亜の王都を盾にするようにして、南に領主軍と同盟国軍が布陣する。

王都が敵に包囲されないように。草原の南にある転移ステーションを、敵に奪われないように壁となる配置だ。

ティシアの味方として参戦する同盟国軍の内訳は、大樹海とラギオン帝国の二か国。

そう、南部諸国連合の盟約に従い、ラギオン帝国軍が加わったのです。

二年前時点のラギオン参戦は、クラシエルと内通していた壮大なフェイクだった。

イルマちゃんの告発で俺やウォルは知っているけれど、下々までは知らないのです。上層部が伏せているから。

国として虚仮《コケ》にされていた訳だが、公にするとラギオン帝国と戦争しなきゃいけない羽目になる。

無理。中央国家群唯一の巨大帝国と戦うなんて、自殺と同じ。

それに俺はもう知っている。ラギオン帝国＝冒険者ギルドだと。

ならもう、二年前のラギオン出兵を現実にあったことにして、その後についてはこちら有利に交渉した方がいい――と判断して、交渉しました。ウォルが。

俺という、冒険者ギルドにとってのジョーカーを握り締めながら。

なので最後の決戦にはラギオン軍も参加します。ティシアの正当性を認めて、救援に来てくれたのです。

兵の移動はなんと、稼働エネルギーはラギオン持ちで、転移ポータルをフル稼働。採算度外視で馬も糧食も運び込んでいる。さすがに無茶すぎて、戦後はポータルを使わず徒歩で兵は帰国するそうだが。

駐屯費用や諸経費もラギオン持ちだ。本来なら出向いてもらっているティシア側が手配すべきなんだが、一ゴルドも支払いません。

心の広い大帝国様は、なんと戦勝後も何も受け取るつもりはないのだとか。

クラシエル王を僭称《せんしょう》する廃王を討つための正義の戦いなら、同盟国として手助けするのは当たり前だろうという言い分です。ヒューヒュー、かっこいい！

——うん、ティシア国内に自ら攻め入っていたクラシエル王は、自国のクーデターによって廃位されたんだ。

クラシエル所属の転生者に拉致されていた〝女性転生者《おれ》〟が、脱出後に行った告発の結果らしい（隷属の首輪効果により動けない間に、代理で動いてくれてましたよウォルが！）。

冒険者ギルド・クラシエル支部所属の転生者の腐敗。

その転生者たちと結託し、無実の隣国に攻め入った国王の行きすぎた行い。

女性転生者が虐げられた場合の冒険者ギルドの報復の苛烈さを、クラシエルはよく知っていた。

なにせ八年前、隣国《ティシア》の惨状を目の当たりにし、国を捨てた転生者たちを受け入れたのだから。

告発内容の説明を求めて帰国を促しても王は応じず、クラシエルはトカゲの尻尾を切るように王と軍を見捨てた。

国境近くにいた軍は、統率者を失くして自国《クラシエル》に逃げ戻った。だがティシア国深くまで攻め込んでいた軍は、今さら降伏も出来ずに廃された王を戴いた。

廃王は、帰る先を失くしたクラシエル軍を率いてアルティシアを目指している。

もうティシアを滅ぼして手に入れるしか、彼が生き残る道はないから——。


「カリヤ、こちらへ」

軍議が終わった後、ウォルに別室へと案内される。

これから場所を移動して、ラギオン軍の代表者と対面予定なのです。

今回参戦してくれる同盟国軍だが、大樹海のエルフたちとは面識を持っているが、ラギオン帝国軍の方はまったく知らないからね、俺。

なにせ彼らが参戦の意向を示したのは、ごく直近のことなので（具体的にいうと、俺がクラシエルから戻ってきた後）。

——さっきの軍議の間で、不思議な少年を見た。

白い髪だったからラギオンの貴族だ。だが年齢がおそらく成人前。どう見ても戦場に出る歳じゃない。

だからか、少年は軍議で紹介されなかった。行儀よく与えられた席に座ったまま、一言も言葉を発していない。

しかし周囲のラギオン将兵は、彼を自分たちの最上位として捉えていた。将軍だといういかつい老人も、少年になにかと気を使っていた。

なにより、軍議の途中で判断が必要な場面では、必ず彼らの視線が少年へと向けられる。

彼が小さく頷くと受け入れられ、反応を見せなければ持ち帰り案件として処理していた。

なので思わず、こっそりと少年を〝鑑定〟してしまった。

ＳＳにランクアップした俺。

身に着けた自作の補強アイテム効果で、中央国家群内ならアイラ・シキのＳＳＳ両名以外は、気づかれることなく鑑定出来るのです。

――転生者だった。それも俺と同じＳＳランクで、物理系戦闘職。

うわー……、おそらく中央国家群内では最強ランクの戦力だ。

聡明そうな表情、落ち着いた物腰。外見は子供でも中身はそれなりの年齢なのかもしれない、周囲の対応を見る限り。

そんな白髪の少年だが、俺とウォルが部屋の中に入っていくと座っていた椅子から立ち上がった。

自分の周囲に控えていたラギオン将兵を部屋の隅へと下がらせ、仕立ての良い上着のポケットから、ペン型の防音結界を取り出す。

周囲に見えるようにしながらスイッチを入れて机の上に置き、俺とウォルを前にして、
少年は流れるような動きで土下座を繰り出した。

「冒険者ギルド総本部、副総本部長のケイセン・サラウィトと申します。カリヤ妃殿下、ウォルド陛下。このたびは、冒険者ギルド・アルラギオン支部長の愚行、ならびに総本部の監督不行き届き、誠に申し訳ございませんでした。謹んでお詫び申し上げます！」

――日本人だ。まぎれもなく、元日本人だ。

ためらいなく実行された謝罪。学生じゃないな、実際に土下座を行った経験のある社会人と見た!!

打ち合わせ

ケイセン・サラウィト。

ラギオン帝国では神童として名が知られているらしい、サラウィト領主の長子。

サラウィトとは、気象装置である帝国の国宝『緑雨の大弓』が作り出した大湖の名だ。

一年中、水柱のように雨が降り注いでいる巨大な湖。その大湖と同じ名の地を治める、帝国有数の大貴族家にたまたま生まれたのだと言った彼は、前世

の日本でMMORPG《ゴールデン・ドーン》をプレイしていた転生者だった。

俺が知らなかった転生者です。といっても、名前と顔が一致する相手なんて両手の指の数もいないけれどさ。

冒険者ギルド総本部・副総本部長という肩書なのに知らなかった訳は、彼の就任時期と年齢が理由だった。

まず年齢。十四歳。

このゲームの世界じゃ成人は十五歳だから、まだ未成年と言ってもいいのかな？　中身（前世死亡時）は四十代のおっさんらしいが。

領主の正妻が産んだ長男だが、彼は家督を継がない。男性転生者は種無しだからね……。

なので成人後、経験を積んでから冒険者ギルド幹部に迎え入れられる予定で、子供のうちはとサラウィト領でのんびり暮らしていたらしい。

だが時勢が大きく変わった。

大規模レイドの発生による辺境の混乱。SSSランクに至る可能性のあるアイテムマスター（俺のことだ）の出現と拉致。クラシエル支部所属の、過激派と呼ばれる転生者たちによる数々の暴挙の判明。

対応出来る冒険者ギルド幹部が足りなくなった――『ワールド・セキュリティ』を理解している高ランク転生者の数が。

辺境に出向いている者は、とても戻ってこられる状況じゃない。

ケイセン少年はまだ成人前だが、ゲーム時の能力が発現する十三歳にはなっていた。という訳で、急きょ副総本部長の地位が回ってきたらしい。

「……まあ、かまわないといえばかまわなかったのですが。サラウィト家に生まれた立場が利用出来ますから、いずれ冒険者ギルド総本部長の地位には就く予定だったのですよ。それが前倒しになっただけで」

アイラの後継者だといった少年は、ちょこんと椅子に座り、緑茶を飲みながらため息をついた。

賢そうな少年だ。神童と呼ばれているのも頷ける。

落ち着きは中身の年齢のせいだろうか？

ただ、十四歳にしてはわりと小柄かもしれない。

当代ナダル十三歳より小さい気がするものなぁ。

ただし、身体能力はSSランク戦闘職だからバケモノなはずだけど。

あ、土下座は早々にやめさせたよ。中身は違うと分かっちゃいるが、子供にずっとさせ続けるものじゃないしね。誠意は受け取った。

今は俺とウォル、少年はテーブル席に移動している。

お詫びの品として渡された大きな菓子折りがどら焼き詰め合わせだったので、紅茶でなく緑茶を用意した。

すごいんだ、あんこの種類が。こしあん粒あんだけでなく、白あん、うぐいす、芋、栗、カボチャ、いちごに柚子《ゆず》。禁断のあんバターも入っていた！

ここ、異世界なのに……っ！（感動に震えている）

ちなみにサラウィト家お抱えのパティシエに作らせたらしい。どうしても食べたかったので前世知識を叩きこみました、と少年が苦笑しながら教えてくれた。

俺がクラシエルにさらわれてしまったのがきっかけで、冒険者ギルド総本部ナンバーツーの地位に就いたケイセン少年。

ナンバーワンのアイラが辺境とのやりとりを担当し、少年が俺（というかティシア）の担当をすることになった。

なので彼は、俺不在の間にウォルとは面識を得ていたらしい。

そしてウォルの要望で、ラギオン帝国軍を率いてアルティシアの戦いに参戦する。

「帝国軍と称していますが、実質はサラウィト領軍。私の命令だけを聞く私兵です」

言った少年が、壁際に並んで控えているラギオンの将兵に視線をやった。

結界アイテムを使っているので会話は聞こえないだろうが、向けられた視線に姿勢を正し、敬礼してみせる将兵たち。

部下に頷き、彼は俺たちに向き直る。

「それから、ラギオン帝国に所属しているＳランクとＡランクの戦闘職を連れてきました。ウォルド陛下が以前に仰られていたように、プレイヤー――転生者は白亜の都の中にジャンプで転移出来ません。そういうゲーム由来のルールが存在していますから。ですが野外に展開している領主軍とエルフ軍は、ジャンプによる襲撃に関して無防備です。なので、こちらの戦闘職転生者を各所に配置し、奇襲に対応させます。私はサラウィト領軍を指揮し、王都の南にあるアルティシア・ステーションを守りましょう。転移ステーションは決して奪わせません」

「協力感謝する、ケイセン殿。という訳だ、カリヤ。都の外に布陣する軍に関しては、冒険者ギルドが支援してくれることになった」

なるほど、と俺は感心した。

俺が不在の間や寝込んでいる間、ウォルはしっかりと決戦準備を進めていた。

瞬間移動であるジャンプで距離を詰め、ＮＰＣのただ中に飛び込んで虐殺を始める。そんな敵の転生者の動きを心配していたが、手は打っているようだ。

ただ……と少年が白色の眉をひそめた。

「ギルド総本部の宝物庫より盗まれたアイテム類が気になります。おそらくクラシエルのプレイヤーたちは、それらの武器防具を装備してくるでしょう」

「なにを盗まれたんだ？」

俺の問いに、顔をしかめた少年が盗難された品を挙げていく。

「最も注意すべきは刀でしょうか。『狂鬼《クルイオニ》』。相手が身に着けているアイテム効果を無効にする、ＳＳランク武器です。これで斬られると蘇生アイテムが作動しなくなる。そして同じくSSランク長弓『雪月《セツゲツ》花《カ》』。こちらは防御無効で部位破壊を起こします。人体も、無機物も。それから——」

——他にも挙げられたが、ギルド総本部の宝物庫より盗まれた武器で、特に気をつけないといけないのは最初に挙げた二つのようだった。

刀はこちらが身に着けている蘇生アイテムを無効にする。

大弓は、鉄壁を誇る白亜の都の外壁に、穴を開けることが可能になるのだとか。

どっちもやばい。

ただ、サキタ亡き今、クラシエルにはSSランク物理系戦闘職が存在しない。自身よりランクが上の武器を、完璧に使いこなせはしないだろう——ランクアップを果たさない限り。

「……過激派リーダーのイデは、カリヤ妃殿下の話を聞く限り過去の〝邪悪〟と呼ばれたプレイヤーの転生だと思われます。この世界での転生に記憶は伴わない。既にどこかで誰かを殺しているから〝王族殺し〟のクエストに気づいたのでしょうが、まだSSにランクアップ出来る三人は殺していないはずだ。殺しているのなら、既にギルド総本部の中庭でランクアップを済ませているでしょうから」

俺がSSにランクアップした時、アルラギオン中に鳴り響いた鐘の音。

数百年振りだったと聞いた。だからまだ、イデはランクアップを果たしていない。〝クエストクリア条件〟をまだ満たしていないと分かる。

「イデがクラシエルの廃王を殺して資格を得る可能性は——」

「ないでしょうね。廃王は、奴らの正当性の拠《よ》り所だ。彼がいないとラギオンを訪れることが出来ない。最悪のシナリオは、ティシアがこの決戦に敗北し、王族がイデに殺されて資格を得て、廃王がティシア新王を名乗ってラギオン帝国を訪問するというものです」

クラシエルを追放されている今は、ラギオンは彼ら〝旧クラシエル所属の犯罪プレイヤー〟の入国を拒否出来ます。だが〝ティシア新国所属のプレイヤー〟を名乗れば入国可能になる。

帝国と、ティシアの所属する南部諸国連合とは同盟を結んでいるのですから。

クラシエル所属ではなくティシア所属だから、冒険者ギルド総本部への出入りも自由になり、SSランクへのランクアップが可能になる。

「……まだ〝邪悪〟のSSランク昇格は考えなくていいでしょう。万が一を考え、ティシア王族の方々にはジャンプを習得しているプレイヤーを護衛として用意させていただきますが」

ケイセン少年の申し出に、エメラルドの瞳を伏せて考え込み、ウォルがルシアン王兄とカザリン王姉の分を頼んでいた。

うん、俺とウォルはジャンプが使えるからね。

万が一の場合には自力で逃げることが出来るけれど……ウォルは逃亡するんだろうか？

俺はウォル次第。

逃げるなら手を取り合って。——祖国と共に滅びたいと本気で願うなら、最期まで彼の側にいるだけだ。

まあ、勝つけどな！

「刀はイデが自ら使いそうだな。前に奴が使っていたのは片刃の曲刀だった」

「その刀でティシア王族を狙ってくるのは確実でしょう。ご注意ください。——妃殿下。この異世界では戦争時の『フリーフォール特攻』は有効ですよ」

「げ」

ケイセン少年との会話に、ウォルが首を傾げる。

俺は前世、《ゴールデン・ドーン》内で使われていたゲームスラングの説明をした。

フリーフォール——自由落下特攻。

ゲーム内では、プレイヤーが大きな都市や城内へと、ジャンプで直接侵入することは不可能だった。

壁部分に見えない結界があり、門など出入り口を通らないと中に入れない。中から外へのジャンプ移動は可能です（そして俺は王国碑に名前が刻まれたので、ティシア国内に関しては制限がなくなりジャンプ使い放題です）。

だが、レイドなどのイベントサーバーに限り、ゲーム内で制限している裏をかくテクニックが見つかった。

それがフリーフォール特攻だ。

やり方は簡単。

助走をつけてジャンプで空中移動。高い位置に出現し、そのまま慣性の法則に従って落下しながら境界である壁を越える。

見事なまでの脳筋テクニック。だけど有効なんだよなぁ。

「……王都アルティシアの、外壁全てを警戒しなきゃいけないのか」

「もしくは到達までに魔法か弓矢で撃ち落とすか、ですね」

ちなみにアルティシアの外壁は国宝『白の天蓋』効果で魔法無効なので、魔法系戦闘職の飛行魔法も見えない壁が防いでくれます。

盗まれた『雪月花』を使えば穴が開くけど。

使い手の技能が低いだろうから、一撃で破壊ってことはないだろうと思いたい。

――王都を舞台としたクラシエルとの最終決戦の段取りについて話した後は、戦後処理についてです。

いやもう、多分勝てるから。

相手は自国から見捨てられた廃王軍だ。待ち構えているティシア・大樹海・ラギオンの連合軍に勝てるとは思えない。

王都アルティシア前で最後の戦いを行うのは、この世界独特の慣習の他、一か所に敵を集めて処理したいってのがある。――敵方にとっては起死回生の最後のチャンスかな？

　敵方の転生者たちも、ケイセン少年が連れてきた戦力で相殺出来るめどが立った。

　だから気は早いけれど、戦後について考え始める。

　ケイセン少年が、椅子に座ったまま再び頭を深く下げた。

「本当に申し訳ございません。〝タリスの悲劇〟についてはカリヤ妃殿下の告発を元に、再調査を始めています。結果が判明次第、冒険者ギルド総本部としての謝罪と補償をさせていただきたく考えております」

　……ケイセン少年の中身《ぜんせ》は、企業のクレーム担当だったりしたのだろうか。

　ラギオンの大貴族の子息だというのに、頭を下げ慣れている。

　他にも、アルラギオン支部の前支部長だったエリカ氏についての謝罪ももらった。今後、冒険者ギルドはティシアに対してさまざまな優遇措置を取ってくれるそうだ。

　転移ポータルの利用料無料がうれしいー。素材を安く売ってくれるのはもっとうれしいー。

　何故、企業コンプライアンスとか守秘義務とか理解してなかったんだとエリカ氏のやらかしを嘆かれたが、本当それな！

　恋人だと思っていた相手にだまされて、利用された挙句に殺されたそうだが、被害者としては同情さえまともに出来ない。

　TSに苦しんでいたとしても、かわいそうだなとは思うが責任ある立場の者がやっちゃいけないことくらい分かるだろう!?

「――学校を義務教育化しようと考えています」

　据わった目で、白髪の少年が断言した。

「私が冒険者ギルド総本部長に就任した暁には、転生してきたプレイヤー全員に対して最低限の教育を義務づけます。ゲームの中だからと好き勝手するのを許しません。転生を発見次第、こちらの常識を叩きこみ、〝良き隣人〟として振る舞えるように指導します」

「人権がーとかほざかれたら？」

「そんなもの、あるわけないでしょうこの異世界に！　自分たちだけ良ければと行動されたら、他のまともなプレイヤーが迷惑します。クラシエルの犯罪プレイヤー共、今世は早々に終わらせ、次の生でヤンチャを起こす気にもならないよう教育を施します！」

——これまで冒険者ギルドでは、犯罪プレイヤーの更生に関しては〝来世に期待〟というスタンスだったらしい。

なにせ前回を忘れて転生を繰り返すのが当たり前の世界だから。

あまりにもヤンチャが過ぎれば、辺境から戻ってきたＳＳＳランクが一掃する。そして再び転生。教育を施しても、次の生では教えられたことを忘れている。

だが、もう繰り返しのことは考えずに最初に教育を叩きこむつもりらしい。

「身の程を知らないからヤンチャをするのです。義務教育の過程で、勘違いをしている問題児には己の分を悟らせます」

「……具体的には？」

「ヤンチャをしてからＳＳＳを向かわせるのでなく、そうする前に学校の授業の一環として、模擬戦名目でＳＳＳに心を折らせておこうかと」

……ケイセン少年の中身《ぜんせ》が、教職関係でないことだけは理解した。

と思ったのだが、どうしても気になって確認すると、人事サービス関連で社内教育担当だったと教えてくれた。

ブラックな会社だったので過労死ですよと笑っていたが、本当にブラックだね……日本社会の闇を見たよ。

どら焼きを食べながらの打ち合わせを終えて、椅子から立ち上がった俺にケイセン少年が声を掛けてきた。

「――カリヤ妃殿下。冒険者ギルド総本部長アイラから、謝罪の品を預かってきています。受け取っていただけるとうれしいのですが……」

少年が自分のアイテムボックスの中から、ミスリル製の人形兵を出してきた。

なんと、三体も！

ウォルにもらっちゃってもいいかな？　と確認し（王妃への貢ぎ物の場合、バランスを考えなくちゃいけないからね……）、ありがたくいただいてしまいました！

鋳潰してもいいよと言われたが、これを素材に変えてしまうなんてとんでもない！

SSSランクアイテムマスターにならないとミスリル製人形兵は作れない。ランクアップしたら、これを見本に俺も人形を作ろう！　レシピだけは持ってる！

「……アイラはアルラギオン支部の背信と、妃殿下不在時の軍議にて、私憤で冒険者ギルドを動かしてしまったことを詫びていました。妃殿下につらい思いをさせてしまった。申し訳ない、と」

「あー、それだがケイセン殿」

気にしてません、と俺は首を振った。

「元々、冒険者ギルドとティシアは俺ありきの提携だった。俺がいないなら、ギルドが引くのは筋が通っていない訳じゃない。それよりもヨナーシュが軟禁されてしまった件。――アイラに、こちらこそ申し訳なく思っている。母親が息子を奪われたら激怒しても仕方がない」

たとえ血が繋がっていなくても。息子がいくつになっても母親は母親だ。

どれだけ心配しただろうと思う。

アイラは幸薄い息子をとても可愛がっていた。

だが俺を信用し、息子の望み通り大樹海へと向かわせた。その息子が、俺がいなくなった途端に戻ってこられなくなった。

取り戻したくても、大樹海に張られた結界はＳＳＳランクでも破れない。

エルフ側にも言い分はあっただろう。

彼らが信用している俺がいなくなったのなら、やっと戻ってきた我が子を手放したくない。再び危険な目に遭わせたくないと――。

「……アルラギオンに戻ったヨナーシュの様子はどうですか？」

「彼が願った通り、アイラの側に。もう養母の側を離れることはないと言っています――ウォルド陛下、その節はご尽力ありがとうございました」

少年がウォルに向かって頭を下げた。

ウォルが頷き、そんな彼の隣に俺は寄り添う。

「人形兵をありがとう。戦争が終わって落ち着いたら、またラギオンに伺いますとアイラに伝えてもらえますか？」

「ええ、もちろん」

きっと彼女は、その日を楽しみに待っていることでしょう。

そう言って白い髪の少年は微笑んだ。

アルティシア・ステーションへ

最近、ウォルの朝は少し早くなった。

ホームの外に出て、メルメルという名の羊（型モンスター）の世話をするためだ。

俺お手製のツナギ（色は瞳に合わせ、ノーブル感漂わせるモスグリーンにしてみました！）を身に着けて羊小屋に向かい、早起きの羊たちと挨拶。エサを与えて小屋を掃除する。

本当は専属の世話係を用意して任せてしまえばいいのだろうけど、まだメルメルたちがウォル以外の人間を怖がっているんだよなぁ。

柵で囲った中庭で自由に放牧し、中庭を取り囲む回廊を行き来している後宮の使用人相手に慣れさせているところ。

ウォルと同じ時間に起きて、俺はホーム内のラボにて生産活動。

育てている薬草などを収穫し、どの部署にどれだけ配分するかを仕分け。一日に使うだろう素材の総量の確認と、明日以降の生産体制のチェックもする。

終わったらちょうどウォルが戻ってくる頃なので、彼をお風呂に向かわせる。ケモノの匂いがつくからね……。

こちらの作業内容によっては、たまーに俺も一緒に風呂に入る。

あ、エロはいたしません。朝は時間がないので。

うちの王様はイタズラ好きなので、たまーに流されてスキンシップはしちゃうけど、挿入はしてないからセーフだセーフ。

そうして風呂から出てきた彼の髪を乾かし（一緒に入った場合は互いの髪を乾かしあって）、朝ごはんタイム。

ウォルに紅茶を淹れてもらっている間に、俺はアイテムボックスの中から作った直後に保管しておいた料理を取り出してテーブルの上に並べる。

本日は鳥肉とキノコのシチュー、野菜サラダ、焼き立てパン各種に果物盛り合わせ。

そして朝ごはんを食べながら、本日の互いのスケジュールの確認だ。

「カリヤの今日の予定は、冒険者ギルド・アルティシア支部への顔見せと、アルティシア・ステーションに向かってドワーフに会うのだったか」

パンを優雅な手つきでちぎりながら確認してくるウォルに、そうだよーと、野菜サラダを頬張りながら俺は頷く。

先日行った、冒険者ギルド総本部・副総本部長であるケイセン少年との会談。

その時、伝手があるというドワーフとの会談をセッティングしてもらえたのだ。

正確には〝神槍〟と呼ばれるSSSランク、シキ個人の伝手らしいんだが。

――つい五年ほど前、ドワーフの住む北方山脈がヴォルケーノドラゴンに襲撃された。

ドワーフたちの都アルドランは壊滅。都跡に居座ったドラゴンを退治したのが、たまたま北方山脈近くを通りかかり、助けを求められたシキだった。

神槍『天沼矛《アメノヌボコ》』を手にして、単身SSランクドラゴンと死闘を繰り広げ、見事倒してみせたシキ。

ドワーフに多大な恩を売り、世間的には鎖国をしているはずの北方山脈は、シキと――冒険者ギルド総本部とのみ付き合うようになった。

ドワーフの国である〝北方山脈〟は、ゲーム《ゴールデン・ドーン》内では金属系生産職のランクアップの場だ。

すでに向上心豊かなBランク転生者が数名ランクアップに向かい、金属系生産職Aランクであるイルマちゃんも、この春には修業で訪れていたらしい。

そんな協力的なドワーフと付き合えるチャンスを、今回ギルド側はティシアに対して特別に提供してくれたのです。

とりあえず、戦争に必要な王都アルティシアの外壁のメンテナンスは、冒険者ギルドの要請で確約済。

その他の協力については、俺の本日の交渉次第となっている。なんと、コートレイ領にいるイルマちゃんも交渉のサポートをしてくれるらしく、アルティシア・ステーションにて合流予定だ。

「その会談についてなのだが」

「なに？　ティシア側で追加要求とか出た？」

「いや。会談場所であるアルティシア・ステーションに向かうのと戻ってくる道中。カリヤの移動は馬車を使ってほしい」

最近は、時間短縮のために移動に〝ジャンプ〟を使っている。

それを馬車で移動してほしいというウォルに、俺は首を傾げた。

「実は、クラシエルの工作活動のせいで、あなたの評判が不当に貶められている」

　すまない、とウォルがエメラルドの瞳を伏せて悲しそうな表情を浮かべた。

　ああ、あれか、と俺は前に聞かされていた内容を思い出す。

　俺がラギオンからクラシエルに拉致されていた期間、敵側は全力で俺のイメージダウンを図っていたらしい。

　ティシアを混乱させ、不和の種を蒔こうとしたんだろうなぁ。転生者とはいえ、生まれ育ちが馬の骨である俺の存在は、ウォルのアキレス腱《けん》になる。

　毒婦。淫売。

　貧民の最たるものである山の民出身の、まだ若い王を誑かして王妃の地位を手に入れようとしているあばずれ。

　クラシエルに捕らわれている間も、敵に股を開いていた男好きの痴女。ティシアを売り、敵国で贅沢と淫蕩の限りを尽くしている悪女――。

　……すげぇわー、情報戦争。

　狙われ殴られまくり。真実なんて関係なく、ただただ俺の地位を貶めることだけを狙って噂をバラ撒いていたんだろう。なにせ〝女〟認定されているからな。

　人はゴシップ好きな生き物だ。

　元から俺の立場は弱かった。悪意を込めた噂話は、ティシア国内の反対勢力の扇動も加わり、一気に広まったらしい。

　それまでウォルたち王家が続けていた俺のイメージアップ戦略を吹き飛ばし、悪評は国の隅々まで届いてしまった。

　俺の帰還と同時に反対派が消え、王国碑の変わらない輝きに不貞の事実などないと証明出来たけれど、それでも一度地に落ちたイメージはなかなか消しづらい。

　なのでイメージアップ活動を全力で再開するのだ

とか。

「正しいこと、利になることを行い続ければ、いずれあなたの評価も上向くことは分かっている。今はもう王城内であなたを評価しない者はいない。あなたがいるからティシア軍は戦い続けることが出来、あなたがいるから勝利することが出来るのだろうと皆が知っている。――だが、王都や地方などではまだ悪い噂が消えていない。私は、一刻でも早くあなたの名誉を回復したいのだ」

なるほど。

姿が見えないジャンプでなく、見える馬車移動で俺の存在をアピールするのか。エルフをアルティシアに連れてきた時のように、ドワーフも連れてきたらインパクトは抜群だし。

「分かった。今日は王妃用の馬車で移動するよ」

「ありがとう。劇団の巡業や吟遊詩人の歌の流布など、地方への本格的な工作は戦争が終わってからになるだろうが、王都内ならすぐにでも手が打てる」

劇団の巡業というと……と、俺は遠い目になった。

うむ、実際にあった出来事（もしくは実際にあったことにしたい出来事）などを、劇にして、役者に演じてもらうアレですな。前にカザリン王姉に教えてもらったぞ。

この中世ベースの異世界、庶民は自分の名前程度しか文字が読めないのが普通だ。

だから情報の伝達手段として、酒場や辻《つじ》で歌う吟遊詩人だったり、劇団の巡業が存在している。こんなことがあったよと、文字を読めない相手に歌や劇で訴える訳だ。

すでにカザリン王姉は、ウォルや俺を称える歌をバンバン作らせ、バンバン配下に歌わせているらしいです。

劇はさすがに戦時中だから自粛中だが、終わったら地方にお抱え劇団たちを一斉に向かわせるつもりだとか。採算度外視のごく安い木戸銭で、娯楽の少ない庶民に提供して――洗脳する訳です。

すげー！　実行するのがすげー！

前世の日本でも、あるあるマーケティング手法だったかもしれないけど、それでもすごいわー！

よろしくお願いします、と名誉を回復してもらう立場の俺は頭を下げた訳だが、
王都アルティシアを移動中、王家の本気に震えることになった。

――気づいたのは、王妃旗を掲げて（前はまだ式を挙げてないと遠慮してたけど、今は堂々と主張してます）移動し、冒険者ギルド・アルティシア支部を訪問した時だ。

最初に馬車を降りた時、俺を出迎えたのは奇妙な沈黙だった。

遠巻きにして王妃の馬車を見守っている民たち。

――これまではジャンプ移動だったから、気にならなかったんだろう。

言いたいことがあるけれど言えない。そんな無言の圧の中、やましいことはないのだからと背すじを伸ばしギルド内に入る。

ギルド内では大歓迎されました。

俺製アイテムで隷属の首輪を外してもらい、泣いて礼を言うクラシエルからの脱出者。クラシエルからの無事の帰還を喜んでくれる、ギルド職員と冒険者たち。

どれほど俺が素晴らしいのか、開け放したギルドの扉から外へと聞こえるように大声で褒め称えている。

ギルドカウンターの外にさえ出たがらないエルフのタデアーシュまでが、エーリクに連れられてギルド建物の入り口まで出向き、自分を保護した俺と王家の慈悲深さに感謝して頭を下げた。

――ここまではいつもと同じ。

復帰してから、すでに何度かギルドには通っているからね。大げさな喜びようは、周囲へのアピールだと気づいている。

ギルドに所属する彼らは俺に恩義を感じ、評判の

よろしくない俺を盛り立てようとしてくれている。

　ここからが違った。

冒険者たちの歓声に見送られながら、王都の通りを馬車がゆっくりと進む。

「――見ろ、捕らわれていた王妃殿下が無事にティシアに帰ってこられたぞ！」

　掲げられた王妃旗に集まってきた見物人の中から、よく通る声が響いた。

「カリヤ王妃がウォルド王の元に帰ってこられたんだ！　俺は信じていたぞ、あの方が愛する王を裏切る訳がないってな！」

「良かった！　おかえりなさいませ、妃殿下！」

「え？　王国碑から名前が消えなかったんだから、王を裏切っていないのは一目瞭然《いちもくりょうぜん》じゃねぇか！　さすがだぜ、カリヤ妃殿下、万歳！」

「皆がお待ちしていました、ご無事で良かった！」

「美しきティシア王家の至宝、カリヤ王妃殿下万歳！」

　徐々に盛り上がっていく馬車の窓の外を見ながら、引きつった笑顔で手を振る俺の横、本日の警護担当である女騎士がぼそっと教えてくれた。

「――サクラを仕込んでいます」

「――！」

「いずれカリヤ妃殿下の慈悲は民の誰もが知るところ。ですが妃殿下をお慕いする我々は、その評判が一刻でも早く向上することを願ってやみません。あれら仕込みには、王城勤めの非番の者も、自らの意思で協力しています」

　カザリン王姉の腹心だという女騎士が、にこりと微笑む。

「どうぞ妃殿下、外に集った者に微笑み、手をお振りになってくださいませ。妃殿下の麗しく元気なお姿を拝見出来ることが、我らにとっての喜びなのですから」

　……ウォルが意図した盛り上がりは、王都アルティシアを出るまで続いた。いや、王都を出てアルティシア・ステーションまでの道のりの間も続いていた。

　道端に避けて見送る人たちも万歳をしていたから。王家の財力――じゃない、威光すげー。

　アルティシア・ステーションに到着して馬車を降りると、赤毛のツインテール美少女イルマちゃんが待っていた。

　俺がドワーフに会うと聞いて、参考になったらと北方山脈滞在時のことをいろいろ教えてくれたイルマちゃん。会談時には同席してくれることにもなった。

「お兄ちゃんに恩を感じてますから、普段は気難しいドワーフさんたちですが、私には良くしてくれているんです。私の敬愛するカリヤお姉さまにも良くしてもらえるよう、今日のお話の間は側にいますから安心してくださいね。変なコトを言いだしたら、お兄ちゃんに告げ口しますので！」

　あ、お兄ちゃんにはそう言ってもいいよと確認済みです。

　にこにこと笑いながら、美少女が教えてくれる。

「ありがとう。ところでどう、イルマちゃん。コートレイ領の生活には慣れた？」

「はいっ。お兄ちゃんの実の弟のフィアスお兄さんも優しいです。ナダルさまも……優しいのかな？　あまりお話はしていないけれど、ちゃんと気を使ってもらっています。おばばさまも、おばさまたちも、領地の皆さんはとても良くしてくれています……フィアスお兄さんが、先代ナダルさまに保護されていて本当に良かった」

　まばゆい美少女の笑顔に、良かったねと俺も目を細める。

「カリヤお姉さま。ドワーフの皆さんがティシアにやって来るのは、もうちょっと後の時間ですよね？　その前に、私と一緒にコートレイ領軍まで行ってもらえないでしょうか？　フィアスお兄さんが、お姉さまに会わせたい相手がいるそうなんです」

彼女の提案に、事前に聞いていた俺はいいともと頷いた。

ジュニアとも会いたかったし、そのつもりでステーションに早めに来たからね。

移動手段として黒水晶の笛でイサクを喚びだし、彼とその嫁候補たちに乗って移動する。

イルマちゃんに乗馬スキルがあって良かった。ブレザーの制服姿だけど、スカートの下にはレギンスを穿《は》いているので乗馬も大丈夫だそうです。

草原に突如現れた、精霊界と繋がった白い霧の門は開け放したまま（一見閉じているけど）だ。出てくる馬たちの保護は、周囲に駐屯しているエルフとステーションの兵に任せた！


王都アルティシアの東側。

転移ステーションからそう遠くない場所にコートレイ領軍は布陣していた。

『当主の試練』で顔見知りになっていた兵たちと、挨拶を交わしながら陣の中へと入っていく。

中央の天幕から出てきたのは、また背が伸びた育ち盛りのナダルジュニアと、俺の同じ肌色を持つ白髪の同郷者、フィアスだった。

「カリヤ！　……様！」

「坊ちゃん、ぎりセーフということにしますが、次回からは気をつけましょうね。我が国の王妃殿下なんですから」

父親と同じ黒髪に紫の瞳の少年は、うれしそうにこちらに駆けてこようとして、ぎくりと足を止めた。

顔を朱に染め、勢いよく顔を背ける。

少年が視線を向けていた先を確かめる。

俺の隣でボンッ、キュッ、ボンッな赤毛の美少女が、無作法に見えなくもない態度を気にもせず、にこにこと笑っていた。

（……これはもしかして……？）

「妃殿下、ようこそお越しくださいました。それでは案内させていただきますので、妃殿下以外はここでお待ちください。坊ちゃんはその間、接待よろしくお願いします。お連れの方々、特に女性には天幕の中で椅子とお茶を勧めてはいかがでしょう？」

「わ、わかったっ」

「――坊ちゃん、ガンバ！　さて、妃殿下は僕の天幕にご案内しますねー」

　無責任にジュニアを励まし、フィアスが混みあう陣の中、俺を先導し始める。

「妃殿下。クラシエルに拉致されたと聞いた時にはコートレイ領中の者と共に心配していましたが、無事にティシアに戻ってこられたと聞き、安堵しました。あなたにはまだ、生き別れの兄と引き合わせていただいたお礼を言っていませんでしたから。……本当にありがとうございました」

「……シキと再会して、どうだった？」

「まるで夢のようで。ＳＳＳの存在は聞いたことくらいはありましたが、まさか自分の〝姉〟だとは思いもしていませんでしたから。だけど、瞳の色で分かりました。幼かった僕は、姉のことはあまり覚えていなかったんですが、姉は――兄は覚えていた。それだけでうれしかった」

　泣きそうな顔で白髪の青年が笑い、足を止めて深々と頭を下げる。

　それは彼が使っているという天幕の前で。周囲を確認し、青年は兄妹と同じ赤い瞳を俺に向けた。

「どうぞ、中へ。妃殿下と僕に縁が深い者が控えています」

　入り口に垂らされた布がめくられ、フィアスを信用している俺は、過度に警戒することなく天幕の中に足を踏み入れる。

「……カリヤ？」

　呟いた声音は、ゲームの世界に転生した俺が幼い頃から知っているものだった。

「――アロワ？」

「カリヤだ！　本当に、本当に……生きていた！」

　用意されていた椅子に座らず、天幕の隅に膝をついて控えていた故郷の村の幼馴染が、喜色を浮かべて立ち上がり、一歩を踏み出す。

　そのまま戸惑ったように立ちすくんだ鍛冶屋《かじや》の息子に、歩み寄った俺は力を込めて抱きしめた。

「アロワ、黒森を抜けて、ゲイリアスに戻ったと聞いていた。ずっと心配していたけど、無事で良かった……！　嫁さんは？　子供たちも元気か？」

「……ああ。皆、元気にしている。かみさんは、おまえのおかげで俺の命が助かったって感謝しているよ」

　涙に震えた声で、戸惑うことを止めた幼馴染が俺の体を抱きしめ返す。

　――久しぶりに再会した幼馴染は、ぐっと老けて見えた。

　故郷ゲイリアスの厳しい環境のせいなのか、彼が脱出してきた過酷な戦いのせいなのか。

　……彼の目に、公式な場に出るからと豪奢な衣服を着た俺の姿はどう映っているのだろう。

「命からがらクロエからゲイリアスに戻って、おまえが行方不明になっていた王子を助けてティシアに戻ってきたと聞いて。気づけば王妃になったって？　なんの冗談かと最初は思ったぜ。王妃って……おまえ、村にいた頃は男だったよな？」

　正直なアロワの言葉に、俺はくすりと笑う。

「ああ。だけどさ、転生者って前世の性別で今の性別も判断されるんだ。だから俺は王妃で合ってる。王子との逃避行の最中に愛が芽生えて、王妃として彼と一緒になる。幼馴染の玉《たま》の輿《こし》を祝福してくれるか？　――俺は彼を本気で愛していて、彼も俺を本気で愛してくれているんだ」

　アロワが俺から身を離した。

　まじまじとエルフの正装を着ている俺の立ち姿を眺めまわし、ふっと肩を落として笑う。

「……めちゃくちゃ綺麗で、幸せそうな王妃様だ。おまえが選んだ相手なんだろう？　胸を張って、後悔なんかしていないんだろう？　なら幼馴染として、祝福するぜ。おめでとう、カリヤ。幸せにな」

子供の頃と同じ笑顔で、彼は俺を寿《ことほ》いだ。

ドワーフの協力

——二年前。

故郷の村からアロワと共に徴兵された俺は、同郷のゲイリアス山岳地帯出身者にて構成された遊撃部隊、通称ゲイリアス部隊を率いていた。

だがクロエ平原での開幕初戦で、隠していた転生者であることがバレる。

たまたま居合わせたナダルに見いだされた俺の身柄はタキリン城砦へ。当時カザリン王女に変装していたウォルの側に仕えることになった。

残されたゲイリアス部隊の面倒を見てくれていたのが、ナダルに命じられたフィアスだ。

クロエ平原の戦いに負けた時、アロワとフィアスたちは俺が渡していたモンスターよけのアイテムを使って、無事に黒森を突っ切って逃げ切れたらしい。

面倒見の良いフィアスは、そのままゲイリアス部隊を故郷へと送り届けてくれた。脱走兵ではないと保証もしてくれ、そこで部隊はいったん解散した。

時は流れ半年前。

タキリン城砦から行方不明になっていた若き国王が帰還したことが、広くティシア国内に公表される。

——王はタキリン城砦から共に脱出した転生者の〝女性〟と恋仲になり、自らの婚約者とした。名前はカリヤという。——

そう聞いたアロワ及びゲイリアス部隊の面々は、目が点になったらしい。

うむ、彼らと行動を共にしていた当時の俺、どこからどう見ても〝男〟だったものな……初期のオプションはヒゲ。

だが公表時になぜか説明されていた、転生者の性別は前世に云々。

なるほど、と彼らは納得する。そして考えた。

未来の王妃殿下に救われたこの命。微力ではあるが、再び役に立てたなら。

よし、今度は義勇兵として、自らの意思で戦争に志願しよう。そして少しでも王妃殿下の役に立ち、クロエ平原にて受けた恩を返すのだ――。

一時は領主のロト・ブラットルに利用されそうになったが、王家によって保護されたゲイリアス部隊は、馴染みであるコートレイ領軍に復帰したフィアスの下に預けられた。

そしてようやくアルティシア近郊にて、アロワは幼馴染である俺と再会出来たという訳だ。

アロワとじっくりと旧交を温め合いたいところだが、時間が押している。本日のメインはドワーフとの会談なので。

せっかくの機会だから、ここにいるというゲイリアス部隊の部下たちの顔だけでも見ていきたい。幼馴染との積もり積もった話は、またのんびり出来るようになるまでお預けだ。

戦争に勝った後に、ゆっくりと酒でも飲もうぜと声を掛けて天幕を出る。部隊の元へと案内するアロワは、先に進みながら仕方ないなぁという風に苦笑していた。

……もしかしてこいつは、俺が「よぉ」とでも言いながら、ひょっこり自分の家に顔を出すとでも思っているのだろうか。

さすがにもう、それはないぞ?

たしかにこれまでは、気が向いた時にふらりと彼の家を訪れることもあった。だがもう俺の就いた身分では、そういった気軽な行動は取れないだろう。

王妃になった俺は、その身分にふさわしい臣下を引き連れてブラットル地方に御幸することになる。

で、夜にこっそりアロワの家までジャンプで移動するとも。

はははは、転生者は瞬間移動出来るのがいいよなぁ。

かさばる土産もアイテムボックスの中に入れて運

ぶから邪魔にならないぞ。嫁さんと子供たちにまた会えるのを楽しみにしているからな！

案内されたゲイリアス部隊の皆は元気そうだった。一人も欠けていなかったのがうれしかった。

で、感動の再会だが、一瞬で皆が無言になったというか、こころなしか怯えられたというか、後ずさりされた。

うーむ、まあ俺も同じ立場にいたから分かるが、金のかかった服を着たお貴族様が、フレンドリーに目の前に現れたらびびるよな。

すぐに立ち直ってくれたようだったが。

そうして再会を喜び合って。

俺の名の下に集まってくれたかつての部下たちに、クロエ平原で渡した弓と同じものを与えて別れた。

もうすぐクラシエル軍との最後の戦いがある。

その武器で敵を殺せとは言わない。ただ、自分と仲間の命を守るために役立ててほしい。

さ、待たせていたイルマちゃんと合流だ！

コートレイ領軍にいる知り合いとお茶をしながら待ってくれていた彼女の元に向かい、ジュニアやフィアスと別れてアルティシア・ステーションへと戻る。

すると転移ステーションの建物前で、一人のエルフが待っていた。

「ご機嫌麗しゅう、カリヤ王妃殿下。今からドワーフと会談のご予定だとか。実はその件に関しまして、お願いがございまして」

スカイブルーの髪を長く伸ばしたエルフの、にっこりと浮かべる笑みの胡散臭さに思わず目が半眼になる。

アンゼリーン。

ティシアにおける大樹海の特命全権大使だが、俺にとってはルカの叔父、双子の片割れだ。

中性的でたおやかな美人が多いエルフの中では珍しく、俺より背が高くて体格もいい美丈夫。

清々《すがすが》しいほどの腹黒だが、己でなく同胞のために尽くすという立ち位置が一貫しているので決して嫌いではない。

どうした？　と首を傾げてみせる。

エルフはドワーフとの会談への同席の許可を求めた後、続けた。

「実は、ドワーフの国である北方山脈と我らが大樹海には交流があるのです」

……うん、その一言を聞いたら理解出来た。なぜ森の中に住み、鉱床を持たないはずのエルフたちが、大量にミスリル武器を持っていたのかその理由が。

前世のゲーム内では、エルフといえばミスリルだった。青ざめた月の光を放つ肌に、月色に輝く武器。

お約束だろうと考えて流していたのだが、この転生後の世界は現実寄りだ。よく考えてみれば、森に住んでいて、鉱床もないのにあれだけの量を有しているのはおかしかったのだ。

「定期的に取引をしているのか」

「はい。鎖国をしている者同士、転移ポータルを利用して譲り合ってきました。人族がご存じのように、我らエルフとドワーフは馬が合わないのですけれどね。互いがなければ、人族との接触を拒んで国境を閉じる真似は出来なかった。金属や加工品がドワーフからエルフへ。森由来の加工品と食料がエルフからドワーフへと流れています」

エルフに便宜を図ってくれた、いにしえのＳＳＳランク生産職。

彼女が転移ポータルを用意してくれなければ成しえなかった交流ですが……と、アンゼがどこか遠い目を俺に向けた。

「数百年来の秘密を、今明かしてしまっていいのか？」

「時流が変わりました。エルフは開国し、あなた方と共に生きていく。それにもう、ドワーフも国を閉ざしていてはもたない。五年前の邪竜襲撃についてお耳に入れられたことは？」

シキの活躍した事件なのだろう。

頷いた俺に、アンゼがため息をつく。

「……ドワーフの王都が襲撃され、灰燼《かいじん》に帰《き》しました。あの国はすべてを失くした。我らの世界樹と同等の力を持つオベリスクが崩壊し、パック――こちらは大樹海でいうコロポックルですね。小さな塔の眷属も、そのほとんどが眠りにつきました。時が流れればオベリスクも復活し、パックも目を覚ますでしょう。だが、それまでドワーフには忍耐と苦難が続く。彼らは、北方山脈の復興にあなた個人の助力を欲しています」

俺？

ただのＳＳランク・アイテムマスターだ。金属系ではなく非金属系なので、ドワーフの力になれるとは思えない。

いずれ作れるようになるはずの、固定ポータルを欲しているのか？　だが、まだＳＳＳにランクアップするために辺境に向かう目途さえ立っていないんだが。

アンゼの先導によって転移ステーション内を進む。

たどりついたのは、会談の場として用意していた来客室だった。

両開きの扉を開くと、窓際で一人のドワーフが外を眺めていた。

低身長でずんぐりとした体格、オレンジの炎の色の肌に、赤金色のもじゃもじゃとした髪の毛。豊かなヒゲを蓄えた、空想ファンタジーの代表をエルフと二分する亜人がこちらを向く。

「――ティシアの王妃殿下か。噂にたがわず美しい。儂《わし》の名はマイケル。この度、北方山脈の代表として訪れさせてもらった……人間や転生者、そこの森の腹黒も同等に扱うのが儂らの流儀じゃ。堅苦しい敬語やらは省かせてもらうので、気にせずそちらも話してくれてかまわん」

「マイケルおじさま！」

「おお、イルマの嬢ちゃんか。久しぶりじゃな」

――マイケル。

　ロイヤルスマイルを浮かべたまま、俺はドワーフの名前に関して前世のゲーム運営会社にツッコミを入れる。

　エルフの名前は北欧風に統一したのに、なぜにドワーフにはアメリカ英語の名づけをした？　ジョンやらトムやらキャシーやらメグやら、見た目とネーミングのギャップに今世も混乱してしまうんだが！

　あ、ファンタジーのお約束通り、ドワーフの男はビール樽体型にヒゲもじゃ。女はロリです。

　本来のファンタジーなら女も同じ体型でヒゲのはずなんだが、日本風ファンタジーの常識の方が採用されている。


　部屋の中央に置かれた円卓に座り、まずはと茶を振る舞う。

　転移ステーション付きの侍女が支度をしてくれている間、ドワーフのマイケルは瞳を細めて窓の外を眺めていた。

　何を見ているのだろう。と俺も外に視線をやる。

　緑の草原に建てられた大樹海の大使館があった。夏に完成したという三階建ての新築だ。

　その向こうにはまだ開いている、白い霧で出来た精霊界と繋がる門が見える。……クラシエル本国から略奪してきた馬は、まだ排出されているらしい。走り回っている馬に、右往左往している兵士たちの姿が見える……すまん。

　そしてその奥には、ティシア諸侯軍の陣地。所属を示す色とりどりの領旗が、風に翻っている。

「……話には聞いていたが、本当に精霊界と行き来が出来るとは」

　マイケルが呟いた。どうやら彼が見ていたのは、俺が喚び出した精霊門らしい。

　しかしマイケル、口調はともかく声の若々しさから察して、それほど歳は取ってない感じだ。ヒゲは幼い頃から容赦なく生えてるからな、ドワーフ男児。

ある程度歳を取ると、もういくつか分からないんだよなー。

彼は懐から短剣を取り出した。美しい細工の施された鞘に収めたまま、こちらへと差し出す。

「王より輝匠の号を賜った、儂の作ったミスリル製の小剣だ。抜いて、刃を確かめてもらいたい」

「これは……」

手に取り、鞘から半分ほど抜いた状態で〝鑑定〟をした俺は眉をひそめる。

「――駄作とは言わんが、凡作ではあるな。ランクはB。輝匠を名乗る儂の作としては不出来というしかない。これは最後の仕上げ、焼き入れに〝精霊界の泉の水〟を使えなかったのが最大の原因だ」

「え？」

「精霊界の泉の水、だ。ドワーフが受けていたオベリスクの恩恵、精霊界由来の素材アイテムが手に入らなくなった。当たり前として甘受していたすべてが、五年前に失われたのじゃ」

カリヤ王妃殿下は、『精霊界の友』の称号を得ていると聞く。

彼の世界に伝手があるのならば、我らの欲するアイテムを代わりに入手していただけないか？　対価として北方山脈は、出来る限りのことをしたいと考えておる。

「いずれオベリスクは復活するだろう。だがその前に、儂らドワーフは死ぬ。作り手としての誇りを失って」

「カリヤお姉さま……」

テーブルに額を打ちつけるようにして頭を下げたドワーフに、イルマちゃんがか細い声で俺の名を呼ぶ。

俺の視線を受けた彼女は、春に訪れていたという北方山脈の惨状を語った。

王都アルドランはまだ復興の最中で、彼女は地方都市に身を寄せていたのだと語る。そして生産施設と精霊の加護の両方を失っている状態のドワーフの国は、人族並みのアイテムしか作り出せなくなったことも。

「――私はまだＢの一つ上のＡランクだから、充分な修業が出来ました。だけどドワーフの皆さんはランクＢオーバー、実質ＳランクやＳＳランクもごろごろいるはずなんです。腕はあるのに、素材が釣り合いません。だけど冒険者ギルドには助けてもらう訳にはいかないらしくって……」

「個人的な取引ならともかく、過去の悲劇を思い返すと転生者に国は開放出来ないのです。我らエルフとの密約を破ることにもなりますからね」

頭を下げ続けるドワーフを一瞥《いちべつ》し、続きを引き取ったのはアンゼだった。

「クソ岩虫であるドワーフですが、本来の腕は確かです。今恩を売っておけば、妃殿下ご存命の間は這いつくばって感謝の意を述べ、恩を返すでしょう。……正直、エルフだけではもう支えきれません。食料の消費は変わらないのに、受け取れる対価がない。身を削って援助はしてきましたが、そろそろ限界が近い。カリヤ様。どうか彼らが生産職として胸を張って生きていけるよう、助けてやってはいただけないでしょうか？」

――アンゼは、俺が〝精霊界の泉の水〟を持っていることを知っている。

大樹海の里内での生産で、俺は必要なら精霊界由来のアイテムを使っていたし、欲しいと言われれば適正価格で売り渡したりもしていた。

それに、少数故に仲が良い生産職同士の繋がりを突いてきてるぞ。

あざとい。さすが腹黒クソエルフ。

ため息をつき、手のひらの上に小瓶を出現させる。

「マイケル。俺はオベリスクのもたらす物とこれが同じ品質なのかは知らない。使えそうか？」

「……ああっ、ああああ！　これだ、この水だ……！」

渡した小瓶の中身を鑑定し、涙ながらに頷いているドワーフ。

「それなら樽で用意出来る。追加も、いくらでも可能だ。他に金属系生産職の素材なら、一角獣や月光鹿の角、花蜘蛛の糸などもあるが……他にも希望があれば、直接精霊界に赴いて探してくることも出来る」

　イサクからもらった俺専用馬頭笛さえあれば、日中でも移動可能だからな！

「ただし！」

　腕を組んだ姿勢で声を高らかに上げたのは、俺ではなく森虫クソエルフ（あ、ドワーフとエルフは互いを森虫、岩虫とけなしあってます）のアンゼだった。

「都を失くしたドワーフに、ふさわしい対価は払えるのですか？　精霊界の泉の水は、人族にとっては不老の妙薬だ。その一瓶でも国を動かすほどの金が動く。カリヤ妃殿下にはエルフすべてが深く恩義を抱いている。この方を利用し依存することは決して許しません」

「……オベリスクが復活するまでの間だけ、世話になりたいと考えている」

「十年はかかりますね。その小瓶だけでも、人族の間ではミスリルの長剣一本分の価値はある。ドワーフ同士やエルフとの取引と同列に考えることは出来ませんよ？　妃殿下は子を生《な》されないので、子孫に報いることは不可能です。それこそ、国宝を渡すくらいでないと釣り合わない！」

「――っ！」

　その時、俺の脳裏に天啓が舞い降りた。

　ドワーフの、北方山脈の国宝だ。

　殲滅兵器『竜の怒り』。それがあれば。

　頬を流れ落ちる涙に、彼方の光を映していた少年の横顔。

『――私はこの光景を忘れない』

　夜空が燃えていた。地平線が燃えていた。すべてが燃え、そして失ったあの夜。

『あの炎の色を忘れない。あの赤く染まった空の下で、なにが行われたのか決して忘れない。かならず――』


「……それが欲しい。ドワーフの国宝、『竜の怒り』。もちろんオリジナルが欲しいとは言わない。たしかレプリカが数体あったな？　人族に貸し与えるために作られたミニチュア。中央国家群北方、砦城シリンを護《まも》る東西の竜。あれと同じものを借り受けたい」

「お姉さま？」

イルマちゃんがいぶかしげな声をあげる。彼女は理解出来なかったのかもしれないが、他の二人は分かったようだった。

エルフとドワーフが、表情をなくして俺を見つめている。

「『竜の怒り』を借り受けたい。期限は、この戦争が終わるまで」

深く息をつき、アンゼが椅子の背もたれに体を預けた。

「――対価としては、充分」

「本気か？　いや、正気か!?　アレを使うということは――それに国宝レプリカは、人族以外には使用出来ないように調整されている。魔法でランクＢオーバー以上の実力がなければ使えない代物だぞ!?」

ドワーフの問いかけに、俺は笑った。

「問題ない」

後悔をしないように

終わった、終わった、終わった――――!!

まるで、前世のボーナス時の定期ノルマをクリアしたかのようなハイテンション。

アルティシア王城後宮内に設置しているホームへ、リターンホームで直接戻ってきた俺は、中庭を取り囲む回廊にいる女性兵士に向かって声を掛ける。

「ご苦労さま、陛下は？」

「お帰りなさいませ、妃殿下。既にホーム内にておやすみです」

「ありがとう。おやすみー」

おやすみなさいませと唱和する警備担当に手を上げて応え、俺はホームの扉に手をかけた。

すぐに居間に繋がると中を覗かれてしまうので、クッションとして挟んでいるガレージスペースを通り抜け、ホームのすべての部屋と行き来出来る両開きの扉に向かう。

『お帰りなさいませ、マスター』

ホームAIのセバスの声がガレージに響いた。

「ただいまー。ウォルの元へ」

行先を指定すると、扉はシュンとSFチックな音を立てて開く。

リビング横のダイニングキッチンにウォルはいた。

オコジョ姿のセバスが流しの上に立ち、一人と一匹でオーブンの火加減を見ていたようだ。屈めていた体を起こし、ウォルがにっこりと帰宅した俺に微笑みかける。

「おかえり。遅くまでおつかれさま、カリヤ。夕食はまだだろう？　簡単にだが用意しているが、食べる？」

「食べる！」

ラフな服装に着替えた王様が、黄金の髪を白いレースのリボンで一つに束ね、フリルのエプロンをつけて台所に立っていらっしゃるー！

互いに引き寄せられるように近づいて、ハグ、そして頬にキス。

いよいよ西洋風挨拶にためらいも恥じらいもなくなってきた気がする。ウォル限定で。

「……ちょっと汚くなってるから、先に風呂に入ってくるよ」

ついさっきまで屋外で土木工事に従事していた俺は、汗と埃《ほこり》で大変なことになっている。と、思う。

実は、ドワーフの国である北方山脈から借り受けた国宝レプリカ。

あれがようやく、王都の外街壁に設置完了したんだよぅ。

大変だった！

持ってくること自体は、俺がドワーフの王都アルドランまで出向いてアイテムボックスに放り込むだけで良かったんだけど、それから先が！

そのままじゃ動かないので外付けでＭＰエネルギーの動力庫を用意していたんだが、まさかの動力不足が判明！

ティシアの国宝である『白の天蓋』とリンクすれば動力を共有出来たはずなんだけど（ゲームアイテムである国宝は、ホームと同じく無尽蔵の謎エネルギーで動いてます）、今ウチの国、コントロール部分の鏡が敵の手にあるんだ……。

あわてて外部に動力源を増設して無理やり確保。

その調整に四苦八苦。

北方山脈から派遣されてきた、マイケルを含むドワーフたち技師団の全面的な協力の下、裏技も駆使してようやくさっき準備が整ったわけだ。

そういやドワーフたちの北方山脈だが、無事ティシアは同盟を結ぶことが出来ました。

今、アルティシア・ステーション横に建っている大樹海の大使館横に、北方山脈の大使館も建設が進められています。

戦争後でいいんじゃと言ったんだが、絶対に俺と取引をするんだという気迫の下、押し切られました。

ティシア国としてはうれしいが、万が一にも戦争で負けたら意味がなくなるよ？　負けるつもりはないけれどさ。

まあ、彼らの前のめりも期待の表れだ。応えられるようにがんばろう――何度も言うがクラシエルとの戦争が終わったらね。

「あなたはいつだって綺麗だ。だが、風呂で疲れを癒してくるのは賛成する。出る頃に食べられるように仕度をしておくから、ゆっくり湯に浸かってくるといい」

行っておいでと笑顔のウォルに見送られ、風呂に入ってさっぱりする。

部屋着を着て、髪をバスタオルでわしゃわしゃ乾かしながらダイニングキッチンに戻ると、ちょうど料理がテーブルの上に並べられていた。

この匂いはひき肉のパイ包みだ。周囲に一緒にオーブンで焼いた野菜が添えられている。

青豆のポタージュスープに、ホームのインベントリから取り出しただろう焼きたてパンの籠《かご》。自家製ピクルス。デザートのぶどう。

セバスをアシストに使いながら用意してくれたんだろう。

最近俺の王様は、料理人になっても大成出来るんじゃないかって思い始めている。彼いわく、王様業が本業だから、料理人は俺限定らしいけど。

お茶を淹れたウォルが、俺からバスタオルを受け取るとさっと髪を魔法で乾かしてくれた。

揃いのリボンで髪をまとめてもらい、席に着く。

「――いただきます」

「めしあがれ」

手を合わせ、焼き立てのパイにナイフを入れた。

サクッと音を立てるパイ生地。あふれ出る肉汁。ひき肉に混ぜた香辛料の良い匂いが鼻をくすぐる。添えられたソースをちょいと掛け、口に運んでうま味を噛みしめる。

美味しい。好き。

もう語彙《ごい》なんてこれ以外いらないんじゃないかな。

「食事をしながら聞いてくれるか、カリヤ」

すでに国の重鎮たちと会議を兼ねた夕食を済ませてきたというウォルが、俺が食べる様子を見ながら口を開いた。

「王都北に集結しているクラシエル軍だが、準備が整ったようだ。明日か明後日の早朝には仕掛けてくるだろう」

「――ああ。作業をしていた外街壁からも見えていたけど、この三日ほどはもう合流する兵がいなくなっている感じだったな。組み立てている攻城櫓《やぐら》や投石器も、完成間近に見えた」

高い外壁の上からは、王都北、広がる平野の向こうに布陣するクラシエル軍が見えていた。

対する距離はおよそ一キロ超。ちょうどこちらからは魔法も強化した弓矢も届かない位置だ。

仕込みは間に合ったので、麦畑を収穫した後、麦わらを焼き払い黒々と色を変えた地に敵は陣を敷いている。

「こちらの領軍、同盟国軍に対する敵転生者の散発的な攻撃は、冒険者ギルド総本部から派遣されてきた転生者たちによって防がれている。この二日ほどは襲撃自体もなくなった」

「最後の戦いに集中するつもりだな。戦力を温存し始めた」

「おそらく。敵の動きがなくなったので、こちらの準備も進んだ。アルティシア外街壁の周囲だが、カリヤ提案の『地雷』の埋設は完了している。上から見えただろう?」

「う、うん。すごい眺めになっている……」

そう、嫌がらせになるだろうと、北方に面した外街壁の周囲に、魔法を詰めた光玉を埋めたんだ。

このファンタジー世界に火薬はないので、直接火魔法。真上を踏めば衝撃で魔法が解放され、炎の柱が吹き上がる。

戦争後に不発弾はちゃんと取り除かないと、と埋めた位置に片面だけ印をつけた木札を刺している。

クラシエル側からは何も書かれていない木札が土の色と同化して見えにくいだろうが、王都側から見ると、びっしりと赤い×マークがですね……。

街道には埋めていないので、絶対に道を外れちゃダメ状態。

しかし、ティシアの国宝が『白の天蓋』で良かったとつくづく思う。

その能力は鉄壁の防御といわれている、防衛戦争のプロフェッショナル。

外壁の強度が上がる、魔法攻撃無効の他、夜間攻撃反射なんてチート性能もあるんだ。

太陽が沈んで再び昇ってくるまでの間、夜空にまたたく星の天蓋はすべての攻撃を跳ね返す。だから夜襲の心配をする必要がない。

ぐっすり眠れるのっていいよねー。

敵にとっては、夜明けから日没までの間に物理で決着をつけないと、次の日に仕切り直される鬼の仕様。それが『白の天蓋』。

「――いよいよ決着の時が来た。明日からは私も『竜の怒り』の側に控えておく」

使いこなせるのは私しかいないのだから、とランクBオーバーの王様は穏やかな表情で口にした。

「ウォル……」

「ありがとう、カリヤ。私に復讐の機会を与えてくれて」

意志の強さにきらめくエメラルドの瞳を、彼が俺に向けた。

「……ウォルが立つ場所は外街壁の前方。『白の天蓋』の恩恵は、物理攻撃までは防げない。敵の攻撃が届くかもしれない」

「私は王だ。戦いに挑むときは、民の先頭に立たねばならない。その位置ならば、一国の君主として内外に正しく威を示すことが出来るだろう。――敵の注目を集め、囮としても使える」

ノブレス・オブリージュの精神を持つこの世界の、頂点の一人である彼は微笑みながら告げる。

「敵の転生者たちを自由に行動させる訳にはいかない。エサをぶら下げ、一か所に集めて叩く。そのための準備をあなたは行ってくれた」

エサは王族の血。

特殊ランクアップを狙っている外道なら、罠と知っていても飛び込んでくるだろう。

すでにどこかでゲームシステムの声を聞き、王族殺しを為《な》しているイデなら嬉々《きき》としながら。

「……罠は仕掛けた」

「ならば、後はかかるように誘導するだけだな」

食事を終えた後も握りしめていたフォークを置いて、俺は彼へと手を伸ばした。

微笑みを浮かべたまま、彼が俺の手を取る。

「……ウォルは守るよ。俺の命を懸けても」

「あなたは死なせない。私も死なない。そのために動き、準備をしてきた。二人で幸せになるのだろう？　カリヤ」

「――ああ」

俺の指に自分の指を絡め、俺を見つめながら微笑む彼はどこまでも美しくて――。

絡む指から伝わる熱を忘れる前に、仕度を済ませて寝室に向かう。

夏にアルラギオンで別れ、ずっと会えない期間が続いて、その時互いに思ったんだ。

相手を愛しいと感じたなら、そのまま思いを伝えようと。あの時に触れていれば良かったと、後悔を二度としないように。

すまん、セバス。夕食の後片づけを任せてしまう。まあホームの仕様は、現状維持を命じない限り、一度別の部屋に向かうと元いた部屋は通常登録した状態に戻るんだけどね。

寝室のベッドの脇に立つウォルの元に近づいて広げた腕の中に身を寄せる。

俺の髪に白い手が触れ、レースのリボンでまとめたままの髪が指で梳《と》かされる。

「……あなたは白が似合う」

耳元に唇を寄せ、甘く囁かれた。

吐息の熱さをもっと感じたくて頬を重ねあわせて、俺も彼の背に自分の腕を回す。

「ウォルとお揃いだ」

「あなたには白いリボンが似合うから、私が真似をしている」

首すじを辿り、下へと降りていく唇。

ナイトガウンの紐が解かれ、肩から落ちて袖を通していた腕の部分で止まった。露わになった上半身に、ウォルが口づけを続ける。

うむ。当然のように下には何も着ていませんよ？　どうせ全部脱ぐんだ。

背に回していた腕を下に降ろすと、そのまま脱げたガウンが足元に滑り落ちた。

――全裸で彼の前に立っている訳だが、非常に恥ずかしい。

おかしいなぁ。一緒にいる時はほぼ毎晩見せている訳だし、そろそろ慣れてもいいと思うんだけど。

熱を帯びた視線で見つめられると、羞恥で体の芯《しん》が熱くなっていく。

手を伸ばし、彼のガウンの紐をほどいた。

俺とは対照的な、白く透き通った肌が現れる。

ウォルの本分は魔法使いなんだけど、体も資本と鍛えているから肉体は引き締まっている。

随分と体格が良くなった。もう少年特有の線の細さは感じない。

そのまま脱がそうとしたんだけど、ウォルさんってば自分から脱いで俺の楽しみを奪ってしまいました。

お姫さま抱っこで抱き上げられ、ベッドに恭しく横たえられて赤面する。

たった一歩しかない距離なのに、そこまで丁寧に扱ってくれますか！

視界一面に優しく笑うウォルが映る。今夜は長く伸びた黄金の髪をリボンでまとめたままなので、いつもと趣が違って新鮮だ。

「――愛している、カリヤ」

何度も繰り返し交わすキス。

彼の白い手が、俺のオリーブ色の肌に触れる。確かめるように胸元から腰を辿り、太ももを掴む。

大きく広げられた足の間、指先が後孔へと触れた。

すぐさま呑み込んだ指先に、エメラルドの瞳が少し見開く。

――実は、もう準備は万端なのです！　ウォルの寝室を訪れる前に、既に自作ラブグッズ、チョーク形固形ローションは挿入済みなのです！

……いやだって、すぐに欲しいなーと思ったら、受け入れる側としては準備万端にしておくものじゃない？

前戯は嫌いじゃないが、大好きだが、でも愛撫で俺だけぐだぐだに溶かされるより、すぐさま一緒に高みに昇りたいって時もあるの。

それが今夜！

戦いを前に、滾《たぎ》るのが男ってモノなの！

「――愛してる、ウォル」

両腕を彼の首すじに回す。

大きく足を開き、咥えたままの指先を締めつけた。

「好きだよ、俺の王様。だからすぐに欲しい。奥の奥まで、どこまでも深くあなたに愛されたい――」

来て。

微笑みながら誘うと、彼がうれしそうに微笑み返した。

「……ああ、私も。あなたを、あなただけを恋い慕っているよ、私の王妃」

ズンッと、勢いよく侵入してきたペニスに歓びの声を上げてしまう。

ローションに濡れた後孔は、一撃で根元まで彼を受け入れていた。その固い形を確かめるように、自分の内側がうねっているのが分かる。

他でもない彼だからこそ、貫かれてうれしいのだと、受け入れた腰が揺れる。

俺の足を抱え上げ、ウォルが腰を動かす。

抜き差しされる動きに息を乱しながら応える。すでに知られている感じる個所を、彼のペニスが刺激し続ける。

「あっ、んんっ、んっ、あアァッ！」

「カリヤ、カリヤ……ッ」

息を荒くしながらウォルが動く。ナカの動きに、どんどん快楽に満たされていく。

「――ッ！」

「く……ッ」

深すぎるほどに穿たれ、俺は放つことなく絶頂を迎えた。ウォルがそのまま動きを止め、自身を震わせながら精を放つ。

互いの荒い息遣いが寝室の中に響き、やがて収まっていった。

ウォルがゆっくりとナカから抜けていった。

拡げていた膝が閉じられ、横向きの楽な姿勢を取らせてくれる。大きく息をついている俺の隣に彼が横たわり、優しい手つきで自分の胸元へと俺の頭を引き寄せた。

彼の体温が感じ取れる。

リボンの解けた俺の髪が、彼の回した手によってあやすように梳かれている。

気持ちいい。

きっとこれが、満たされているということなのだろう……。

「……おやすみ、カリヤ。良い夢を」

穏やかな囁きに、心地よい温もりの中で俺は眠りについた。

アルティシアの戦い、夜明け前

日の出の二時間前に起床。

ベッド脇のテーブルに置いていた目覚まし時計が鳴り、時計を止めるために伸ばした手を見ると、ちゃんとパジャマを着ていました。

たしか昨夜は事後にそのまま寝てしまった。ウォルさんが身支度を整えてくれたようです。いつもありがとうございます。

時計を止めると同時に明るくなった寝室で、ウォルが先に上体を起こした。まだ転がっている俺に対して、朝の挨拶と共にキスが落ちてくる。

そのまま彼はツナギに着替えて外へ。中庭で飼っているメルメルの世話があるからな。

俺も伸びを一つすると、ベッドから降りて浴室に移動し、簡単にシャワーを浴びて朝ごはんの支度。

するといつもより早くウォルが戻ってきた。

「カリヤ、王都外壁守備隊より伝令が来た。クラシエル軍が動いている。いよいよ本日、夜明けと同時にアルティシアへの攻撃が開始されるだろうと」

「――そうか」

『竜の怒り』の設置が間に合って良かった。昨日の今日って、本当にギリギリだった。

「私は鎧に着替えて、すぐにもホームを出る。王城内で軍議を行ってから、夜明け前までには間に合うように『竜の怒り』の元へ向かう。カリヤはこの軍議に参加しなくていい。あなたにしか出来ないことをしてほしい」

了解、と俺は頷く。

現地で不具合が見つかっていないかとか、再チェックをしたかったのでちょうどいい。エルフやドワーフたちとの打ち合わせもしないといけないし。

せめてこれだけは飲んでいけ、と野菜ジュースとポーションをアイテムボックスから取り出してウォルに渡す。

「あ、朝食を食べながらの軍議なんだろう？　強化《バフ》効果付きのサンドイッチを作り置きしているから差し入れ出来るけど、いる？　三時間しか保たないから気休め程度だけど」

「いる。あなたが振る舞ってくれる料理なら、皆が喜びに涙しながら食べるだろうな」

大げさー。

でもそう言って喜んでもらえるなら、生産職としてはうれしいな。

実はこんなこともあろうかと、事前にカツサンドを山ほど作っていた。

〝トンカツを食べて、敵に勝つ〟。

転生者の前世である日本に伝わる、由緒正しいゲン担ぎだ。

そんな風にありがたーい感じに振る舞うとバフ効果が大きくなるよ、多分。

ちなみに出番がなかった場合、技術院辺りで夜食として流用予定だった。

とりあえず、ポーションを飲み終えたウォルをシャワーに向かわせ、その間に俺も着替える。

今日のために用意していたのは、金属鎧でも革鎧でもエルフ服でもない。ミスリル糸で織られた詰襟の、これぞ軍服ってデザインの戦闘服だ。

色は青銀。複雑な刺繍のように見えるのは付与魔法陣。胸元、袖、ズボンの横とびっちり並んだ金に輝くボタンは、すべてＭＰ充填済の光玉。肩にはギミックであるマントを留めるための、分厚い肩章が載っている。

髪はウォルからもらった王家の紋章入り円環で一つにまとめ、各種効果を仕込んだ黒い小手をつけ、膝下《ひざした》まで保護する黒いブーツを履けば出来上がり。

手早くシャワーを浴びて出てきたウォルの髪を乾かし、フロストドラゴンメイルの装着を手伝う。

ゲイリアスからアルティシアに戻った時と同じ身支度だ。ミスリルの剣に世界樹の短杖《たんじょう》を装備し、アイテムを鎧の下に仕込めるだけ仕込み……。

あー、蘇生アイテムってどうして二回分しか装備出来ないんだろう。

でも今回、敵はアイテム効果を無効にするＳＳランク刀『狂鬼《クルイオニ》』を持っている。攻撃が当たれば蘇生せず終わるから意味ないか。

ウォルさん、気をつけて。こちらも全力で守る予定だけど、本当に気をつけて。

耳元の髪を後ろでまとめ、髪色と同じ黄金色の糸で縛る。渡された王家の宝冠を両手に持ち、バランス良く見えるように慎重に彼の頭上に載せる。

白いマントもセットして……と。

うむ、絶世の美貌を誇る国王陛下が出来上がった。

ティシア臣民は皆、美しいだけでなく博識聡明で才色兼備、かつ勇猛果敢な王を戴けることを誇りに思うといいぞ！

手伝ってくれてありがとうと微笑む王様が、顔を近づけてきた。

唇を触れ合わせるだけのキスを交わす。

「――出来れば今日中に、すべての決着をつけよう」

「ああ」

揃ってホームの外に出ると、近くに黄色い羊（型モンスター）が集まっていた。

小さいの、大丈夫？　急に巣に戻っていったけど。

どうやらウォルさん、メルメルのお世話の途中でホームに戻ってきた模様。

緊急事態を伝えられたのだから仕方ない。

その旨をウォルが羊に説明している。悪い奴をやっつけに行くこと。もしかしたら、しばらく戻ってこれないかもしれないことも。

なので俺はメルメル小屋に向かう。

確認すると掃除は終わっていたようなので、ほらよっとアイテムボックスからエサを出しておいた。

エサにぴくりと反応した羊たちだったが、視線はウォルに向けられたままだ。愛されてるなー。

そっか、用事があるなら仕方ないね。がんばってね！

小さいのの寝床は、メルメルが守るから！

誰も近寄らせないの！

胸を張り、尻尾を振りながら勇ましく答えているメルメルたち。

小さいの、いってらっしゃい!!

「ありがとう」

すっかり元気になった黄色い羊たちの応援を受けつつ、俺とウォルは中庭を取り囲む回廊へと向かう。

後宮内の回廊にはカザリン王姉とイルマちゃん、それに大勢の女官たちが待っていた。

「おはようございます、姉上」

「おはようございます陛下、並びに妃殿下」

すっとカーテシーを行う王姉。イルマちゃんと女官たちがそれに続く。

「おはよう、イルマちゃん。カザリン義姉上の警護をありがとう」

冒険者ギルド総本部から依頼され、緊急避難時のジャンプ要員として派遣されているイルマちゃんは、いいえと屈託なく笑ってみせた。

「私の方が、カザリンさまとご一緒出来てうれしいくらいです」

「私からも感謝を。ありがとう、イルマ嬢。敵軍に外壁を抜かせるつもりはないが、姉をよろしく頼みます。姉上、ルシアン兄上はどちらに？」

「先に軍議の間に。ウォルドが到着したらすぐに始められるように準備をしているわ」

そう答えた王姉は、そのまま深いため息をついた。

アイテムボックス内のカツサンドを、軍議の間への差し入れだと女官に渡していた俺は、ため息の深刻さにぎょっとする。

「――何か不都合でも？」

「いいえ、ティシア国自体には喜ばしいことなの。ルシアン兄上に、ジャンプ要員として派遣されていた聖騎士。その彼が、イルマちゃんに続いてティシアへの移住を決断してくれました」

「……それは……」

「ええ、兄上の新たな愛人として！」

王姉が言い切った……！

「さすがだわ、兄上。人間、恋に落ちてしまうのは仕方ないですものね。ラギオン帝国秘蔵のＳＳランク戦闘職、希少な聖騎士ですが、転生者本人が国を移りたいと言うなら誰にも止められません」

――俺は、以前紹介されていた聖騎士の人となりを思い返す。

ジャンプは基本、自分より小柄な相手でないと連れて転移出来ない。

イルマちゃんとカザリン王姉の場合、身長は同じくらいだけど、多分胸部装甲の違いでイルマちゃんが王姉を連れて跳ぶことが可能だ。

ルシアン王兄へと派遣された聖騎士は、彼よりも背が高く、体格も立派なナイスミドルだった。

甘いはちみつ色の短髪に、チョコレート色の瞳。整えられた口ヒゲ。モテ顔なのに誠実そうな雰囲気で、ラギオンでも人格者と評判の御仁だったらしい。

そんな彼なら、万が一にも王城の女性たちを弄ぶことはないだろうと安心していたんだが、本人が弄ばれちゃったか！　堕ちちゃったか……っ！

あ、違う違う。自由恋愛。

本気で愛し合っているなら仕方ない――ルシアン王兄は他の恋人たちとの仲も継続されているようだが、当人同士が納得しているなら無問題。

転生者の女性相手の恋愛なら、お互いただ一人と制限がかかるけれど、男なら複数同時でも大丈夫。

ほら、無問題。

しかし、朝から聞いてしまった衝撃の事実。予測していたクラシエル軍進攻よりびっくりした。

なんにせよ、ティシアはまた一人強力な味方を得た。喜ばしいことです。

アルティシアの戦い、夜明け

そのままウォルやカザリン王姉たちと後宮内で別れ、俺は王城を出てアルティシア外街壁へと向かった。

両脇に高い建物が並ぶ王都の大通り。目を通しておく書類があるために選んだ、馬車での移動。

　小窓から見上げる建物に挟まれた空は、星が消えゆっくりと明るくなり始めていた。

　通達がすでに出ているのだろう。まだ街灯が照らす街中を、あわただしく動き回っている兵士や軍属の姿が見える。

　一般市民はいない。彼らには外出禁止令が出ている。王都の正門も、三日前より固く閉ざされていた。アルティシア支部所属の冒険者たちは王都を出て、外に配置されているはずだ。

　王妃旗を掲げ、近衛騎士に囲まれた馬車が通る。

　通りにいる人々が、期待と不安が混ざった目でこちらを見ていた。

　これがウォルの馬車なら、歓呼の声が沸き起こっていたかもしれない。

〝仕込み〟がなければ、俺への反応はこんなもの……イメージアップ作戦をもっとがんばらなきゃいけない感じ？

　王様が自ら選んだという触れ込みの王妃だからな。もうちょっと歓迎された方がいいんだろうなぁ。

　思わずため息をつく。

　クラシエルが、俺不在の間に行っていたというネガティブキャンペーン。ものすごく効いてるんだよな……。

　俺自身は人気云々なんてまったく気にしないんだが、俺のせいでウォルのイメージまで低下するのは嫌だ。

　こう、俺単体でもどーんと歓迎してくれるくらいの反応が欲しいかなー。

　馬車が王都アルティシアを取り囲む外街壁、『竜の怒り』の一部分を設置した正門前の広場へと到着する。

　外街壁沿いに巨大な四角い箱がいくつも並び、布に覆われて隠された状態だ。そして箱に接続された数十本あるケーブルが、植物の蔦《つた》のように壁面に這わせられ、上方へと延びている。

俺が馬車から出た瞬間、熱狂的な歓声が周囲に響き渡った。

配備されているエルフ軍魔法部隊、ドワーフの技術者集団と王立技術院・魔法院から派遣されたスタッフたちに一斉に注目される。

「カリヤ妃殿下！」

「我らが師、我らが希望！　王妃殿下万歳！」

「世界樹に愛されし、エルフの友！」

「北方山脈の救世主！」

「「カリヤ妃殿下、万歳！　万歳！　万歳!!」」

――すげー盛り上がりっぷり。

ここに居るの、全員身内だものな。ありがとうございます。

歓迎に片手を上げる。歓声がいっそう大きくなった。

もみくちゃにされないように近衛騎士がガードする中を、上げた手を向けて応えながら出入り口から壁の中へ。階段を上って外街壁上部の歩廊へと出る。

壁の上にはエルフ軍と混成の弓兵部隊、魔法兵部隊がすでに配置されていた。

待機していた彼らが一斉に立ち上がって姿勢を正し、敬礼する動作に返礼する。

そのまま外壁の端へと歩み寄って、俺は王都の外を見た。

アルティシアの外に広がる大草原。

秋も深まり、黄色く葉の色を変えた広大な平原の中に、敵国クラシエルの大軍が布陣していた。

高い場所から俯瞰《ふかん》するからこそ分かる、等間隔に並んだ、長方形の陣形を取っている歩兵部隊。

完成した攻城櫓が部隊の中央に配置されている。

王都の外壁を狙う、ずらりと並んだ巨大な投石器《カタパルト》。

転生者のいる軍ならば、投げてくるのはただの石ということはないだろう。

出撃準備を終えた大軍の後方。ちょうど野焼きを行って黒く変色した一帯にテントが無数に張られ、後続軍が詰めているのが見えた。

やはり王都との距離的に、その付近を利用するか。

麦の収穫が間にあって良かった。

　褪せていく夜空の藍《あい》。空全体が灰色を経て淡い青へと移り変わり、東の方角がオレンジが混ざった朱《と》鷺《き》色《いろ》へと染まり始める。

　だが、地平線付近は厚い雲がかかっていた。どうやら日の出の瞬間は拝めそうにないみたいだ。

「――カリヤ」

　振り返ると、エルフの双子とドワーフが並んで立っていた。

「おはよう、ヴェン。来てくれたのか」

「最後の戦いだと聞いたからな。大樹海の代表として立ち会わないと」

　クラシエル本国内を、バイヤールと共に夜襲で苦しめていたエルフは、まだ太陽が昇っていないのに眩しそうに目を細めて俺を見ていた。

　昼夜逆転の日々だったろうからな。おつかれさまでした。

　ヴェンの隣に立つアンゼが、楽しそうに弟に肘鉄《ひじてつ》をくらわせながら前に出た。

「私はもちろん全権大使ですから、この戦いの結末を見届ける義務があります。それと、エルフ兵の一員として愚弟と共に隊の指揮に」

「エリアは？」

「下にいます。門が開いたら、魔法騎兵を率いてクラシエル軍に突っ込んでいくつもりですよ」

　さすがだ、エリアーシュ！　あの華奢な体で、両手斧を振り回しながら笑顔で突撃するんだろうなぁ。

「おお、カリヤ妃殿下。昨夜以来だな。『竜の怒り』に不具合はないぞ。敵軍相手にいつでもぶちかませる」

　オレンジ色の肌のドワーフが楽しそうに笑いながら告げてきた。

「ただし、百パーセントの威力を出せるのは開幕の一撃だけじゃ。後はもう、どうがんばってもエネルギーが足りない。二撃目は残エネルギーがあるから三十分後。ただし出力は七十パーセントに低下。それ以降は撃てて一日一度、出力三十パーセント！」

「今日この一撃で決めろという訳か、マイケル」

「カリヤ妃が死ぬつもりでがんばりゃ、もっと撃てるかもな。整備の儂らも死ぬだろうから、出来れば一撃で片をつけてくれ」

向けられたこぶしに、こぶしをぶつける。

技術者同士の挨拶だ。

うむ、同じ生産職。出会ってから間もないというのに、マイケルとはめちゃくちゃ仲良くなった。

外壁の下から再び歓声が聞こえた。

やがて連絡口が開き、フロストドラゴンメイルを身に着けたウォルが現れる。

近衛騎士団を率いる団長ベイル氏と、魔法部隊を率いる王家専属魔法使いロウワード氏も、王の護衛としてやって来た。

大丈夫、王都アルティシアを取り囲む外壁の歩廊の幅は広いから、全員収容出来るよ。

「おつかれさま、カリヤ。準備のほどは？」

「すべて終わっているよ。後は、夜明けの開戦を待つだけだ」

近づいてきたウォルと頬へのキスをおくり合う。

集まった軍幹部との最後の打ち合わせを交わし、あらかじめ定めておいた位置についた。

俺とウォルは設置された『竜の怒り』へ。

厚みは人の背丈ほど、直径十メートルの円形の舞台だ。壁下から這わせてきたケーブルのすべてが側面に接続している。

昇り降りのために設置した段を上がると、台上は外壁の凹凸に続く胸壁部分とほぼ同じ高さになった。

おそらく、クラシエル軍からは『竜の怒り』に上がったウォルと俺の姿が丸見えのはず。

仮設だから仕方ないのです。本来なら建築物にはめ込んで設置するものだからな。それに——ウォルの狙いは囮だ。丸見えになるならちょうど良い。

俺たちが舞台中央の所定の位置についたのを合図

に、『竜の怒り』を取り囲むように設置していた組み立て式の金属製の柱が同時に伸ばされていく。

上に伸びきった瞬間、舞台の上に風が巻き起こり、誰も内部に入ることが出来なくなった。

揃いの全身鎧を身に着けた近衛騎士たちが、ベイル氏の号令の下、舞台を護るように展開した。

ロウワード氏と魔法部隊は、エルフ軍魔法部隊に合流。外壁の歩廊の、前方に魔法使いが、後方に長弓を装備した弓兵が並んだ。それとは別にティシア側の大型弩《バリスタ》は、壁の凹部分である狭間からすでに狙いを定めている。

外壁上に配置された誰もが無言で、彼方に展開するクラシエル軍を見据えていた。

痛くなるほどの静寂の中、ゆっくりと夜が明けていく。

草原の上空を、一羽の鳥が飛んでいるのが見えた。

黒い点にしか見えないほど遠くを飛んでいるのに、笛を吹くかのような高い鳴き声が響き渡る。

吹く風の音も聞こえない。鳥の声だけが辺り一帯に響いて、
アルティシアの大聖堂で、鐘の音が一つ鳴らされた。

それは夜明けの訪れを告げる――夜の間はすべての攻撃を反射するという、白亜の都を護る鉄壁の防御が消えたことを告げる合図だった。

アルティシアの戦い、開戦

ただ一つ鳴らされた鐘の音が、ほの明るい夜明けの空に広がって溶けていく。

それが合図だった。

草原の彼方から吠えるような雄叫びが沸き起こる。

そして雄叫びと同じ大きさで打ち鳴らされた太鼓の音。

一打目。抜刀した剣先が高々と掲げられた。

二打目。旧クラシエル国旗が――今の新生クラシエル国が捨てた、廃王だけが用いる旗が起こされ、風に翻る。

三打目。己の構える盾に剣の腹をぶつけて音を鳴らし、兵が歩き出す。

アルティシアに向けて。打ち鳴らされる太鼓と盾の音に歩調を合わせ、敵軍が前進を開始する。

ティシア軍総司令官であるウォルが、片手を上げた。

王都アルティシアを取り囲む外壁の上に、続いて王都周辺に布陣する諸侯・同盟軍に、専任の旗手が掲げる四か国の国旗が一斉に翻る。

白地に剣と、星の天蓋のティシア国旗。

世界樹の姿を描いた、細長い緑青の大樹海旗。

褪せた黄色地に、緑の三日月と、三日月を弓に見立てて矢をつがえたラギオン帝国旗。

斜め半分の上は白、下はオレンジの二色。中央に赤いオベリスクを据えた北方山脈旗。

旗を掲げる旗手が腰に吊るしていた角笛を片手で構え、口をつけて大きく吹き鳴らす。

さまざまな大きさの角笛が、異なる音色を重ねて戦場に大きく響き渡る。

「諸侯・同盟軍、所定の位置まで前進を開始しました！」

「敵軍の転生者の動き、いまだなし！」

高い位置だからこそ分かる、目視による戦場の報告が次々と入ってくる。

アルティシアから一キロ離れた場所に、クラシエル軍は陣を構えていた。

対する王都北外壁から百メートル内は火魔法の地雷原。

矢がまともに届くのはＮＰＣの限界、強化込みで五百メートル。魔法も同じく。

――殲滅兵器『竜の怒り』の射程、レプリカで十キロ。

「『竜の怒り』、起動開始」

ウォルの声と共に、舞台の上に、何重にも重なる巨大な魔法陣が浮かび上がった。

俺は自身のアイテムボックスの中からマントを取り出した。

ＭＰを充填した光玉を特殊な縫製で連ねて作られた、後宮の女官たちの渾身の内職作品だ。ずしりと重いなんてもんじゃない。長さが十メートルを超すそのマントは、本気でまとえば歩くことも出来ないだろう。

なので丸めた状態で足元に置き、端だけを持ち上げて肩章に引っ掛ける。無事装着を終え、足元のマントを蹴ると、コロコロと広がりながら舞台の下へと落ちていく。

台の下で待ち構えていたマイケルが、転がってきたマントを受け止めた。

「カリヤ妃、継ぎ足していくぞ！」

「頼む！」

あらかじめ歩廊に運び込まれていた箱の中から、同じ光玉を縫い込んだ布地が引きずり出された。マントの端に、新たな布が継ぎ足されていく。

前世の学生時代、理科の実験でやったアレだ。電池の直列つなぎ。

「右脚、固定」

眼下の戦場を見下ろしながら、ウォルが命令を続ける。

床に浮かび上がっていた魔法陣が、舞台の斜め右前方へ移動し、互いに重なりあったまま回転を始める。

銀色に輝く巨大な竜の爪が、魔法陣の中央から生えた。

天に向かって伸びていく五本指の竜のこぶし。空に向かって手首まで突き出されたソレが（高さは三メートル弱）、ゆっくりと前方に倒れていく。

かぎ爪が、腰壁の凹凸部分を掴んで固定された。

「左脚、固定」

続いて出現した魔法陣が、斜め左前方に移動し、互いに重なりあったまま回転を始めた。

舞台の中は異空間となっている。

転生者のホームなどと同じ、MMORPG《ゴールデン・ドーン》の設定。定められた中心位置に立つNPCの操縦者《ウォル》の音声による命令に従い、操作は行われる。

魔法陣の中から竜の左脚が出現し、外壁を掴んだ。

ウォルの足元が光り輝き、すぐ前方に浮かび上がった小さな魔法陣の中からバレーボール大の水晶球が生み出される。続いて美しい装飾が施された円柱の台座が生まれ、水晶球を彼の胸元の高さまで持ち上げた。

さあ、俺の出番だ！

ウォルと並んで立っていた俺は、水晶球へと手を伸ばした。しっかりと両手で包み込む。

肩に着けた光玉のマントがかすかに震えた。

エメラルドの瞳で近づいてくるクラシエル軍を見据え、ウォルが宣言する。

「頭部、顕現開始」

ひときわ輝く巨大な魔法陣が、舞台上に重なりあって出現する。

回転しながら後方へと下がっていく魔法陣。背後に視線をやると、固定された左右前脚と正三角形の角を構成する位置まで移動していた。

その光る魔法陣の中から、銀色の細かな鱗に覆われた竜の鼻先が現れる。

ナマズのように長いヒゲ、口元から覗く牙の数々、瞳孔が縦に開いた金色の瞳。額から首へと続く、虹色に光り輝くたてがみに、頭上に生える枝分かれした二本の角。

それは竜ではなかった。

〝龍〟だ。東洋の神とされるドラゴン。

ウォルの背後に顕現した巨大な龍の首が、目前に展開するクラシエル軍を睨みつけ、威嚇の咆哮を放った。

「エネルギー、急速充填開始！」

開いた龍の口に、白い光がともる。だんだんと光が強く、大きく輝き始める。

「エネルギー充填、三パーセント……五パーセント……」

舞台側面に表示されているだろう現在の状況を、ドワーフが読み上げている。

ぶっちゃけると、『竜の怒り』はビーム兵器だ。

本来はゲームの謎エネルギーで動くが、今回は利用出来ないためにＭＰエネルギーを代用。外壁内部の広場に置いた、大量の光玉をぶち込んだ巨大なバッテリーとケーブルで繋いでいる。

バッテリーを壁の上に置かなかったのは、胸壁で隠れない大きさだから。敵に事前に気づかれて破壊されないためです。

ずっとこっそり準備していた。ようやくお披露目だ。

平原の彼方で、龍の出現にクラシエル軍が動揺しているのが見て取れる。

前進を促す太鼓の音がテンポを速めた。

「……充填三十五パーセント……あっ!?」

バン、と異音が響いた。

俺は後方を振り返る。

龍の背後、装置から外れたケーブルの端が数本、宙を舞っていた。

弾け飛んだケーブルの落下に、壁下の広場にいた者たちの悲鳴が響く。

――想定内だ。元々、無理な設置だった。

不具合が起こる事態は予想していた。だから、俺がこの場にいる。

透明だった水晶球の中にプラズマの光が走り、触れていた俺のＭＰがすごい勢いで吸収され始めた。

軍服に縫い込んでいた光玉が一斉に弾ける。マントの光玉が、パキンパキンと澄んだ音を立て、金色に輝いては順に割れていく。

光玉は、繋いで使うことが出来る。ＳＳランク生産職の膨大なMP量を有する俺の体を媒体にして。

理論上は可能だったから保険にしていたんだが——めちゃくちゃきつい！

思わずその場に片膝をつく。

カハッと吐き出した息に血が混じっているのが分かった。だが、意地でも両手は水晶球から離さん！

だって、本当なら操縦者であるウォルが、水晶に触れて足りないMPを補充する役目だった。

でもさすがにランクBオーバーといえど、NPCでしかない彼のMP量じゃカバーしきれないだろう。

……無理だよな？　彼に鑑定は通じないから最初から確認していないんだが……まあこんなきつい思いはさせられない。俺が代わって正解だ。

「予備ケーブル用意！　すぐに繋ぎ直すぞ！」

「出力低下！　——いや、充填続行中！　現在四十七……五十五……」

周囲のドワーフたちが、マイケルの指示の下あわただしく動いている。

新しいケーブルが側面の抜けた穴に差し込まれ、壁の下へと降ろした端が、広場のバッテリー装置にもう一度繋がれる。

「修復完了！」

光玉の割れる音が消えた。

ずるり……と、役目を終えたマントが肩から外れて落ちる。ギリギリ、準備していた光玉分で補充が足りたようだ。

使い終わったマントをアイテムボックス内に回収し、立ち上がって新たな光玉マントを取り出し身に着ける。

後、二回は繰り返せる！

視線を感じて隣を見ると、ウォルが美しく整った表情を動かさずに俺を見ていた。

——うん、彼の立場じゃ動揺する姿は見せられない。

何よりもここは戦場。

王妃であっても、俺は一介の臣下でしかない。率いる将兵の注視の下、王たる彼には、心配そうな素振りをすることすら許されない。

だけど目は口ほどにものを言う、だ。

大丈夫だよと、小さい笑みを浮かべて彼と視線をあわせる。

綺麗なエメラルドの瞳が、俺の笑みを映して少しだけ細められた。

さて、ついでにハイポーションも取り出して飲み干しておこうか。過負荷に中身がやられたからな。

「現在の充填八十パーセント！」

「――敵軍転生者、ジャンプでの出撃確認！」

夜明けの空の彼方で、光が瞬いた。

アルティシアの戦い、決着

空中に瞬く光。それは〝ジャンプ〟時の、ＭＰを使用する時に身に着けていた光玉が割れる現象だ。

遠距離に一瞬出現する点を見落としたとして、光には案外気づける。

なので敵軍陣内の動きと、発光現象を警戒する見張りを多く外壁上に配置し、開戦早々の転生者によるジャンプ攻撃を発見するよう命じていた。

アルティシアを取り囲む高い街壁（城壁も）は、ジャンプで内部に侵入出来ない。

そして魔法攻撃は、国宝『白の天蓋』効果で無効になる。

王都の中に入るには、門を物理で破るか、壁を物理でぶち抜くか、高い位置にジャンプで出現して、そのままフリーフォール特攻と呼ばれる落下移動をして生身で境界を越えるかだ。

だが、先の二例は恐ろしく時間がかかる。転生者なら、ランクアップアイテムを使えばＢランクからジャンプが行える――足りないＭＰを補うために、光玉での補助が必須だが。

もう早く戦争を終わらせたいだろう？

いつの間にか追い立てられて、逃げ惑うだけになっていた逃亡生活を終わらせ、一矢報いたいだろう？

さあ、ここに敵国《ティシア》王がいる。

彼の首を獲れば、戦争は勝利で終わるぞ。無視をするなら、彼の喚び出した龍が、おまえらを正当化してくれる唯一の存在である廃王を滅ぼす。

アルティシアは難攻不落の白亜の都。中に籠られれば、引きずり出すのは至難の業だ。

おまえたちは今、この場で、姿を現したティシア王ウォルドを殺すしかない――。

だからろくな守りもない諸侯・同盟軍は蹂躙するな。侵入した城下での虐殺も考えるな。

この一角に集中しろ。

ただひたすらに、ティシア王を殺しに来い――返り討ちにしてやるから。

飲む時間のなくなったポーションの瓶を、固い肩章にぶつけて割り、中身を浴びる。

経口摂取には劣るが、体に掛けただけでもポーションの類は効く。全快はしないが、ないよりはまし！

「矢幕、射て！」

弓兵を率いるヴェンの声が響き、一斉に矢が放たれる。

放たれた無数の矢に、前方の空が瞬時に黒く埋め尽くされた。

「射ち続けろ！　敵の接近を許すな！」

ジャンプで出現した場所に矢があったのだろう。重なった敵の悲鳴が聞こえる。

馬鹿だな、出現地点を風魔法で掃除してから転移するのは常識だろう？　まあ、矢は掃除の有無なんて関係なく飛来してくるんだけど。

体に矢を突き立てた敵が、空中でバランスを崩して下へと落ちていく。

下も地獄だ。矢は途切れることなく降り続けるぞ。外壁に近づいていた場合、そこは火魔法の地雷原だ。

滞空時間を長くしようと、矢は上空へと弓なりに射たれている。外れた分が地雷原に降り注ぐ。

　いくつも立ちのぼる火柱。ちょうど地雷の上に落ちた敵が炎に包まれ絶叫する。

「魔法攻撃、放て！」

　魔法部隊を指揮するのは、王家専属魔法使いロウワードだ。……ルシアン王兄の愛人の一人だったそうです。

　すごいよな、義兄上。知る限り愛人のタイプが一人も被ってない。

　弓とは違い、魔法での攻撃は多彩だ。

　散弾型、追尾型と、近づく敵を攻撃する。

　矢が、魔法が、アルティシア外壁に面した上空で荒れ狂う。

「――やはり来たか」

　空を見上げ、俺は呟いた。

　高い空から人が突っ込んでくる。

　矢を跳ね返し、魔法をかいくぐり。長いオレンジ色の髪を背後になびかせ、Sランク物理系戦闘職が墜《お》ちてくる。

　手にした抜き身の刀の名は『狂鬼《クルイオニ》』。

　正式に〝邪悪〟の二つ名を与えられたイデが、フリーフォール特攻で血の色の瞳を楽しそうに歪め、嗤いながら接近してくる。

　重い光玉のマントを外し、俺は前へと踏み出した。

　ウォルを背後に庇って立つ。身に着けていた小手を目の前でぶつけて交差させる。

　仕込んでいた半透明の防御盾が、前面を覆うように三枚重ねで展開する。

　口の端を裂ける形に歪めて嗤いながら、突っ込んできたイデの体が防御盾にぶつかる瞬間、掻き消えた。

〝ジャンプ〟だ。

　もう奴の体は外壁の縁を越えていた。中に入りさえすれば、ジャンプは再び使えるようになって――、
　俺は後ろを振り返る。

――ウォルの背後、『狂鬼』を振りかぶった体勢で、イデの体は宙吊《ちゅうづ》りになっていた。

全身を貫く幾重にも重なった花蜘蛛の糸。

精霊界産のその糸は、決して斬れることのない硬さを有し、静止している間は目に見えない。

なので舞台の周囲に金属柱を立て、糸を舞台上に縦横無尽に張り巡らせた。

「……おまえが、正面から戦うつもりがないことは分かっていた」

必ず、ウォルの命を奪いに来ることは分かっていた。

こいつは〝王族殺し〟に手を染めている。王族であるウォルを、自ら手に掛けようとする。

だから罠を張って待ち構えていた。

正面からの物理攻撃なら盾で受け止め、アルティシア・ステーションに配置されているＳＳランク戦闘職のケイセン少年を呼ぶ間、ドーピングしまくった近衛団長ベイル氏に押さえさせる予定だった。

彼もＮＰＣといえどランクＢオーバーの化物だからな。妨害アイテムを駆使してサポートすれば、時間稼ぎなら出来る。

だが、正面からは来ないと踏んでいたさ。

正々堂々となんて、こいつがするはずもない。

全身を貫通する蜘蛛の糸。おびただしい数の糸が心臓も、脳も貫いている。

見えるようになった糸から赤い血が伝い落ちる。

見開いたままの赤い瞳からも、鼻や口や耳、穴という穴から血が舞台上へとしたたり落ちる。

どう見ても即死だ。が、

このゲームの世界では、身に着けた蘇生アイテムの効果によって二度、復活が可能だ。

戦闘の最中に死亡した場合。

蘇生アイテムを使用すると、体は死ぬ前の状態に戻る。片手がもげていようが、頭が潰れていようが、万全の状態に〝時が戻される〟。

だが復活しても、戦闘中なら再び死亡するほどのピンチが続いている場合もあるだろう。

前世、《ゴールデン・ドーン》のトッププレイヤーたちは、何度も死んでは蘇《よみがえ》り、一流と呼ばれる技術を身につけた。

完全に復活するほんの瞬間。

肉体から蘇生中の無敵状態が解除される、そのごくすきまの瞬間に、〝ジャンプ〟で死を与えた敵から距離を取る。

うつろに見開かれていたイデの瞳に、光が戻っていく。

俺は吊るされた男に片手を上げて見せた。

正確には、片手で握りしめて発動した、〝スキル無効効果アイテム〟の少女像の残骸《ざんがい》を。

「――――」

ああ、そうだよイデ。

おまえは嵌め殺しが得意なのかもしれないが、俺もなんだ。

赤い目を大きく見開いた男から、浮かべていた嗤いが消えた。

復活時の無敵状態が解除される。

ジャンプを封じられた体を、再び花蜘蛛の糸が蹂躙する。

〝邪悪〟の体がびくりと痙攣《けいれん》した。

それを二度繰り返し、糸に貫かれた体が動きを永遠に止める。

力を失った手から落ちた『狂鬼』が、血だまりの中に転がった。

昇りゆく太陽が、東の地平線を覆っていた厚い雲の上から姿を現す。

広大な草原に、白亜の都アルティシアに、戦場に、朝の光が満ちる。

舞台上に張り巡らされた花蜘蛛の糸が陽光を反射し、首をもたげた龍の周囲できらきらと美しく輝く。

「エネルギー充填百パーセント！」

「殲滅兵器『竜の怒り』レプリカ、発射準備完了！」

水晶球に両手を乗せたウォルが、宣言した。

「撃て！」

大きく開いた龍の口から、集束していた白光が放たれた。

一条の輝く光が、戦場を薙《な》ぎ払《はら》っていく。並んで進軍していた歩兵の隊列を呑み込み、攻城櫓を、投石器を爆散していく。

金色の瞳が見据える先、首を左右に動かしながら、舐めるようにレーザービームで敵軍陣形を崩壊させた龍が、後方に展開するクラシエル軍へと視線を向けた。

龍が首をもたげ、草原を焼きながら怒りの白光が移動する。

俺は少年の誓いを思い返した。

赤い世界を目の前にして、彼が誓った復讐を。

「……必ず……」

クラシエルの将兵たちが逃げ惑っている敵陣に、白光が到達した。

あの夜。クロエ平原を焼き尽くした炎。

肉親を、友を、大勢の命を消し去った赤い奔流。

地平線と夜空を染めていた、鮮烈な赤——。

「……炎の地獄を味わわせてやると」

レーザービームが、麦わらを焼いて痕跡《こんせき》を隠していた黒い地面をえぐった。

地中深く埋めていた火魔法を込めた光玉が、油の樽が、金属片が爆散する。一帯を連鎖した炎が吹き飛ばし、渦を巻いて荒れ狂う。

悲鳴は轟音《ごうおん》に掻き消された。

燃え盛る炎の中を白光が通り過ぎ、次々と地中の仕掛けを解放していく。

——クラシエルも地雷原を見て、陣を敷く地に異物はないか浅くは確認していただろう。それを見越して地中深く埋め、痕跡は焼いて隠していた。白光が地面をえぐると分かっていたから。

敵陣営に掲げられたクラシエル国旗が炎に舐められ、地に伏す前に焼け落ちた。

水晶球から手を放して白光を消し、ウォルが腰の剣を抜いた。ミスリルの切っ先を前へと向ける。

「――我が兵よ、進め！　ティシアの勝利を確かなものにせよ！」

角笛の音が吹き鳴らされた。

怒涛《どとう》のような激しい鬨《とき》の声《こえ》が上がり、閉ざされていた王都の門が開かれる。

地雷の埋まっていない街道の上を、隊列を維持した騎兵が一斉に突撃していく。王都の左右に展開していた諸侯・同盟軍も、逃げようとする敵の生き残りを掃討するために動き出す――。

王都の外街壁上から、朝日の照らしだす戦場を確認した俺は、その場に膝をついた。

人間ＭＰバッテリー。あれがきつかった。

もう体がボロボロだよ。改めてポーションを飲まないと……と、ぶっ倒れようとしていた体が背後から支えられる。

「……ウォル？」

そりゃあ今の俺に触れられるのは、背後に庇っていたウォルさんだけだ。周囲の花蜘蛛の罠は、せっせとドワーフたちが片づけている最中だから。

イデの後続はいなかったので、外壁上の迎撃態勢は解除されている。自分たち過激派リーダーの死に動揺したのか、待ち構えていた敵に恐れをなしたのか、結局アイテムで底上げしてジャンプする程度の実力じゃ、ここまでたどりつけなかったのか。

危惧《きぐ》していた『雪月花《セツゲツカ》』での攻撃はなかったな。

ＳＳランク長弓を扱える転生者はクラシエルにいないだろうと予測していたんだが、当たってくれたか。

力を抜いて体を預けた俺をお姫さま抱っこで抱え上げ、ウォルが舞台の脇に控えていたベイル・ロウワード両氏に声を掛ける。

「王妃を安全な場所へと運んでくる。戻ってきたら私も出陣する。下の広場で準備をしておくように」

「御意！」

「国王陛下、ご出陣！」

命令通りに動き始めた二人を見送り、ウォルが俺に視線を向けた。

「三、二、一……」

「え？」

次の瞬間、浮遊感と共に景色が変わっていた。


そこはアルティシアの王城、後宮の中庭だった。ホームの扉が目の前にある。

おかえりなさいと、うれしそうなメルメルの鳴き声が聞こえる。

砕けた光玉の光を体にまとわりつかせ、ウォルがホームの扉を言葉で開く。

「私の寝室へ」

『おかえりなさいませ、マスター。陛下』

ＡＩであるセバスの声が響き、自動扉が開いた先は彼の寝室だった。

ウォルが俺の体を、自分のベッドの上に横たえる。

「え？　ウォル、今のって……」

「〝ジャンプ〟で移動した」

当たり前のように彼が答え、ベッドサイド脇のテーブルから常備しているポーション瓶を取り出した。

栓を抜き、寄り添うように俺の上体を起こして、口元に当ててくれる。

「さあ、飲んで。カリヤはここでゆっくりと体を休めて待っていて。もう後はあなたがいなくても大丈夫だから、任せてくれていい。……無理をさせた。ありがとう」

促されるままにポーションを飲むと、体の痛みが引いた。ほうと息をつく俺を確認し、再び優しい動きでベッドに横にされる。

「セバス、カリヤの着替えの手伝いを頼む。すまない、カリヤ。私はもう向かわなくてはならない」

ティシアの完全なる勝利を手に戻ってくるよ。

額に、キスが落とされる。

「――愛している、私の王妃」

マントを翻し、足早にウォルが寝室を出て行った。

しばらく俺は動けなかった。

今のって、〝ジャンプ〟だよな？　ウォルが俺を運んだんだ。

ジャンプって、自分より相手の体が小さくないと運べないよな？　つまりウォルさん、俺より大きくなった？

のろのろと手を上げて、自分の頬を両手で押さえる。

はっきりと顔が熱くなっているのが分かった。

そうか、彼はもう俺より背が高いんだ。

もしかしたらとは思っていた。交わす視線の先、触れる肢体。少年から男へと変わる体に気づきはしていた。

もう俺より体格がいいんだ。

あの少年が。離れまいと抱きしめ、共に中央国家群北部を逃げていた少年が。

もう、俺を抱いて跳ぶことが出来るんだ――。

ウォルのベッドの上で、俺はいつまでも両手で顔を覆い続けた――いや、途中で着替えを促すセバスに従ってやめたけど。


――その日。

二年に及んだティシア・クラシエル戦争は、ティシア国の勝利で終結した。

クラシエルの廃王はアルティシアでの戦いで戦死。

ほとんどの将兵も炎の中で王と運命を共にした。

ティシアの国宝『白の天蓋』は、戦場の焼け跡から傷一つない状態で見つかった。

新クラシエル国は侵略していたティシア国の領土、タキリン・ステーションを返還。

クラシエル側の領土の割譲をティシアが求めなか

ったため、国境線はそのまま変わらず巨額の賠償金を支払うことになった。

国力は低下し、評判は地に落ちたが、賠償金を支払い終えるまでクラシエルが滅びることはないだろう。

立ち会ったラギオン帝国が、完全なる講和条約の履行を支持すると宣言したからだ。帝国を敵に回せる国などこの世界に存在しない。

今後クラシエルは、滅亡という救済を与えられることなく地獄を歩むことになる。

冒険者ギルド・クラシエル支部の転生者は、王母を除いた対ティシア戦争に参戦した者すべてが、ギルド法に基づき死刑。

戦争の発端となった〝ダリスの悲劇〟の内幕が、あまりに悪質だと判断されたからだった。

参戦しなかった者も、ギルド他支部への移籍とクラシエル国外への移動を禁じられた。

〝悲劇〟の起こった八年前にティシアからクラシエルへと移籍していた者については、関係者として賠償金をティシア王家に支払うようにと総本部が取り決めた。

死ぬまでの生涯すべてを費やして。

そして、ふたりはいつまでも

大聖堂の外から、遠く鐘の音が聞こえている。

王都アルティシアのあちこちで、今日いっぱいは好き勝手に鳴らされるらしいです。王家に慶事があった時、民がそうやって喜びを表現するのが中央国家群南部ならではの祝い方なのだとか。

だから今朝早くからずっと、王都中に鐘の音が鳴り響いている。

そう、本日はティシア国民の敬愛する若き国王陛下の結婚式。

お相手はその、もちろん俺ことゲイリアスのカリヤです……戦争が終わってから一年。ようやくウォルとの結婚式だー！

「――カリヤ妃殿下、もう目を開けてくださってても結構ですよ」

化粧を担当している女官が、俺の顔をなぞっていたパウダーブラシを離して告げた。

言われた通りに目を開けると、自分の仕事に満足している様子の彼女の姿があった。隣に立つ筆頭女官ミリアムも出来栄えに頷いている。

ずっと大聖堂の控室で、最後の仕上げをしていたからな。俺は〝女性の〟美容関係はからっきしなので、ドレスの着付けもメイクもすべて丸投げしていたんだが、見事に仕事をこなしてくれたようだ。

「お美しいですわ、妃殿下」

「陛下もきっとご満足されるでしょう」

部屋にいる他の女官たちも、ほう……とプロフェッショナルの仕事の出来栄えに感嘆の息をもらしている。

多分、化粧担当の超絶テクニックによって〝美女と判断出来る王妃〟に、無事偽装出来ている模様！

視線を、椅子に座る自分の膝に乗せている手に落とす。

オリーブ色の肌が透けて見える繊細なレースの手袋。長袖《ながそで》の純白のウエディングドレスは、そんなレースがふんだんに使われている。

びっしりと施された刺繍。あちこちに縫い込まれた透明な小粒の宝石はすべてダイアモンドだ。

首まで隠しているドレスの（喉仏《のどぼとけ》があるからね……）胸元には、ティシア王家に代々伝わるという豪奢なチョーカー。イヤリングも同じく。髪の毛は後ろ髪だけ流して綺麗に結われた。髪飾りも、セットされた白いベールに光る宝石もすべて銀とダイアモンド。

今の俺は白一色に輝く花嫁となっている――あ、黄金の宝冠は式の最中にウォルから頭に載せてもらう予定。

……ドレスの、裾を引きずるほど長いスカートの下にストッキングとガーターベルトを勧められたんだが、それは拒否した。

割り切っているつもりだが、見えない部分まで女装しなくてもいいよね？　下にズボンを穿《は》かせてくれーという訴えは、装いを統一したいと訴える女官の強硬な反対にいったんは潰されそうになったが、ウォルが笑いながら許してくれたのでここだけアンバランスです。下着のパンツも男物というか、ユニセックスです。だから、寝室でもないのにレースひらひらは止めろ。

うむ、どこからどう見ても花嫁さん。白百合で作ったブーケもスタンバイ完了！

女官が支えて見せてくれている全身鏡で、自分の姿をチェックして頷く。馬子にも衣裳《いしょう》、完成。

これで今日の俺は、アルティシアで一番美しいと称されるはず——、

「カリヤ、準備は終わった？」

——嘘ですごめんなさい、調子こきました。

鏡の精も全力で首を振って否定する。アルティシアで、いや、この世で一番美しいのは我らが国王陛下です異論は認めない。

白い礼装結婚式バージョンに身を包んだウォルが控室の中へと入ってきた。

歳を経るごとに研ぎ澄まされていく、圧倒的な美貌。勝ったは論外だが、負けたとも思わない。すでにそういうのは超越していらっしゃるから。

そんな陛下。本日はゆるくうねる長い黄金の髪を、背で一つにまとめていらっしゃいます。

ふふ、気づく人は気づくだろう。

ウォルが髪を束ねている、ティシア王家の紋章の刻まれた円環。俺がいつも使っているものなんだぜー。

苦楽を共にしてきた、思い入れのある髪留めだ。

さすがに結婚式では使えないなーと残念がっていたら、ウォルが身に着けると言ってくれた。

お似合いです、陛下。そういやそれは元々、ウォルの装身具だったね。

俺と二人きりになりたいと手の動きで示したので、女官たちが一礼して部屋を出ていく。ミリアムとその兄、先ほどまで女性ばかりの部屋の中で空気に徹していた俺の護衛騎士ライナーは、重ねて退出を促すと仕方ないという風に苦笑しながら出ていった。

あ、ライナーは義手義足を作製したので、半年前から護衛に復帰している。

内蔵ギミックは本人が激しく嫌がったので、射出フックと盾のみです。おのれ、生産職の尽きぬ欲望を叶えさせろー。

「どうした？　ウォル。人払いをして」

「ようやく待ちわびた婚礼だ。美しく着飾ったあなたを、私一人だけで楽しむ時間が欲しかった」

くすりと微笑んだ美貌の王様が俺の前に立ち、両手をさし伸べる。

彼の手に自分の手を重ね、微笑み返しながら俺は椅子から立ち上がった。

「カリヤ。いつ見てもあなたは美しいが、今日はいっそう輝いて見える――」

「ウォルのために化けるのをがんばってみた！　まあ、化かしてくれたのは女官たちのテクニックのおかげだけどね。結婚式ではあなたのために美しくなりたいと思っていたから、そう言ってくれるとうれしいよ」

ウォルが微笑みながら俺を見下ろしている。

彼との身長は、こぶし一つ分くらい差がついてしまった。

俺は現在二十八歳のアラサーだが、彼は十八歳。成長期はまだ続いているのだろう……いや、十年若返るというか老化を止める精霊界の泉の水を飲んでいるから、俺の成長は一昨年《おととし》から止まっている。実質二十六歳？

八年後は同い年になるはずとウォルさんは力説されているが、その頃には更に身長差が大きくなっているかもしれない。

初めて彼と出会ったのは三年前。

隣国との戦争の最中だった。

それから共に逃げ、恋に落ち、故国に戻って、戦争を終わらせた。

――あれから一年。

「……ようやくあなたを、名実ともに私のただ一人の王妃として迎え入れることが出来る……」

本当にいろいろとあったねと、重ねた手に力を込める。

王都前に陣を敷いたクラシエル軍に対して、開幕ぶっぱ(ゲーム用語。戦いが始まった直後に大技をぶっ放す行為です)を決めて勝利した。

その後も大変だったんだよ。『戦争が終わりました。めでたしめでたし』で現実は終わらないからな。

集めて叩いたつもりだけど、どうしても取りこぼして逃げ散ったクラシエルの残党狩り。

野盗と化した敵兵ほど迷惑なものもない。情け容赦なく狩らせてもらった。転生者が含まれていなかったのは、最後の戦いでほぼ仕留めることが出来たからだろう。

戦火によって荒廃した国土の復興にも励んだ。

技術院の舎弟たちやドワーフの職人を連れて、何度もティシア北部に足を運ぶ。慰問というより公共工事。落とされた橋を架け直したり、街を取り囲む壁を修復したり。

ちなみにドワーフたちは、俺から融通される精霊界産のアイテムの代金を体で払いに来た出稼――留学生です。

え？　『竜の怒り』を借りたので差し引きチャラじゃないのかって？

チャラにしたよ？　向こう三年分。

北方山脈の混乱がそれまでに収束するとは思えず、彼らは先払いで労働という対価を提供している。ちなみに交渉はティシアの外交官ではなく、腹黒有能森虫のアンゼリーンさんが行ってくれました！

　表向きは技能留学生という名目で来ているドワーフたち。

　だが、高ランク生産職転生者の指導つき（希少素材も使い放題だよ！）留学は、ドワーフにとって進んで受けたいものらしい。北方山脈ではティシアに向かう留学生の、選考倍率がおそろしく高くなっているのだとか。

　そして外交。

　俺はそんなドワーフたちの住む北方山脈に、借りていた『竜の怒り』返却と復興手伝いで何度も足を運んでいる。

　エルフの大樹海にも出向いてます。あちらにはクラシエルから救出したティシアの子女を預かってもらっているからな。

　それとコロポックルたちとの交流で。エルフたちにとっては、俺とコロポックルとの交流メインで。

　ラギオン帝国は、出向いたはいいがその場でシキと聖女に拉致られ、何故か辺境に連れて行かれたと思ったらＳＳＳランクに昇格させられました。

　現地は準備万端で、必要なランクアップアイテムもすでに用意されていて、あっという間に〝神殺し〟。

　昨年末まで耐えきったという大規模レイドでのフラストレーションが、ランクアップクエストの邪神に向けられていた。辺境メンバー全員での、ボス嬲り殺しだった……。

『こういうのは勢いが大事！』とシキは笑っていたが、そうじゃないだろ？

　おまえら、俺が生産職で隠れるのがお仕事って内容の昇格クエストじゃなかったら、もしも戦闘職だったら地力が圧倒的に足りなくて死んでたぞ？　まあ前世のゲーム内でも、ＳＳからＳＳＳランクに上がる昇格クエストは、助っ人を揃えられる人脈か財力があれば勝てないことはないって設定だったけどさ……（ちなみに財力は、課金《リアルマネー》オンリーなら三十万以上かかったそうだがな！）。

しかし濃かった、冒険者ギルドの最前線。

本当に皆さんキャラが濃かった……ＭＭＯＲＰＧのトッププレイヤーってそういう面子ばかりだったなたしかに！　思い出した！


そんな感じで、あっという間に過ぎた一年の歳月。

俺も忙しかったが、ウォルも忙しかった。

クラシエルとの講和条約の締結。ティシアが所属する、南部諸国連合やラギオン帝国との折衝。

国内では、まずは戦争に勝ったことによる諸侯臣下への恩賞の分配。

働いてくれたのなら、主君が褒美を与えるのは当たり前のことだからね。

本来ならクラシエルから分捕った土地を分け与えるのだが、ウォルは土地はいらないと受け取らなかった。

だって本当にいらなかったんだ。

両国の国境はクロエ平原だったが、あそこは水はけが悪く作物も育たないので元から放置状態。クロエ平原に接したクラシエル側の領地も、森が広がるだけで別に豊かという訳じゃない。だからといって飛び地はいらない。

クラシエル側から見たら、自国と似たような条件の土地なのに、タキリン・ステーションがあるから欲しかったんだろうなぁ。という訳で、金銭での賠償を吹っ掛けた。

配る土地は、実はあるので。

〝俺〟に関する粛清で、貴族の家をかなり取り潰した。治める者がいなくなって宙に浮いた領地をまずは王領とし、その後功績に従って判断し、分け与えたウォルさんです。

揉《も》めることもある恩賞の分配だが、彼は見事に一年弱で成し遂げてみせた。

もうティシア王家の力は強い。言いがかりをつけてごねてきた相手を、武力で潰すことにもためらいはない。

皆それぞれに、妥協点を見いだして納得してくれたのだろうと思っておく。あ、エリクサーや各種ポーションは、王の判断で適正価格で売り出し再開しておりますー。

　必要でしたらティシア王家にぜひご相談を。

　俺の手を握り締め、ウォルが楽しそうに尋ねてくる。

「カリヤ。私とあなたの結婚を記念して、何かプレゼントを贈るといっただろう？　欲しいものは決まった？」

　ティシア王家では、王妃に対して王が贈り物をするのが習わしとなっているらしい。

　ウォルの祖母は、前々王に中央国家群東部の浜辺に生息しているという、美しい声で鳴く青い小鳥をねだったそうだ。

　隣国から嫁してきたウォルの母親は、好きな時に里帰りする権利を望み――夫の戦死後にその権利を行使してティシアを去った。ウォルいわく、隣国が前王妃の存在を口実に、ティシアに侵攻するのを防ぐためだったという。

　……彼女は今日の結婚式にも来ていない。

　己を原因とした諍《いさか》いを起こさないため、もう二度と国境を越えるつもりはないのだろうと、彼女の息子は淡々と語っていた。

　そんなウォルの複雑な家庭事情は、今はおいておいて。

　欲しいものか。

　俺は、ずっと考えていた計画を口にした。

「学校が欲しいな」

「学校？」

「そう、ティシアの幼い子供たちに字を教える義務教育の学校を、全土に」

　彼が不思議そうに首を傾げる。

「たしかあなたは、転生者が学校を作ることに否定的ではなかったか？」

よく覚えていましたね、ウォルさん。

去年の夏、ラギオン帝国に向かう馬車の中でかな？　たしかに俺は、転生者による学校設立を否定していた。無償での教育の提供は、かかる資金や熱意の問題で、長続きしないと踏んでいたからだ。

だが、教育することにメリットがあるならその限りではない。

「……この一年、復興のためにティシア各地に足を運んだだろう？　そこで思うんだよ。クラシエルはひどい置き土産を残していってくれたなぁって。ほら、例のアレ。俺が、ウォルの妃にはふさわしくないって悪評」

戦争中、俺が拉致られて不在の間に、全力でネガティブキャンペーンを行われちゃったからなぁ。

王都の住民の誤解はほぼ解けた、と思う。

クラシエルとの王都前での最後の戦い。あの場で俺が体を張ってウォルを庇った姿を、多くの将兵が見ていた。

噂は悪質な敵の工作だったと理解が広まり、誤解していたことを謝罪され、今は皆が好意的な感じです。

だけど地方は——特に田舎なんかでは、まだまだ俺の悪評は消えていない。

まあ、俺自身はどう言われてもいいんだ。

前世持ちの余裕というか、辺境の一農民以上の人生経験を積んでいるので、物事を捉える視野が広いっぽくて。向けられる悪意や敵意の理由が推測出来るから、スルーも出来る。元から細かいことは気にせず流せるタイプだし。

だけど俺への悪意を拡大して、ウォルまで悪く言われるのは嫌だ。

「悪女（俺のことだ）に色仕掛けで骨抜きにされた」って、うちの王様はそんな阿呆じゃないぞ!?　俺に関する事柄で後ろ指をさされるなど、断じて許しがたし！

なら、どうやって国民全体の誤解を解くか？

その解決法の一つを、ラギオンのケイセン少年が行動で教えてくれた訳なんですよ！

「王妃の名を冠した義務教育の学校を作りたい。授業料はもちろん無料。教本は国家と国王夫妻を称える内容にして洗脳――じゃなかった、教育。給食として昼ごはんを提供し、田舎の学校は朝もつけよう。子供分の食事代が浮くから、貧農は学校に通わせるはずだ。戦勝記念日、結婚記念日など節目ごとに王妃の名で記念品を下賜。パンとか食べ物がいいな」

持ち帰った子供に、親が王妃の人となりを聞く。

子供は学校で教えられた内容を答えるだろう。王に寄り添い国と民のために尽くす、慈悲深い王妃のことを――プロパガンダ万歳！

吟遊詩人や劇団を使うマスメディア戦略もいいが、一番は幼少期の刷り込みだぞ。

二十年続ければ、教育を受けた彼らが親になるだろう。そうして自分の子供にも教えられた価値観を伝えていく。

もちろん教育を受けるのは良いことだと思うから、続けられるための仕組みは整えよう。

費用については、言い出しっぺは俺だからな。戦争中にエリクサーで荒稼ぎしているから、それを元手に使ってください。

余談になるが戦争後、原材料である大樹海産の世界樹の葉が出回るようになったから、エリクサーの価格は落ち着きました。

あとは……薬草を育てさせて今後の運営資金を稼がせるのもいいかも。ノウハウは教えられるぞ。

育てた薬草はポーションの材料として国が一括購入するか。

金が動くから、学校の警備には怪我を負った元兵士を優先雇用して――おお、戦後の復興事業としてはいいんじゃない？

せっかく作るのだから、俺が王妃でいる間はきちんと面倒を見る。

続くかどうかは後の人間次第だ。がんばれ、次世代。

「——俺は、あなたの隣に立つのにふさわしい相手でありたい」

エメラルドにきらめく瞳を見上げながら告げる。

絶世の美貌を持つ国王陛下は、張りつめるほどに美しい造作をほころばせ、誰もを——何よりも俺を魅了する微笑みを浮かべた。

「それは私も同じだ、カリヤ。あなたにふさわしくありたい。あなたの隣に立ちたい。ようやく今日、その望みが叶えられる」

すでにパートナーではあったけれど、婚約者の正式な立ち位置は、王より一歩後ろに下がった場所だった。

伴侶である王妃なら、名実ともに隣に並び立てる。

「愛している、カリヤ。私のただ一人の王妃」

「俺も」

互いの手を握り締めて、微笑み返す。

「愛しているよ、ウォルド。俺の、ただ一人の国王陛下」

うれしそうに笑うウォルが顔を近づけてきて、俺は目を閉じて彼からのキスを受け入れた。


学校を作ろう。

偉大なる国王とその王妃を称えるために。

読み書きの時間の副読本は、王妃の半生についてにしようかな。一番洗脳——学ばせたいから、繰り返し読んでもらうために。

それは、

——ゲームの世界に転生した俺が、
王妃になるまでの話——

そして、世界は回っていく

コートレイ地方の領都、アルコートレイの空に、ポンポンと白い煙だけの昼花火が上がっている。

ＭＭＯＲＰＧ《ゴールデン・ドーン》を元に作られた異世界に、火薬は存在しない。なので青空に上がっているのも花火ではなく、花火に似せた火魔法だ。

色とりどりの魔法が美しく見える夜ではなく、何故昼に音だけの花火モドキを上げているのか？

伝統としか言いようがないらしい。前世ではイベント開催の合図や祝砲の代わりに、昼も音だけの花火が上がっていた。その風習を過去の転生者が持ち込んで定着してしまったのだとか。

ポンポンと青い空に打ち上げられている花火。

空から地へと視線を下ろす。

歴史を感じさせる、重厚な石造りのコートレイ領主の館。その石畳が敷かれた広い中庭には、着飾った人々が若い当主の誕生日を祝いに集まっていた。

ジュニアこと、当代『剣聖』ナダル・コートレイ。あの、対クラシエル戦争が終わって五年。終戦時に十三歳だったジュニアも、すくすく育って本日で十八歳。

俺が転生したこの異世界では十五歳が成人だ。なのでそれを境に、皆が坊ちゃん呼びを卒業している——俺の心の中ではいまだにジュニア呼びだけど。

中庭の隅に配置された楽団が、明るく陽気な曲を演奏している。

本来なら節目でも何でもない彼の十八歳の誕生日だが、コートレイ領館内には多くの人々が集まっていた。

譜代の家臣団は数が多すぎるので代表者のみだ。まだかなり女性の比率が高い。

近隣の領主とその連れは、ティシア南部の盟主であるコートレイ家に敬意を表して集まったのだろうか？　ちらほらと中央貴族もいるみたいだが。

何故かドワーフとエルフもいる。

ドワーフは分かる。彼らは『神槍』と繋がりがあり、妹のイルマちゃんがコートレイ在住だから。

イルマちゃんの師であったらしい輝匠のマイケルが、浴びるように酒を飲んでいるのが見える……あまり迷惑はかけるなよ?

エルフは……ああ、アンゼがいるな。隣にはヴェンとエリアがいる。アンゼはまだ大樹海の特命全権大使をやっているから、その関連で足を運んでいるのかも。

皆、元気そうだと見つめていたらヴェンと目があった。

にこりと笑って手を振ってみる。後で遊びに行こう——って、アンゼにすがりつくようにもたれかかったけど、健康面は大丈夫か!?

ヴェンの外見はワイルドな色男だけど、中身は真面目で無茶をすることがあるからなー。エリアが大口を開けて笑っているから、大丈夫だとは思うが。

そして、俺を含むティシア王族。

皆で王都を離れるわけにはいかないので、ルシアン義兄上が留守番役を買ってくれた。なので彼以外が来ています。

ティシア王家とコートレイ家は昔から仲が良いので、この地での催しにはちょくちょく誰かが参加している。今回は皆でお邪魔しちゃったが。

今回の訪問メンバーは、ウォルと俺の国王夫妻。カザリン義姉上。そして、

「カリヤ母上さま。この母上さまが作られたジュース、とてもおいしいです」

「たくさん作っているからね。遠慮なく飲んでいいよ、テオ」

王族席として用意されたテント。その中で休憩している俺の隣に座る、金髪巻き毛の天使がうれしそうに笑う。

テオドア・オルグ・ティシア君、九歳。

戦争中に魔法院のバラ園で出会った、藍色の瞳の天使だ。昨年、正式にウォルと俺の養子としてティシア王家に迎え入れられた。

本当ならもう少し親元で過ごさせてあげたかったんだけどな。帝王教育は早い時期から行わないと、本人が大変らしい。

　この場には子供向けの飲み物も用意されていたけれど、テオには俺特製栄養ドリンクだ。ふふふ、優しさは既に備わっているみたいだからな。強くたくましく育ちたまえ。

　俺はドーピングにはちょっと詳しいんだ……。

「よう、カリヤ。そのガキがおまえの養子《むすこ》？」

――『神槍』シキと、その嫁さんたちが現れた！

白髪の美女たちに囲まれ、ＳＳＳランク・スピアマスターがテントに近づいてくる。

　柔和な造作の美女のはずなのに、顔に斜めに走る深い爪痕と、凄《すご》みのある笑みがもたらす存在感がすごい。〝彼〟を覇王に見せている。

　シキの本日の装いは、いつものビキニアーマーではなくSSSランクの『戦女神のバトルドレス』だった。

　露出の激しい服装をしていたら、コートレイでは出禁をくらうからな。それと一応、ＴＰＯも考えているのだろう。

　なにせ今日は、ジュニアの十八歳の誕生日――彼がイルマちゃんに対して、結婚を申し込むというハレの日なのだから。

　ちなみに〝プロポーズする〟という情報は、本人から聞いたものではない。だけど皆が知っている。コートレイのご婦人方、フィアスなど複数からタレコミがあったので。

　フィアスのいるコートレイ領にイルマちゃんがやって来て、ジュニアと出会って。

　見事な一目惚《ひとめぼ》れだったという少年の初恋は、ずっと周囲に見守られつつ育てられたのです……そして本日、三年に及ぶ交際期間を経て、ようやく求婚に至るのだとか。

　一応、ジュニアなりに考えたらしい。

　このゲームの世界での成人は十五歳だが、イルマちゃんの前世は十八歳で成人を迎える日本人だ。なので、自分もその歳になってから結婚を申し込もうと。

そして三年間キヨラカな交際を続けてきた。うむ、手を出したら彼女の兄が本気で殺しに来ただろう。

イルマちゃんが幼い頃は「俺より強い奴じゃないと妹は渡さん」と言っていたシキだが、実際は妹が本気で惚れたなら相手は弱くても許すというスタンスらしいです。

俺より強い奴なんて性格破たん者ばかりだからとか（ひどい言われようの辺境組……）。

なので本日、イルマちゃんを可愛がっている嫁さんたち全員を連れてコートレイにやって来ている。

おそらく集まっている大勢も、娯楽として公開プロポーズを見に来たのかもな。

「この佳《よ》き日を迎え、背の君からのプロポーズを思い出しますわ」

「あれは人生で一番幸せな瞬間でした……！」

くねくねと身悶えしながら照れている、シキの嫁さんたち。

「皆、こう言われましたのよ。『俺様の〇〇番目の嫁になれよ。返事は、はいかイエスしか許さねぇ』と！」

キャーっと黄色い悲鳴が上がる。

やれやれ、と当のハーレムの主は、指で自分の耳をほじった。

「あのな、全員平等に同じ台詞だぜ？」

「だからこそ、うれしいのです」

「とこしえにお慕いしておりますわ、背の君」

の、惚《のろ》けあいにしか見えない……他国でなにをやっているんだ。

呆れる俺の隣。藍色の瞳を大きく見開いているテオの頭を、カザリン王姉が苦笑しながら撫でている。

「神槍は綺麗なお嫁さんにたくさん好かれているわね。ですがウォルドの代から、ティシア王家は一夫一婦制です。テオドアにも倣ってもらいますよ」

「はい。ぼくもカリヤ母上さまのような綺麗な妃を一人だけもらいます。いっそカリヤ母上さまが、ぼくの妃になってくれたらいいのに」

ははは、前世でも言われていたが、息子はお母さんっ子になるんだな！

「そう言うカザリンはどうなんだ。アンタも美人だから、周囲が騒がしいだろう？　結婚のアテは？」

イルマちゃん繋がりで交流のあるシキが、義姉上に気安く尋ねる。

「シキ、その発言はセクハラです！　王姉に対して失礼でしょう！」

どうやらラギオン帝国ご一行を引率していたのは、冒険者ギルド総本部長だったらしい。

向こうから駆けてきた白髪の青年が、神槍相手にガミガミと注意している。

——ＳＳランクだったケイセン少年は変わってしまった。ぶっちゃけるとＳＳＳにランクアップした。

俺と同じ、〝神殺し〟だ。ＳＳからＳＳＳに上がるのは、邪神をタコ殴りにしてぶっ殺せばいいだけの脳筋クエストなので。

まだ経験値が足りていないと拒否した少年だが、総本部長はＳＳＳの方がハッタリが利くからという理由のみで辺境に連れ去られ、強制レベリングと邪神殺しをクリアして帰ってきた。

なのでアイラ亡き今も、中央国家群のＳＳＳランク二人体制は健在だ。

……戦争後、アイラは眠るように亡くなったと聞いた。息子のヨナーシュが最期を看取ったそうだ。

彼女の転生は、確認されていない。

「結婚の予定はありません。ですが私は自分の意思でお一人様を満喫しているのでお構いなく」

にこやかに笑いながら、カザリン義姉上がシキに答えている。

成人年齢が十五歳なので、男女共に結婚が早い中世風のこの異世界。

そろそろ行き遅れと呼ばれ始める年齢になる彼女

だが、自由にしてくれればいいと俺もウォルも考えている。

好きな相手が出来たなら、彼女が幸せに生きていける相手なら、誰と結婚してくれてもかまわない。結婚する気がないなら別にしなくていい。結婚という形にこだわらなくても、人は幸せになれる。幸せの形は人それぞれだ。

俺とウォルのように、己の血を次代に繋げなくても、世界は続く。回っていく。

「構うつもりはねぇが、ま、何か困るようなら俺様の元に嫁に来いよ。四人目の正妃として迎えてやるぜ」

この国に俺様の妹とカリヤがいる限りは大丈夫だと思うがな。

ウインクを残してシキと嫁たちが去っていく。ぺこりと頭を下げてケイセン青年もついていったのは、お目付け役だからなのだろう。

――半年前、王姉に対してラギオンの新皇帝から縁談があった。政略結婚なんて誰がさせるかと、すげー勢いで断ったけど。

ティシア国内は多少ざわついただけで終わったが、ラギオンはかなり荒れたと聞いている。冒険者ギルド総本部は縁談を知らなかったので。……新皇帝の御代、下手したら短くなるかも。

ラギオンの騒動を治めたのはシキなのだろう。そのことを踏まえ、今後も騒動が起こりそうなら、ＳＳＳランクの自分が王姉を保護してもいいぞと言ってきた。

トラブルに巻き込まれた女性への、救済みたいなものだからなー、シキとの結婚。

「――どうしましょう。思わずキュンときたわ」

「義姉上が彼と本気で結婚したいなら、祝福しますよ」

「イルマちゃんと姉妹になるのは捨てがたいけれど、私、結婚相手のただ一人のパートナーになりたいの。それにイルマちゃんはカリヤを姉と慕っているから、ウォルドの姉である私とは既に姉妹よ！」

胸を叩いて主張する王姉に、そうですねと頷く。夫の姉と、俺の妹。うむ、姉妹。

「カリヤ」

そんなことを考えていると、旦那様が挨拶回《あいさつまわ》りから帰ってきた。背後には案内役を命じていた俺の護衛騎士と、尻尾を振る金色の羊が一匹。

椅子から立ち上がり、歩み寄る彼からの抱擁を笑顔で受け入れる。

ウォルさん、現在二十二歳。戦争中、精霊界の泉の水効果で二十六歳から外見年齢の止まってしまった俺から見て、今は四歳の年齢差だ。

だけど身長差はかなり開いてしまった。

なんと、出会った頃と立場が逆転しています。頭一つ分くらい、彼の方が背が高くなっている。ドーピングで育てすぎた。

絶世の美貌はまったく色褪《いろあ》せず、変わりがないどころかますます輝いているが。

抱きしめられ、微笑みあいながらキスを交わす。

いやー、結婚してから四年。ラブラブにもかなり慣れました。ぎゅっと抱きしめられたまま、俺の背後の定位置に戻った義手義足の男に声を掛ける。

「ご苦労様、ライナー」

寡黙な男が、ねぎらいに軽く頭を下げて応えた。彼の人柄は把握している。コートレイ領出身の俺の護衛騎士は、正しく己の役割を果たしたのだろう。愛想はないけど誠実。それがライナーという男だ。

愛想良く答えたのは、金色の若い羊だった。

大きいの！　メルメルも小さいのの護衛をがんばったよ！　悪いことを考えている二本足がやって来たら、シンパシーで気づいて警告するの！　メルメルは国王親衛隊だから、がんばって小さいのを守るよ！

細い足を八の字に開いて踏ん張った姿勢で、うれしそうにメルメル訴える羊。

「ありがとう。メルメルはウォルのことが好き？」

もちろん！　大好き！

「俺もだよ」

ウォルに抱きしめられたまま、羊と心を通じ合わせてくすくす笑っていると、ジェラシーを感じたらしい王様がキスを仕掛けてきた。

笑いながら適度に応じる。本気で応じると、日中なのに寝室へ一直線になってしまうので。

「私も、あなたに愛される以上に、あなたを愛しているんだが」

「ダメだよウォル。どちらがより愛してるかなんて、比べても分からないものだろ。互いに愛が深すぎるから」

「……そうだな」

「はーい、弟夫妻。城外でのイチャイチャは自重なさい。そろそろ本日のメインイベントが始まるみたいだから、そちらに注目！」

カザリン義姉上の言葉に、ウォルと身を寄せ合ったまま中庭の中央に注目する。

楽団のBGMが控え目になっていた。徐々に盛り上がりを感じさせる演奏が流れる中、イルマちゃんを前に片膝をついたジュニアが、黄色い野花の花束を差し出す。

「――――んしてください。返事は『はい』か『イエス』でお願いします!!」

顔を真っ赤にして言い切る少年。

テントが遠いせいか、最初の声が小さかったのか、途中からしか聞こえなかったよ！

イルマちゃんの返事も聞こえなかったけれど、沸き起こった人々の歓声と、高らかに響くファンファーレと、空に一斉に打ち上がった花火がプロポーズの結果を教えてくれた。

掌編　タリスの悲劇③

紋章のない貴族用馬車が、周囲を騎馬の兵に守られつつ、王都アルティシアまで延びる街道を進む。翻るのは黒地に銀の剣、桜の花が散るコートレイ領旗。

馬車の周りは近衛騎士、更にその周りを自領から呼び寄せた兵に守らせ、先頭を駆けるナダルは正面の光景を見つめる。

緑の草原に現れる、高くそびえたつ白い外壁。都の中央に位置する王宮を取り囲む高い尖塔が、いくつも天へ向かって延びている。

光を弾く白い屋根瓦。一目見た誰もが、その都の美しさを称える。それは中央国家群、南方に輝く宝石。うるわしの白亜の都――。

馬車の一行は白い外街壁の巨大な門を駆け抜け、都の中心にある王城へと向かう。アルティシアへの半年振りの帰還だった。

王妃と王太子の帰還の挨拶は、謁見の間にて行われた。

アロイス王不在の玉座を預かるのは王太后。その傍らに、第一王子ルシアンが寄り添うように立っている。

――これだけになっていた。ティシア王家の成人は、王太后と、王妃と、第一王子。そしていまだラギオンにいる国王のみ。

そして未成年の王太子、第一王女、第三王子、第四王子。

直系王族の、たった八人の名だけを残し、王国碑に刻まれた名は光を失った。

集まっていた家臣団の中、ディエス・オーリンが王妃の背後に控えるナダルに手招きする。再会を果たした王族に、任を終えたと判断したナダルは老将軍の元に赴いた。

「……よくお二人を連れ帰ってくれたな。すぐに軍会議があるだろうが、その前に打ち合わせておきたいことがある。付き合ってくれるか」

「はい」

先に立ったオーリン将軍について歩きながら、ナダルは室内をチェックする。

出迎えの貴族はやはり少ない。だがそれよりも、壁際に控える女官や侍従たちの数の少なさが気になった。

「職務を投げ出して、逃げ帰っておるのよ。ティシア城にも星の雨が降らぬとも限らんからの。巻き添えをくらいたくはないんだろう」

「行儀見習いの娘や、地方貴族の次男三男ですか？」

「蜘蛛の子を散らすように去っていったわ。忠誠心の厚い者は残っておるがの。ああ、未婚の娘などは実家が引きずるようにして連れ戻しているようじゃ。おかげでまともに王宮内が機能しておらん」

苦く笑いながら、ナダルは空いていた控室のテーブルについた。酒はまだ飲めんなと呟きながら老将軍が続く。

部屋付きの侍女が茶の支度をして下がっていった。

「これだけは先に聞かせてくれ。――ラギオンに残られた陛下は大丈夫なんじゃな？」

「ええ。第四王子付きとなったあの爺《じい》さんがいますし、転生者の知己にも頼んできました。信頼出来る〝良き隣人〟です。そちらは大丈夫です」

そうか、と顔を伏せ、オーリン将軍は深く息をついた。

「……ナダル、いや、坊主」

「はい」

「おまえの父親、先代ナダル・コートレイはおそらく死んだ。タリスの食客になっておったのは知っていたか？」

「――はい。ラギオンに向かう前に会いました。しばらく王弟の元に身を寄せると、本人から」

前ティシア王の死去後、ナダルの父は剣聖の名と領主の地位を息子に譲り、早々に一線を退いていた。

隠居後はコートレイ領内だけに留まらず、あちらこちらで剣を教えながらティシア国中を自由気ままに巡っていた。自分が旅先で斃《たお》れても、悔いはないはずだから気にするなと、笑いながら言っていた——。

「死んだと、断定でないということはまだ父は見つからないのでしょうか？」

「あれでは無理だろう」

星の雨が降る様子をその目で見、遅れて現地に着いたという老将軍は、ナダルの問いに暗い目つきで答える。

「すべてが瓦礫に埋もれておった。生き残りは誰一人として存在しなかった」

タリスでなにが起こったのかは、もう永久に分からんじゃろう。

「すまん、空の棺《ひつぎ》で葬式を行わせることになる」

「——武人には、よくあることです」

頭を下げようとする老将軍を止め、ナダルは立ち上がった。

「申し訳ありません。その他の話は軍会議の後にでも。会議が始まる前に、ウォルド殿下とカザリン殿下に帰国の挨拶をしてきます。明日は息子を連れて伺う予定なので」

「ああ。お二方はずっと後宮におられるようだ。王太后殿下もルシアン殿下も、お忙しくて二人を気にされる余裕などなかっただろう。訪問がお二方の気晴らしになるといいのじゃが」

オーリン将軍に一礼し、ナダルは部屋を出て後宮に向かう。

国王家族の居住区域に、王の友人であり双子の剣の指南役であるナダルは自由に出入り出来る。

足を踏み入れた後宮は、人手不足の影響が如実に出ていた。

人手が足りていない。廊下に飾られた花はしおれ、隅に埃が積もっている。冷静さを欠いている大声さえ、どこからか聞こえてくる。

ふと、先ほどの老将軍の台詞がよみがえった。

「まさか……」

ナダルがたどりついた子供部屋に灯りはなかった。薄暗い部屋の中央で、二人の子供が互いに身を寄せ、うずくまって震えていた。

開いた扉から差す光に顔を上げた双子が、逆光になっているはずの師の姿を認めて明るい緑の瞳に涙を浮かべる。

いつから放置されていたのだろうか？

気づかなかった異母兄や祖母を責めることは出来ない。彼らもまた、突然の惨劇に限界まで追い詰められていただろうから。

子供を助ける、優しい手は存在しなかったのだろうか？　遠く離れていたとはいえ、手を尽くさなかった。孤立していただろう双子の境遇まで、思い至れていなかった。

声もなく泣き始めた二人の側に近づき、傍らに膝をつく。

「ウォルド殿下、カザリン殿下。剣聖ナダル、ただいま戻りました」

しがみついてきた双子に、アルティシア・ステーションで抱きしめた我が子の姿が重なる。

息子は笑っていたのに。手を伸ばして子供たちを抱きしめ、心の中で謝罪する。

「……両殿下、もう大丈夫です。ナダルがいます」

双子を抱きしめながら、ナダル・コートレイは誓いを立てた。

「これからはいついかなる時も、ナダルが一命を賭して両殿下をお守りいたします」

あとがき

こんにちは。藤原《ふじわら》チワ子と申します。拙作『ゲームの世界に転生した俺が○○になるまで』を手に取って下さり、ありがとうございます。

自分の好きなものを詰め込んだ物語です。

何といってもファンタジー。あの心ときめかせた某指輪を捨てに行く話みたいな世界観で、自分も話を書いてみたい！　と思ってしまいました。プラス、大好きなゲームテイストも添えて。

物語の主人公は一人の王子。貴種流離譚《たん》が大好きだ。その王子を支える脇役の視点からの話にしよう。

ＢＬが基本。大前提。そこに自分の性癖を遠慮なく詰め込むんだ。

えーっと、まずは主人公攻めだな！　それで相手は年上受けだ。大好きなんだ、年下にほだされてどうこうされる年上が！　それから……ヒゲだな！　ヒゲはいいぞ……最初は苦手でも、ある日突然開眼するんだ。そして新しい扉が開く。

この時点で年下王子×年上ヒゲが確定です。後は王道ストーリー。ボーイ・ミーツ・マンで。

純愛がいいなぁ。運命の恋、王冠をかけた恋。そしてラストはハッピーエンド。大団円。

だから最初から、一話目からラストの締める言葉は決まっていました。——ゲームの世界に転生した俺が、王妃になるまでの話。

その言葉に向けて、話を進めていきました。

ラストは結婚式でのキスシーンにするんだと決めていましたが、書いているうちに途中は変化していきました。

当初に予定していた悲劇的な展開を抑えました。だって書いてる私がつらくなったので。実は五人くらい死ぬ予定でしたが、生きています。某森虫さんとか。あいつは死ぬタマじゃねえ。

他には、メルメルは当初北の荒野で出番が終わるキャラでした。だけど途中からものすごく出したくなって！　ストーリー的には別にまったく出さなくてもいいんだけど、でも……！

出したいのなら出しちゃおう。という訳で再会しました。

そうそう、転生者の名前は日本の地名からです。イルマちゃんは入間《いるま》、アイラは姶良《あいら》など。シキもサキタもイデも、カリヤも地名から取っています。

ゲームによく似た中世風異世界を舞台とする、カリヤという名の転生者から見た、とある戦争の始まりから終わりまで。

運命の相手と出会い、恋に落ち、結ばれて幸せになるまで。

それが書きたかった物語です。

最後までお付き合い下さり、ありがとうございました。

この話を見出《みいだ》して下さり、書籍化しないかと声を掛けて下さったＫＡＤＯＫＡＷＡ様。非常にお世話になった編集部のＹ様。イラストを担当して下さったしまエナガ様にも御礼申し上げます。

２０２３年７月　藤原チワ子

Ruby collection

ゲームの世界《せかい》に転生《てんせい》した俺《おれ》が○○になるまで 3

2023年8月1日　初版発行

著者　藤原チワ子
©Chiwako Fujiwara 2023

発行者　山下直久

発行　株式会社KADOKAWA
〒102-8177
東京都千代田区富士見2-13-3
電話：0570-002-301（ナビダイヤル）
https://www.kadokawa.co.jp/

印刷所　株式会社暁印刷

製本所　本間製本株式会社

デザインフォーマット　内川たくや（UCHIKAWADESIGN Inc.）

イラスト　しまエナガ

初出：本作品は「ムーンライトノベルズ」（https://mnlt.syosetu.com/）掲載の作品を加筆修正したものです。

ISBN：978-4-04-113719-2　C0093　　Printed in Japan